曲逕通幽

李铁//书
曾莹//文

红楼题情

《红楼梦》楹联赏析

云南出版集团
云南人民出版社

图书在版编目（CIP）数据

红楼题情：《红楼梦》楹联赏析 / 李铁书；曾莹文. -- 昆明：云南人民出版社，2023.4

ISBN 978-7-222-21847-5

Ⅰ. ①红… Ⅱ. ①李… ②曾… Ⅲ. ①《红楼梦》研究②对联－鉴赏－中国－清代 Ⅳ. ①I207.411 ②I207.62

中国国家版本馆 CIP 数据核字 (2023) 第 066172 号

出 版 人：赵石定
策　　划：马　滨
责任编辑：李　爽
装帧设计：马　滨
责任校对：周　彦　崔同占
责任印制：李寒东

红楼题情——《红楼梦》楹联赏析
HONGLOU TIQING——《HONGLOUMENG》YINGLIAN SHANGXI

李　铁◎书　曾　莹◎文

出版　云南出版集团　云南人民出版社
发行　云南人民出版社
社址　昆明市环城西路609号
邮编　650034
网址　www.ynpph.com.cn
E-mail　ynrms@sina.com
开本　889mm×1194mm　1/16
印张　21.5
字数　360千
版次　2023年4月第1版第1次印刷
印刷　昆明德厚印刷包装有限公司
书号　ISBN 978-7-222-21847-5
定价　89.00元

如需购买图书、反馈意见，请与我社联系
总编室：0871-64109126　发行部：0871-64108507
审校部：0871-64164626　印制部：0871-64191534

云南人民出版社微信公众号

序一：古砚微凹聚墨多

段炳昌

云南大学文学院教授，云南省文史研究馆馆员

《红楼梦》作为一部经典著作，有着无穷的魅力、无限的阐释空间和广阔的拓展推广的可能性。李铁君和曾莹君，一个是电视编导、书法家、作家，一个是学者、元明清文学专家、教授、诗人；一个在电视台工作，一个在大学教书和做研究，但他们却有着共同的爱好，那就是喜读《红楼梦》。即使相识不久，但一说到《红楼梦》就有了共同的话题，侃侃而谈，滔滔不绝。于是，李铁君提议合作一部关于《红楼梦》的书，发挥各自特长，李铁君从书法，曾莹君从古代小说研究和解释的角度，选择《红楼梦》中的对联进行合作，得到了曾莹君的积极响应，经过几个月的辛勤耕作，结果就有了这部别开生面的著作。

李铁君 1984 年考入云南大学中文系，1988 年毕业。我曾在李铁君所在的班级讲授过《中国文学史》（宋元文学史）课，每周两次课，后来又一起到大理调查民间文学，时间整整一个月，因此与李铁君及他们班的同学接触较多。那时我的印象是，李铁君个子不高，看起来闲雅斯文，但却比较活跃，善于思考，很有想法，有远大的艺术抱负，喜欢文艺创作，喜欢书法，喜欢《红楼梦》和金庸小说，和当时的大多数青年学生一样，醉心于降龙十八掌和六脉神剑。那时，他苦练书法，常常向著名书法家、文学史家赵浩如先生求教问学，在书法上主要走二王一路，又临摹褚欧颜柳诸家，书法上有了长足进步，已在中文系学生中崭露头角。毕业以后，李铁君到云南电视台工作，经过不断努力，从一个普通的青年编辑，成长为著名编导，还担任了行政领导职务。李铁君常说，艺术“就是自己的心灵家园”，是“让自己的心有一个安放的地方”。在电视台工作的初期，李铁君眼中的“艺术”范围是比较宽泛的，他上下奔走，废寝忘食，作为编导、制作人、电影或电视作品的脚本作者，推出了多部电视电影、多部电视连续剧和大型政论片；他往往在夜深人静之际，奋笔疾书，创作并出版了两部长篇小说；在书法上，不断地临摹追踪怀素、黄庭坚、王铎等人的狂草。这个时期，他在艺术上取得了多方面令人瞩目的成就，这些成就足以让他在云南文艺界独树一帜、傲视全雄了。这个时期，他释放出旺盛的青春锐

气和创造力，在文艺的原野上纵横驰骋，尽情挥发自己的才情。但也可以看出，没完没了的工作，多方面的艺术创作冲动，又是电视电影，又是小说，又是书法，他内心并不平静，总是处在骚动甚至奔突的状态中，艺术上在不断地左冲右突，不断奔逐追求，觉得总找不到突破口，总找不到适合于自己的道路和风格。李轶君说，这个时期，自己追慕“竹林七贤”笑傲江湖的洒脱。实际上，就像“竹林七贤”一样，洒脱下面往往埋藏着焦急、忧虑、迷惘，所谓“逍遥九曲间，徘徊欲何之”就是这种状态。经过这样一段奔腾竞逐之后，据李轶君的朋友所说，李轶君扬弃了自己的审美追求，抛除了年轻气盛时曾经心醉迷溺的狂草。他虚心向书法家、金石学家、考古学家孙太初先生问学，潜心静气研习章草，同时注意吸收汉代简牍和爨碑的一些成分，追求并逐渐形成了一种简稚、质朴、拙重、而又洒脱、自然、古雅的风格，与时下风行的那种甜熟、流走、媚俗的书法形成鲜明的对比。李轶君认为，自己的书法追求就是要跳出时俗，远离现代，令人产生一种距离感、陌生感，但又正是这种距离才会产生审美的新鲜感。他说：“我学习章草，就是希望自己的书法能把人们带进魏晋时代，和陶渊明一起感受‘采菊东篱下，悠然见南山’式的魏晋闲适。”这里也还提到“魏晋”，但已经不是“竹林七贤”，而是魏晋末的陶渊明了，已经从“竹林”走向“东篱”下了，已进入一种闲适、安宁、澄定、清明的境界了。这就是当下李轶君给人的印象，无论是气质和精神状态上，还是书法艺术上，李轶君都脱胎换骨了，这就是二十多年后重逢时我的感觉。

曾莹君从大学本科到硕士到博士，一直就读于中山大学。硕士和博士读的都是中国古代文学，在古代文学方面有着坚实的基础和深湛的造诣。十多年前引入到云南大学任教，担任中国古代文学的本科和研究生专任教师和硕士导师，和我是同事。当今，在大学里教书，教学和学术研究上都有很多要求，每年有许多指标的考核，反复折腾，要承受沉重的压力，但对于曾莹君而言，都能举重若轻，都能做得应对自如，因为她的教学和学术研究都做得很好。她主讲的课程，无论是专业必修课，还是选修课；无论是本科生课，还是研究生课，都能挥洒自如，文质彬彬，议论纵横，声情并茂，深入浅出，精彩动人，不仅让同学们喜爱折服，也让同行和学校督导们大为赞赏，在全校青年教师教学比赛中大放光彩，成为云南大学青年教学名师。曾莹君的学术研究主要集中于元代诗词、元杂剧、明清小说和戏剧以及相关的文化史特别是《红楼梦》与《牡丹亭》等的领域或问题，其论文、专著、国家社科课题也主要围绕着这些方面。她对茶文化也有很深的研究和理解，出版的相关专著能熔铸古今，接通日常生活与文学世界，令人耳目一新，神清气爽。曾莹君对中国古代文学、古代文化相关问题的研究和论述，总是在对材料和相关背景钩抉梳爬、排比揣摩、了然于胸的基础上，进行细致深入的分析、缜密的逻辑判断和清晰有力的论证，因而往往使熟处求生，旧处出新，平地涌泉，在看似平常，或无从下手之处，有新发现，提出新观点，可谓化腐朽为神奇，以无厚入有间。更难为可贵的是，在繁重的教学和学术研究之馀，曾莹君还创作了大量的诗词，已经结集出版了《畏垒吟卷》和《云庐日月》两部诗词集，收录了六七百首诗词，我曾经在一篇序中写到过读其诗词时的感受，那就是“形神兼备，清新典雅，出类拔萃”“绝艳惊才，俯仰古今，白云青岑，托意遥深”。就我所见所闻，在年轻一代的云南诗词写作者中罕有其匹，很少能有人像曾莹君这样写得又多又好。她的诗词是否受到过《牡丹亭》《红楼梦》的影响？我想应该有。曾莹君对《牡丹亭》《红楼梦》下过很深的功夫，对这两部作品的内容、背景、思想、人物、场景、情节、回目（齣目）、唱词或对话、诗词等等都非常娴熟，能信口拈出，对这两部经典意义和价值的理解和阐释也有不少深到新颖的见解，因而在讲授这两部作品时，能深深打动同学，吸引和启发同学们独立思考，钻研探索。要说受到哪些影响？这是还需要进一步作比对探讨的。曾莹君写过几首与汤显祖、《红楼梦》有关的诗词曲。如写到《红楼梦》的散曲《南吕·四块玉·红楼》：“青埂峰，红楼梦，离合兴衰不胜哀。荒唐难了三生债。道不尽木石盟，又谁惜咏絮才，漫说归去来。”这支散曲虽短，但对于了解曾莹君的诗词创作以及眼前这部书中对《红楼梦》对联的解释应当是有一定帮助的。

李轶与曾莹二君职业不同，选择的艺术表达形式也不同，一主要在书法，一却主要在诗词，但从中却可以看出他们对优秀传统文化的酷爱，他们都喜读《红楼梦》的原因，也当然主要在此。在他们美学追求中，还可以发现一个共同特点，那就是他们都喜爱陶渊明的诗，欣赏甚至有点向往陶渊明的境界，即“结庐在人境，而无车马喧。问君何能尔，心远地自偏”，在面对纷扰喧嚣的尘世时能保持一种闲适放松的心态和境界，从而自纷繁琐杂的工作烦恼和压力中超拔出来。在繁重的工作或教学之馀，或醉心于书法，或沉浸于诗词，某种程度上都是为了在心理上与令人烦恼的外在世界保持一种距离。这样看，实际上李轶君和曾莹君有关《红楼梦》的合作也就有了基础。

李轶君和曾莹君合作的这部著作，选择了《红楼梦》中的218副联句，其中前80回的联句208副，后40回10副。李轶君谋篇布局，苦心经营，以书法的形式精心书写，曾莹君则对每副联句进行了深入新颖而又明白晓畅的阐释。《红楼梦》中的联句，当然没有其人物、情节、内容，甚至诗词那样得到读者和研究者的重视，但是大家都承认也是《红楼梦》中不可或缺的组成部分，在《红楼梦》中绝不是可有可无的存在。早在19世纪中叶，红学家哈斯宝就注意到《红楼梦》第一回中贾雨村高吟的“玉在椟中求善价，钗于奁内待时飞”一联，玉是黛玉，钗是宝钗；认为这一联是“一整套情节的枢纽”“这便是网络全书的情节，在此处提纲挈领，总揽一笔”，若“把它仅仅当作一句雨村抒怀之语，便是空放过了”。哈斯宝在评《红楼梦》时，多处提到了其中的一些联句在书中的重要作用。对《红楼梦》中的联句进行解释，或者说以《红楼梦》的联句来解释《红楼梦》，在红学研究中一直是屡见常新的方法。李轶君和曾莹君合作的这部著作，对推广古代经典著作，让更多的人认识《红楼梦》的价值和意义无疑是有帮助的。由于《红楼梦》中的联句在整部小说中的这种价值，加上对仗工整，文辞精炼，寓意深刻，因而，不乏有书法家和红学家，或书写，或解释《红楼梦》中的联句，他们选择的联句或多或少，但总体而言都比较零星，而且，书法家往往不会去解释，红学家往往不会去书法。现在，李铁君和曾莹君的合作，是书法家和红学家的合作，是书法和学术的合作，加上选择联句之多，包括之广（兼及整个120回），我想，这部著作也可以在众多的红学著作中能占据一席之地了。还有，在这部著作中，无论是李铁君的联句书写，或是曾莹君的联句阐释，都有一个突出特点，那就是求变求新。李铁君的书写的《红楼梦》联句，总体而言是拙重、质朴、脱俗，但每一副又各成面目，变化生新，又尽量去贴近联句的意思。曾莹君的解释，在阐述联句的文意及在相关章回及情节、人物关系中的作用、意义时，深入挖掘，细致解析，往往能提出新看法，新见解。我想，这些都会给人们以深刻的印象，会在红学界留下印记和足迹。

阅读《红楼梦》的读者都熟知第四十八回香菱学诗的情节，香菱说只爱陆放翁的两句诗，认为“真有趣”，林黛玉却认为这样的诗句“浅近”，“断不可学”，要香菱先学王维等人的诗。其实，艺术作品各有所爱，林黛玉的说法只能代表她自己喜爱王维等人的诗，而不喜陆游，并不能作为评判这两句诗的定论；再说，把这两句诗从陆游原诗中单独抽取出来，孤立的评价是不太公正的，也不会是准确的，如果看原诗题目和整首诗，再联系陆游当时的处境、心态，这两句还是写的很好的，切题而又描画精细，有情趣，香菱的直觉感受是有道理的；也有一些学者很欣赏这两句诗，赵翼的《瓯北诗话》认为陆游以律诗见长，“见其功力之深”“名章俊句，层见迭出，令人应接不暇。使事必切，属对必工；无意不搜，而不落纤巧；无语不新，亦不事涂泽；实古来诗家所未见也”。赵翼所举的例句中，即有陆游的这两句诗。我很同意赵翼的看法，并且觉得用这两句来描写我对李铁君和曾莹君这部著作的感受，也是比较合适的，因此借来赠给李曾二君，正是：“重帘不卷留香久，古砚微凹聚墨多。”

2022年12月18日于龙泉路云大小区

序二：诗性的笔墨

李继华

翻开李轶先生的新作，雅逸之气迎面扑来。细细品读，书法作品，翰逸神飞。对联赏析，文辞精妙。时如涓涓细流浸润心田，时亦神采飞扬鼓荡心神。合上书册，心却仍在书册，竟又忍不住打开，生怕漏了引我共情的点滴。我不禁想，除精湛的笔墨技艺外，是怎样的情性和心灵能蕴化如此佳作？

李轶先生书法绘画的水准与成就，已有学界专业的认可与评论，无需我赘叙。这里，我试图探赜涵养他笔墨情性的内在精神原力。

李轶先生念大学时，修的是汉语言文学，是为“读书人”。青年时的李轶，诗一般的青春与良好的学养同生共长共激扬，诗一样的心灵也随之日益增长积淀。生活充满艺术，艺术源于生活，没有生活磨砺的心灵是单薄的。李轶先生辞校入世后，于仕途商海里颇有建树，在纷杂俗世中亦可游刃有余。生活的现实，增加了李轶先生对人生的理解和感悟，更锤炼了他诗性心灵的宽度、厚度、敏感度。他能独守心灵，坚持不懈地读书、读诗，坚持吸汲一切可以浸润心灵的养分。于知天命之年，书红楼联对，历人生风雪，悟好了歌诀。走过漫漫长路，一个旅者抵达了另一个孤独旅者的心，沉浮一世，感慨万千。“世人都晓神仙好，唯有红尘忘不了”，阅尽红尘，方知诗中纯粹。读《红楼梦》，读人生百态，更是读诗词灵韵。

我们生存的世界，可以探知，可以感知，可以具体的描绘陈述，但于人内心的情感世界，往往却难以言说，唯可“共情”。而艺术应是最能引发“共情”的表达。在各个艺术门类中，诗歌所能产生的“共情”最深刻、最宽泛，也最直抵人心。特别是以诗意诗性为文化精神核心的中华民族，最善以诗表意，以诗达情。作为群经之首的《诗经》，是中华民族诗性的滥觞与文脉的根源。子曰：“《诗》三百，一言以蔽之，曰‘思无邪’。”那是不饰雕凿的心声，远古淳朴的浪漫，不激不励的情感的宣达。中国人一直都有膜拜经典、奉读经典、传承经典、陶浸于经典的文化基因，心中存续文脉的读书人，几无未曾吟颂过《诗经》的。也许不能颂背许多，但却以此培筑了诗性的心灵和气质，更有通过诗性来提升平凡生活的精神境界和表达对生命的敬仰和赞美。古有：大风起兮云飞扬；小轩窗，正梳妆；吾心安处是吾乡。今亦有：万水千山只等闲；杨柳轻飏直上重霄九；若你安好，便是晴天。或豪迈，或凄婉，或平静中的释然，这便是中国人跨越时空与生命的共情！

李铁先生的书法主要循章草以表达，这符合他的情性。章草古朴内敛、飘逸洒脱而不越规矩。这一点，与《诗经》的质朴自然同质共情。这恰是李铁先生书法“心法”取法得之的正道。道统正，则能致远。书法与其他艺术门类一样，也需经过“技进乎道”的多次螺旋式上升。经年累月的临池，李铁先生对书法技法的学习是系统而深入的，除深耕草书外，篆隶真行亦无不勤于用功，为的是探求书法技法的本质规律和核心要旨。由形入笔，观照于心。用心体悟心使手、手运笔、笔行于纸、笔锥濡墨而行所致的变化万千的精微感受。这种感受难以言说，是身体和内心交融而产生的灵机。这灵机或稍纵即逝，或镌刻于心。在每一次细致入微的灵机与感受中，加深着对笔墨的理解和把握。于此，不断提升“技”的积累。

李铁先生是善于学习的人。临池时，偶有持笔凝思。问曰：何若此状？答曰：万物皆有“理”可循，笔墨外形，皆当由“理”所致。他是在思考笔墨之理、所致之由！这种临池是高级的，是基于书法本质的临池。书法中极其重要的核心表达之一是“生命力”，通过书法线条的质感来表现的生命力。这“生命力”从何而来？“外师造化，中得于心。”这是中国人对人与自然质朴而本源的理解。通过对客观自然界勃勃生机的感知，移情于主观内心世界。千里阵云，万岁枯藤，高山坠石，银钩虿尾……李铁先生始终把他对生命力的感知融入笔墨，写进书画，由此其书画作品不再仅仅是“形”的存在，而更有了“生命力”的表达。

李铁先生是有慧根和悟性的人。“纤纤乎似初月之出天崖，落落乎犹众星之列河汉；同自然之妙有，非力运之能成。”这是孙过庭感悟自然之象与书法之象的经典表达，也是中国古代书论璨若星河的诗意表达之一。中国人对客观存在的感悟是借助“象”来表达的。现代汉语“抽象”一词，远远没有古代汉语中“象”的意义广博深邃。“象”是哲学范畴的表达，草书是“象”的表达，草书由具象、抽象最终抵达“象”时方入妙境。坚信他终可悟“象”。

诗书共情，一直是中国文人至高的精神追求。诗人要有大格局、大情怀，书家也要有大格局、大情怀。大到对星辰大海无垠无际的感概，大到对古往今来稍纵即逝的感怀。当我们对自我生命观照时，一己之身的悲喜，爱恨情仇的纠结，生离死别的无可奈何，生之为人的渺小孤独，都需要浩瀚的宇宙去包容化解。王羲之：仰观宇宙之大，俯察品类之盛。颜真卿：天不悔祸，谁为荼毒？苏东坡：寄蜉蝣于天地，渺沧海之一粟。若无宇宙天地古往今来之大格局大情怀，何来书法史上的千古绝唱？

李轶先生是我相识中颇有格局有情怀的人。时而诗酒风流，侃侃而谈，激情四溢，语惊四座；亦或独处书斋，奋笔疾书，著书立说，意会古今。充满诗性的心灵鼓荡其身，充盈笔墨。他的笔墨是理性而自由的，是感性而不越矩的，更是充满诗性的！

“星垂平野阔，月涌大江流。”

至此，我恍然明白了李轶先生新作的创作源起。少读红楼，读“厚地高天，勘探古今情不尽，痴男怨女，可怜风月债难偿”；再读红楼，懂“事事洞明皆学问，人情练达即文章”；今读红楼，晓“字字看来皆是血，十年辛苦不寻常”。诗与联虽不竟相同，但诗中有联，联中写诗意。《红楼梦》里的诗词、对联，或判词，或谶语，或评述，或隐喻，堪称集大成，《红楼梦》全著更是中国古典文学、诗词、戏剧之宝库。既是宝库，蕴藉深博，又岂是寻常人等随意可探？

今有幸于曾莹博士寻根溯源、博引众家的批注，《红楼梦》的诗韵联意不再晦涩难明，于娓娓道来的批语中让人顿生亲近。联出雪芹一人，却是如出红楼众人之手。曾莹博士的批注，文辞隽秀、词斟句酌、切情入景，红楼众人之像跃然眼前。五车之学，聚汇文中；皓首穷经，终成美谈。书法与文学，山鸣而谷应，于此熠熠生辉。

王国维说：诗人对宇宙人生，须入乎其内，又须出乎其外。入乎其内，故能写之。出乎其外，故能观之。入乎其内，故有生气。出乎其外，故有高致。

书法亦然！书家亦然！

壬寅八月于昆明

红楼题情

满纸荒唐言，
一把辛酸泪。

这大概是关于《红楼梦》这部书，大众最为熟悉的两句诗。

这两句诗，确实道出了曹雪芹写作《红楼梦》的一些态度。它出现的段落，是小说第一回——“甄士隐梦幻识通灵，贾雨村风尘怀闺秀”。在交代了空空道人将石头所记“从头至尾抄录回来问世传奇”之后，作者虚撰了一个所谓的流传路径，最后，落脚至曹雪芹的悼红轩，历经了大家熟知的“披阅十载，增删五次”，此书方真正得以问世。最末题有一绝，即为：“满纸荒唐言，一把辛酸泪。都云作者痴，谁解其中味？”

作为《红楼梦》的第一批读者，脂砚斋于此评道：“此是第一首标题诗。”所谓标题诗，即标出题旨之诗。通常读者对于此二句，重点大抵都在“一把辛酸泪”之上。实际上，小说开篇第一句，作者所强调的便是“荒唐”二字——“说起根由，虽近荒唐，细谙则深有趣味”。“荒唐”云云，凸显的正是《红楼梦》作为小说虚构的特性。“荒唐”，也是作者叙述的重重迷雾所在。当然这“荒唐”之中，亦自有真情与深意在矣。

作者的深心，一方面唯恐读者成为但知索隐的笨伯，另一方面，又担心读者轻易错过了自身倾注其间的孤诣苦心，是以有此遮盖，也有此揭示强调。

另外，此二句诗，还可以和甲戌本回前题诗中“字字看来皆是血，十年辛苦不寻常”一联对看。脂批还有：“能解者方有辛酸之泪，哭成此书。”如前所说，荒唐是特性，荒唐也是烟雾。作为读者，自要拨开烟雾轻障，触到作者费尽心力的经营与寄寓。所以这两句诗，其实也提示了《红楼梦》这部巨著的基本读法——学会细读深味，方能不囿于满纸荒唐。

假作真时真亦假，
无为有处有还无。

这是太虚幻境最为著名的一副对联。这副对联是深刻的，不过历来读此书的人，往往把它读得太过浅表了。这一联的首次出现，很多人误以为是在第五回贾宝玉梦中，其实不是，而是在第一回甄士隐梦中。这也是全书的第一个梦。炎夏永昼，手倦抛书，士隐在书房朦胧睡去，梦中邂逅一僧一道，听闻了那一众风流冤家的故事之后，正欲细看僧道口中的“蠢物”，不经意间就到了幻境。

梦中书幻，幻中构梦，这正是作者的高明所在。

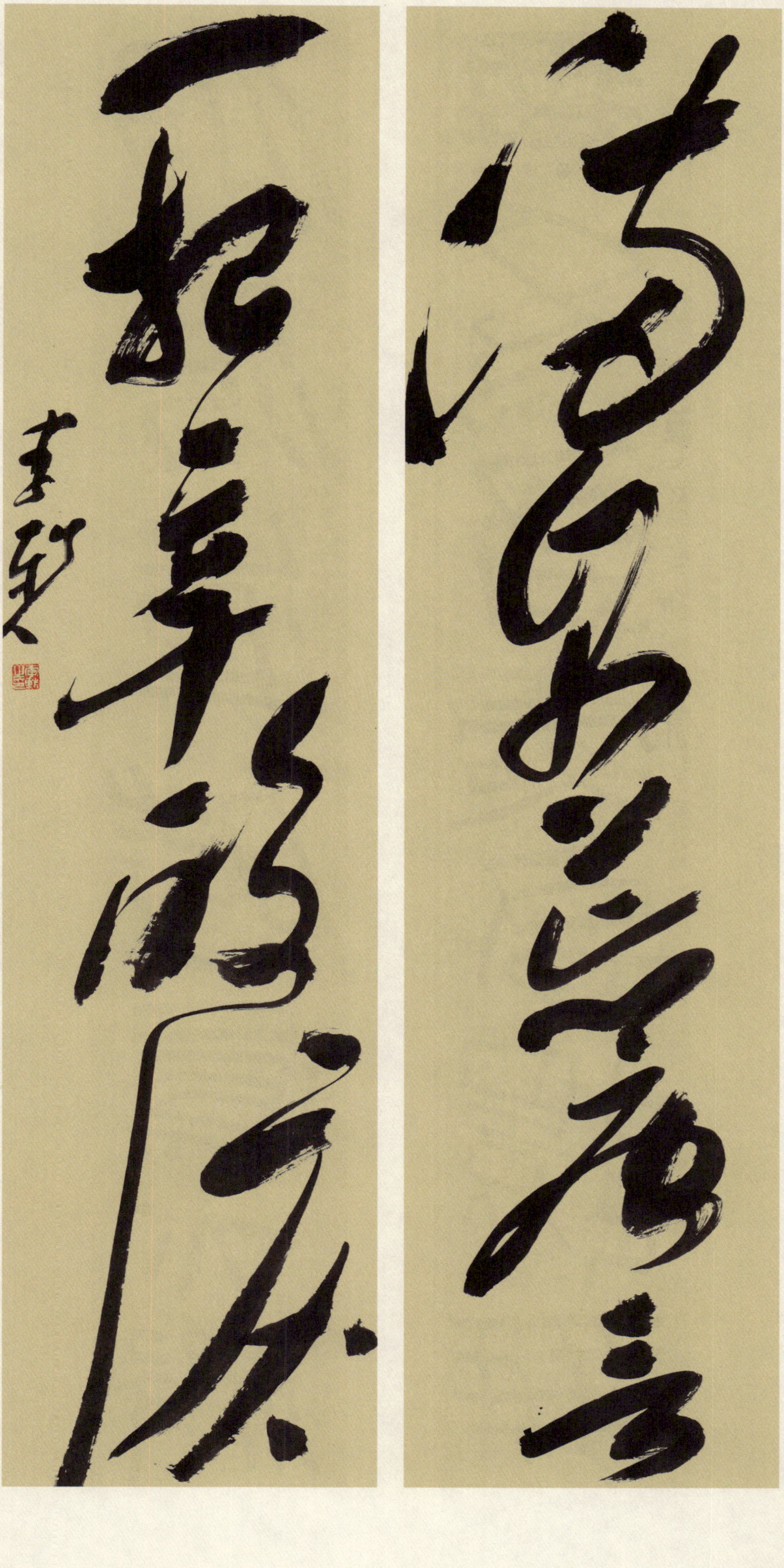

满纸荒唐言，一把辛酸泪。尺寸：138cm×35cm×2

——《红楼梦》楹联赏析

李轶//书 曾莹//文

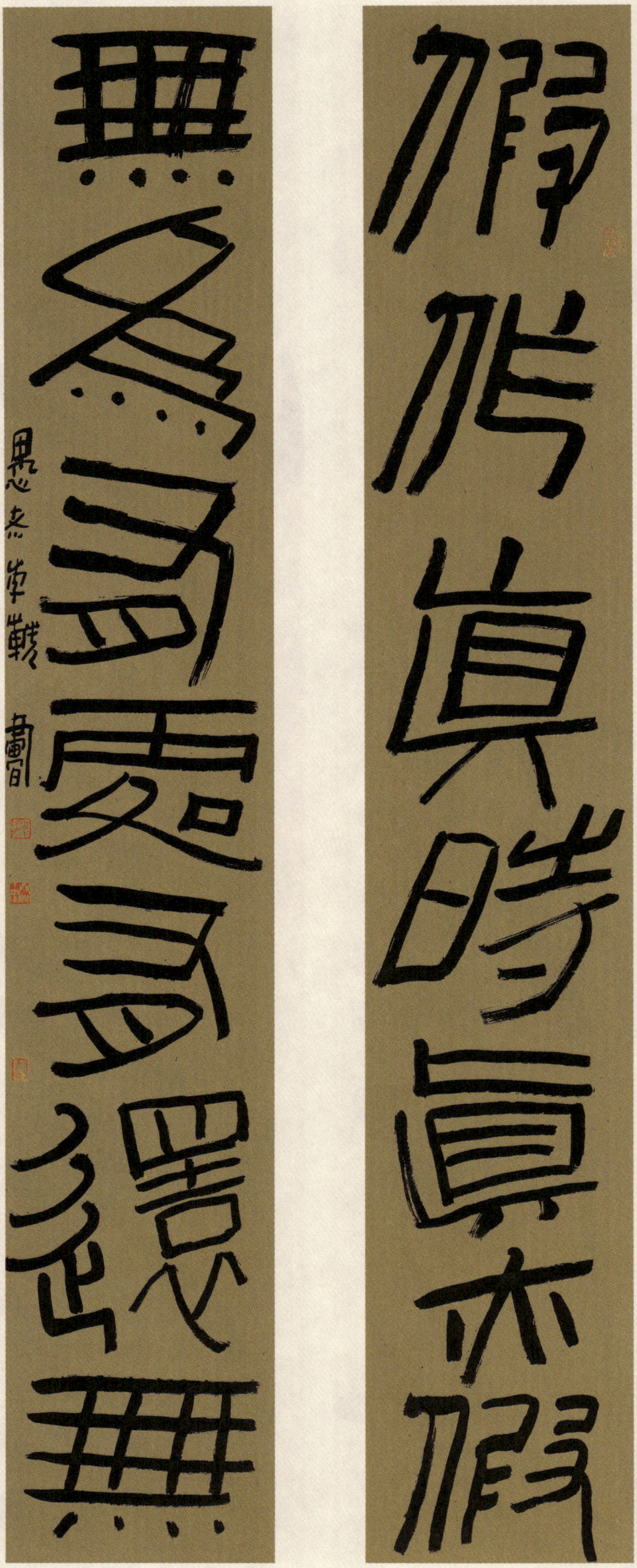

假作真时真亦假，无为有处有还无。尺寸：180cm×31.5cm×2

元春

《清改琦红楼梦人物图册》

关于这副对联，第一回的脂批但云：“叠用‘真’‘假’‘有’‘无’字，妙！”第五回宝玉梦中，此联再度出现，脂批又云：“正恐观者忘却首回，故特将甄士隐梦景重一滃染。”其实，这副对联反复出现，绝非只是呼应梦境那么简单，其妙处，也不仅仅只在真、假、有、无的一番叠用。真与假，有共无，恰是小说作者结撰此书所围绕的两对矛盾。此联之深意，显然不只是道出真与假、有共无的容易混淆，而是借这一容易混淆涂抹世情，揭示笔意。所谓世情，确乎是真假可以鱼目，有无难以辨明的一笔糊涂账。在这样的世情背景下，作者恰恰要写出假中之真，以假饰真却不改真性真情，同时要写出无中之有，以无作障亦能不害其实有。当世人属意于假时，作者其实力写其真；当世人认为其有时，作者又致力于无的渲染。烟云模糊，惝恍迷离，亦真亦幻，疑幻疑真，正是在这样的构建与对峙当中，许多关于人生的观照与思考自然流出于笔墨之间。

闷来时敛额，
行去几回头。

此是贾雨村中秋对月，有怀而咏的五律颔联。小说交代了此诗写作的背景，“原来雨村自那日见了甄家之婢曾回头顾他两次，自为是个知己，便时刻放在心上，今又正值中秋，不免对月有怀”。脂批称雨村此作为：“这是第一首诗。”这句话的意思，在于强调这是由书中人物吟出的第一首诗。不过，这首诗的情致，包括“时刻放在心上”云云，却和贾雨村这么一个沉浸于功名中的形象颇有些出入。所以，与其说是以此诗写出特定人物的怀抱，倒不如说是作者借此有所寄寓。诗歌的首联，其实就道出了作者寄寓之所在——借贾雨村之口，勾画出书中以宝黛为核心的一众儿女共同的处境——正是“未卜三生愿，频添一段愁”。颔联紧承其后，着力刻画沦陷在这一段愁绪中的情状。是以可知此处之愁，正是相思之愁。另外，“闷来时敛额，行去几回头”，亦颇有几分从“西厢”化出的意味。《西厢记》中，一笔若有似无的“旦回顾觑末下”，便牵惹出无尽情愁。正所谓“你撇下半天风韵，我拾得万种思量”。贾雨村之遇娇杏，确有脱胎自“西厢”的痕迹。从诗中这一颔联，更可见作者的意趣所在。《红楼梦》中，多见《西厢记》《牡丹亭》相关的笔墨点染。于此点染中，既可见作者对于前代戏曲小说的那份熟稔，同时亦令到读者可以在似曾相识中细味文心与深意。

李轶//书　曾莹//文

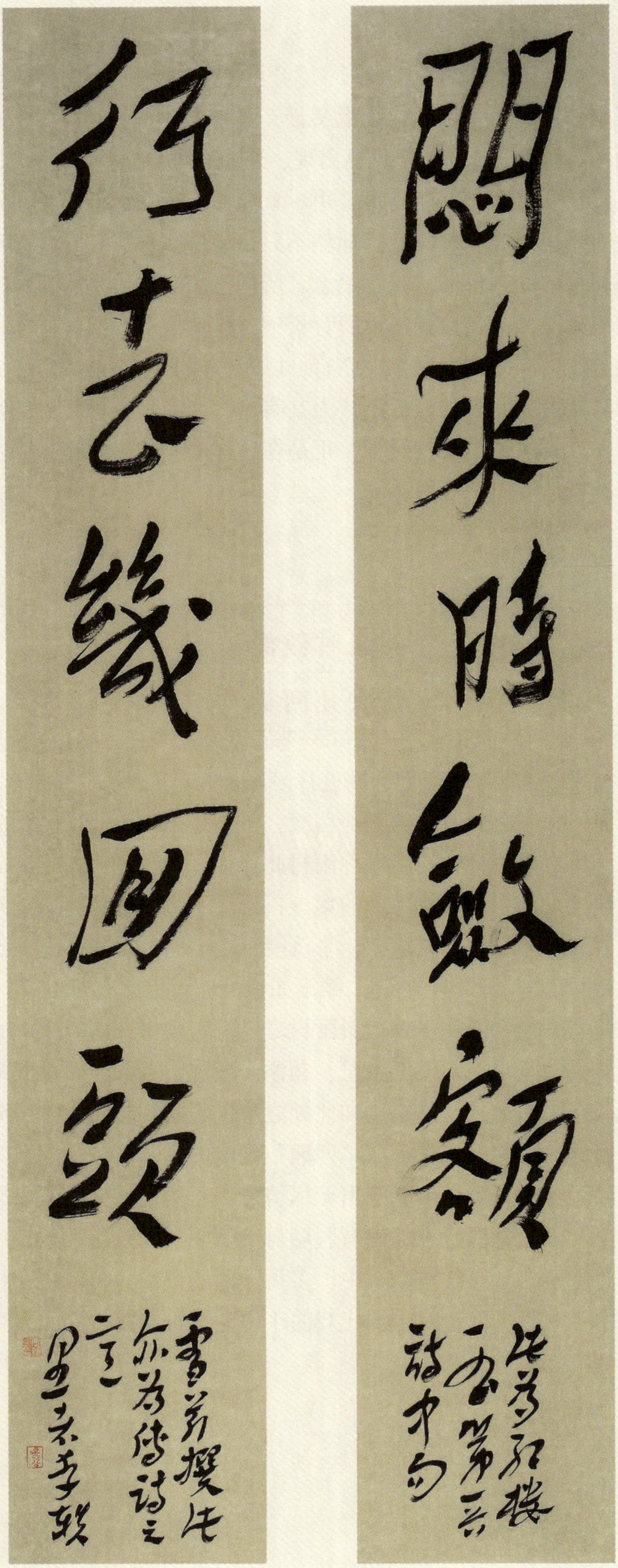

闷来时敛额，行去几回头。尺寸：138cm×23cm×2

自顾风前影，

谁堪月下俦。

此二句是前述贾雨村中秋对月，有怀而咏的五律颈联。顾，为顾盼之意。“自顾风前影”，写出了抒情主体此时的寂寞伶仃之态——心下之飘摇无依，足见一斑。有此上句，下句的出场就变得格外的理所当然，水到渠成。正是因为此刻无比孤寂难耐，所以才无法直视月下成双成对的恩爱俦侣。“月下俦”对“风前影”，“风前影”的凄凉苦况无疑倍增。于此映衬中，抒情主体对于俪影成双的由衷期许，同样可谓跃乎纸上。脂批称此诗预示着后文于“香奁闺情皆不落空”。称香奁有些过于艳冶了。称闺情，就此一联观之，倒是恰如其分的。

玉在椟中求善价，

钗于奁内待时飞。

庚辰本的上句，不作“椟中”，而作“匮中”，意思倒是没有更多的差别。这一联的出现，背景是贾雨村吟罢五律，又“思及平生抱负，苦未逢时，乃又搔首对天长叹，复高吟一联”。表面上看，是雨村怀抱无疑。无非就是哀叹自己虽为金玉之材，却未能得到赏识，抱负未能实现。字里行间，尽是对于科举仕途的殷殷期盼。除却字面意思，实际上，这一联句也是在小说的开端部分，即道出了作者行文谋篇的一大特性——钗黛并出的基本格局。上句言玉，是黛玉；下句云钗，即宝钗。同时，此二句也没有止步于点名。点名之余，还基本勾勒了二者最为主要的特性。上句言黛，突出了自矜身价的“孤冷”性格；下句题钗，则是道出了趁时而动的“徇情”特质。钗黛之并出宛然，钗黛之别亦宛然。

天上一轮才捧出，

人间万姓仰头看。

小说第一回，贾雨村在中秋之际的三次吟咏之事，其实都颇有些做作的意味。第一次，是“口占五言一律”。口占不奇怪，但口占一首五律，其作态就有些分明了。第二次，是恰才吟罢，“因又思及平生抱负，苦未逢时，乃又搔首对天长叹，

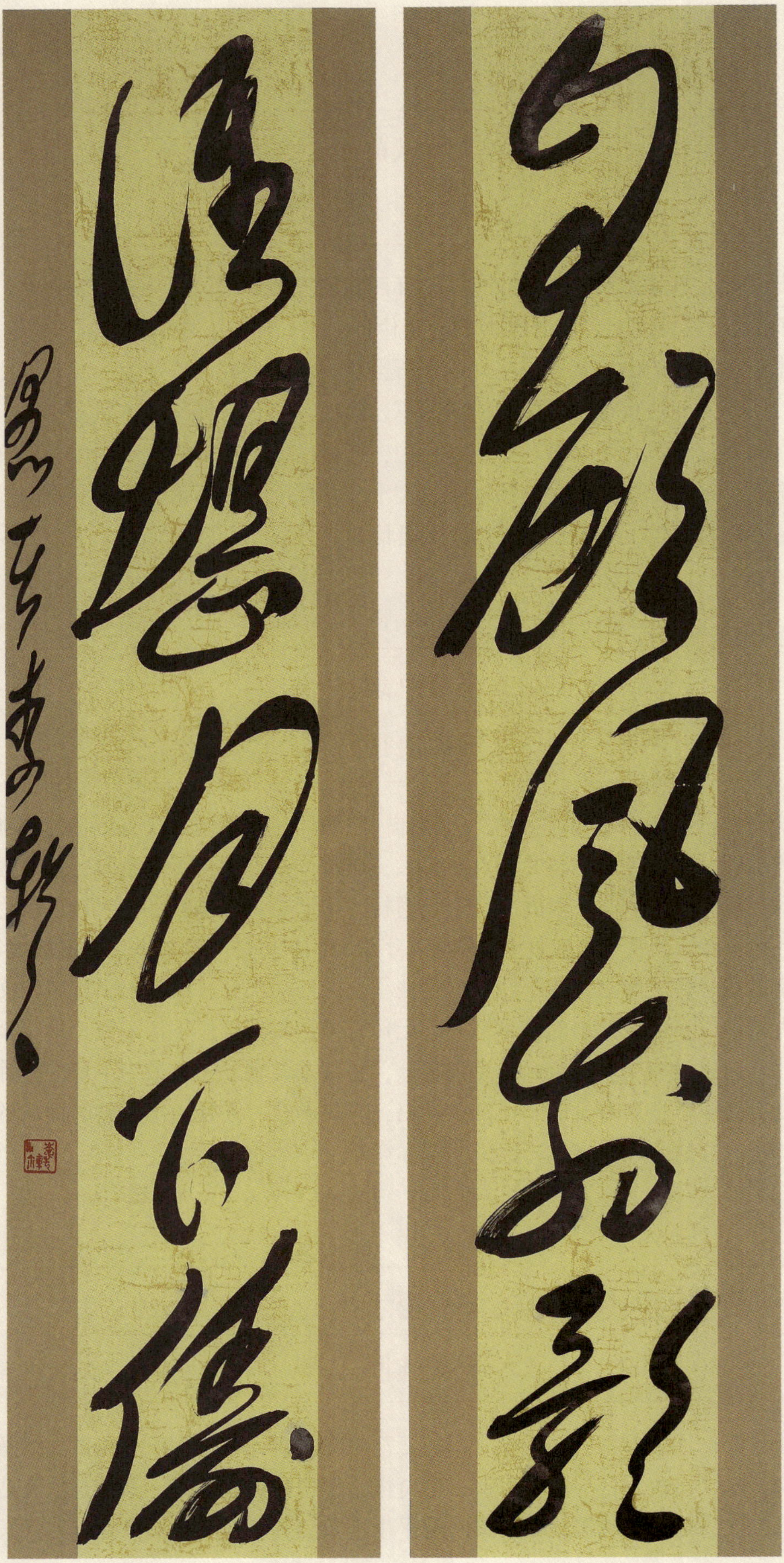

李轶//书　曾莹//文

自顾风前影，谁堪月下俦。尺寸：138cm×34cm×2

玉在椟中求善价，钗于奁内待时飞。尺寸：138cm×36.5cm×2

李轶//书　曾莹//文

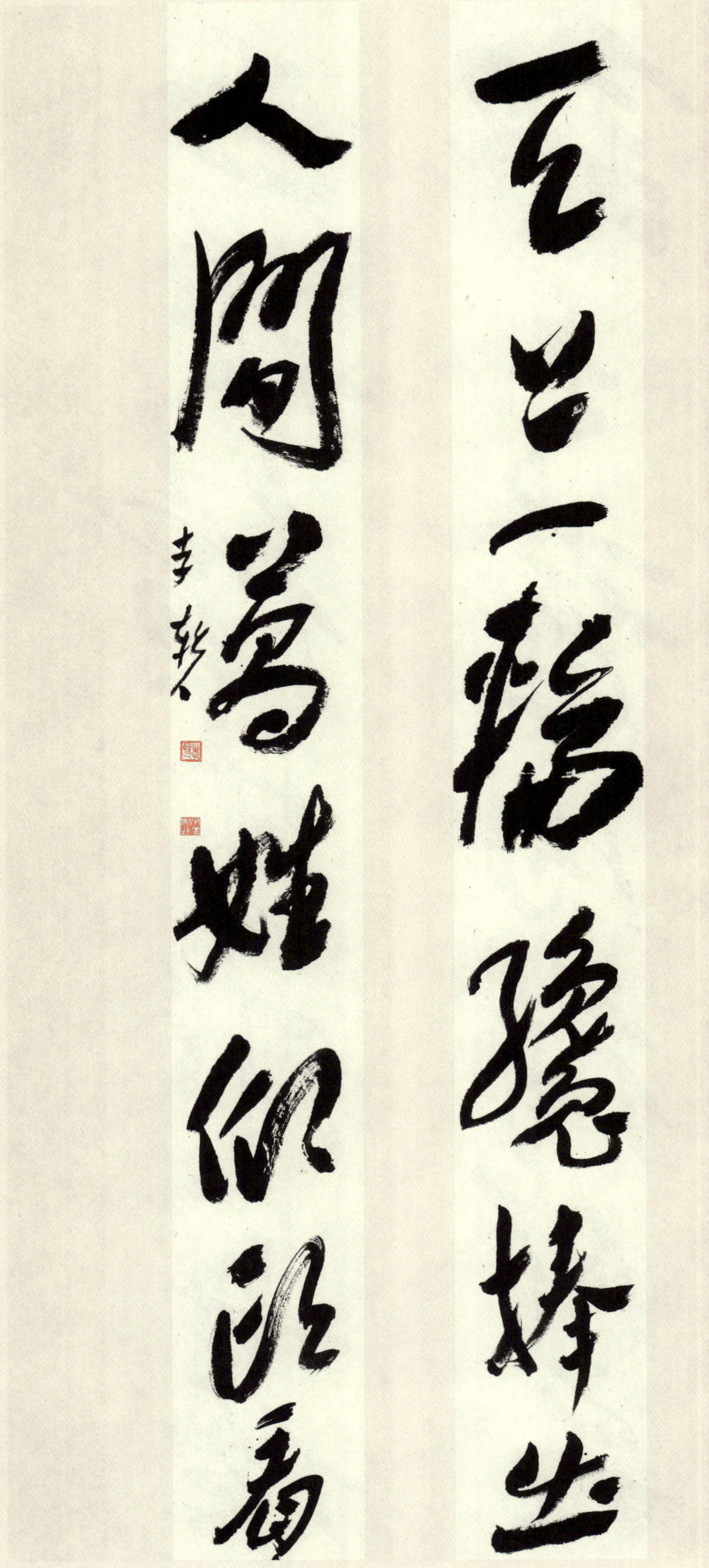

——天上一轮才捧出，人间万姓仰头看。尺寸：180cm×22cm×2

复高吟一联”。一联而需高吟，则显然不止于自抒胸臆那么简单，而是意欲他人听闻。所以，此时甄士隐的“恰值”走来听见，出语赞叹，就显得那么样的自然。第三次，则是在“已有七八分酒意”之后，“狂兴不禁，乃对月寓怀，口占一绝”。此二句，即此口占之作的三、四句。诗句不见得好，而且同样是与雨村身份不符。如果说，前之五律有过于浓郁的闺阁色调，那这一首则可谓是周身的草莽气。与“不文”的赵匡胤所咏——“未离海底千山黑，才到中天万国明”——基本是一种风格。而按照雨村读书士子之身份设定，此时咏蟾宫折桂，似乎更为恰切。虽然甄士隐听其吟后即有叹称：“妙极！弟每谓兄必非久居人下者，今所吟之句，飞腾之兆已见，不日可接履于云霓之上矣。”不过，此处“天上一轮”与“人间万姓”的对峙，实在是有些僭越的嫌疑。倘若这是贾雨村素日怀抱中所有之念，也许就是这份过于强烈和庞大的野心招致了其最后的败亡。

身后有余忘缩手，
眼前无路想回头。

这一联，出现在小说第二回。贾雨村此时，正在扬州林如海处执掌教席。所教之人，正是林如海和贾敏的独生女林黛玉。一载之后，女学生母亲病逝，女学生也触犯旧症无法上学，贾雨村在闲居无聊的状态中，“每当风日晴和，饭后便出来闲步”。某天信步而至郭外，偶然间，就与“智通寺”不期而遇了。智通寺坐落在山环水旋、茂林深竹之处，门巷倾颓，墙垣朽败，门旁所挂，正是此联。贾雨村作为一尚未得志、惆怅于功名的读书人，看到此联，自是颇有触动。一方面，他感慨“文虽浅近，其意则深”，另一方面，他又以为“其中想必有个翻过筋斗来的”。脂批于此处评道：“先为宁、荣诸人当头一喝，却是为余一喝。”

此一联，确如贾雨村所评，是“文虽浅近，其意则深”。其深处，在于未入正题，先做警示，且言辞间机锋隐隐。这是作者用意之深，也是运笔之深——以“无”，来焕映他日之“有”，等于是为一切荣华富贵指明了归宿。

座上珠玑昭日月，
堂前黼黻焕烟霞。

这一副联句，是“荣禧堂”的对联。按照作者的讲法，这是所谓“正紧正内室”。故而这一副对联，便是最能道出荣国府之精神气韵的文字。荣国府之巍峨峥嵘，远

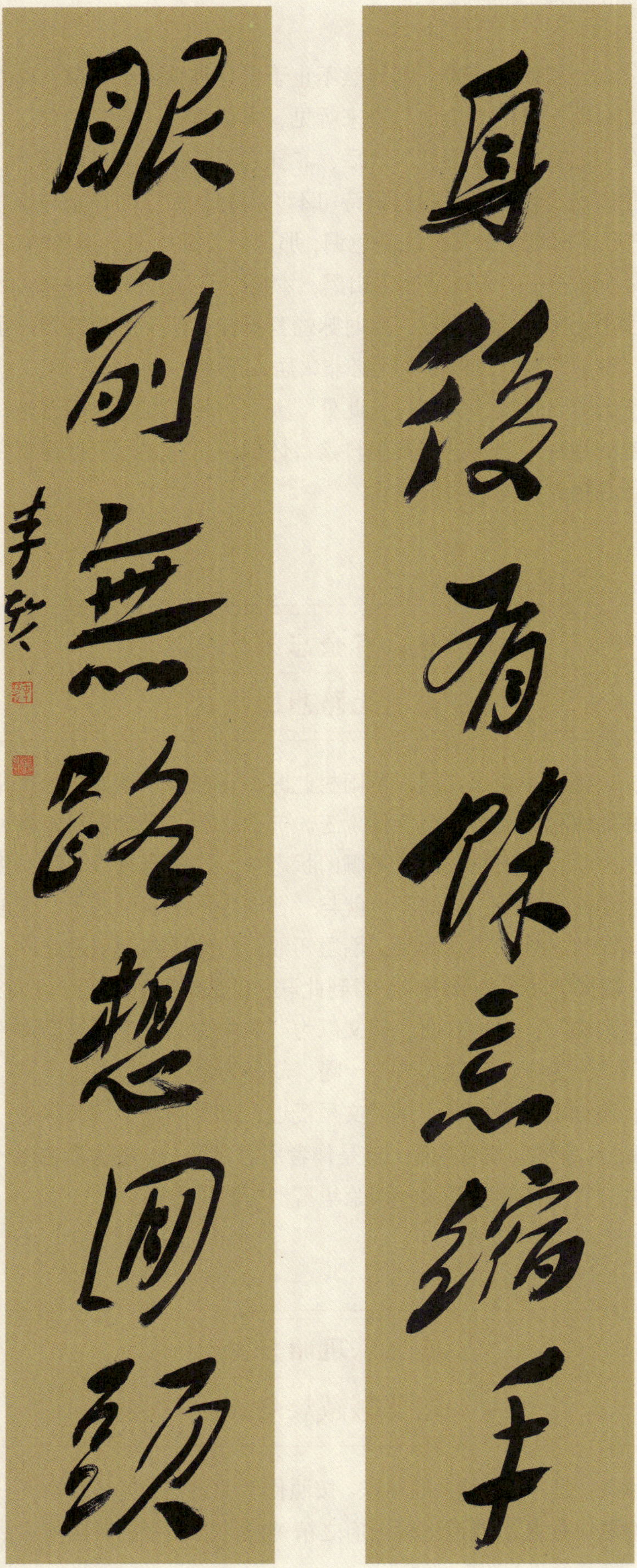

李轶//书　曾莹//文

——身后有余忘缩手，眼前无路想回头。尺寸：180cm×34cm×2

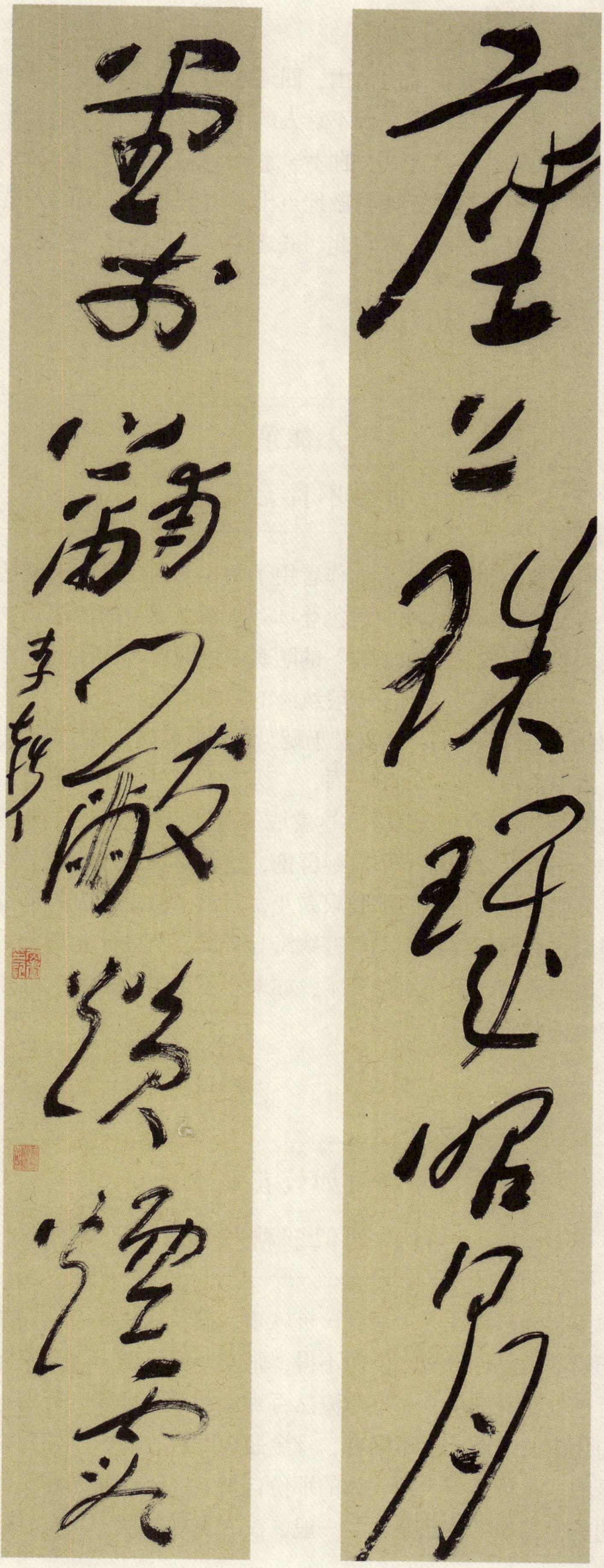

座上珠玑昭日月，堂前黼黻焕烟霞。尺寸：138cm×23cm×2

不止建筑上的“两边厢房鹿顶耳房钻山，四通八达，轩昂壮丽”，更在于所谓“诗礼簪缨之族”——那份官宦传家，代不乏人的荣显与自豪。“座上珠玑”，富贵二字不待渲染，同时也标举了家族中人的才学才干。黼黻者，官服前的图案纹样是也。所以“堂前黼黻”数语，更是无比骄傲地点出了贾府非同凡响的人员构成。贾府令人仰望的权力势位、财富根基，尽在此一联之中。脂批所评“实贴”二字，确实称得上精准。

天下无能第一，
古今不肖无双。

小说第三回，贾宝玉登场之后，作者用了两首《西江月》来概括突出这一形象的与众不同。这既是上承古代戏曲角色登场有所谓上场诗的传统，也是破除了从来野史但知夸炫“貌如潘安，才如子建”的陋套。这两首《西江月》，名抑实扬。作者想要写出的，恰恰是宝玉区别于一般纨绔的特性所在。

能够确知此二首《西江月》是寓赞于贬，最为显著的证据，就是这么两句：“天下无能第一，古今不肖无双。”乍一看，“天下无能”“古今不肖”，确乎是詈词无疑。可一旦加上“第一”“无双”，这就成了遏制不住的肯定与褒扬。而能在“天下无能”“古今不肖”之中称一个冠绝群伦，这就不是一般纨绔子弟所能拥有的认定。这两句，分明是借着自嘲的那股狠劲儿，写出了傲睨物表的那份狂态。所以紧接着，作者便以这么两句终篇：“寄言纨绔与膏粱，莫效此儿形状。”恰如脂砚斋所评，“末二语最要紧。只是纨袴膏粱，亦未必不见笑我玉卿。可知能效一二者，亦必不是蠢然纨袴矣。”

闲静时如姣花照水，
行动处似弱柳扶风。

骆玉明《玉楼人醉杏花天》写到一桩轶事，提及胡兰成有《民国女子》一文，要找个好句子描摹张爱玲行坐之姿而不得，张爱玲就引到了《金瓶梅》中写孟玉楼的两句，“行过处花香细生，坐下时淹然百媚。”《红楼梦》写黛玉的这两句，便有从上引二句化出的痕迹。所不同者，《金瓶梅》极力写一“媚”字。《红楼梦》作者意在凸显的，是黛玉与天地一体的那份自然。“闲静时如姣花照水”，静时节有映照一切的美，却如“姣花照水”一般，没有更多刻意，只有自然呈现的绚烂明

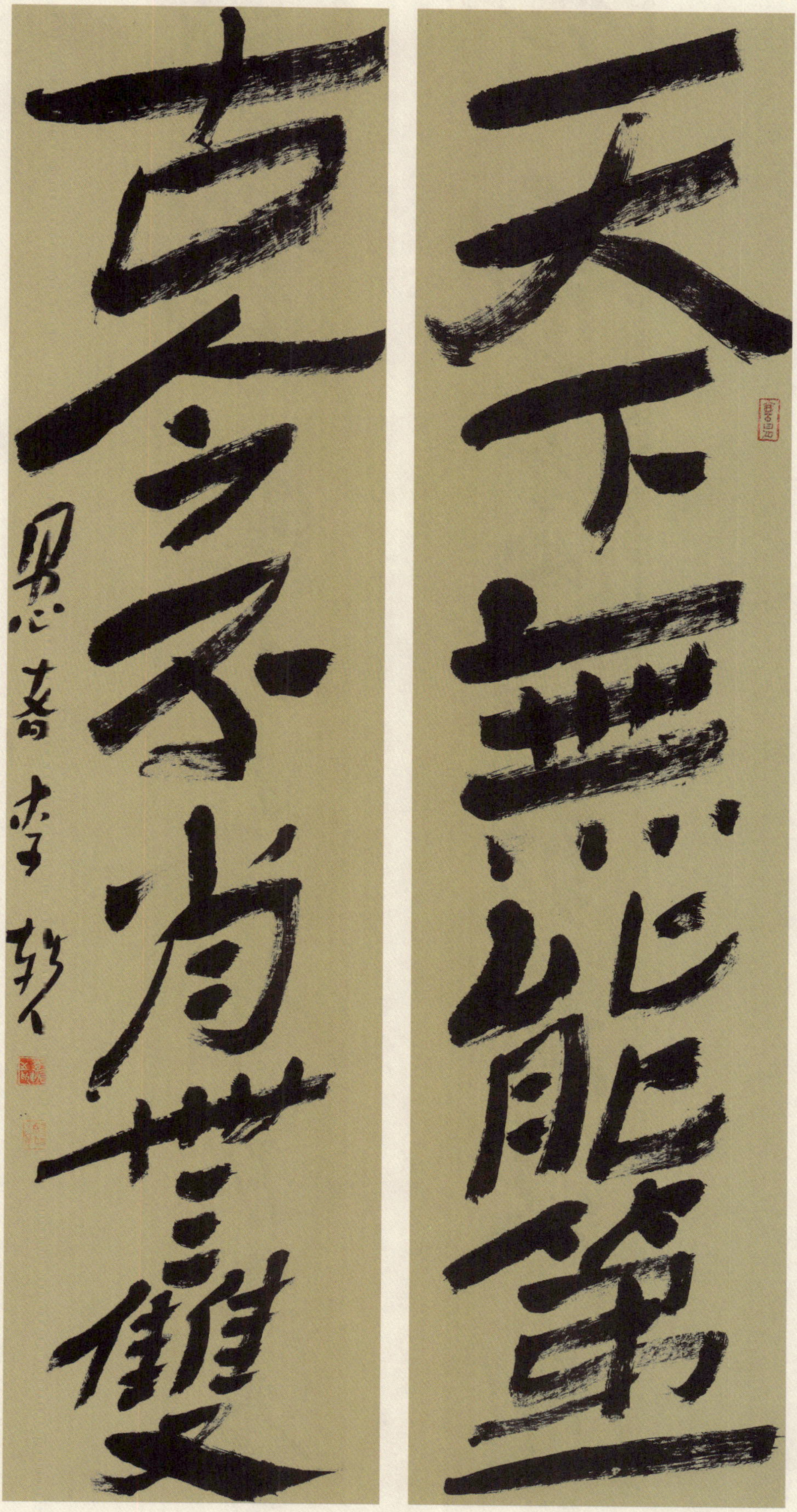

天下无能第一，古今不肖无双。尺寸：180cm×40cm×2

李轶//书　曾莹//文

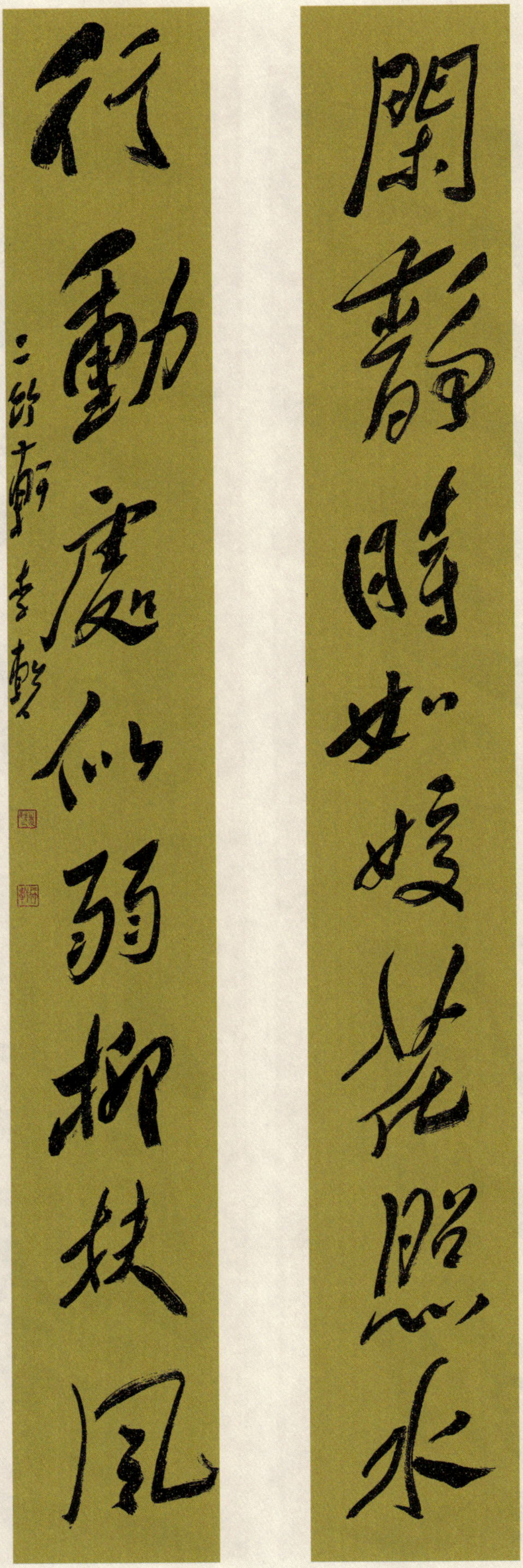

闲静时如姣花照水，行动处似弱柳扶风。尺寸：180cm×34cm×2

媚。“行动处似弱柳扶风”，同样是不露痕迹地敷演步态的轻柔曼妙。“扶”字用得很妙，相依之间足见情味。是以小说后文写到黛玉行来，往往说她“摇摇”走来，神态风韵毕现。

世事洞明皆学问，
人情练达即文章。

小说第五回，宝玉至宁国府赏梅游玩，一时倦怠，欲睡中觉。秦可卿先将其领至上房，上房挂了一幅《燃藜图》，宝玉一见就心生不快。紧接着，就是此联出场。小说作者写道，宝玉“既看了这两句，纵然室宇精美，铺陈华丽，亦断断不肯在这里了”。宝玉何以有如此大的反应？我们不要忘了宝玉给自己标举的特性——“潦倒不通世务，愚顽怕读文章”。《燃藜图》的出现，刺激了怕读文章的少年；而这样一副对联，则是直击不通世务的心灵。由此，更可见作者对于宝玉的设定，远遁世情，不染尘俗，是其最为突出的要质。所以，这样一个形象，是无法在劝说勤勉、讲论世情的氛围中安然入睡的。

说回这一联句。如脂砚斋所批，此联确实“极俗”，于此处出现，效果却是绝妙的。它让我们清晰地看到了，一些所谓“老于世情”之人，拥有何等样的经验之谈，同时又是何等样地诲人不倦、乐此不疲。

嫩寒锁梦因春冷，
芳气笼人是酒香。

这副对联出现在秦可卿的房中。所配搭的，是唐伯虎画的《海棠春睡图》。按照小说交代，此联则是出自“宋学士秦太虚”的手笔。庚辰本下联写作“芳气笼人是酒香”。就小说上下文来看，此处显然是“笼人”更佳。“袭人”的话，酒香太过浓烈，似乎不太适合一场旖旎幻梦的发生。“笼人”正与“锁梦”一致，没有侵略感，却勾勒出了一室氤氲。在此背景之下，眼饧骨软来得不待铺排，那么一个梦境的进入也显得格外的自然。脂砚斋评此联“艳极”“淫极”，包括“已入梦境矣”，恰恰点出了比间居住之人的种种特性。《红楼梦》笔墨的摇曳生姿，正在此间。

李轶//书 曾莹//文

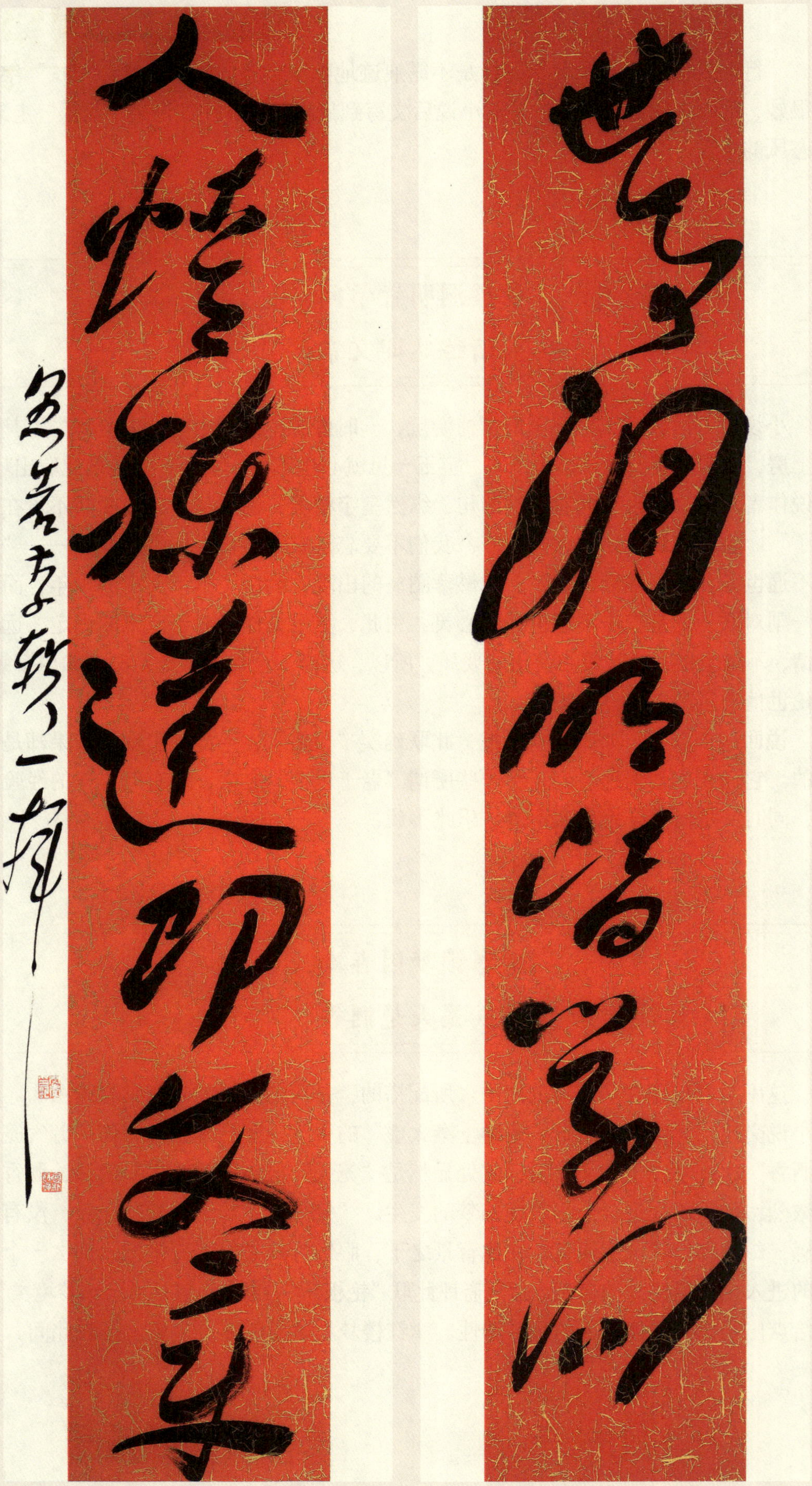

世事洞明皆学问，人情练达即文章。尺寸：180cm×48cm×2

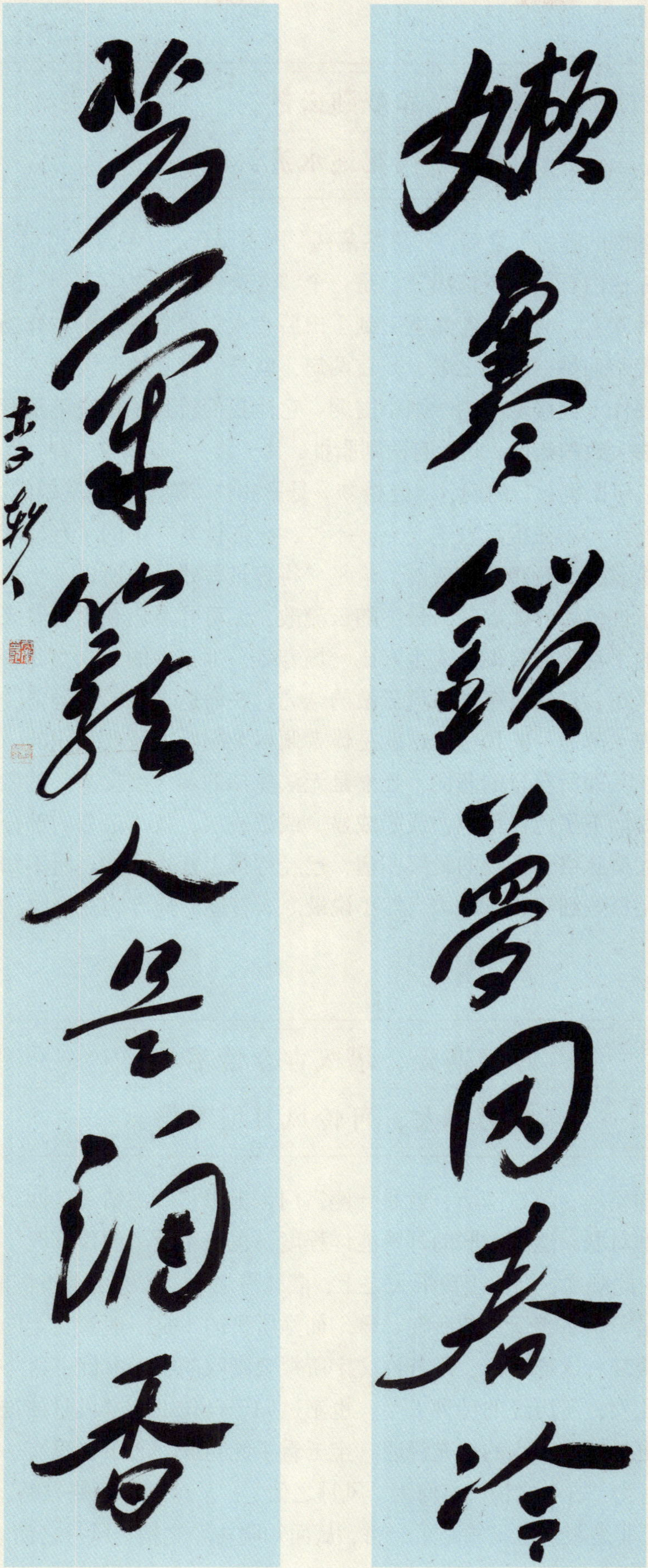

嫩寒锁梦因春冷，芳气笼人是酒香。尺寸：180cm×31cm×2

春梦随云散，飞花逐水流。

宝玉“惚惚的睡去”之后，“悠悠荡荡”随着秦氏，去到了一个不知名的所在。此处但见“朱栏白石，绿树清溪”，是一个“人迹希逢，飞尘不到”的地方。宝玉正在梦中各种欢喜、胡思，忽然就听到了山后有人唱着歌登场了。登场的人，就是太虚幻境的警幻仙姑；所唱之歌，开首两句，就是“春梦随云散，飞花逐水流”。这两句，可视作《红楼梦》的一则小提纲。它让我们看到了小说笔墨萦绕的核心，以及书中人物大致的走向。此处有两则脂批。其一称：“开口拿‘春’字，最紧要。”其二云：“二句比也。”的确，《红楼梦》是紧扣住“春”驱驰笔墨的。无论人名、季节、事件，无一不在提示着这一点。不过，《红楼梦》中的“春”却不是指向盛大的生机与希冀，作者想要完成的，恰是“将春景写残”。所以，小说中的繁华，基本都指向了憔悴。一如春梦，最终随云流散，无可寻觅。在批者看来，这两句都用到了比兴的手法。如果说，人生好比一场春梦，那书中的一众女儿，就仿佛这当春的飞花。飞花，自然逃不过风流云散的结局。在命运之手的拨弄下，没有一个女儿，能够逃脱“薄命”的预言。这就是作者倾尽全副心力所要编织的，一个注定要破碎的幻梦。其间所蕴含的悲情，显然是无法掩抑的。《红楼梦》的妙处，就在作者随处着意安插下了色色伏笔，或隐或显，或浓或淡，就算最后的部分无从得见，可是故事的大概脉络，人物的最终归宿，已经称得上基本了然。所不知的，有待填充的，无非是那些细碎的日常。当然小说最令人着迷的地方就在于此。

厚地高天，堪叹古今情不尽；痴男怨女，可怜风月债难偿。

进入太虚幻境，绕过牌坊，就是一座宫门，上书“孽海情天”四个大字，所悬的，正是这副对联。这副对联的耳熟能详程度，也许不及“假作真时”，但它同样深意满满。由此观之，则位于离恨天之上，灌愁海之中，放春山遣香洞的太虚幻境，毫无疑问就是一个“警情”的所在。警幻仙姑所警的不是一般意义上的幻，而是情之幻。《红楼梦》这部小说，用若许文字所拟要喟叹的，无非即“古今情不尽”。书中这若干儿女，所历经的种种人生，也不过归于一句——“风月债难偿”。后续宝玉所云，更是对这一点的补充说明。宝玉看了此对联，心下自思有——“原来如此。但不知何为‘古今之情’？何为‘风月之债’？从今到要领略领略。”读完《红楼》一书，无非是跟着宝玉领略了一番，从而知晓古今之情、风月之债端为何物了。

黛玉
改琦

《清改琦红楼梦人物图册》

春梦随云散，飞花逐水流。尺寸：138cm×35cm×2

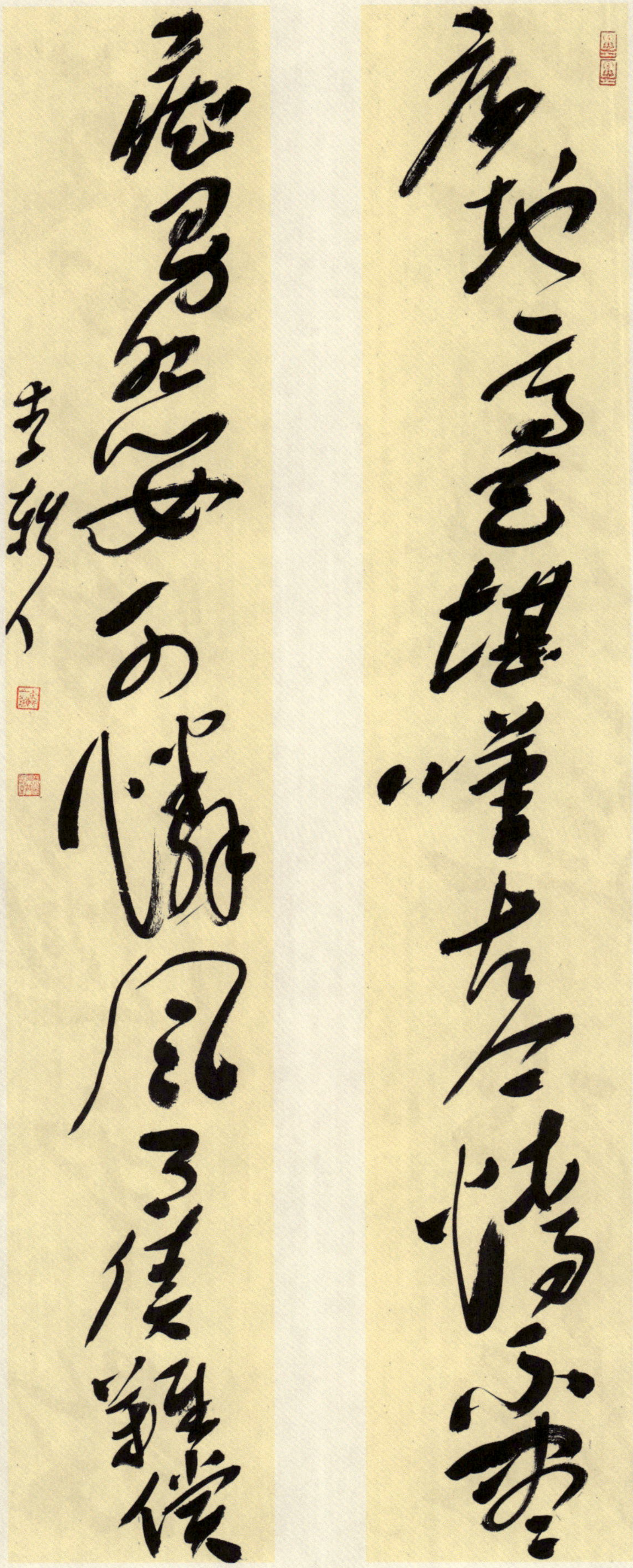

一 厚地高天，堪叹古今情不尽；痴男怨女，可怜风月债难偿。尺寸：180cm×31cm×2

春恨秋悲皆自惹，
花容月貌为谁妍。

宝玉跟随警幻仙姑进入二层门内，触目皆是“痴情司”“结怨司”“朝啼司”“夜怨司”“春感司”“秋悲司”，而贾府中的一干女儿，其位置乃在“薄命司”，此副联句，就是“薄命司”两边悬挂的对联。小说作者描述了宝玉对于此联的观感——“宝玉看了，便知感叹。”脂批称“‘便知’二字是字法，最为紧要之至”，究其原因，大概就在“便知”写出了那份触动的油然而生。这一副对联，让观者清晰可见：书中的那些女子，皆遭逢着春恨秋悲无力遁逃，同时花容月貌终付凋零，全然无依无靠的命运。谓之“薄命”，堪称定评。这也正是小说一开场由英莲带出的那两句：“有命无运，累及爹娘。”

堪羡优伶有福，
谁知公子无缘。

晴雯之后，宝玉接下来看了袭人的判词。这样一个写法，延续了所谓“钗黛并出”的书写格局。因为“晴为黛影，袭为钗副”。晴雯与袭人在“金陵十二钗又副册”的并见，同样是“钗黛并出”的另一种呈现形态，同时也彰显了《红楼梦》运用最为广泛的一种笔法——形影对照法。黛玉与晴雯，是一重形与影；宝钗与袭人，亦是一重形与影——在形与影的互为映照中，特性更为突出，关系更为分明，详略更易安排，角度更为多变，同时小说也就笼罩在一派晦明浓淡，摇曳不断的光线斜织之中。

这一联，正是袭人判词的后二句。是联简要勾勒了花袭人日后的命运走向。“优伶有福”，指的是袭人最后归于琪官蒋玉菡的命运走向。“公子无缘”，喟叹的则是其与贾宝玉之间的关系，终究落在无缘二字之上。

其实这首判词的开篇也值得注意——“枉自温柔和顺，空云似桂如兰”。温柔和顺，这是宝钗突出的特性，同时也是袭人与宝钗在性情上最为显著的相似之处。似桂如兰，一方面点出了袭人的姓氏——花，另一方面也点出了袭人更名的缘由——既秉花之姓，又兼馥郁芬芳，自然袭人。

值得留心的，还有这两句中“枉”与“空”二字的存在。众多女子的判词中，这两个字称得上是交替穿插。作者借此频繁穿插基本点明了一桩事实：无论是怎样的脾性，无论有怎样的出身，都逃不过“一场空”的判定。

李轶//书　曾莹//文

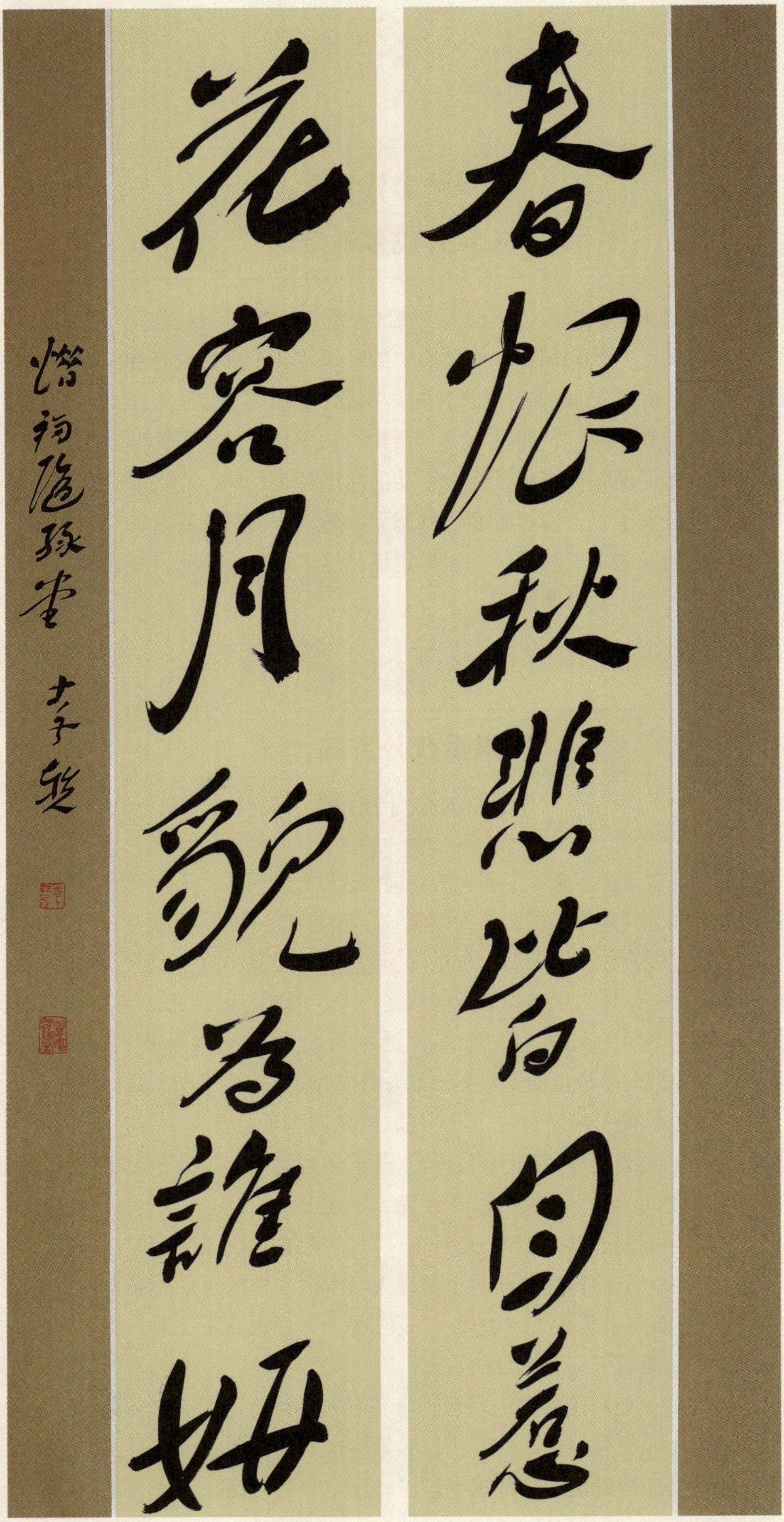

春恨秋悲皆自惹，花容月貌为谁妍。尺寸138cm×34.5cm×2

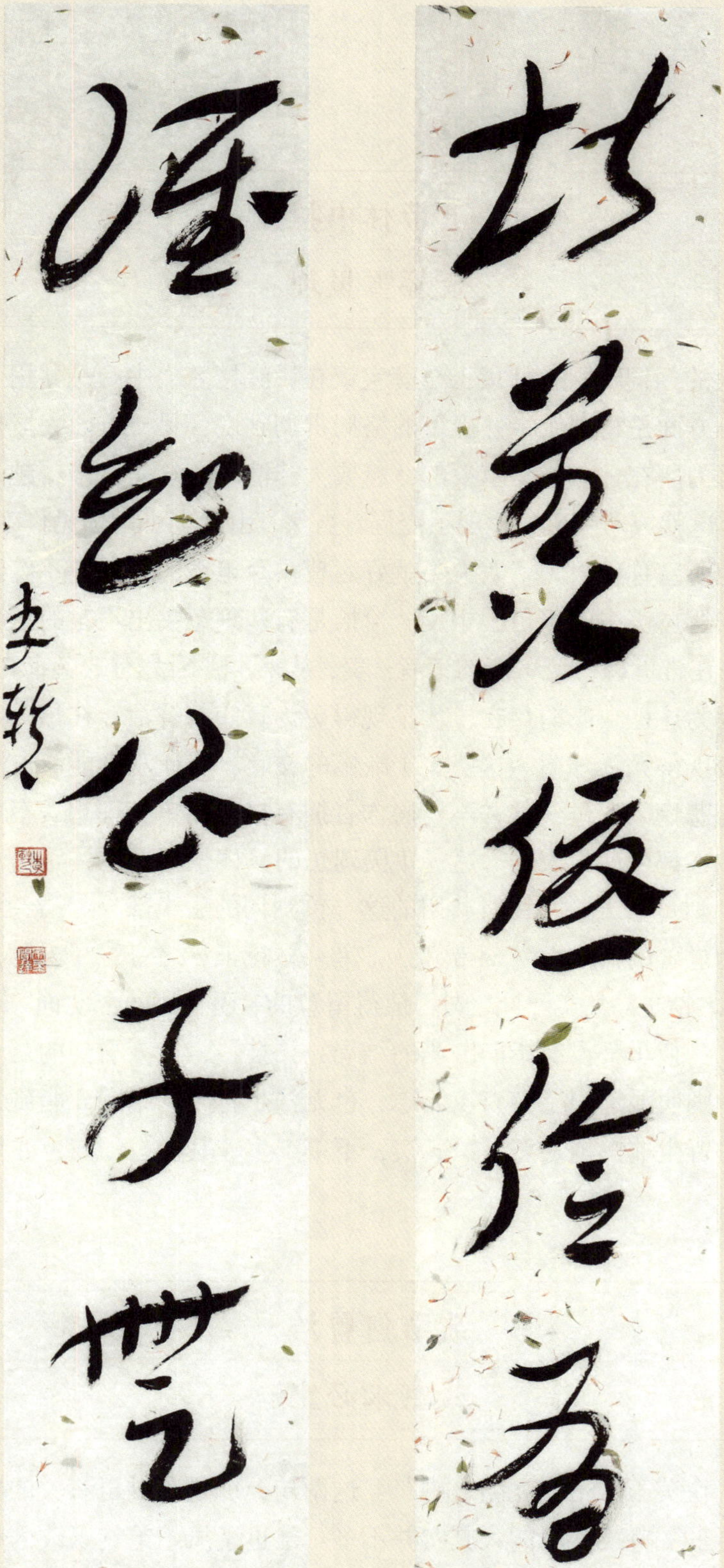

堪羡优伶有福，谁知公子无缘。尺寸：136cm×23cm×2

玉带林中挂，
金簪雪里埋。

与其他人的判词不同，林黛玉与薛宝钗在《红楼梦》中乃是共用一首判词。这样的做法，一方面是将“钗黛并出”的格局贯彻到底，另一方面大概也是作者有意突破格套的努力所在——越是重要的，越要大肆渲染，这是常格；越是紧要的，越要吝啬笔墨，这就成了突破，体现了变局。当然，由此也可以窥见作者的审美理想，确实一直如他所宣称，果为“兼美”就好。曹雪芹笔下的美，并不等于完美。他其实从来没有回避过美中的不足，相反，恰恰是有些刻意突出不足的意味。某种程度上，他似乎是在告诉每一位可能的读者：美，从来不曾因为有缺憾存在而受到贬损。美，恰恰是因为这些缺憾的存在，才呈现得更为真实与鲜活。在黛玉、宝钗的塑造上，这一点表现得尤为分明。这些关于缺憾的文字，更让观者能够充分且深刻地感知何为宽和与悲悯。不过，这并不妨碍作者拥有自己的审美理想。秦可卿、香菱，虽然着墨不多，都可谓“兼美”这一审美理想的具体呈现者。

此二句，则是黛玉、宝钗所共用的这一首判词的后半部分。谐音双关的使用，是这两句最为显著的特点。“玉带林”，谐“林黛玉”之音。“雪”，谐薛；“金簪”，即宝钗之谓也。其实除此之外，值得留意的，还有那两个动词。一者称“挂”，一者称“埋”，似乎都没有指向圆满的结局。“挂”，让人看到的是一生心事的空悬。“埋”，则明显道出了空有凌云志，也无法上青云的结局。脂砚斋于此批称：“寓意深远，皆生非其地之意。”其实，不单“生非其地”，归，亦显非其地。

欲洁何曾洁，
云空未必空。

“画着一块美玉，落在泥垢之中”，这两句，就是和妙玉有关的判词。《红楼梦》里，以“玉”直接命名的人其实并不多。经过了凤姐给红玉改名小红一节，更令人清晰知晓这府里并不容许轻易用“玉”命名，“你也玉，我也玉”，是相当数量的人不乐看到的局面。所以，名字间留有“玉”字，其实就揭露了其人与宝、黛之间有着格外密切的关联。妙玉，当然是其中一位。

很多人读《红楼梦》，总感觉林妹妹性情怪异，不好相处。实际上，书中最不好相处的还是妙玉这位身份处境都无比尴尬的所谓“出家人”。作者于小说中，极

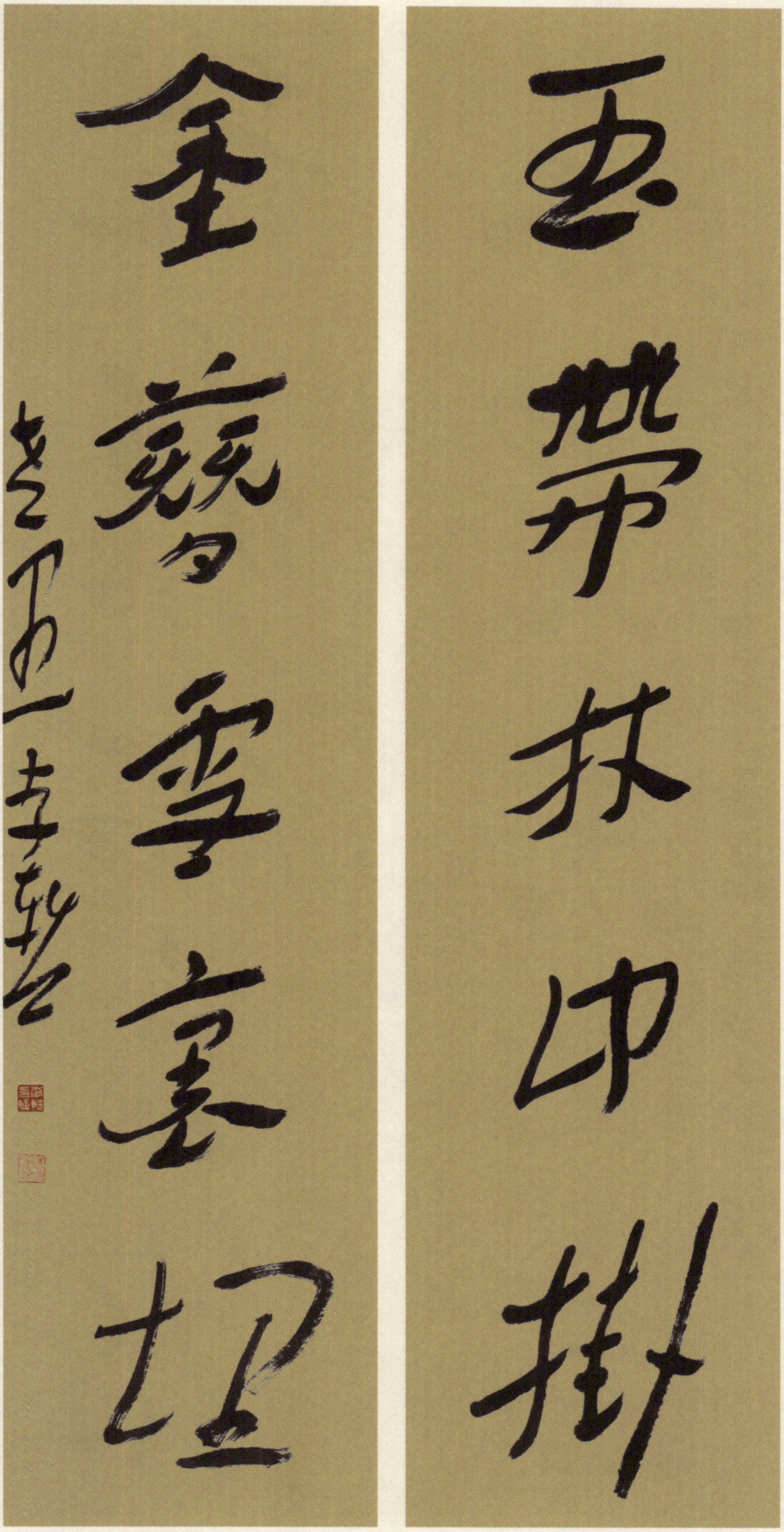

玉带林中挂，金簪雪里埋。尺寸：138cm×34.5cm×2

李轶//书 曾莹//文

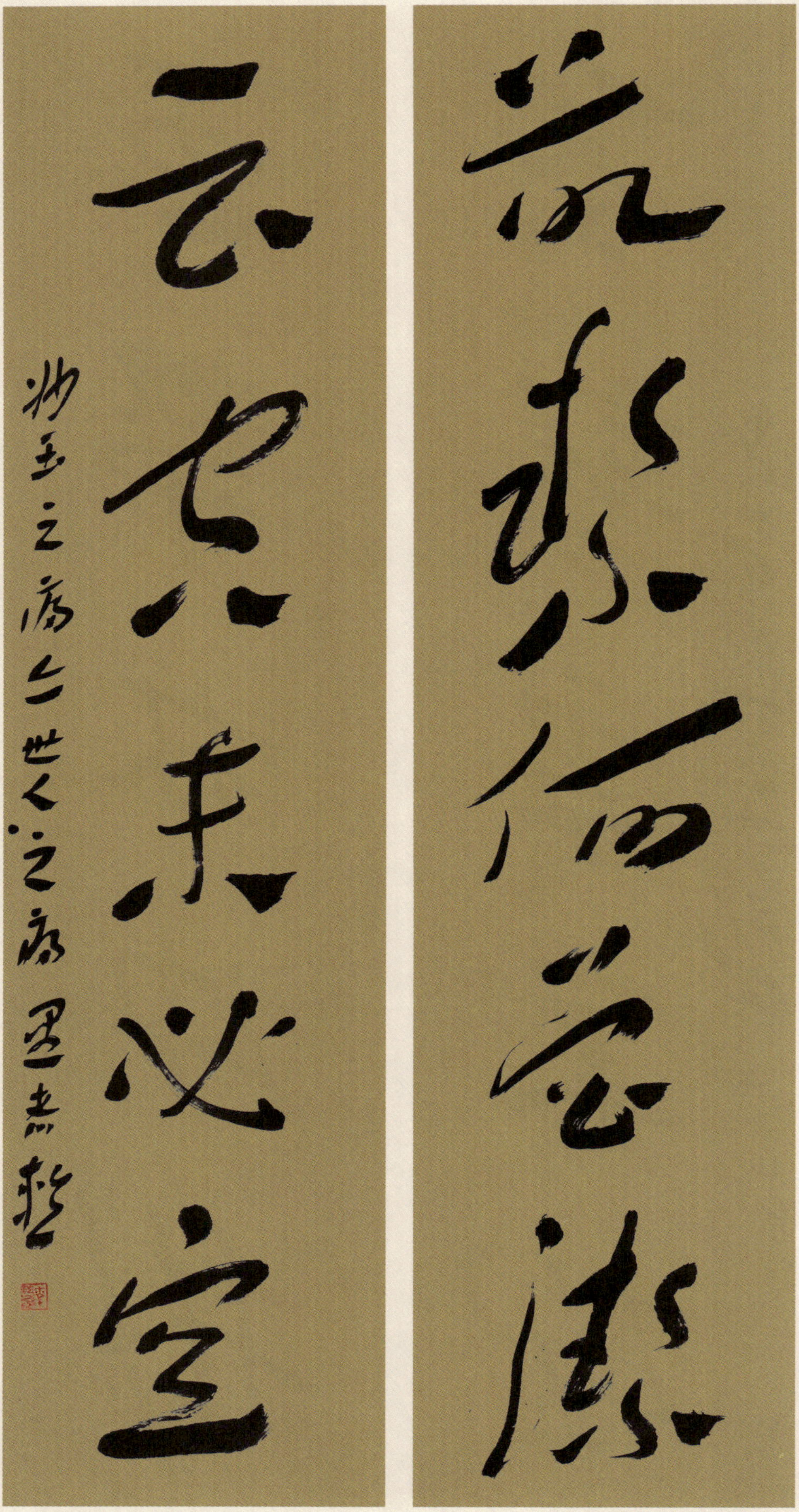

欲洁何曾洁，云空未必空。尺寸：138cm×34.5cm×2

力凸显了妙玉的洁癖，同时也写到了她明明应该勘破却仍然系意于红尘的事实。这正是此二句所书——“欲洁何曾洁，云空未必空”。最在意洁净的，将交付于肮脏污秽；最应该置身槛外的，却依然在红尘中沉沦。这正是妙玉无从摆脱的悲剧。曹雪芹于此，写得格外深刻。

幽微灵秀地，
无可奈何天。

宝玉进到太虚幻境内室，所看到的，就是这么一副对联。太虚幻境的内室，按照作者所写，“瑶琴、宝鼎、古画、新诗，无所不有。更喜窗下亦有唾绒，奁间时渍粉污”，这完全就是一个女儿的闺房。所以“幽微灵秀地”，脂批就有所谓“女儿之心，女儿之境”的直接点明。不过这两句的高明，还在扼要写出了《红楼梦》这部巨著的题旨——无论如何幽微灵秀，其实也都免不了无可奈何；无论如何幽微灵秀，却也终将去向无可奈何。这才是令人扼腕不尽的现实。脂批所云“两句尽矣。撰通部大书不难，最难是此等处，可知皆从无可奈何而有”，正是此谓。

山中高士晶莹雪，
世外仙姝寂寞林。

进入内室，警幻就命人演出了自制的十四支《红楼梦》曲。所以有的版本，第五回的回目名，就是“游幻境指迷十二钗，饮仙醪曲演红楼梦”。此二句，是《终身误》里头的文字。值得一说的是，这些曲牌，在戏曲上并无所本，全为曹雪芹自创。既为自创，则每一支曲牌名的文字亦值得注意。“终身误”，就是站在宝玉立场上，唱出的他对于钗黛二人的态度。“山中高士晶莹雪”，指的是宝钗，虽然她最后和宝玉走到一起，但于宝玉而言，不过是“空对着”。“世外仙姝寂寞林”，当然指黛玉，木石前盟，赢得了宝玉所有的心，哪怕最终不能相守，也是“终不忘”。世间情爱，说来说去，不过此曲最末一句，“到底意难平”。

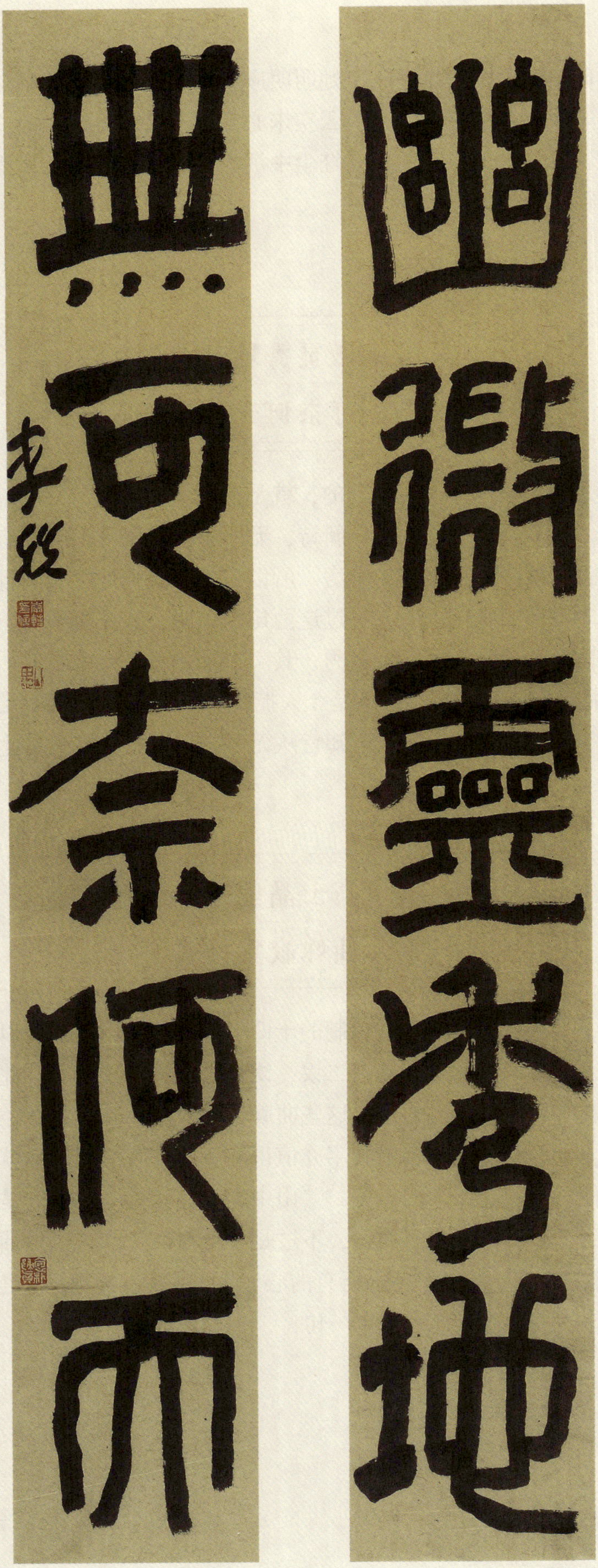

李铁//书　曾莹//文

幽微灵秀地，无可奈何天。尺寸：136cm×23cm×2

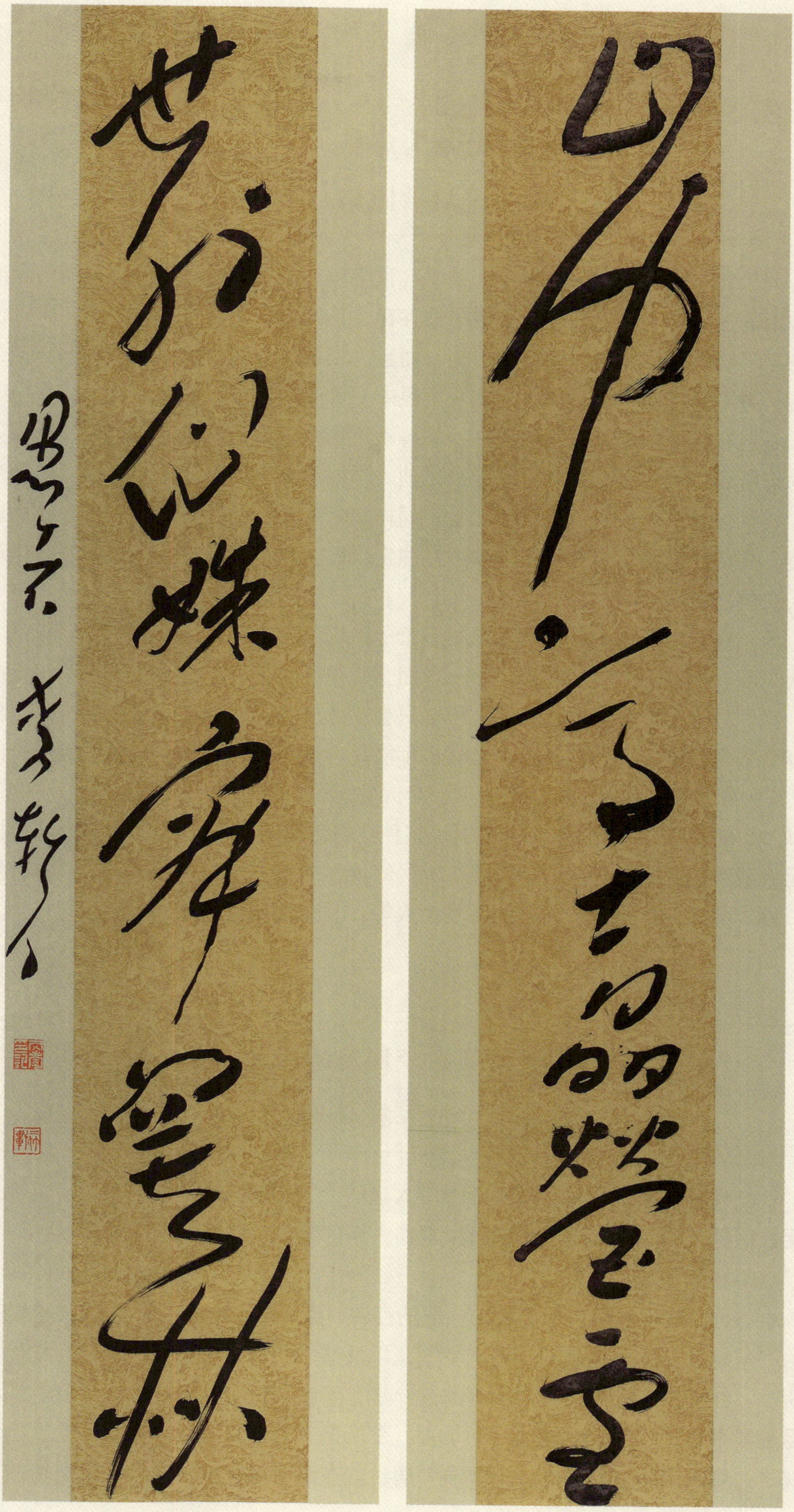

山中高士晶莹雪，世外仙姝寂寞林。尺寸：138cm×35cm×2

太高人愈妒，过洁世同嫌。

此二句，是这一组《红楼梦》曲中《世难容》的内容。《世难容》所勾勒的，是妙玉的性情与人生。妙玉在小说中的存在，是叫人有几分意想不到的。所以作者用到了“槛槛”“槛外”来形容于她。而且，借邢岫烟的口，说出了“僧不僧，俗不俗，男不男，女不女”，这正是众人眼中，妙玉的特质。

不过在作者眼中，妙玉的美好，同样不逊书中任何一位女子。她的美，正如开篇两句所云：“气质美如兰，才华复比仙。”很显然，一则在于气质，那份幽清高远，如空谷幽兰一般，一则在于才华，同样是带着泠然仙气，人世难寻。然而这样的美，却是浊世所难容的，所以她一样注定骤败，而且会以最为惨烈的方式呈现在众人面前。

此一联，所道出的便是妙玉处境艰难的原因所在。一方面，是灵性与才华太过出众，所以招致了太多的嫉恨；另一方面，则是她对于洁净好尚到了难以想见的地步，这也超出了世人的理解范围，所以只会遭人厌弃。心性与才情的超拔，自然不见容于平庸；过于洁净的灵魂，当然也不能见容于污浊的现实。这是妙玉悲剧的根源。某种程度上，这也不仅仅是妙玉一个人的悲剧，而是书中一众女儿共有的悲剧。所以《红楼梦》的高明，不在于写出了某种性格遭逢的悲剧，而是写出了各种性格，都无从遁逃的悲剧的必然。是受困于时代幻境，却也仿佛照映出某种人性的必然。

妙玉的命运，是令人扼腕的。其余人等，又有谁能够逃得过“薄命”二字？

一场幽梦同谁近，千古情人独我痴。

《红楼梦》第五回写了贾宝玉神游太虚的一大幻梦，埋下了有关故事人物走向的无数伏笔，同时也暗藏了太多可以视作大纲的存在。终篇出现的这两句，同样堪称“点睛之笔”。

一方面，这也是小说通部大纲一般的存在。提示观者留心，接下来小说的笔墨，所始终萦绕者，无非就是“一场幽梦”，以及“千古情人”。当然，这让我们看得分明：《红楼梦》所倾注心血构筑的这一梦，“幽”是其精神气韵。同样的，小说费尽笔墨书写的“情”，能够贯通千古，是所谓“至情”，不能以寻常儿女之情等闲视之。后四十回续作者的一个致命弊病，就在于他无法理解这样一种至情的存在

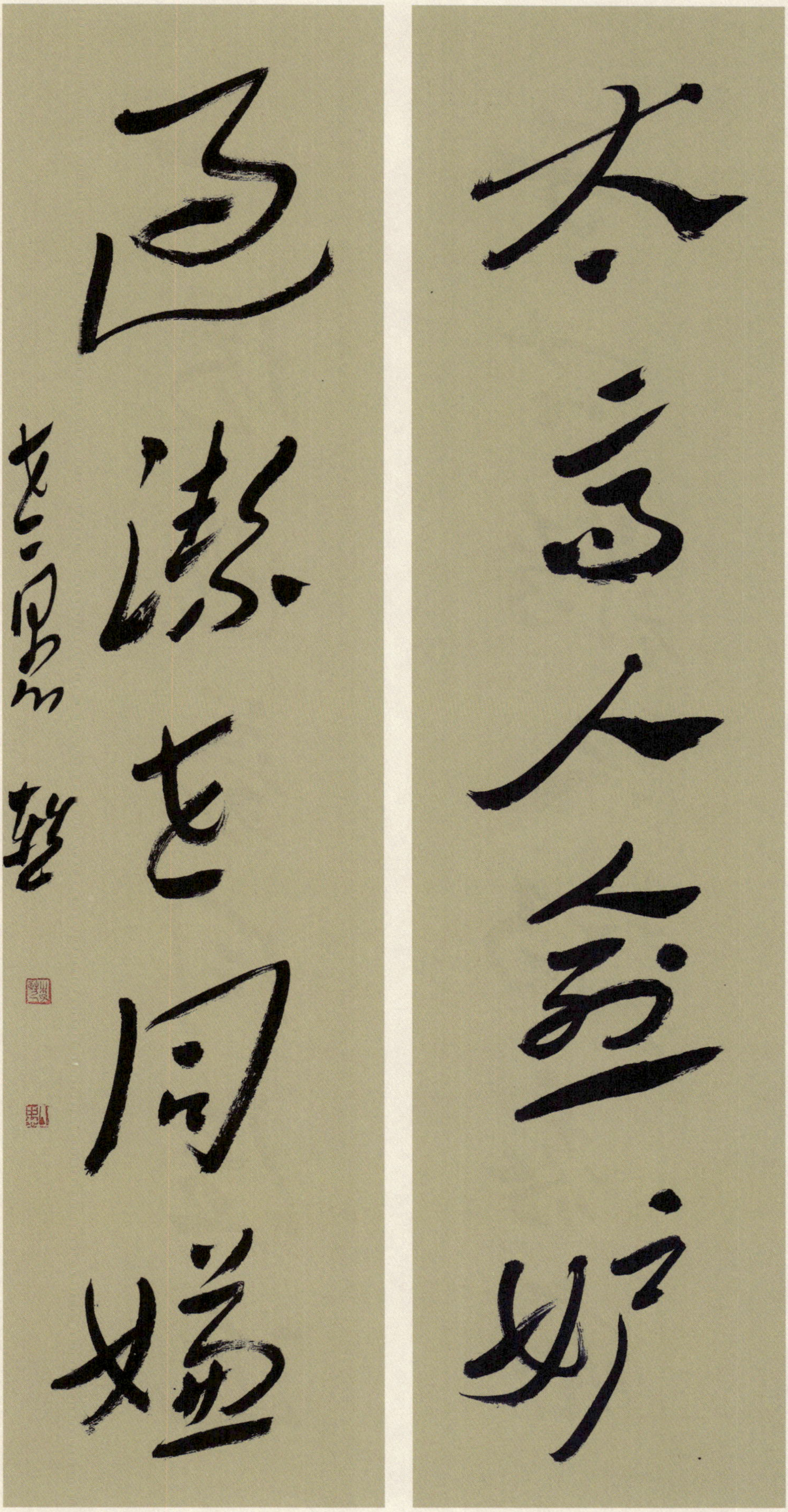

太高人愈妒，过洁世同嫌。尺寸：138cm×34.5cm×2

——李轶//书　曾莹//文

——一场幽梦同谁近，千古情人独我痴。尺寸：138cm×23cm×2

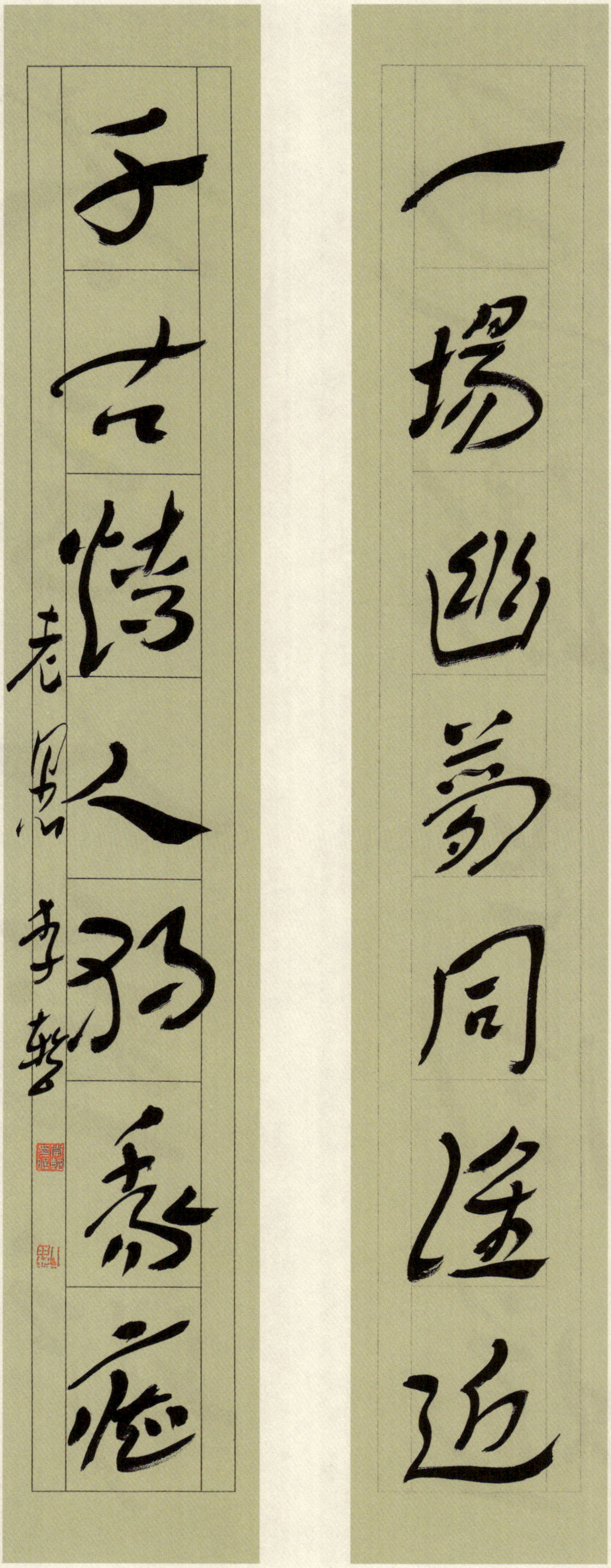

与特质。

另一方面，此二句也饱含着作者的喟叹之意，大有知者为谁的落寞与悲凉。“同谁近”“独我痴”，都是关于此种心境的具体写照。正因为如此，才有《红楼梦》这样一部鸿篇巨制的诞生。这样一部作品，其笔墨，系诸知己；其寄托，诉诸知己。

失去幽灵真境界，幻来亲就臭皮囊。

此二句，庚辰本写作“失去幽灵真境界，幻来污浊臭皮囊”，出现在小说第八回——“比通灵金莺微露意，探宝钗黛玉半含酸”。此一回中，宝钗笑称日日听说宝玉落草时衔下的这块玉，却一直未曾“细细的赏鉴”，因此宝玉从项上摘下，递在宝钗手内。宝钗仔细端详之时，即看到了“顽石”的幻相：“大如雀卵”，是之为体；“灿若明霞”，是之为色；莹润如酥，是之为质；五色花纹缠护，是之为文。于是，有所谓“嘲顽石幻相诗”。此二句，是为颔联。

这一颔联，貌似直白显露——写的无非就是顽石与幻相的关系。小说第一回就交代了，顽石既经锻炼，灵性已通，却又有许多的痴迷不化，所以会对尘世中的温柔富贵，繁华假相心生艳羡。于是，才会“再四地”要求那茫茫大士、渺渺真人带他下凡，去受享受享。这就有了对于“幽灵真境界”的背离，同时也抛却了顽石的本体，得到了“美玉”的幻相。

实际上，这一联又是值得深味的。顽石与幻相，构建的恰是一重真与假的关系。世人眼中之真——那块鲜明莹洁的美玉，恰恰是事实上的假，即为顽石的幻相。在世人眼中，这份幻相，彰显的是美好。在解人眼中，这份幻相，却不过是一副“臭皮囊”而已。真正有价值，真正可贵的，其实还是被顽石弃之不顾的所谓“真境界”。不过，这恰是世人以为虚妄的所在，毕竟这是作者虚撰的幻境。然而，其间却有着最根本的“真”，洗却一切浮华，虚灵不昧，正在此处。此间既是顽石的来处，也是顽石的归处——根性所在，灵性所系。然而，冥顽不灵的人，却怎么也参不透此中奥妙。

于是，前八十回中，作者反复以“蠢物”称顽石，其用意，大抵正在于此。顽石固然有灵，其灵性却每为世俗所蔽，所以才有未获勘破的，对于红尘的无尽着迷与耽连。

李轶//书 曾莹//文

失去幽灵真境界，幻来亲就臭皮囊。尺寸：138cm×23cm×2

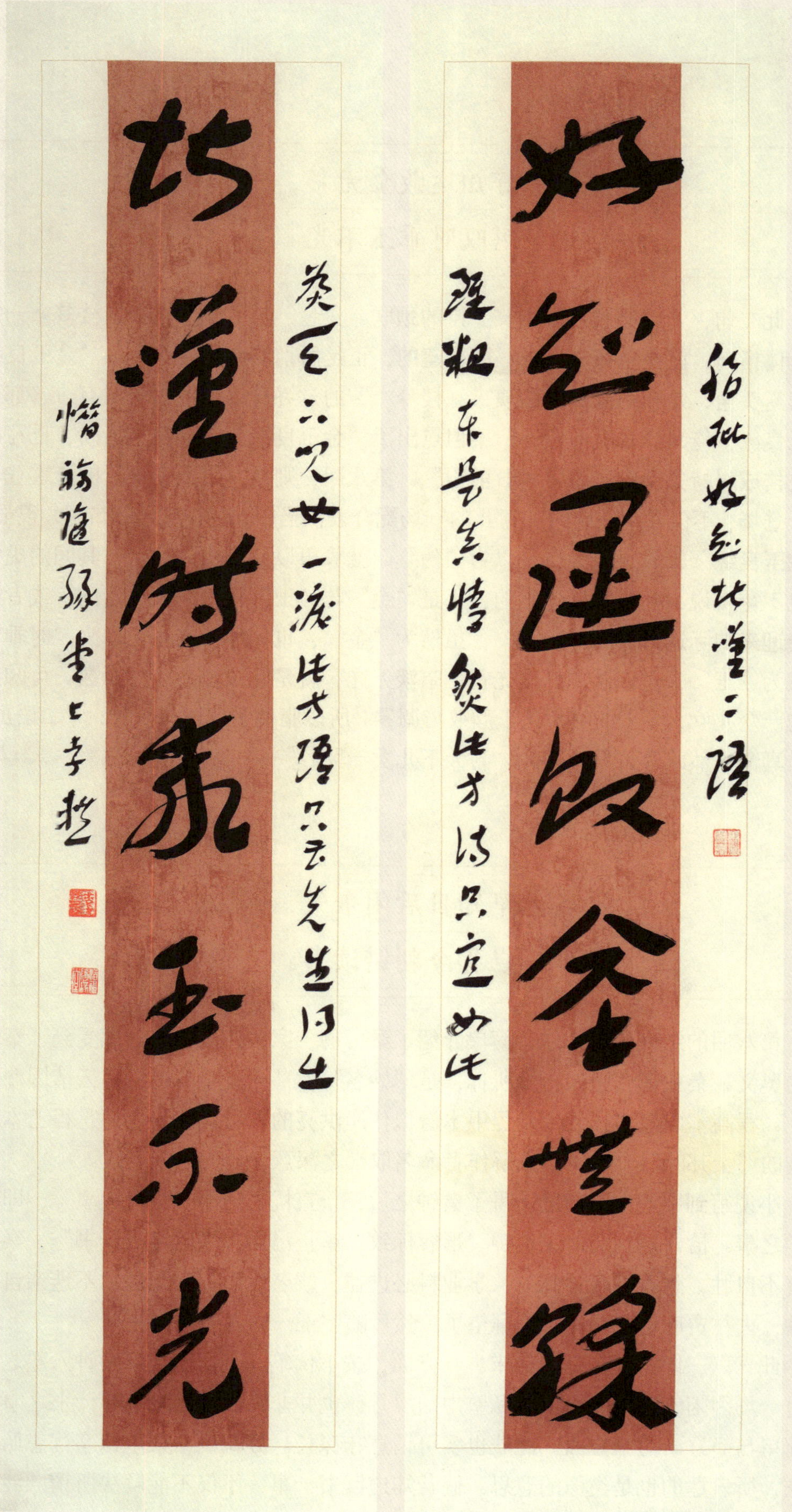

好知运败金无彩，堪叹时乖玉不光。尺寸：136cm×23cm×2

好知运败金无彩，
堪叹时乖玉不光。

此二句，为“嘲顽石幻相”一诗的颈联。“金”与“玉”在《红楼梦》一书中的具体指向，就是宝钗与宝玉；所构建的，正是所谓“金玉良缘”。“金玉良缘”的初露头角，是在第五回“曲演《红楼梦》”的《终身误》中。其句有：“都道是金玉良缘，俺只念木石前盟。”不但点出了“金玉良缘”的存在与指向，也写出了与之构成对峙关系的所谓“木石前盟”。第八回，则是“金玉良缘”的隆重登场。这一登场，不仅发生在宝钗和莺儿的一场配合表演当中，也在这一首诗里。很显然，“金玉良缘”，成于人为，是以为“伪”。就算再以“良缘”标榜，其间的虚饰矫情也不待言说。此二句所道出的，正是“金”与“玉”将来的命运走向，或者说，将会迎来的际遇。因为“运败”，虽然为“金”，也失掉了光彩；因为“时乖”，虽然为“玉”，也无法闪烁出光芒。暗淡无光，就是此二位共同的命数。可知红楼中的一众儿女，无人能够幸免于颓败与凋零。所以脂批于此才有叹称：“二语虽粗，本是真情。然此等诗只宜如此，为天下儿女一哭。”

早知日后闲争气，
岂肯今朝错读书。

第八回的结束段落，作者简单介绍了秦可卿一家，让读者充分感受到了秦父名字的奥义。秦业者，正如脂批所称，是“妙名”，“业者，孽也，盖云情因孽而生也”。程高本的改名，无论是程甲本看似伟岸洪亮的“秦邦业”，还是程乙本不知所谓的“秦邦叶”，其实都未解作者命名取义之深意，显为后人妄改。

小说写到秦业自五旬之上得了秦钟之后，一直忧虑他的“终身大事”，即读书进学之事。恰好遇到贾母见秦钟“形容标致，举止温柔，堪陪宝玉读书”，秦业自然喜不自胜，想着“秦钟此去，学业料必进益，成名可望”，于是忙不迭亲自带了秦钟，去往贾府塾师贾代儒家拜望了，然后随宝玉一同入塾。

此一联，即出现在是回篇末。一方面，按下伏笔，点明宝玉、秦钟入塾之后，将有一场因闲气而生的纷争。私塾中的岁月，也并非表面上看来唯有读书之事那样的简单与静好。另一方面，此联也实可谓意味深长。苏轼说，人生识字忧患始。此一联，所表达的也是类似的意思。倘若知道读书一事，不仅不能解决所谓“终身”

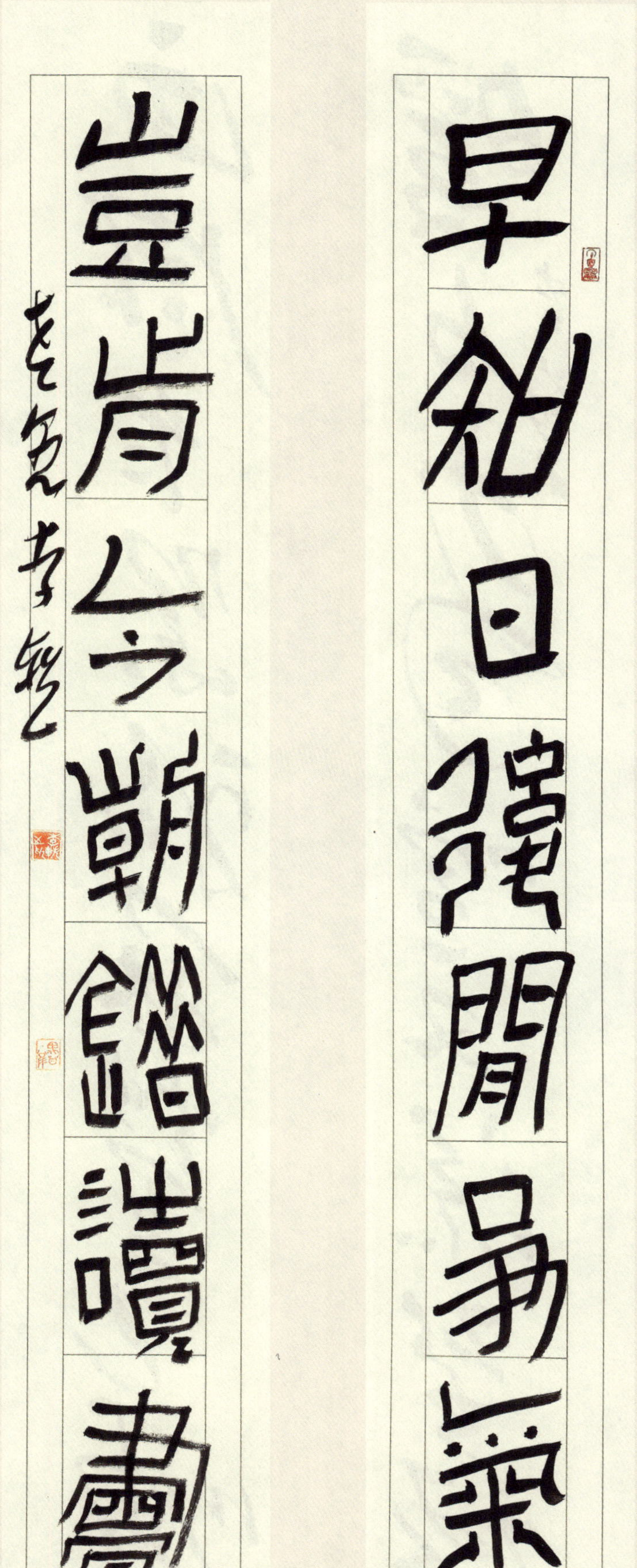

早知日后闲争气，岂肯今朝错读书。尺寸：138cm×23cm×2

李轶//书 曾莹//文

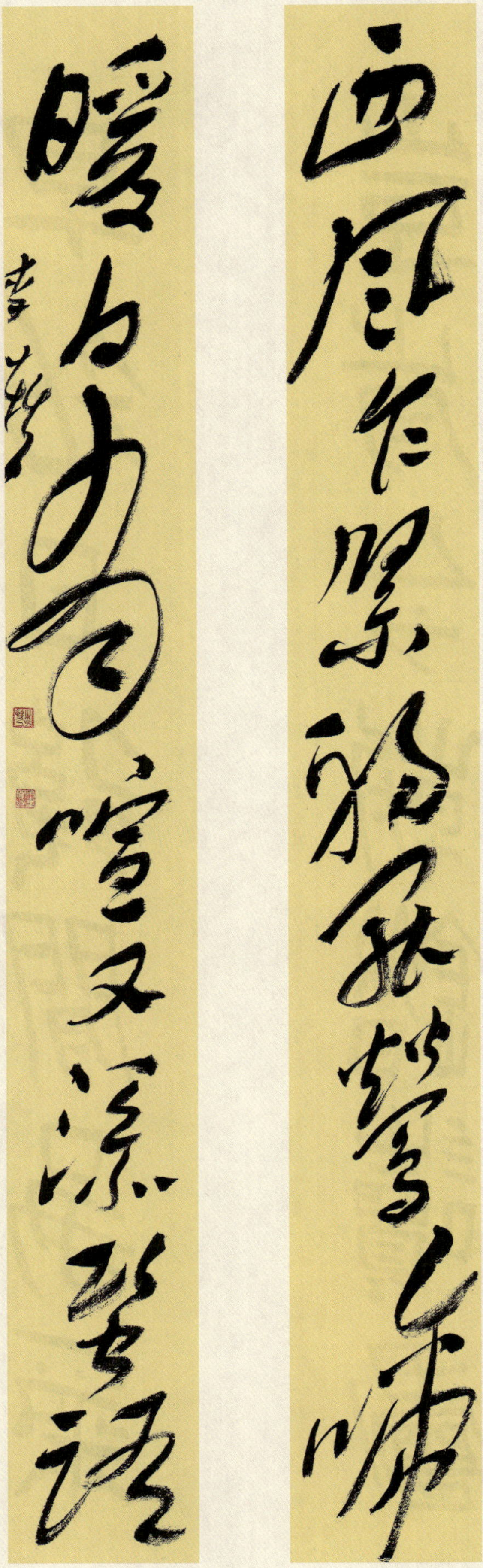

西风乍紧，初罢莺啼；暖日当暄，又添蛩语。尺寸：180cm×22cm×2

的问题，还会因此而生出许多的纷扰，那也许就不会这么轻易地开始。懊悔之意，显而易见。所以脂批于此叹道：“这是隐语微词，岂独指此一事哉？”

西风乍紧，初罢莺啼；暖日当暄，又添蛩语。

此数语，出现在《红楼梦》第十一回“庆寿辰宁府排家宴，见熙凤贾瑞起淫心”。所写为王熙凤进到宁国府的花园，所看到的一幅秋日图景。这也是小说文本中出现的第一帧秋日图景。《红楼梦》中有关秋天的笔墨，总是有着分明且浓郁的象征意味。正如第一回脂批所云，小说乃是“所叹者三春也，却用三秋作关键”。

是以，小说中那些和秋天相关的笔墨，我们便无法等闲视之。

故而，第一帧秋日图景出现在王熙凤眼前的会芳园，就有太多的意味深长值得细味和含咀。秦可卿判词中强调的“造衅开端实在宁”，包括《好事终》一曲唱出的“家事消亡首罪宁”，其实都是在反复申说这么一个事实：整个家族隳败的开始，不在荣国府，而是在宁国府。所以，第一幅秋日景象系诸会芳园，也就意味着此间是一切凋萧的起点。至于出现在凤姐眼前，则又点染了凤姐与秋气，也即衰飒之间的那份缠绕，同时更暗示了其人与贾府败落之间的种种关联。

西风一句，点了季候。“西风乍紧”的使用，显然化自《西厢记》杂剧中的那句“西风紧，北雁南飞”，不仅写出了风声的凄紧，也隐约透露了心绪的不宁。“初罢莺啼”一句让人有些错愕，毕竟莺啼是特属于春日的景象，此处的衔接，道出了《红楼梦》中“春”与“秋”的特殊关系——直接就从春发展到秋，以憔悴映照繁华。暖日一句，似乎在写秋日之暖煦恬淡，蛩语的闪现，却勾勒出几笔萧瑟。是知温暖并非红楼的刻画重点，再是温煦明朗，都会迎来凋伤与衰颓。

遥望东南，建几处依山之榭；纵观西北，结三间临水之轩。

此数语，依然是会芳园这一帧秋景相关的笔墨。在中国古代小说中，人物忽至一地，作者即以一段韵文状其景致，这是一个很常见的书写传统。某种程度上，形同于套路。曹雪芹写作《红楼梦》一书，强烈表达过他对于套路的厌弃，随时标举着破除格套，跳出窠臼。可此处，何以又覆辙重蹈，循于旧迹呢？

究其原因，不过有三。其一，此处是会芳园的一次正式亮相，一些特别的寄寓，

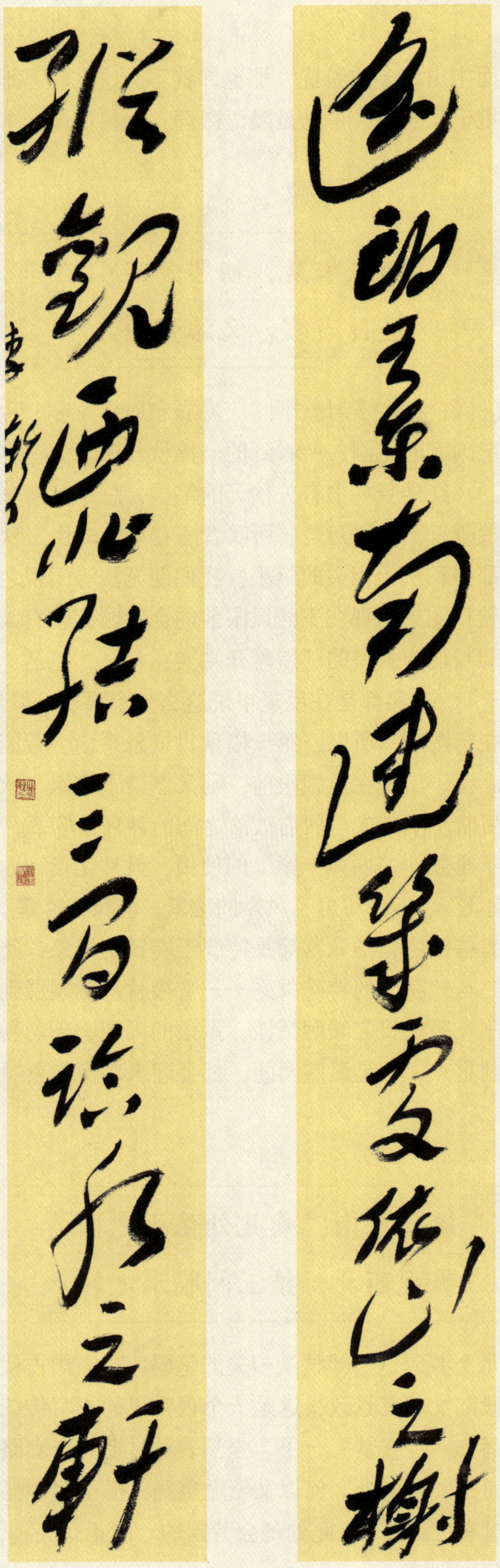

遥望东南，建几处依山之榭；纵观西北，结三间临水之轩。尺寸：180cm×22cm×2

需要隐匿在看似寻常的表达中。其二，这是在凤姐眼前展开的秋景。凤姐的特点，是老于世情，习于世俗，此处以常规手法写所见，也符合人物的个体特质。其三，于“开生面、立新场”的通篇布置中，偶然穿插一些貌似格套的笔墨，其实也不失为耳目一新的一种做法。

同时此数语,写到会芳园之有山有水,也为后来大观园的依此建构,埋下了伏笔。

笙簧盈耳，别有幽情；
罗绮穿林，倍添韵致。

这两句，是前述会芳园秋景那一篇韵语的结束笔墨。这一篇韵语，大半都在刻画会芳园秋景所展现出来的明洁与清朗。结篇两句，却写到了“人”在这清雅之境的具体存在——既是喧哗的制造者，同时也带来了光色的变化。满耳笙簧，写出了声色的充盈。穿林罗绮，则又在山光水色之间平添了一笔旖旎。这样的描写，不动声色间，就突出了会芳园与大观园之间显著的区别。相形之下，大观园确乎是“人迹希逢，飞尘罕到”的。人迹与飞尘都难以觅到，那就更不要说这样一些世情的器喧，以及风月的穿插了。可以说，会芳园是人境的外延，其与人境之间，有着分明的衔接关系；大观园则是人境之外的特殊存在，二者之间，几乎是一种对峙的状态，除了选址之外，没有更多的牵连。

金紫万千谁治国，
裙钗一二可齐家。

《红楼梦》第十三回，“秦可卿死封龙禁尉，王熙凤协理宁国府”，堪称凤姐才干的一次正面亮相。凤姐之才，与书中其他女儿有所不同，带着鲜明的世俗情态、男子特性。虽然少了一般闺阁与风雅相系的那份婉丽，却分明有着一股子与寻常俗态无关的张扬与浏亮。即便关乎世俗，也有着显然的不落俗套。同时，那些看似一般无二的治家理政行为，更有着运筹帷幄、决胜千里的气魄与机谋，确实挺出于寻常裙钗之上。

所以，此回篇末，才出现了这么一联，来对凤姐跃出流俗的才华加以总结。当然，作者能够将裙钗齐家之举与金紫治国之事并称，这样的见解，本身即是跃出流俗之上的。依此二句，较之万千金紫，一二裙钗可谓毫无逊色之态。齐家之能，也丝毫不输治国之才。一时间，则凤姐立于贾府，其傲睨众人的那份绰约，也就宛在

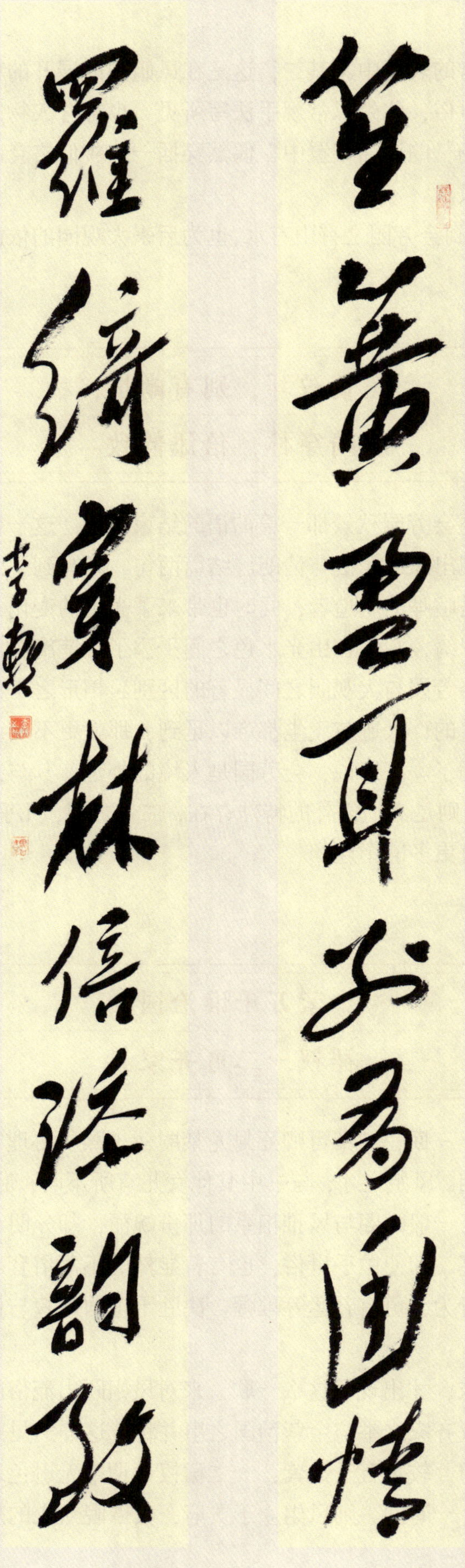

李轶//书　曾莹//文

笙簧盈耳，别有幽情；罗绮穿林，倍添韵致。尺寸：180cm×22cm×2

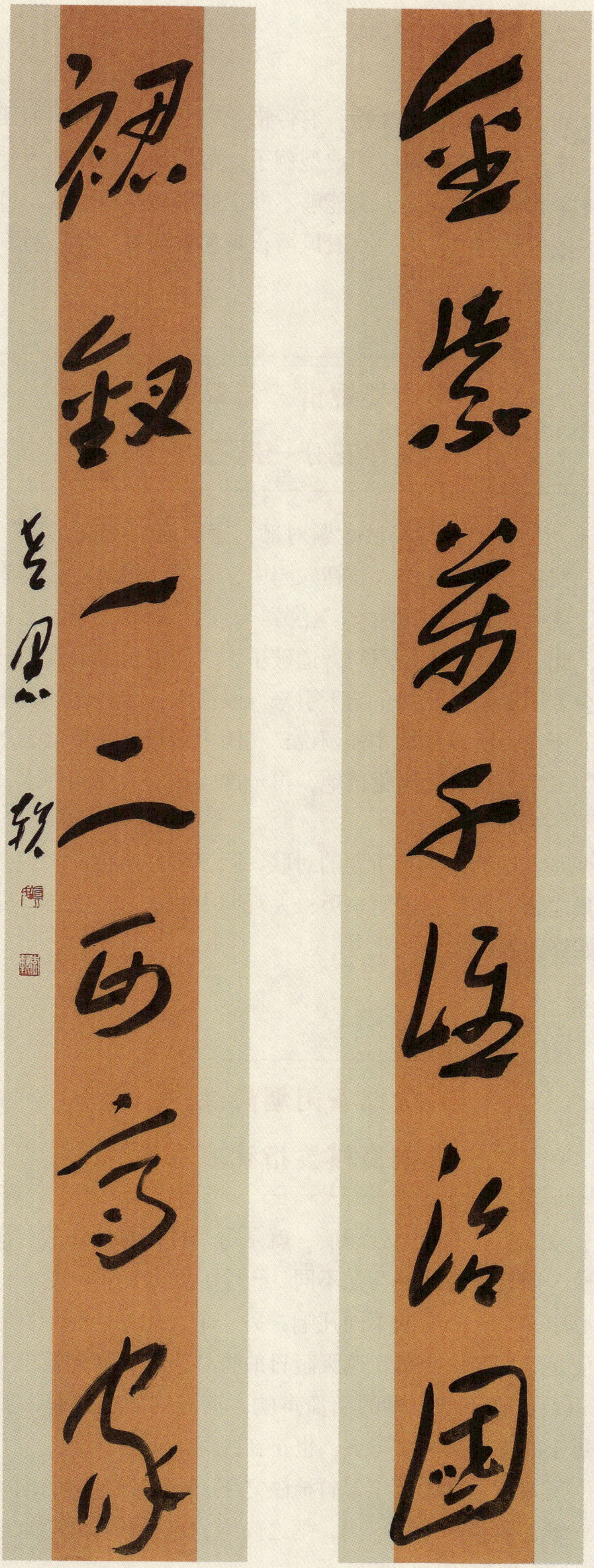

金紫万千谁治国，裙钗一二可齐家。尺寸：136cm×23cm×2

目前了。

曹雪芹写凤姐，有微词，有诟病，有怜惜，有悲悯，更有不加任何掩饰的称扬与赞叹。此处，便是这份称扬赞叹的典型例子。可以说，凤姐的可爱可佩，正在这样一份特殊的才华和做派，同时，又能够不囿于此等才华和做派，自有一种独特的风韵与神态——威仪赫赫中，不失万般风情；爽利狠辣中，亦见洒落与超拔。

绕堤柳借三篙翠，
隔岸花分一脉香。

第十七、十八回，“大观园试才题对额，荣国府归省庆元宵”，是大观园的首度亮相，也是贾宝玉的首次进入。初入园中，首见一带清流，清流成池，池上有桥，桥上有亭。就此亭，宝玉题额称“沁芳”。这一题名，表面上看，不过是新雅而已。实际上，此二字还在不经意间，道破了大观园中水源的真相——正是会芳园中的水——“会芳园本是从北拐角墙下引来一股活水，今亦无烦再引”。水是大观园中最为重要的所在，所以脂批才强调说：“园中诸景，最要紧是水，亦必写明方妙。”“沁芳”二字，正是无比蕴藉地，再一次强调了大观园中水，来自会芳园的事实。

这一联，便是宝玉为沁芳亭所题的对联。除了紧贴水色、水貌，联中的“借”与“分”，写景之余，亦是在表明来历：大观园中的水，正借自、分自会芳园，二者之间，有着始终纠缠的关系。

宝鼎茶闲烟尚绿，
幽窗棋罢指犹凉。

出亭过池，众人抵达的第一处居所，就是后来林妹妹居住的“潇湘馆”。潇湘馆的位置和景致，明显也与他处存在不同。一个，是入园第一处。这一设定，足见林潇湘于作者心中、宝玉心中的不同凡响。另一个，此处“有千百竿翠竹遮映”。不是一两丛，而是千百竿。坐落在遮天蔽日的竹林当中，潇湘馆自然而然就拥有了无穷的轻阴，以及终日不绝于耳的潇潇声响。潇湘馆的幽与僻、孤与直，尽在这千百竿翠竹，黛玉的幽与僻、孤与直，也正在此间。

宝玉是联，所写正是在千百竿翠竹掩映之下，潇湘馆独得的幽绿，以及幽凉。

宝鼎茶闲，既云闲，则烹煮已毕，烟之尚绿，足见翠竹之色直透窗纱。幽窗棋

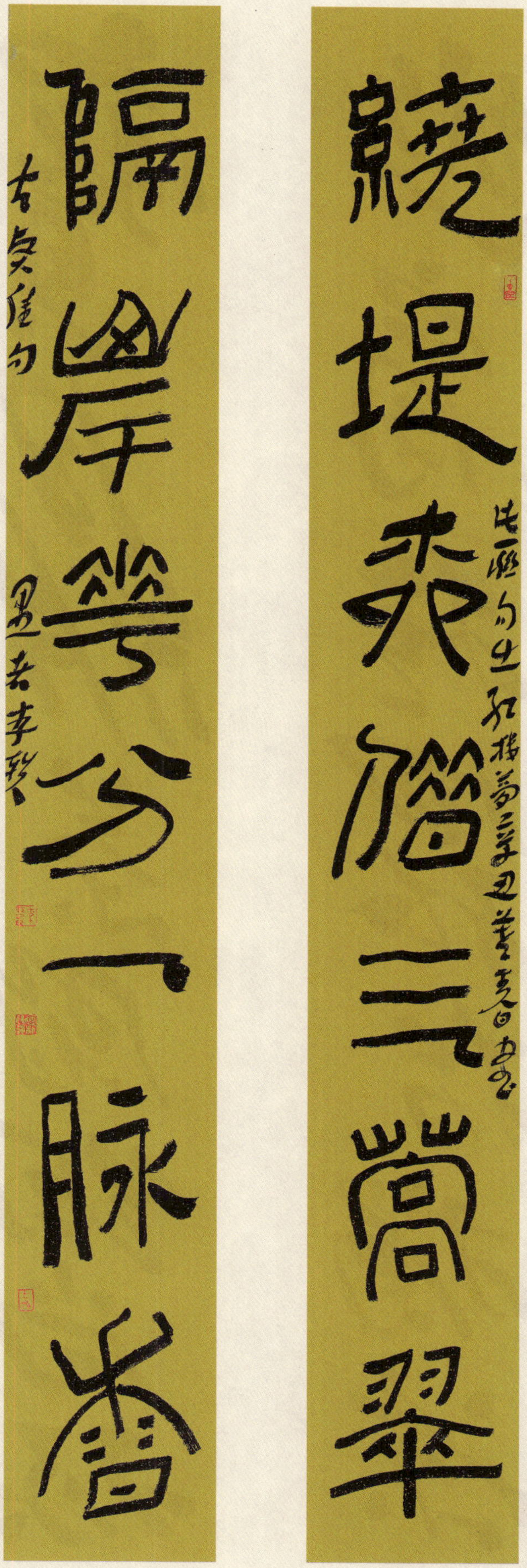

绕堤柳借三篙翠，隔岸花分一脉香。尺寸：180cm×24cm×2

李轶//书　曾莹//文

宝鼎茶闲烟尚绿，幽窗棋罢指犹凉。尺寸：180cm×24cm×2

罢，未执棋子的手指依然有分明的微凉。这同样写出了在千百竿翠竹的遮映之下，小小的潇湘馆，那过人的幽致。几簟生凉，指尖自然不可避免地生凉。一室幽绿与幽凉，自然圈出了一方出尘的天地。林妹妹居于此中，方可谓之得宜。脂批所谓“此方可为颦儿之居”，亦可称知言。

脂批关于这一联的点评，亦堪称精彩。一则曰：“‘尚’字妙极！不必说竹，然恰恰是竹中精舍。”另一则道：“‘犹’字妙！‘尚绿’‘犹凉’四字，便如置身于森森万竿之中。”

新涨绿添浣葛处，
好云香护采芹人。

这是后来李纨居住的稻香村的对联。稻香村，是大观园中宝玉最为不喜的所在。原因很简单，就在于这处省亲别墅中忽然闪现的“一带黄泥筑就矮墙”实在过于突兀，过于人为。所以，此间居住的人，也与大观园整体最不协调。而贾政对于此处，恰恰是最为欣赏的——一开始就顿起归农之心，稍后则大赞“清幽气象”。这样一来，贾政之伪，也就不待言说了。

于此地题咏之时，宝玉发表过一通有关“天然”的议论，直斥：“古人云‘天然画图’四字，正畏非其地而强为地，非其山而强为山，虽百般精而终不相宜……”所以此处的对联，宝玉所题咏的无非就是此处的生机。贾政所赞叹的“清幽气象”，他是无从体会的。是以这一联，一方面未见宝玉之用心，另一方面，自然也就未得贾政之赏识。

麝兰芳霭斜阳院，
杜若香飘明月洲。

在大观园游历的过程中，稻香村深得贾政的喜爱，而蘅芜苑，却是令他感到索然无味的唯一所在。虽然脂批称此处乃是“未扬先抑之法”，先顿一笔，是为了后文的惊叹做铺垫。但就后文来看，此处也着实古怪。一个，是石大而且多。似乎之前的平淡都是掩饰，为了藏匿起内心这无所不在的峥嵘。另一个，是一株花木都没有，只有许多异草。于是，宝玉才给它题了看似刁钻而实则贴切的四个字：蘅芷清芬。

接下来就是题咏对联的时间。清客响应贾政的号召，积极属对。这一联，就是清客所题的第一副。众人一听，都说不妥，这个不妥，在于“斜阳”。元妃与贾家，

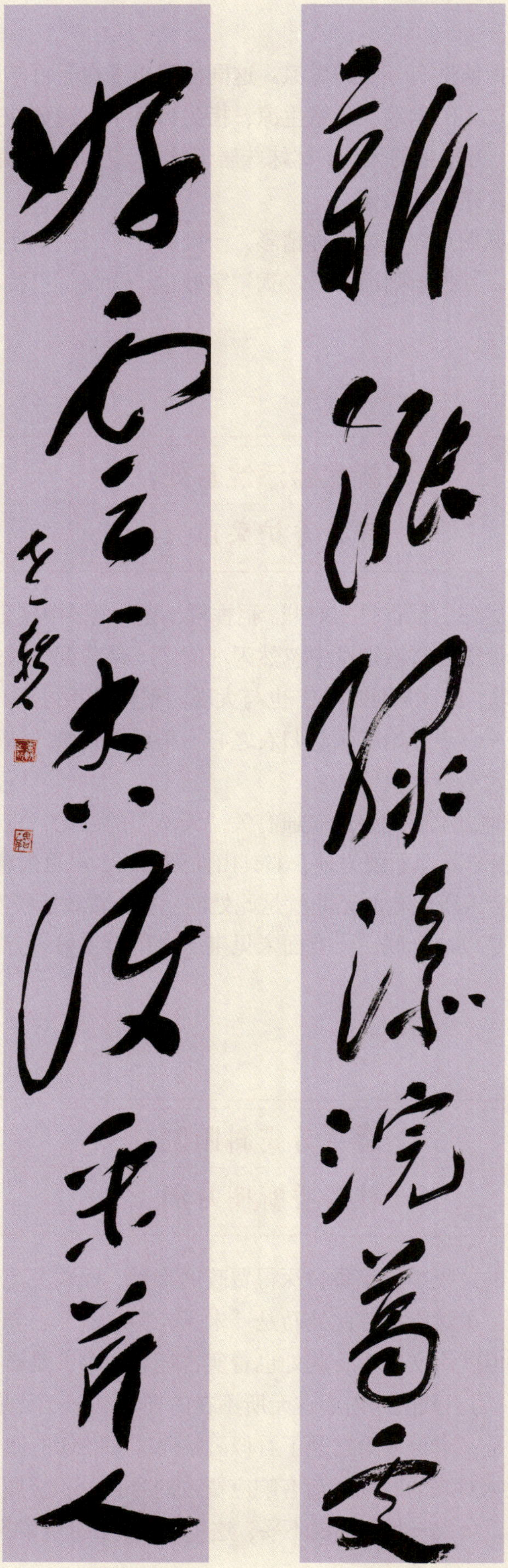

李轶//书 曾莹//文——新涨绿添浣葛处，好云香护采芹人。尺寸：180cm×23cm×2

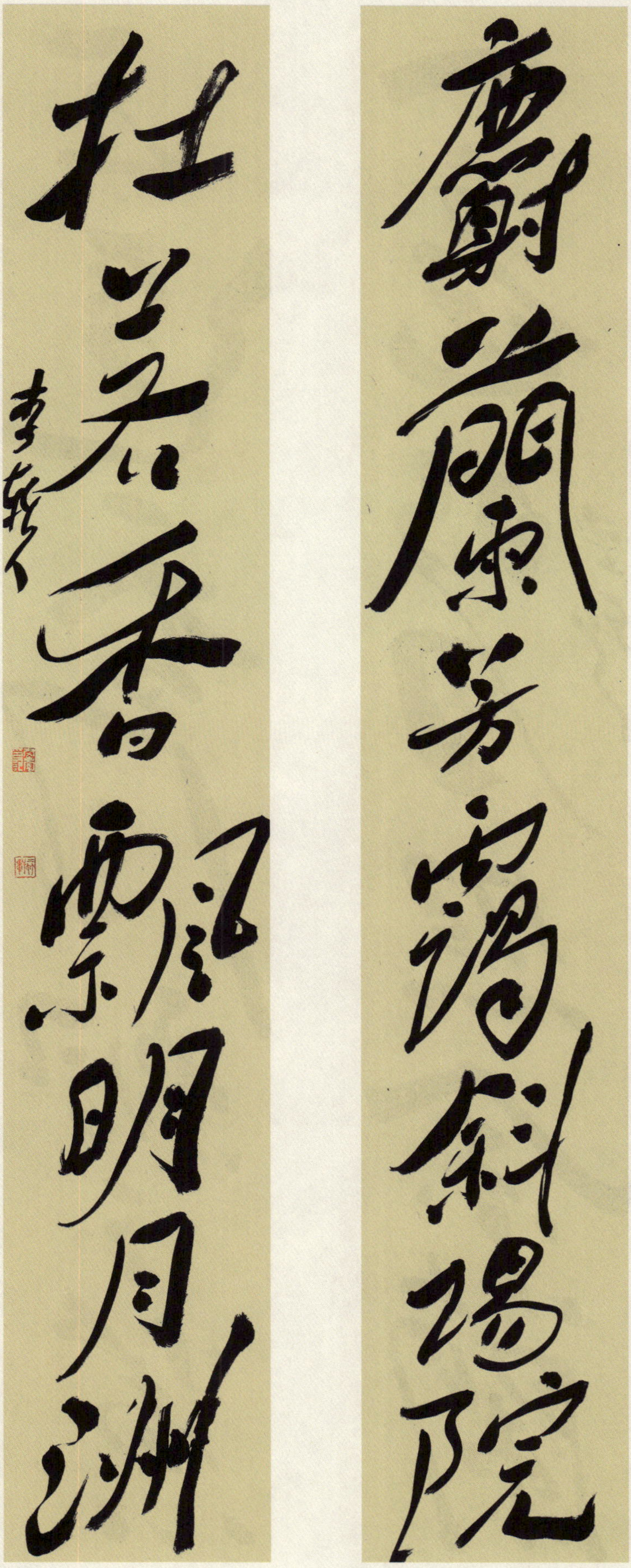

麝兰芳霭斜阳院，杜若香飘明月洲。尺寸：180cm×31cm×2

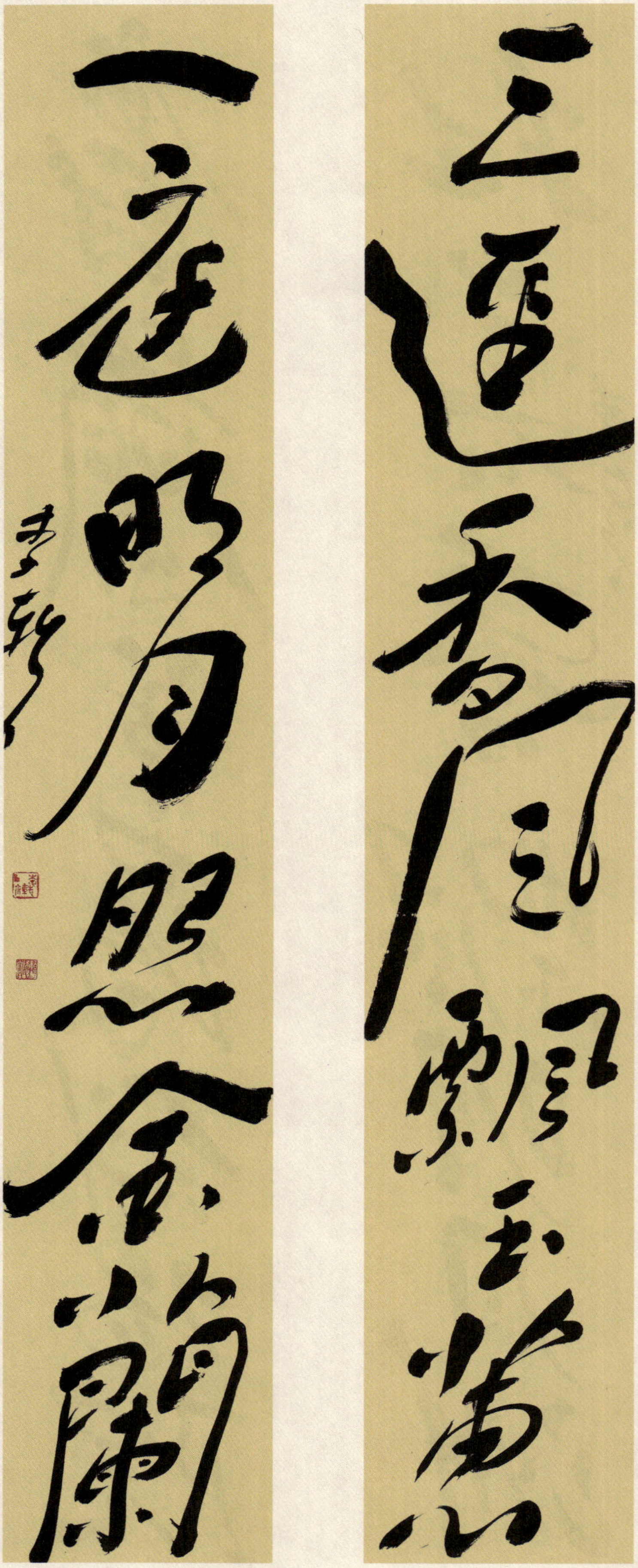

李轶//书　曾莹//文

三径香风飘玉蕙，一庭明月照金兰。尺寸：180cm×31cm×2

都是如日中天的时候，这个时候题写斜阳，一则不切，二则意头不好。此时还有人援用了古人诗“蘼芜满手泣斜晖”，更是强化了斜阳与伤恸的密切相关。

其实，除了上述问题，这副对联也犯了合掌的忌讳。近体诗忌合掌，对联更甚。所谓合掌，指的就是上下句貌似有别，实际却是一意。对于近体诗和对联而言，这分明浪费了本就无多的篇幅和空间。此联上联称“麝兰芳霭”，下联云“杜若香飘”，都是在写香草之香的弥漫散播，显然是一个意思，是典型的合掌。这样无谓的重复，实无意义，是以不佳。

三径香风飘玉蕙，
一庭明月照金兰。

此即清客在蘅芜苑贡献的第二副对联。关于此联，脂批言道：“此二联皆不过为钓宝玉之饵，不必认真批评。”虽说不必认真批评，却可见作者刻画宝玉之才，正是在这样的烘托对照之中。

三径，自陶渊明以来，就流泻着归隐的意味。此处的三径，却与香风搭配，顿显不伦不类。一庭明月，与金兰之相照，既不切景，更无情思。很显然，这一联比之上一联，更不佳。同样有合掌的嫌疑，同时还在套话中拼凑着感情。所以宝玉才会直言道：“此处并没有什么‘兰麝’‘明月’‘洲渚’之类，若要这样着迹说起来，就题二百联也不能完。”

吟成豆蔻才犹艳，
睡足酴醾梦亦香。

宝玉就此处，所题匾额称“蘅芷清芬”，点明了此间异草的存在，及其香气的突出。然而这一副对联，某种程度上，却让人有些想不到此处后来的居住者是宝钗。因为这一联，实在是有着十分典型的女儿情态。与其说是契合某个人，倒不如说是契合某种生活，某种情致。而且这一联，足称香奁典范，有着突出的艳与香，也有着淡淡的慵懒与闲适。这样的情味，和宝钗分明是存有较大距离的。所以宝钗住进来之后，整个屋子便呈现为“雪洞一般”的存在。

究其实际，宝钗大概和蘅芜苑那些山石更为接近。屏障、棱角，遮住了多少内心深处的峥嵘欲念，看似平淡无奇，内里却早已一片异香的嚣喧，异草的恣意生长。

不过，单就对联而言，这一联确实不错，也当得起脂批所评“实佳”二字。青春少女的可爱鲜明，灵动活泼，尽在这一联当中。

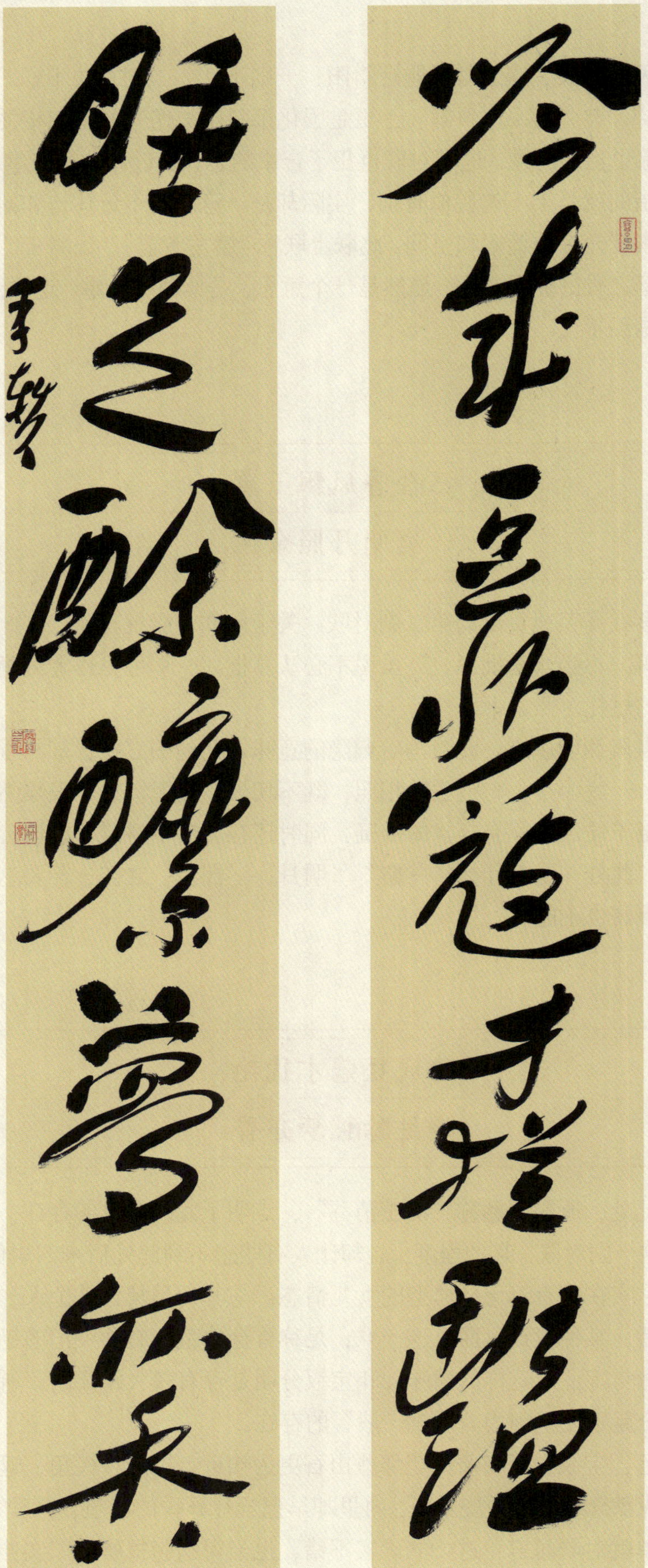

吟成豆蔻才犹艳，睡足酴醾梦亦香。尺寸：180cm×31cm×2

金门玉户神仙府，

桂殿兰宫妃子家。

题联之后，就是元妃省亲的实际发生。对于贾府而言，这是泼天也似的热闹与荣显。小说于此，并未更多地加以铺炫，只是付诸寥寥几笔：“一时，舟临内岸，复弃舟上舆，便见琳宫绰约，桂殿巍峨。石牌坊上明显‘天仙宝镜’四字，贾妃忙命换‘省亲别墅’四字。于是进入行宫。但见庭燎烧空，香屑布地，火树琪花，金窗玉槛。说不尽帘卷虾须，毯铺鱼獭，鼎飘麝脑之香，屏列雉尾之扇。”最后，用此二句加以总括和感叹。所以，省亲别墅所呈现出来的，就是一派奢靡华丽，是令人讶异喟叹的富贵景象。既是神仙府，更是妃子家。在这样的笔墨中，贾府与宫廷的关系可知一二，大观园与太虚幻境之间存在的那份照映关系，同样可见一斑。

天地启宏慈，赤子苍头同感戴；

古今垂旷典，九州万国被恩荣。

小说第十七、十八回写道，元妃在宝玉的导引之下，于“灯光火树之中”，依次游幸了一番大观园诸景。“登楼步阁，涉水缘山，百般眺览徘徊”，对那些铺陈与点缀，皆有诸多的称赏奖赞。来到正殿之后，又传笔砚，选了几处最为心仪的所在赐名题联。

其中，正殿匾额题曰：“顾恩思义”。对联，正是这一副。脂批于此评道：“是贾妃口气。”得以省亲，自然是宠渥恩隆的表现。元妃于此，自然感念颇多，亦必须将此等感恩戴德的情绪强烈表达出来。所以匾额在强调“顾”与“思”，对联也在突出“感戴”与“恩荣”。在这样的遣词当中，元妃远超自身年纪的那份稳重与内敛，也就不难看到了。另外，已身为宫妃，自然与帝家同一立场，故而言语之间，也显然有着君臣的分别。所谓“宏慈”与“旷典”，无非都是在强调此等恩遇的不同寻常，某种意义上也就再次说明了“感戴”之心的必须抱持。

山水横拖千里外，

楼台高起五云中。

此二句，出自惜春笔下。惜春题的匾额为“文章造化”，所题诗句则有：“山

李轶//书 曾莹//文

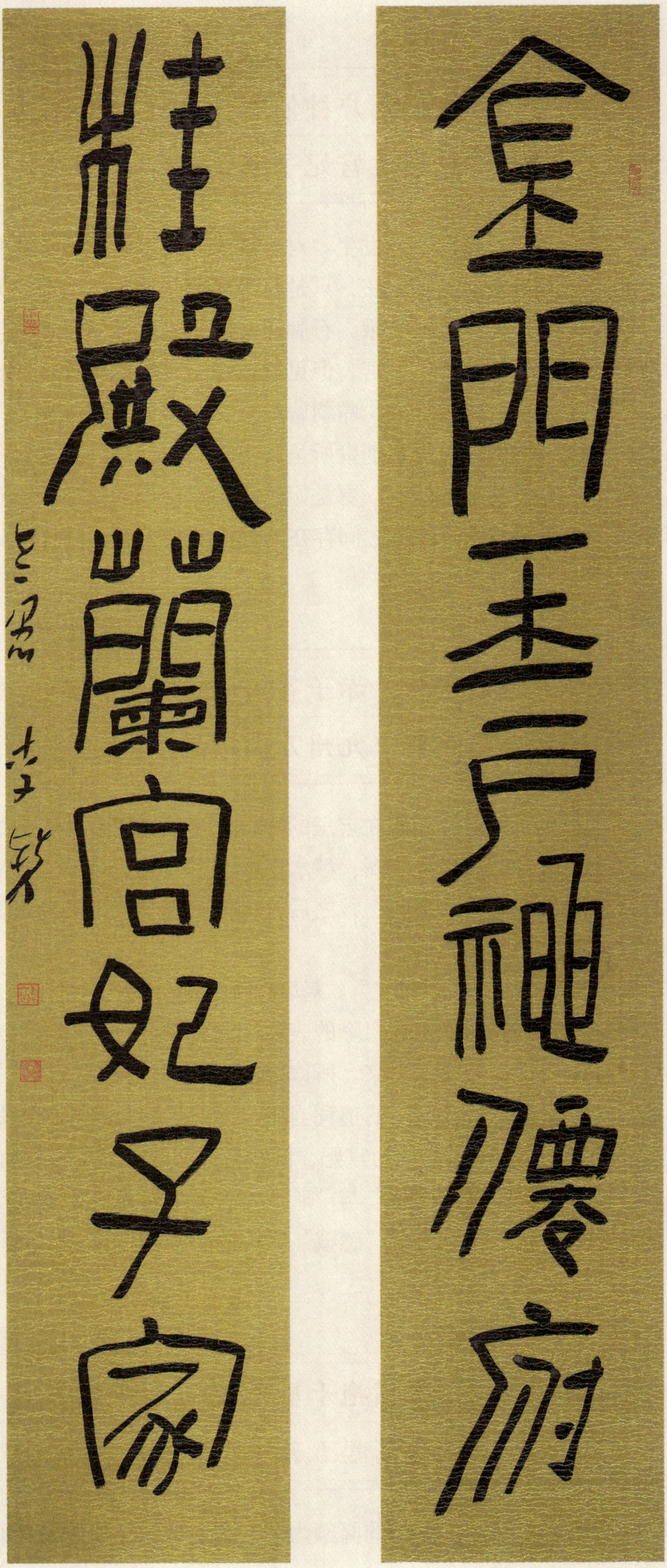

金门玉户神仙府，桂殿兰宫妃子家。尺寸：186cm×35cm×2

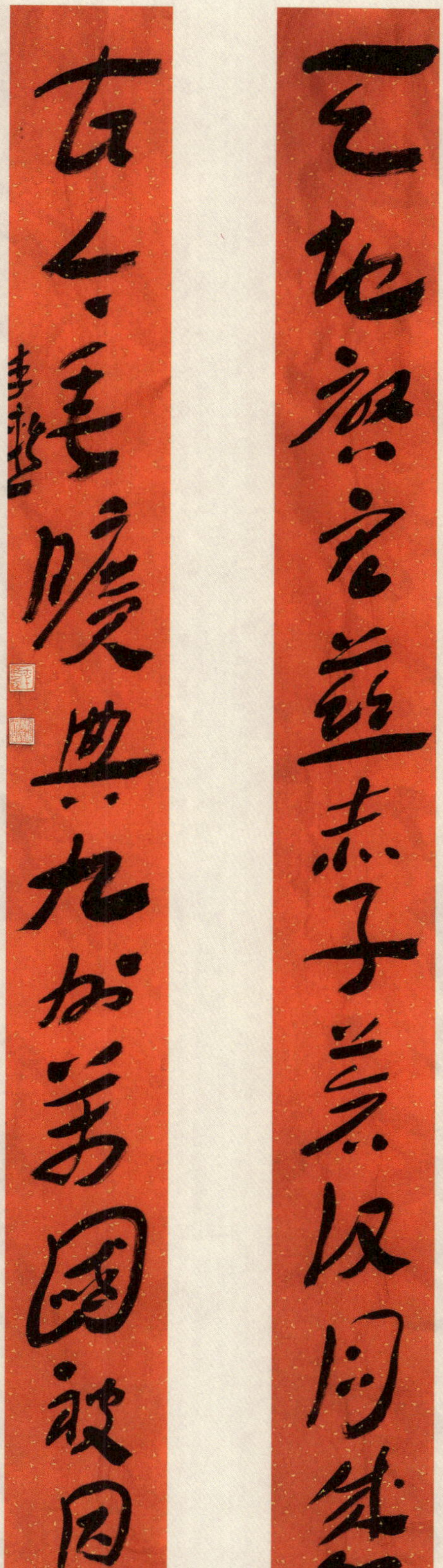

天地启宏慈，赤子苍头同感戴；古今垂旷典，九州万国被恩荣。尺寸：136cm×23cm×2

—— 李轶//书 曾莹//文 ——

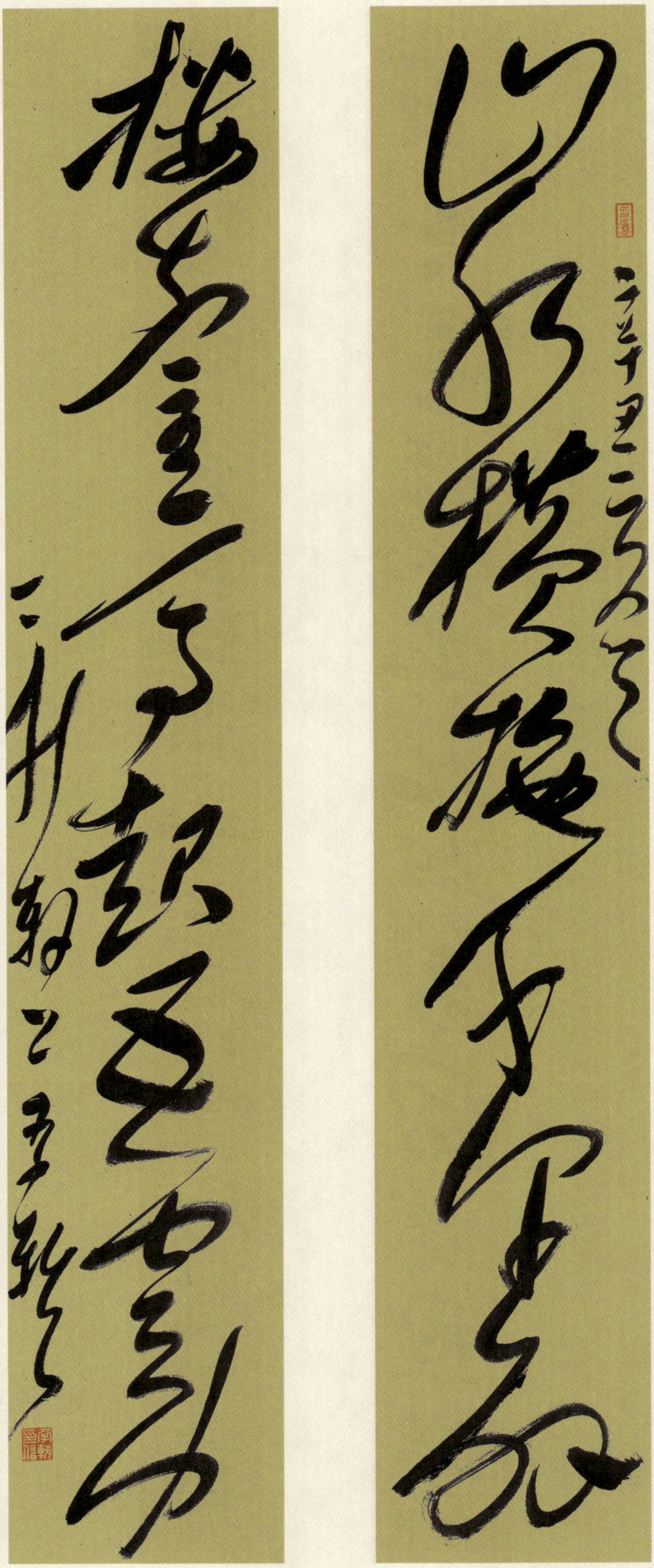

山水横拖千里外，楼台高起五云中。尺寸：180cm×31cm×2

水横拖千旦外，楼台高起五云中。园修日月光辉里，景夺文章造化功。”脂批于此称：“更牵强。三首之中还算探卿略有作意，故后文写出许多意外妙文。”其实红楼诗词题咏的难得，从来不在于全都显示了较高水平，而是能够贴合每个作者的个性才情，以致各有各的声口。这一首诗，整体来看，确实写得很勉强，有刻意夸大和溢美的嫌疑，颇有些小孩儿学着大人说话的拿腔拿调，可笑滑稽。大观园，不过是一宫妃的省亲别墅，“园修”“景夺”两句，在浮泛无当中，也未能突出大观园自身的特性。“山水”“楼台”两句，则是以夸张的笔触令人倍感不安与隔膜。某种程度上，必须抛开此诗题咏的对象，这些词句方才有了成立的可能。

园修日月光辉里，
景夺文章造化功。

应制的作品，在颂圣之余，最紧要的就是贴切了。惜春的诗，说不上有多不好，但确实是费尽心力，却有许多未安。以“日月光辉”形容大观园，令人倍感大而无当。毕竟大观园只是一处“省亲别墅”，而非天子巡幸之所在。另外，这也不符合大观园相关的描述。此处园林，并不是以阔大宏伟见长，恰恰是以包罗万象、别有幽境显于笔墨。至于用“文章造化”形容其间景象，更觉费力不讨好。文章造化于此，无非是为了凸显大观园工巧与自然并重的特性。不过，这大概不是大观园的特性，而是普天之下，大多数园林皆有的共性吧。颂圣有逾矩的嫌疑，写景又不见贴切的笔墨，这就无怪乎脂批于此会直接诟病“更牵强”了。

当然，这样一首诗，对于显露惜春在年纪、诗才上的那份稚拙，却是格外适配，以及恰当的。

绿裁歌扇迷芳草，
红衬湘裙舞落梅。

此二句，出自李纨笔下。李纨在《红楼梦》一众女儿当中，向来不以诗才见长。是以后文的多次诗社活动，李纨之与会，都是厕身评诗之列，而非作诗之人。

此处，李纨题匾曰“文采风流”，是以题咏的重点，自然应该放在此四字上。然而此二句，作为诗歌的颔联，却分明偏离了这个意思。于此，我们只看到“绿”与“红”的对映，以及由此对映而带出的闺阁生涯。园的存在，未被凸显。“文采风流”数字，同样也没有可以安放的空间。

——《红楼梦》楹联赏析

——李轶//书　曾莹//文

——园修日月光辉里，景夺文章造化功。尺寸：138cm×35cm×2

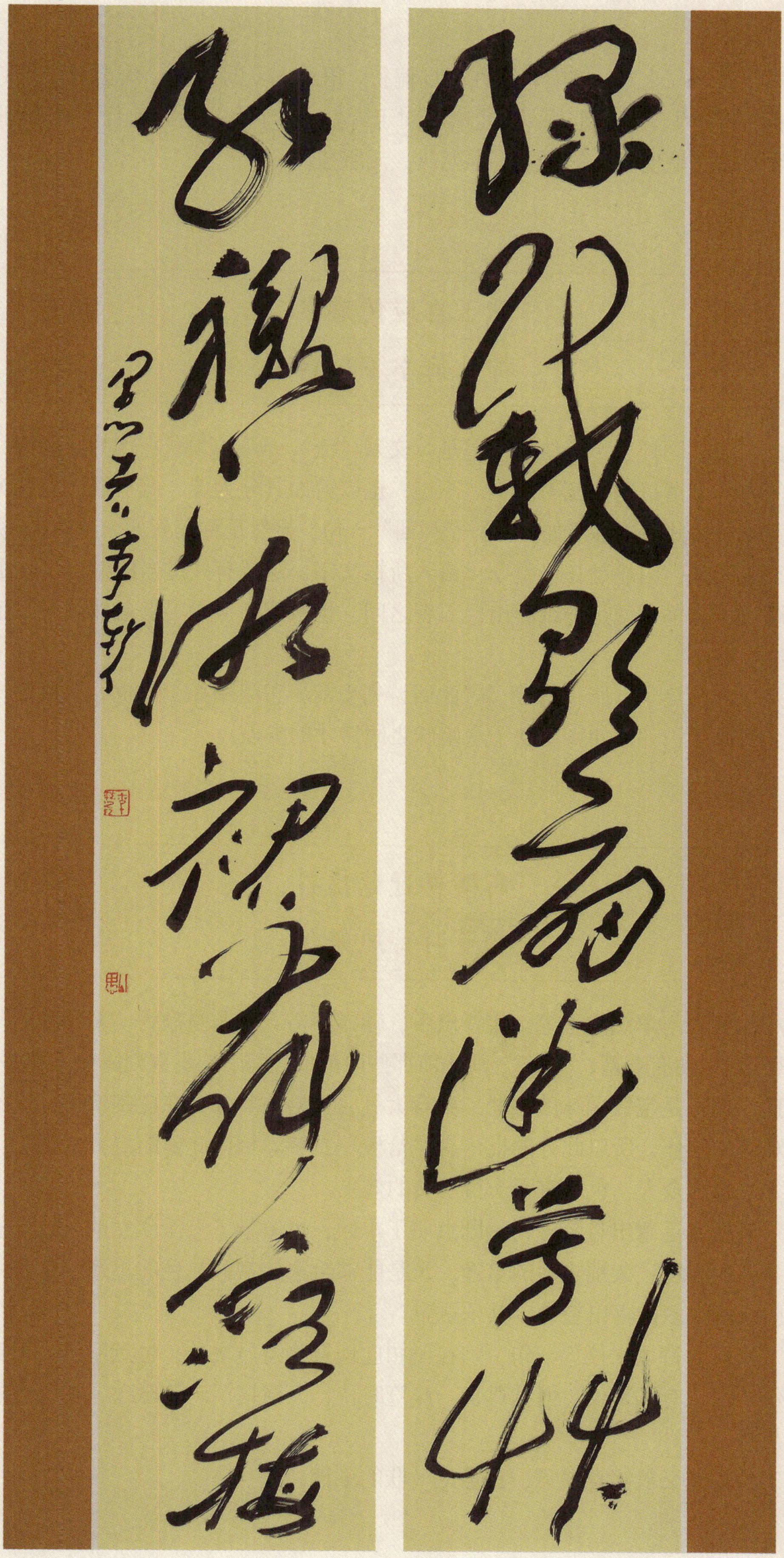

绿裁歌扇迷芳草，红衬湘裙舞落梅。尺寸：138cm×36cm×2

单就此一联来看，其实也存在格局偏狭、语意重复的毛病。不过，这样的文字，却让我们看到了李纨内心深处，也有着对于青春、对于女儿生涯的若干眷恋和耽连，并不像她表面呈现出来的那般槁木死灰，无所挂怀。

珠玉自应传盛世，

神仙何幸下瑶台。

此二句，同样出自李纨笔下，是《文采风流》一诗的颈联。作为应制诗，称美赞颂的内容可谓是题中应有之义。不过，也以恰如其分为佳。此一联，有着突出的赞颂意味，却分明不够恰如其分。“神仙”一句，显然是称美元妃，这倒也还勉强。“珠玉”云云，明显是在极赞今日诸人所拟文字，这就有些过当的嫌疑了。那份勉强与尴尬，几乎可说是透纸而出。二者之间，也未能衔接得足够自然圆融，读来深觉拼凑生硬。

是以此篇终了，脂批有云：“此四诗列于前，正为滃托下韵也。”这话，多少有点“刻薄”，却也如实反映了众姐妹之间诗才的参差。

高柳喜迁莺出谷，

修篁时待凤来仪。

相比三春与李纨的手笔，宝钗出手，顿显不俗。所题匾额为“凝晖钟瑞”，脂批便赞道：“便有含蓄。”言下，则此前那些匾额的题写，其浅直刻露便不遑多论了。

此二句，是宝钗题咏的颔联，雍容大气，且恰如其分。在应制诗里，这也称得上是难得的佳作。所以此处的批语有“恰极”二字。相比此前的“太牵强”，则宝钗诗才之越出众人，也就有了一目了然的效果。

“高柳喜迁莺出谷”一句，既点明了季候，也渲染了一派欣然的风致。这符合元妃省亲的心境。久别之后的重逢，又是能够给家族增添光色的重逢，这其间，当然是腾跃着太多的喜出望外、其乐融融。

“修篁时待凤来仪”一句，则在紧扣此地景物特质之外，也点明了元妃身份上的那份特殊。有凤来仪，何其尊贵。修篁时待，又横增了一笔幽致，在尊贵中亦有孤清与高洁。

工整切题又能够有深意，正是这一联的难得。

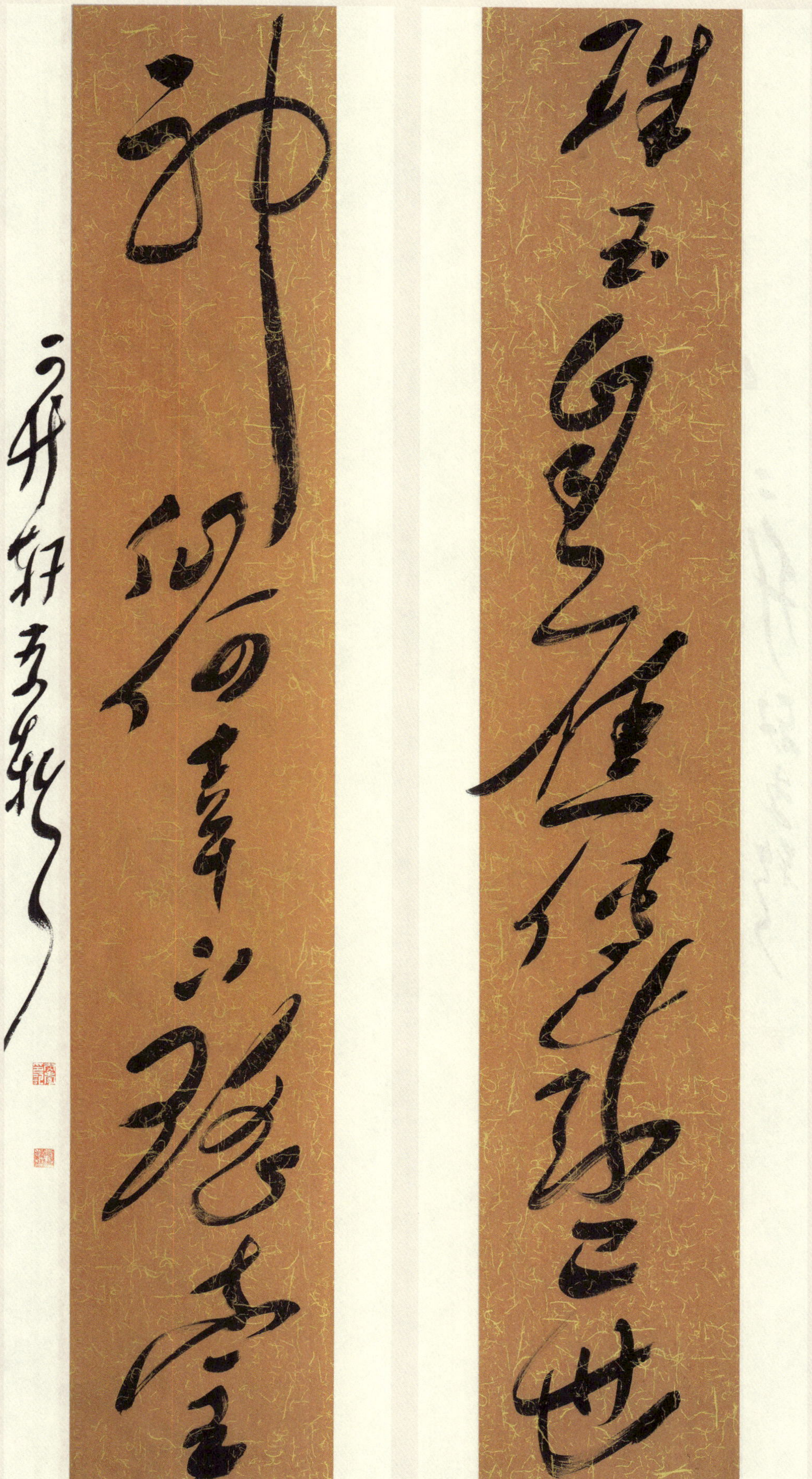

珠玉自应传盛世，神仙何幸下瑶台。尺寸：180cm×48cm×2

李轶//书 曾莹//文

高柳喜迁莺出谷，修篁时待凤来仪。尺寸：180cm×18cm×2

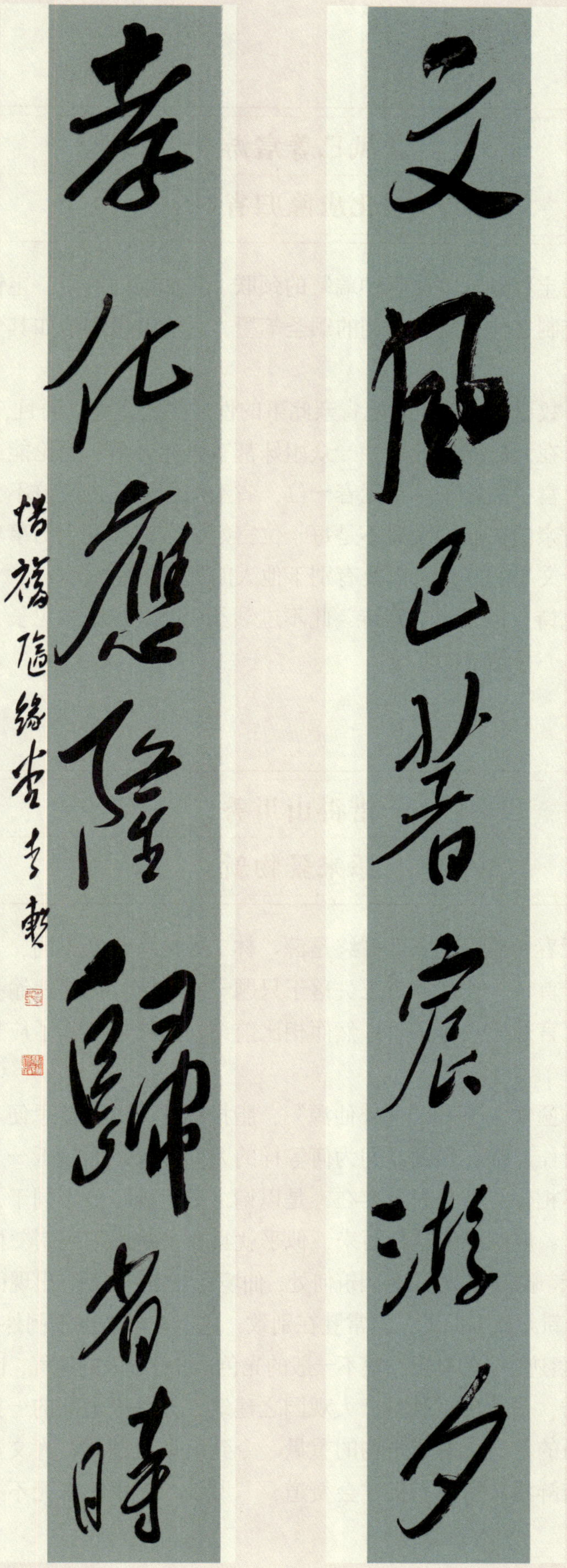

文风已著宸游夕，孝化应隆归省时。尺寸：180cm×36cm×2

文风已著宸游夕，
孝化应隆归省时。

此二句，为宝钗题咏“凝晖钟瑞”的颈联。正如前面所说，宝钗写的这首诗，是一首典型的应制之作，既有循例的颂圣笔墨，又能够做到恰如其分，契合特定的人物与事件。

“宸游夕”数语一出，则元妃省亲此事的性质便已点明。而且，这一“宸游夕”的特别还在于，在元妃的倡导下，一众姐妹都有题咏之事，无论能或不能。是之谓“文风已著”。宫中的妃子不止元春一位，省亲的恩宠，也应该不会只落在她的身上。而吟咏与省亲的关联，大概不是每一位宫妃省亲都会发生的事项。这一句，就道出了元妃对于文墨的好尚，以及有别于他人的那份书卷气。

脂批评及此诗，但云：“好诗。此不过颂圣应酬耳，犹未见长，以后渐知。”这样一则评语，亦可谓恰如其分。

借得山川秀，
添来景物新。

正如此后元春所感叹的——“终是薛、林二妹之作与众不同，非愚姊妹可同列者”。而这样一首诗，还是林黛玉失落于只题一匾一咏，无法违谕多作，所以不过“胡乱作一首五言律应景罢了”。然而相比前诗，这样胡乱作了应景的诗歌，依然要强出许多。

林黛玉所题匾额为——“世外仙源”，脂批称此为：“落思便不与人同。”确实，其余人等所作，都在强调此间为何等样的人间胜景。而黛玉一上来，首先便突出其与俗世的不相侔。外乎时世存在，是以谓之“世外”；不同于凡尘间种种，是以谓之“仙源”。应制之作这样写来，似乎就具有了跳出“应制”框架的可能。

此一联，是诗歌颔联。在“名园筑何处，仙境别红尘”之后，出现得如此风平云淡，却又令人耳目一新。黛玉的诗，常常胜在别致。这一首当然也不例外。开首四句，便在应制的僵化、落迹中，勾勒出一笔不一般的光色。带着过人的逸气，也有突出的新景。

大观园之秀，借自山川胜景；大观园之建筑，亦是天地间的一抹新色。如此写来，正是以轻巧的笔力化解了千钧的重量。令到所谓大题目、大文章，也可以体现出性情的生动与鲜活。所以脂批才会赞道：“所谓‘信手拈来无不是’，阿颦自是一种心思。”

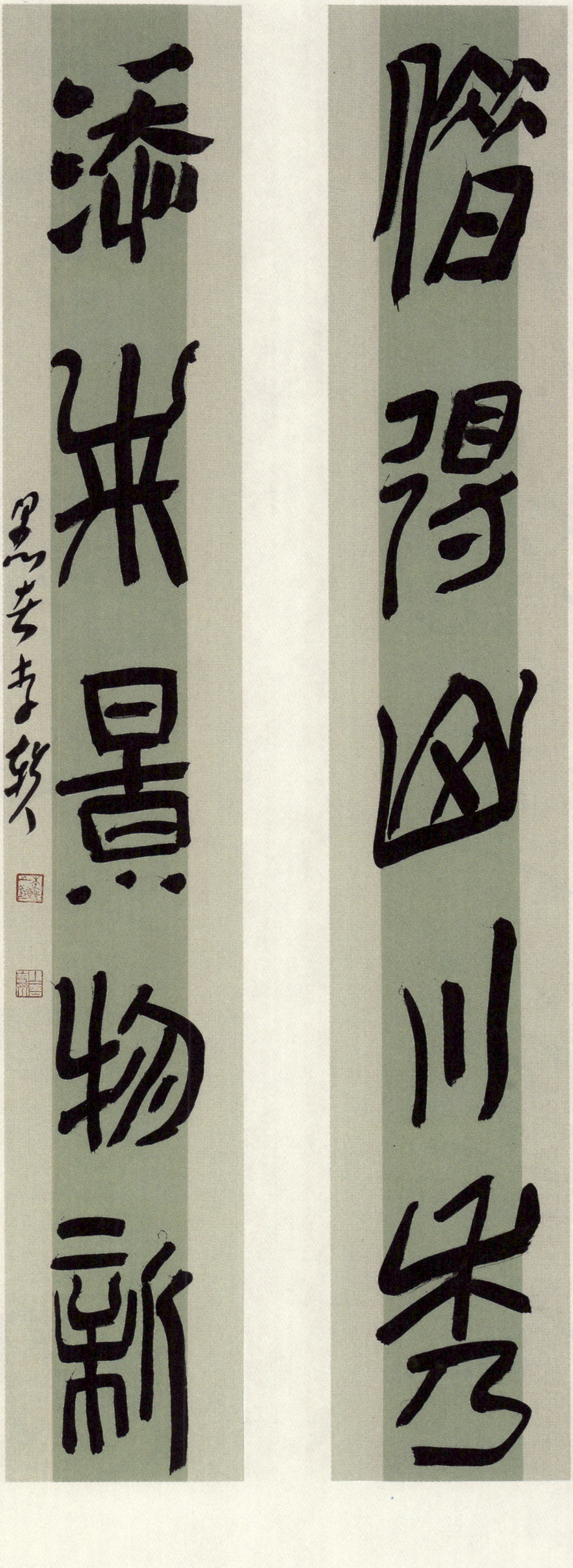

借得山川秀，添来景物新。尺寸：136cm×23cm×2

李轶//书　曾莹//文

香融金谷酒，花媚玉堂人。尺寸：138cm×35cm×2

綵鸞
綃

《清改琦红楼梦人物图册》

香融金谷酒，

花媚玉堂人。

此一联是黛玉咏“世外仙源”的颈联。这一联，也是黛玉笔下难得一见的有关愉悦欢欣、荣华富贵的书写。事实证明，林黛玉确实不大适合这样的题材，以及情致。读来总会觉得这一切呈现得太过表相。在这人来人往的“鼎盛”“热闹”面前，依旧从“香”“花”这样的题目入手，就多少显得有些不合时宜。以金谷之酒写香，富贵奢靡之外，却也似乎带来了一丝倾颓的暗示。花与人之间着一“媚”字，这种场合四处充溢的那样一种刻意讨好、阿谀奉承，其实也是不难想见的。

是以，于一派称颂的调子当中，这首诗，是多少有些别样的存在——清新别致之外，似乎也生出几缕酸风。

竿竿青欲滴，

个个绿生凉。

二句为宝玉题“有凤来仪”的颔联。这也就是后来林黛玉入住的潇湘馆。潇湘馆，是入园首当其冲之第一处居所，宝玉题咏对联之第一处居所，甚至于此侍宴奉谕题诗之际，宝玉所写就的第一首五律也是关乎此间。则潇湘馆之于全园、之于宝玉、之于全书，那都可谓是头等大事。

潇湘馆最为突出的就是那“千百竿翠竹”，此间的幽僻都与这“千百竿翠竹”的存在息息相关。是以题咏之际，宝玉反复渲染强调的，也正是这“千百竿翠竹”的存在。

诗歌首联便道：“秀玉初成实，堪宜待凤凰。”由此，竹林与潇湘馆的密切，不难窥知。以“秀玉”比拟，某种程度上，也带出了竹之绿与玉之绿的相似，含蓄道出了此处与玉的渊源。“凤凰”一语，表面上看是咏元妃，实际上却点出了后之居住其间的黛玉，超凡拔俗的那份特性。

颔联极力刻画竹林之绿意，既可谓苍翠欲滴，又似有绿风穿林。在这一片绿荫的遮蔽下，潇湘馆的出尘与隐秀，自然就不待言说了。不过，作为五律颔联，这两句还是颇有些合掌的嫌疑，并未做到宕开足够的景象空间，以及锻塑令人魂牵梦萦的审美意境。

李轶//书 曾莹//文

竿竿青欲滴，个个绿生凉。尺寸：136cm×35cm×2

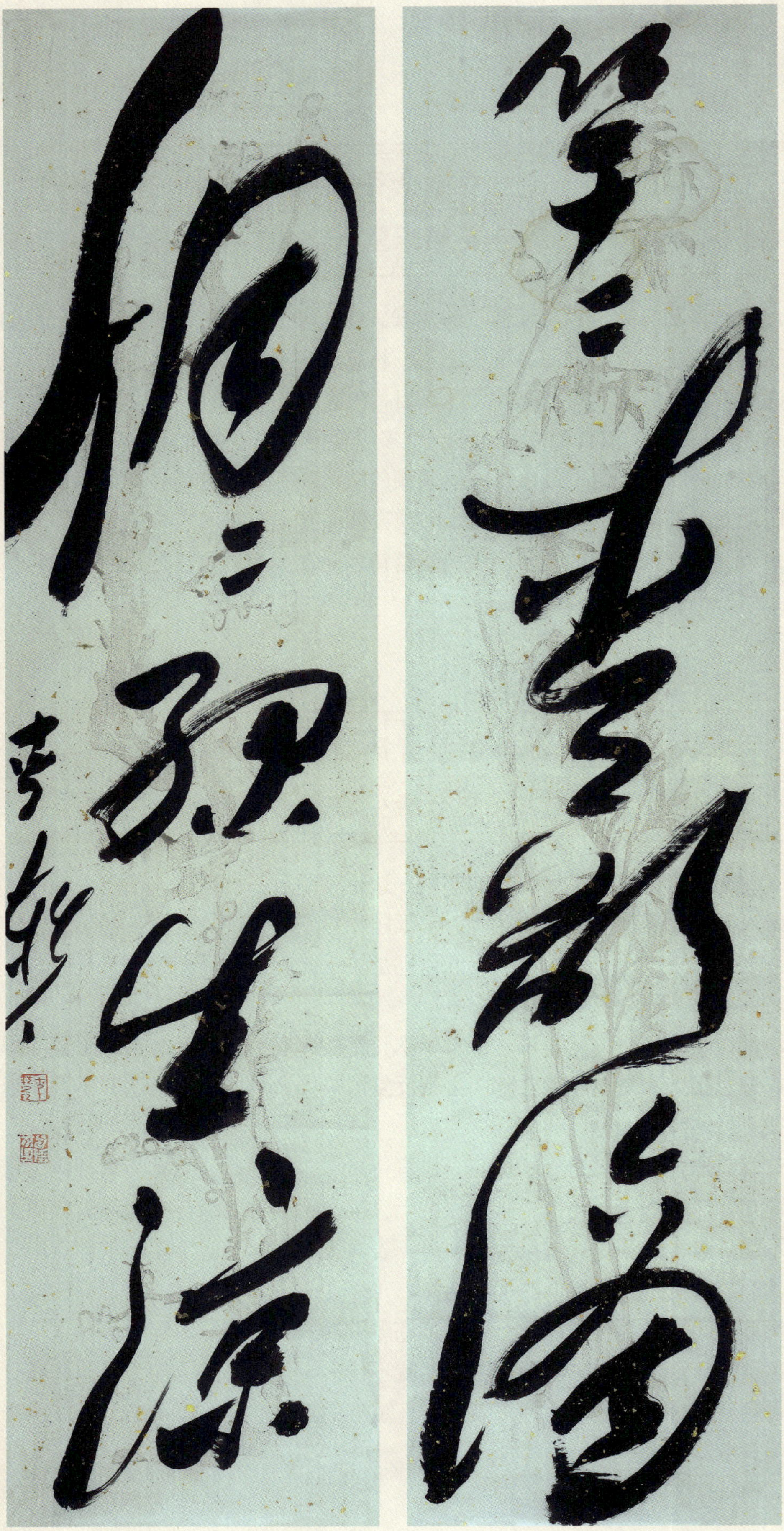

迸砌妨阶水，穿帘碍鼎香。

潇湘馆的水，在整个大观园中都是最有特色的。作者这样写道：“后院墙下忽开一隙，得泉一派，开沟仅尺许，灌入墙内，绕阶缘屋至前院，盘旋竹下而出。”此处量词用得非常精彩，深得晚明小品大家张岱笔墨之神韵，有点《湖心亭看雪》的意思。当然，潇湘馆的水之所以呈现出这么特殊的状貌，还是和本身地方窄小，很多布置都要合着地步考量相关，于是才成就了这样一种玲珑巧小，富于幽致的美。

宝玉这一联，是全诗最为出彩的所在，因为恰好写出了潇湘馆水的特质，准确而生动。其中，尤以上句写得精妙。水，是绕阶之水，风过扬波，不过迸砌而已。一句之中，情味真切而隽永。读之，如临其境。脂批于此自然赞道：“妙句。古云‘竹密何妨水过’，今偏翻案。”

软衬三春草，柔拖一缕香。

写完潇湘馆，接着便到蘅芜苑，这分明又是书中惯见的“钗黛并出”格局。

该诗首联即有：“蘅芜满净苑，萝薜助芬芳。”脂批在此有评，称：“‘助’字妙！通部书所以皆善练字。”确如脂批所言，这一“助”字，不仅仅写出了那些异草与蘅芜苑的相得益彰，同时也仿佛带出了一笔宝钗之于贾家、之于宝玉的意义所在。

此二句，则是该诗的颔联。较之“异草”那一大段议论文字，这一联中的草木呈现得有些太过寻常了。与其说是契合了景致物象，倒不如说是状摹了此间居住之人。

上句言“软”，以三春草相称；下句称“柔”，以一缕香刻画，这样的特性，恰恰就是宝钗身上突出的温柔和平，以及妩媚动人。平淡之中，方显艳质。寻常之外，深味情识。“任是无情也动人”，宝钗的美好，正是这般言说文字之外的存在，是繁花落尽处的一笔绚烂，也是人情世故深处的一抹冷冽。

李轶//书　曾莹//文

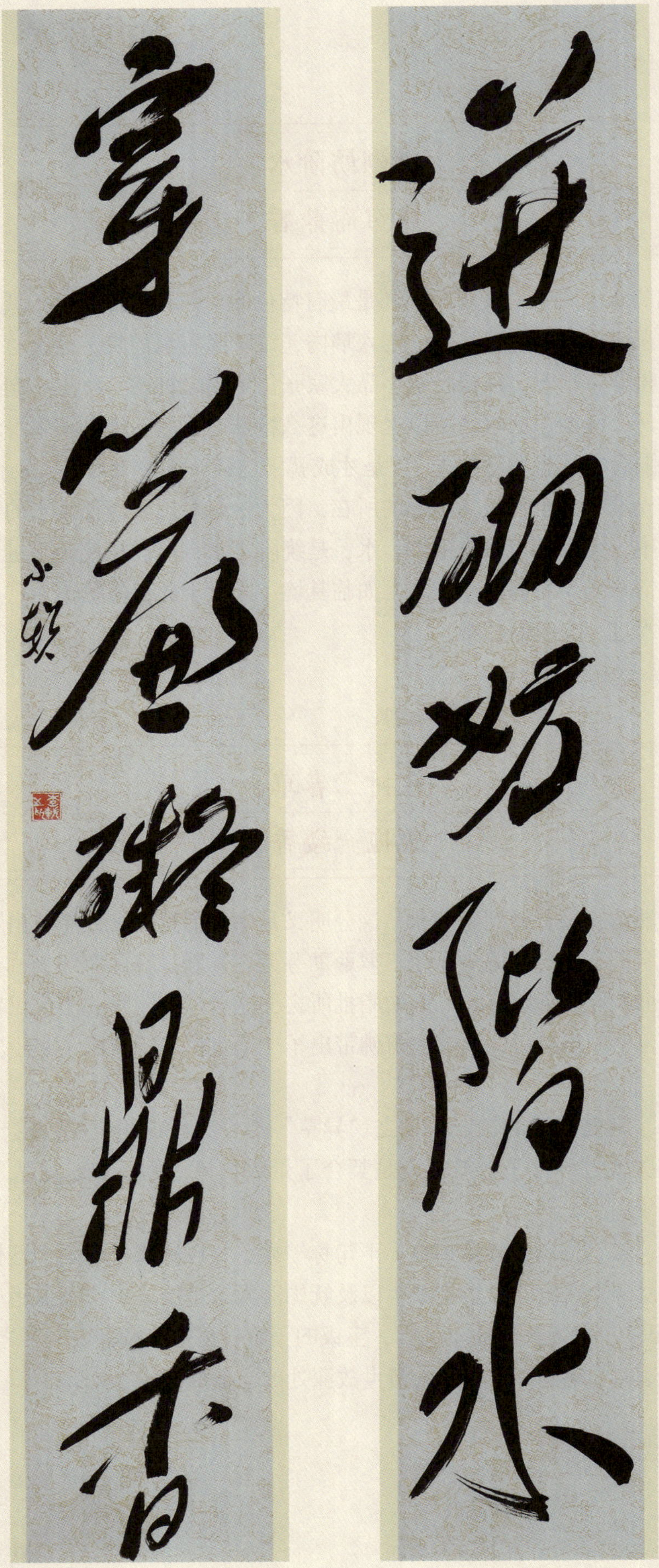

进砌妨阶水，穿帘碍鼎香。尺寸：138cm×34cm×2

软衬三春草，柔拖一缕香。尺寸：138cm×35cm×2

轻烟迷曲径，
冷翠滴回廊。

此一联，是宝玉咏“蘅芷清芬”的颈联。脂批关于此诗颔联，其评有：“刻画入妙。”对于此一颈联，所评却颇为奇怪，其语道：“甜脆满颊。”所谓“甜脆满颊”，令人想到的都是口齿留香，而且应当有鲜脆清甜的口感。然而此二句，似乎也没有精妙到这个地步，同时也未能氤氲出一室旖旎。

两句依然紧扣苑中异草写来。异草之多，是以显得此处烟色凄迷。那些曲折的幽径，似乎都在这样如烟的草色中迷离难寻。冷翠一句，依然是在凸显异草的众多。在各色草木的笼罩荫蔽之下，立在回廊，也仿若满世界欲滴的苍翠。如此写来，蘅芜苑很像是一个异境般的存在，圈出了一个迥乎不同的世界，则此间人物的特性，也就因此而得到了一次行而有效的彰显与突出。

绿蜡春犹卷，
红妆夜未眠。

“绿蜡”这一联的撰就，是小说写得格外细致的一段文字，实可谓生动之极，有趣之极。

小说先交代宝玉尚未作完，只写了潇湘馆、蘅芜苑的两首，正在写怡红院相关的诗句时，被宝钗看到了其中有一句“绿玉春犹卷”，于是宝钗连忙提醒，说到元妃因为不喜“红香绿玉”四字，才改作“怡红快绿”，此时若仍用“绿玉”，不就与之争驰了。宝玉听完提醒，唯有拭汗，却一个可以置换的典故都想不起来。这时宝钗再度提醒：不妨换作“绿蜡”。而宝玉却无论如何也想不起“绿蜡”的出典。宝钗遂有如下感慨：“亏你！今夜不过如此，将来金殿对策，你大概连‘赵钱孙李’都忘了呢！唐钱珝咏芭蕉诗头一句‘冷烛无烟绿蜡干’，你都忘了不成？”之后宝玉就将“绿玉”改作“绿蜡”，并且直呼宝钗是他的“一字师”。

关于这段文字，脂批有大段的赞叹。其语有：“此等处便用硬证实处，最是大力量。但不知是何心思，是从何落想，穿插到如此玲珑锦绣地步。”说实话，就是化用了前人旧典，赞到这样一个地步，是不是有些夸张了？余英时先生在此有一番考证很是精彩。他指出，曹雪芹至交敦敏、敦诚二兄弟，写及芭蕉每用“绿蜡”之典，甚至还写过“绿蜡烟犹冷”这样的字句。所以，与其说化用唐人，倒不如说是化用了友人。而批书之人，或许正是这兄弟二人，是以，看到自己的诗句被如此自然精妙且不落痕迹地用到小说当中，才会就这样一番穿插布置大加赞叹，感喟不已。

轻烟迷曲径，冷翠滴回廊。尺寸：138cm×35cm×2

李轶//书　曾莹//文

绿蜡春犹卷，红妆夜未眠。尺寸：138cm×35cm×2

张爱玲在《红楼梦魇》一书中提过“红楼梦未完”之恨。而能与“红楼梦未完”精美成对的，正是这一句，“绿蜡春犹卷”。

凭栏垂绛袖，倚石护青烟。

怡红院后来成了宝玉的居所。是以怡红院的很多笔墨，读来都可体察到作者的所谓深心寄寓。比如说，此间的山石花木。比如说，此间的各色禽鸟。再比如说，此间的装潢设计。其实都并非表面看去那般寻常，往往，有所谓象征笔法。总之，称得上是深意叠出的。

在宝玉咏怡红院的五律中，这两句是作为颈联出现的。红与绿的对峙，是贾宝玉此诗意在突出的一大特点。而红与绿的交迸，恰恰也是怡红院在外观上最为鲜明的特性。毕竟那一棵西府海棠，还有几本青翠的芭蕉，都是令人印象深刻的所在。

就诗歌而言，颔联以“绿蜡”对“红妆”，这是一番红与绿的写照。颈联，又见“绛袖”与“青烟”，这又是一重红与绿的观照。相比颔联，颈联所写，可谓更见人的影迹。着一“垂”字，情味顿见。不知立了有多时，不知这心中有多少的缱绻。着一“护”字，又有满纸的深挚与拳拳。很多不便言说的情思，就在这样的眷顾卫护中刻画殆尽了。同时这一联，也呼应了诗歌开篇的“两两出婵娟”，以及终篇的“对立东风里”。这样的呼应，这样的两两相对，会叫人顿然想到纳兰性德的词句“一生一代一双人”。比照读来，隐约也是一份同质的并峙与相对吧。

菱荇鹅儿水，桑榆燕子梁。

这一首诗，是黛玉的代笔之作。黛玉看到宝玉因独作四律而殚精竭虑，就想：“何不代他作两首，也省他些精神不到之处。”一问之下，宝玉说：“才有了三首，只少‘杏帘在望’一首了。”黛玉听了就道：“既如此，你只抄录前三首罢。赶你写完那三首，我也替你作出这首了。”接着，便是“低头一想，早已吟成一律”。至此，黛玉才思之敏捷，已然跃出字面。而她待宝玉那份情思，也同样赫然纸上。

宝钗有情，以教诲的方式，可见宝钗处处以闺阁典范自居的那份特质。此等性情，于宝玉而言，堪为诤友或者良师，却并非情人。黛玉有情，直接代笔，唯恐对方因此伤神，这样的体贴与温柔，就不是其他关系所能轻易替代的。

李轶//书 曾莹//文

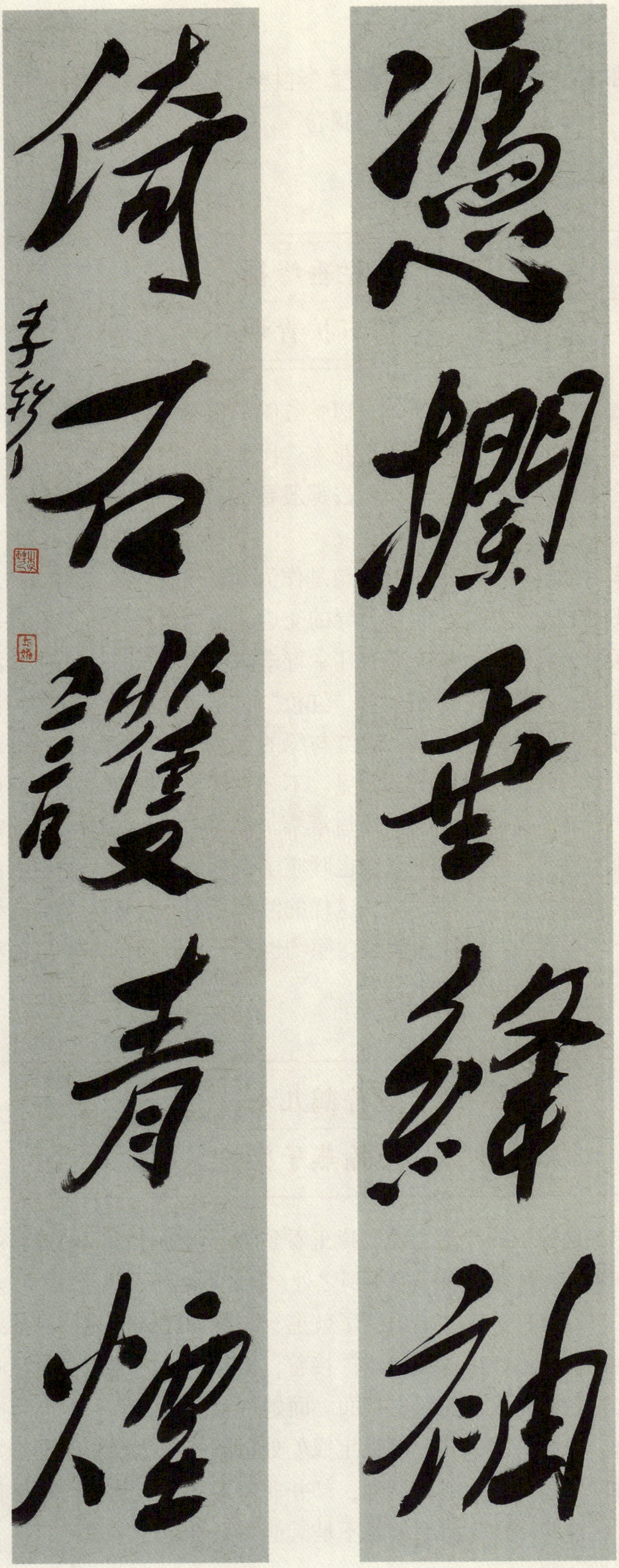

凭栏垂绛袖，倚石护青烟。尺寸：136cm×23cm×2

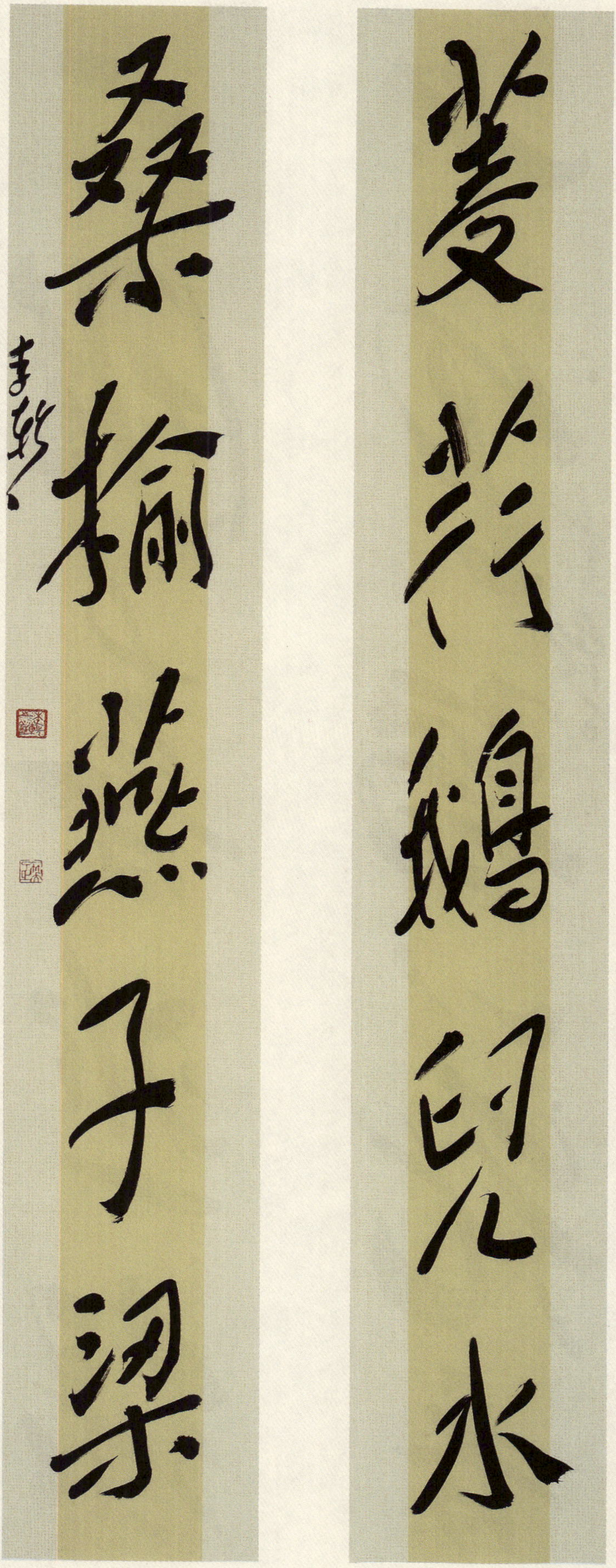

菱荇鹅儿水，桑榆燕子梁。尺寸：138cm×23cm×2

李轶//书　曾莹//文

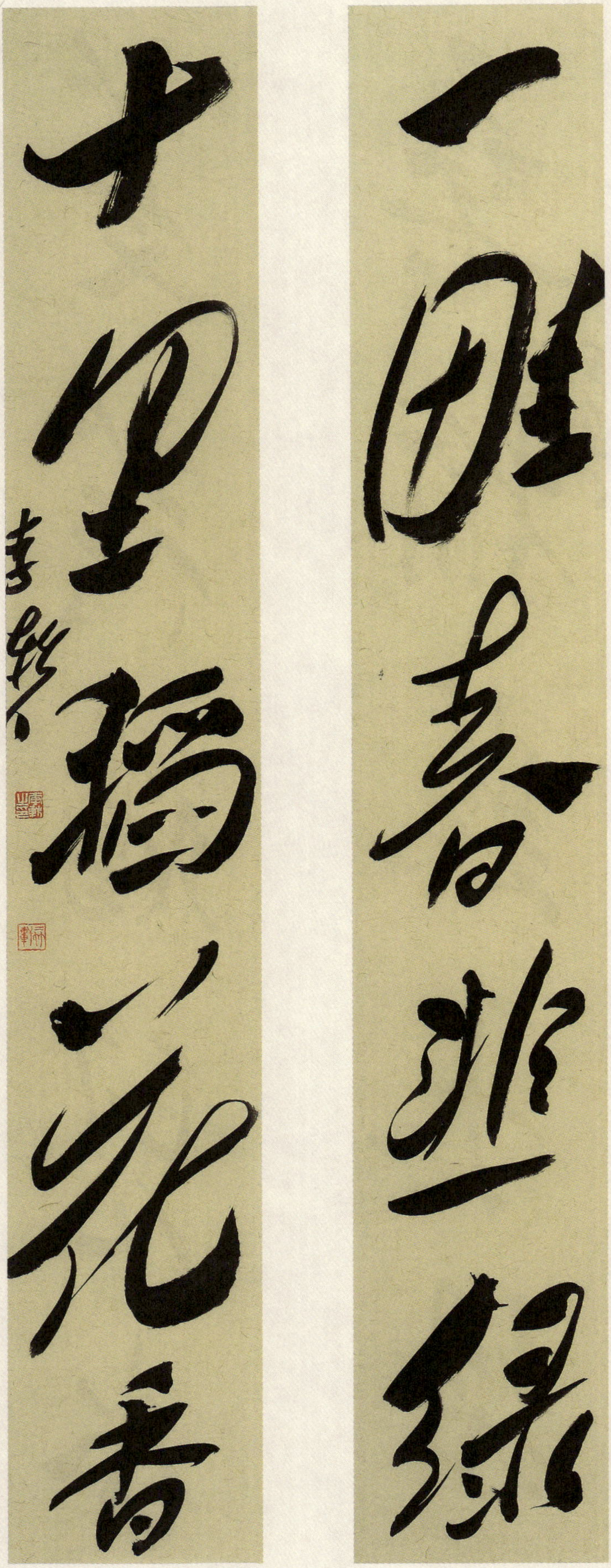

一畦春韭绿，十里稻花香。尺寸：136cm×23cm×2

黛玉所作的这一首，宝玉一看，“只觉此首比自己所作的三首高过十倍，真是喜出望外”。元妃看了，同样“又指‘杏帘’一首为前三首之冠，遂将‘浣葛山庄’改为‘稻香村’”。

不难看到，宝钗之才，在于细致入微，洞见人心。是以其行事，能够做到叫人深感熨帖，不存拂逆。黛玉之才，不是“循情”而是“任性”，单凭自己的一番作为，令到别人惊叹莫名，从而五体投地，唯有服膺。然而这样的服膺，却不见得能够顺理成章地发生，取而代之的，往往是拂逆。毕竟人心善嫉。

宝钗之才，通常从书本中来，从常识中来。林黛玉的难得，正如脂批所云，是“阿颦之心臆才情原与人别，亦不是从读书中得来”。

一畦春韭绿，
十里稻花香。

这是林黛玉代笔所写“杏帘在望”的颈联。此诗一开篇，黛玉分题而咏，就足见其老于诗道的那份纯熟与练达。“杏帘招客饮，在望有山庄”，一方面契合了此地田庄的特性，另外一方面也显然超出了应制的条框。颔联灵动而清新，同时，又有着叫人印象深刻的别致和警拔。“鹅儿水”“燕子梁”，在不和谐中构建了和谐，写出一派生机和野趣。其恬淡宁静，尽在目前。相对而言，“一畦”“十里”显得有些平缓，却令到前之恬淡宁静有了更为阔大的涵盖面积。似乎不仅仅是某个个体，而是可以适用于整个时代。在“一畦”“十里”的映照中，那份静谧与安好仿佛是无所不在的，也为尾联的颂圣笔墨铺平了道路。

脂砚斋的批语多少令人感到“已然词穷，唯有赞叹”。其言称：“以幻入幻，顺水推舟，且不失应制，所以称阿颦。”好像没有说出什么道理，却让我们清楚地看到，能够在应制的陈套中灵动自如，这就是黛玉，也唯有黛玉。

淑女从来多抱怨，
娇妻自古便含酸。

这两句，是《红楼梦》第二十一回的篇末之笔。

小说第二十一回，回目名为“贤袭人娇嗔箴宝玉，俏平儿软语救贾琏”。这一回分作两段，先写了袭人想要劝说宝玉与一众姊妹不要过度厮闹，故前有冷脸相对，后则付之娇嗔劝箴。其后，又写了因巧姐儿出痘，贾琏搬出外书房，遂与“多浑虫”媳妇有偷情之事。待得巧姐儿“毒尽瘢回”，贾琏仍复搬回卧室，其丑事却被平儿

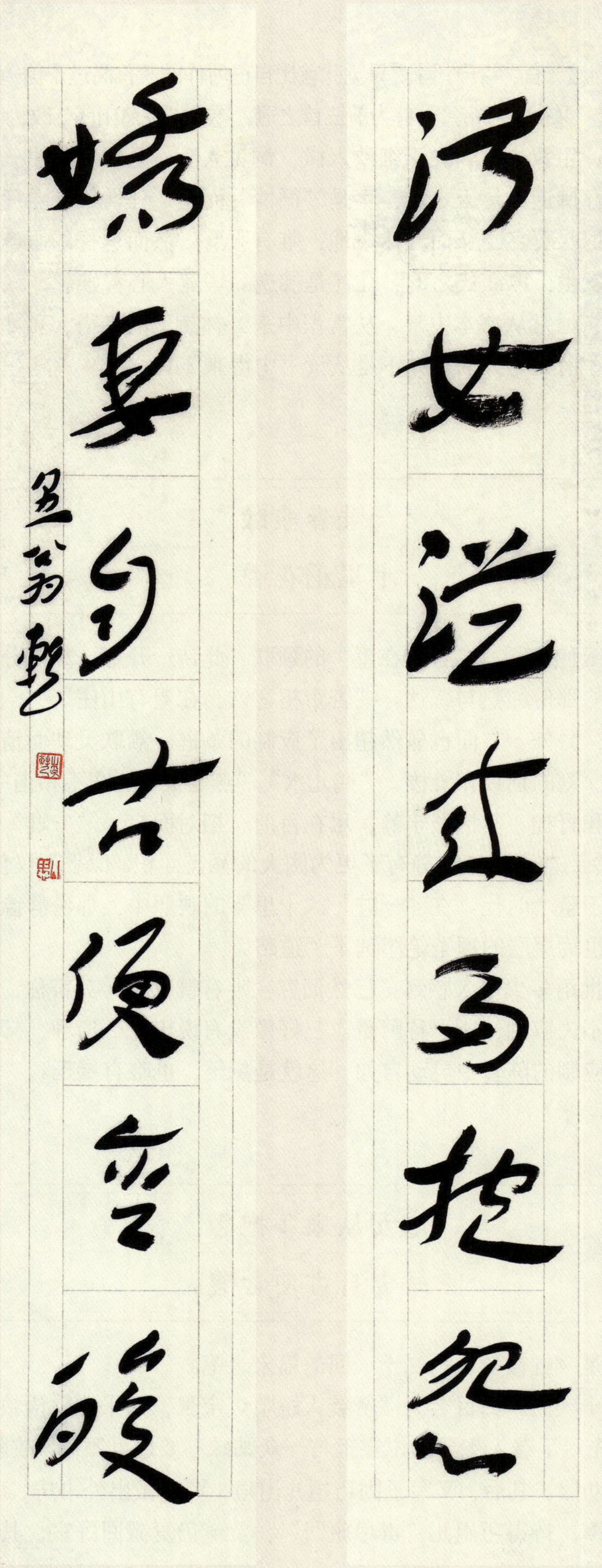

李轶//书　曾莹//文

淑女从来多抱怨，娇妻自古便含酸。尺寸：138cm×23cm×2

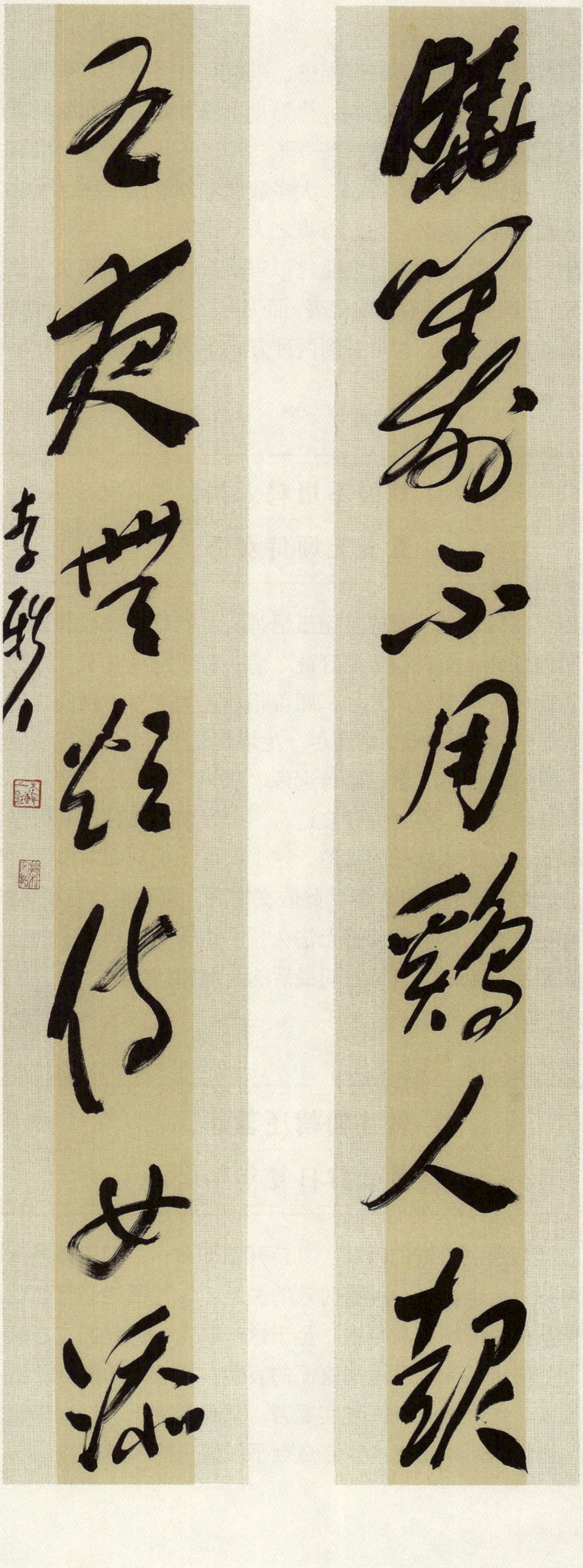

晓筹不用鸡人报，五夜无烦侍女添。尺寸：136cm×23cm×2

发现。而在贾琏与平儿对峙调笑的过程中，凤姐有所谓拈酸的举动。

这一联，恰好概括了此回的大要。当然也不限于此。正如脂砚斋所评，是所谓“二语包尽古今万世裙钗”。虽然有些夸张，却也有几分精准。确实，古往今来，男女之间的相处让我们感受到的状态，大多数就不外乎此二种。要么，正言相告，好言相劝，令人油然而生钦敬。如此行事之人，每为淑女。宝钗、袭人之流是也。要么，拈酸吃醋，或出之以娇态，或叱之以声威，往往令人胆寒生惧，如此行事之人，是所谓娇妻。王熙凤则堪为其中代表。而从宝玉将一枚簪子一跌两段，以及“一席话，说的贾琏脸都黄了”，均可看到两种方式不同的效果，亦都堪称惊人之至。

晓筹不用鸡人报，
五夜无烦侍女添。

第二十二回，回目名是“听曲文宝玉悟禅机，制灯谜贾政悲谶语”。这两句，正出自宝钗所制的灯谜。而在看宝钗灯谜之前，贾政已经看了元春等人所作的那几则。元春之谜，有“一声震得人方恐，回首相看已化灰”，指向了“才得侥幸，奈寿不长”（脂批语）。迎春之谜，则写尽一生堪伤之遭际，“有功无运也难逢”“只为阴阳数不同”是也。探春之谜，暗含远嫁之谶语，同样出语凄凉，“游丝一断浑无力，莫向东风怨别离”。再到惜春之谜，“一发清净孤独”。可以说，贾政心中的烦闷已经堆到了一个无法忍受的阈值。这个时候，他的面前出现了宝钗的这首七律。此二句，正是此七律的颔联。但就此联文字看，似乎也没有更多的不吉。不过，这一灯谜的谜底是更香，这就意味着无法久长的相恃，终将到来的分离。这样一则谜语，大概，就预示着宝钗与宝玉之间最后的走向和结局吧。

焦首朝朝还暮暮，
煎心日日复年年。

此二句，是宝钗所制灯谜的颈联。其诗开篇即有：“朝罢谁携两袖烟，琴边衾里总无缘。”可以说，道出了一种有时效的关系，以及最终必将面临的别离。“无缘”二字，是无从挣脱的标签与判定。至于这一联，则让我们充分感受到了实际相处的那份熬煎。如果说，无缘是无法直面的哀戚，那这样的熬煎，则是书中人物更无从去面对的现实。结局已苦，而现实更苦。某种程度上，这也好比宝钗站在自己的立场上，对《终身误》中所唱“到底意难平”做出的一番回应。

小螺
人畫

《清改琦红楼梦人物图册》

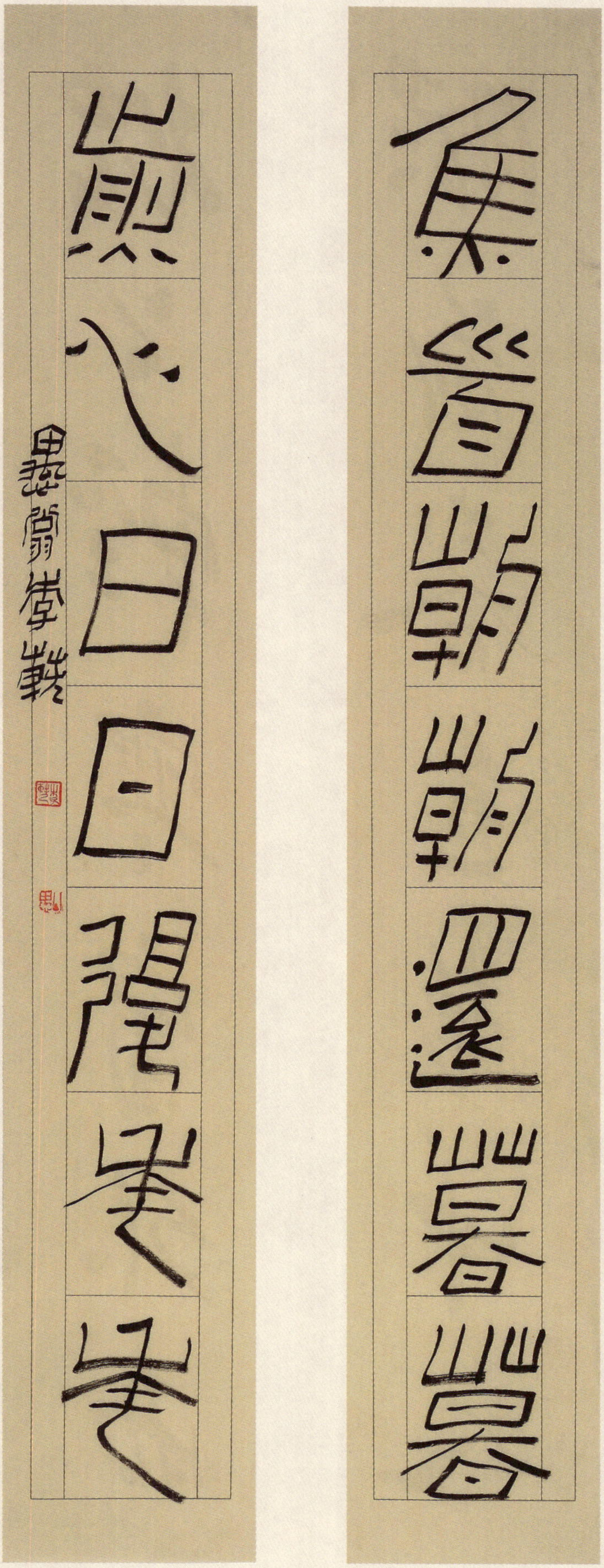

焦首朝朝还暮暮，煎心日日复年年。尺寸：138cm×23cm×2

李轶//书 曾莹//文

枕上轻寒窗外雨，眼前春色梦中人。尺寸：190cm×26.5cm×2

很显然，在这样的“空对”中，没有人能够觅到那份圆满。除了空落与怅惘，只有数不清的绝望与煎熬。

所以，面对这样的灯谜，贾政已然说不出话来。只是在心内自忖：“此物还到有限。只是小小之人作此词句，更觉不祥，皆非永远福寿之辈。”

枕上轻寒窗外雨，
眼前春色梦中人。

宝玉搬入大观园，入住怡红院之后，可以说是平生志意得遂，“再无别项可生贪求之心”。于是镇日与姊妹、丫环们厮混。“或读书，或写字，或弹琴下棋，作画吟诗，以至描鸾刺凤，斗草簪花，低吟悄唱，拆字猜枚，无所不至，到也十分快乐”，快乐之余，不免写了几首即事诗，为当日心情写照。

此二句，正是《春夜即事》一诗的颔联。此联写得格外轻秀。写宝玉在大观园中的日常起居，呈现得真切鲜活，情味十足。正因为和梦中之人不再隔膜，春色变得更趋鲜明可爱，枕上依然存有的阵阵轻寒，窗外下个不停的雨声潺潺，仿佛都成了此时需要铭刻于记忆的点滴感受，他日回望中无法抹去的深刻情景。此二句，大有秦少游的风致，出语清浅而具深情。

盈盈烛泪因谁泣，
点点花愁为我嗔。

“盈盈烛泪”二句，是《春夜即事》的颈联。此一联，也让我们看到了在宝玉看似别无他求的生活中，依然有拂他不去的种种“闲愁”。“闲愁”盘亘于胸臆之间，是以春夜无眠，独对灯烛。看到烛泪，想到的是因谁而泣；看到落花，思及的又是谁人因我而起娇嗔。

《红楼梦》小说中，和“泪”成绑定关系的只有黛玉一人。是以宝玉笔下的泪，总叫人想到黛玉。此处的“因谁”，答案呼之欲出。同样的，“花愁”一句，既可以理解成特指，也可以理解为泛指。大观园既有葬花冢之喻，则书中一众女儿，便可以“群花”目之。那么花愁，可以是一众女儿之愁，此即泛指。黛玉生日为花朝节，则在作者的设定中，黛玉即百花仙子的化身。单言花字，亦可专指黛玉。像是后文的“冷月葬花魂”，就是其中突出的代表。所以，此处的花愁，也可解作专表黛玉之愁，黛玉之嗔，此即特指。

李轶//书　曾莹//文

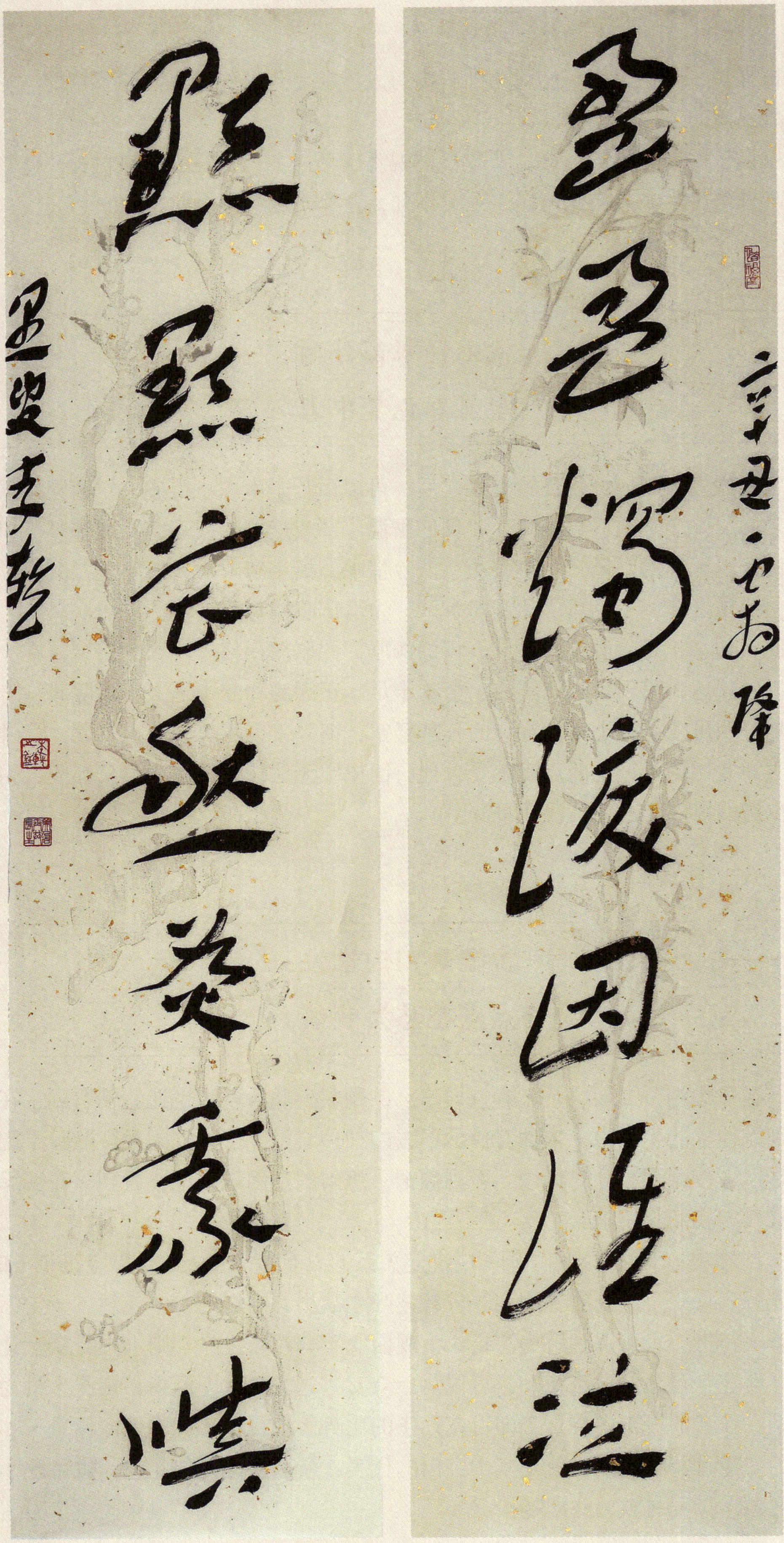

盈盈烛泪因谁泣，点点花愁为我嗔。尺寸：132cm×33cm×2

窗明麝月开宫镜，室霭檀云品御香。尺寸：138cm×35cm×2

窗明麝月开宫镜，

室霭檀云品御香。

“窗明麝月开宫镜，室霭檀云品御香”，是宝玉《夏夜即事》一诗的颔联。这一颔联，正如此组“四季即事诗”之后脂砚斋所评，是将“作尽安福尊荣之贵介公子”投射其间，刻画殆尽。这一联，所写出的就是满纸富贵气象。

“宫镜”“御香”这两个意象的出现有些奇特。不过，作者有可能是于此再次暗示贾府与宫廷之间所存在的密切关联，突出其并非一般的贵胄与纨绔，而是有着皇室背景的名门望族。同时，大观园本来就是省亲别墅，写于大观园的所谓即事诗，当然也需要凸显这一尊贵异常的背景。联系到此前的省亲盛况，加上宝玉居住的怡红院和清代宫殿一般无二的装修风格，这一皇家的烙印，应当正是外人无比艳羡的属性所在。

琥珀杯倾荷露滑，

玻璃槛纳柳风凉。

既然是夏夜，当然也必须扣紧季候的特征。“琥珀杯”一联，作为宝玉《夏夜即事》的颈联，所担负的，正是这一功能。琥珀杯、玻璃槛，固然是以材质之珍贵来突出此间生活之华靡。何谓“烈火烹油”，何谓“鲜花着锦”，读此二句，便能深切感知。荷露之滑与柳风之凉，显然是强调季候特征的词句。加上与琥珀杯、玻璃槛这两种特殊材质的配搭，夏夜里那点难得的清凉，便已轻松跃乎纸上了。这样的夏夜辰光，不仅仅有世家的绮靡富贵，更有一杯沁着凉意的饮品，一槛透着舒爽的凉风，试问又有几人，舍得入睡呢？

苔锁石纹容睡鹤，

井飘桐露湿栖鸦。

相比《夏夜即事》的富丽堂皇，《秋夜即事》的旨趣，明显要深沉得多。诗歌开篇即云：“绛芸轩里绝喧哗，桂魄流光浸茜纱。”“绝喧哗”一语很是耐人寻味。前面说过，《红楼梦》中涉及“秋”的笔墨，都不可轻易放过，此首亦然。故而，此处的“绝喧哗”三字，所道出的就不仅仅是夜深人静的景象特质，而是随着大观

琥珀杯倾荷露滑，玻璃槛纳柳风凉。尺寸：180cm×48cm×2

李轶//书　曾莹//文

苔锁石纹容睡鹤，井飘桐露湿栖鸦。尺寸：138cm×34cm×2

园之“秋”——那无可避免的衰败必然到来的那一刻，此间人去楼空的那份凄凉。“苔锁石纹”两句，作为此诗的颔联，紧承寥落写来，笔墨间的象征意味更为突出，其情致也愈见分明。尤其是上句，“苔”“石”“鹤”，在《红楼梦》中都和具体人物有着特定的关联。其象喻色彩较为突出和分明。其中：“苔”与黛玉之间，缘于潇湘馆；“石”与宝玉之间，缘于那块作为记录者的石头；“鹤”与湘云之间，则缘于那句令人费尽思量的“鹤势螂形”。是以，此句一出，“苔锁石纹容睡鹤”所勾勒的就是三者之间缠绕盘旋的关系。用一“锁”字，明确其根深蒂固、始终牵缠。用一“容”字，则有如后文“寒塘渡鹤影”之“渡”，令我们看到了湘云最后的侥幸得存。这也正是“因麒麟伏白首双星”所指向的内容。

抱衾婢至舒金凤，
倚槛人归落翠花。

此二句，是《秋夜即事》一诗的颈联。这一联的写作，正如小说正文所评说的那样，“他曾有几首即事诗，虽不算好，却到是真情真景”（见《红楼梦》第二十三回“西厢记妙词通戏语，牡丹亭艳曲警芳心”）。

这一联就字句、情致而言，均不算佳，其过人处，正在真切。一时间，大观园，尤其怡红院中的秋夜景象，便已如在目前。宝玉跟前，从来少不了随侍之人，哪怕是凭栏独立之时，也是一样。这就是“抱衾婢”的具体所指。“倚槛人”的形象，当是宝玉自况。心中有种种萦怀之人与事，才会有这许多的倚槛凭栏，即便是在寒凉的秋夜里，也依然如故。读此二句，令人心中腾跃而出的，是黄仲则笔下的这两句：“似此星辰非昨夜，为谁风露立中宵。”二者，恰有异曲同工之妙。只不过，一者孤绝冷峭，一者，却始终有小鬟相随，冷寂处也并不孤绝。

松影一庭惟见鹤，
梨花满地不闻莺。

这一联，是《冬夜即事》的颔联。这一联，写冬夜之景，笔墨却颇有可怪之处。一则冬夜并不典型，二则有着典型的不属于冬夜的景致。先看下句，“梨花满地不闻莺”，这就不是冬夜所能有的景象。梨花与莺，都是春天的标配，出现在此处，实在叫人纳罕。而“梨花满地”四字，明显又是从“梨花满地不开门”一句化出。在大观园中，种有梨花的所在，就是黛玉居住的潇湘馆。梨者，有谐音双关的意思，

李轶//书 曾莹//文

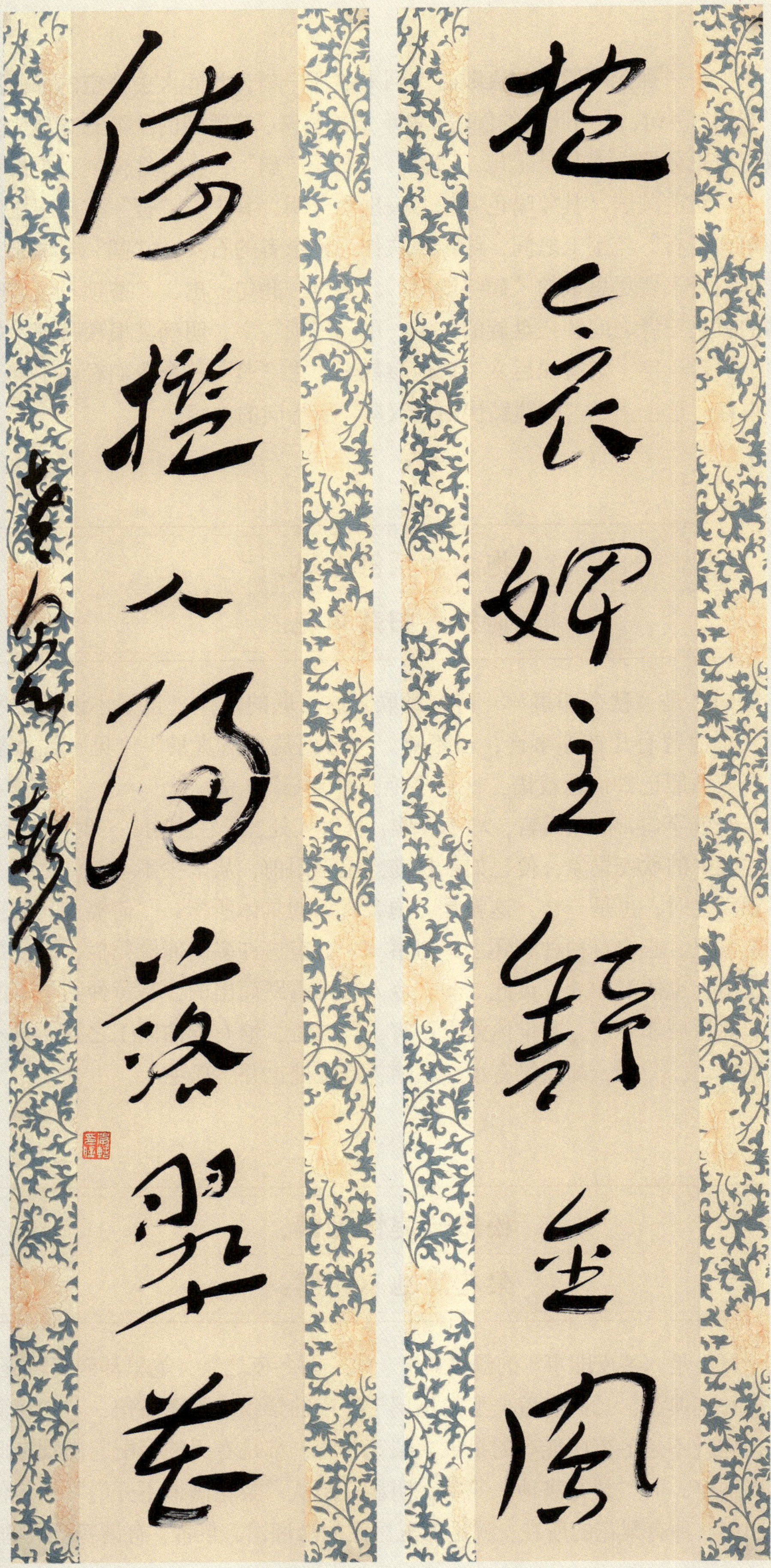

抱衾婢至舒金凤，倚槛人归落翠花。尺寸 138cm×34cm×2

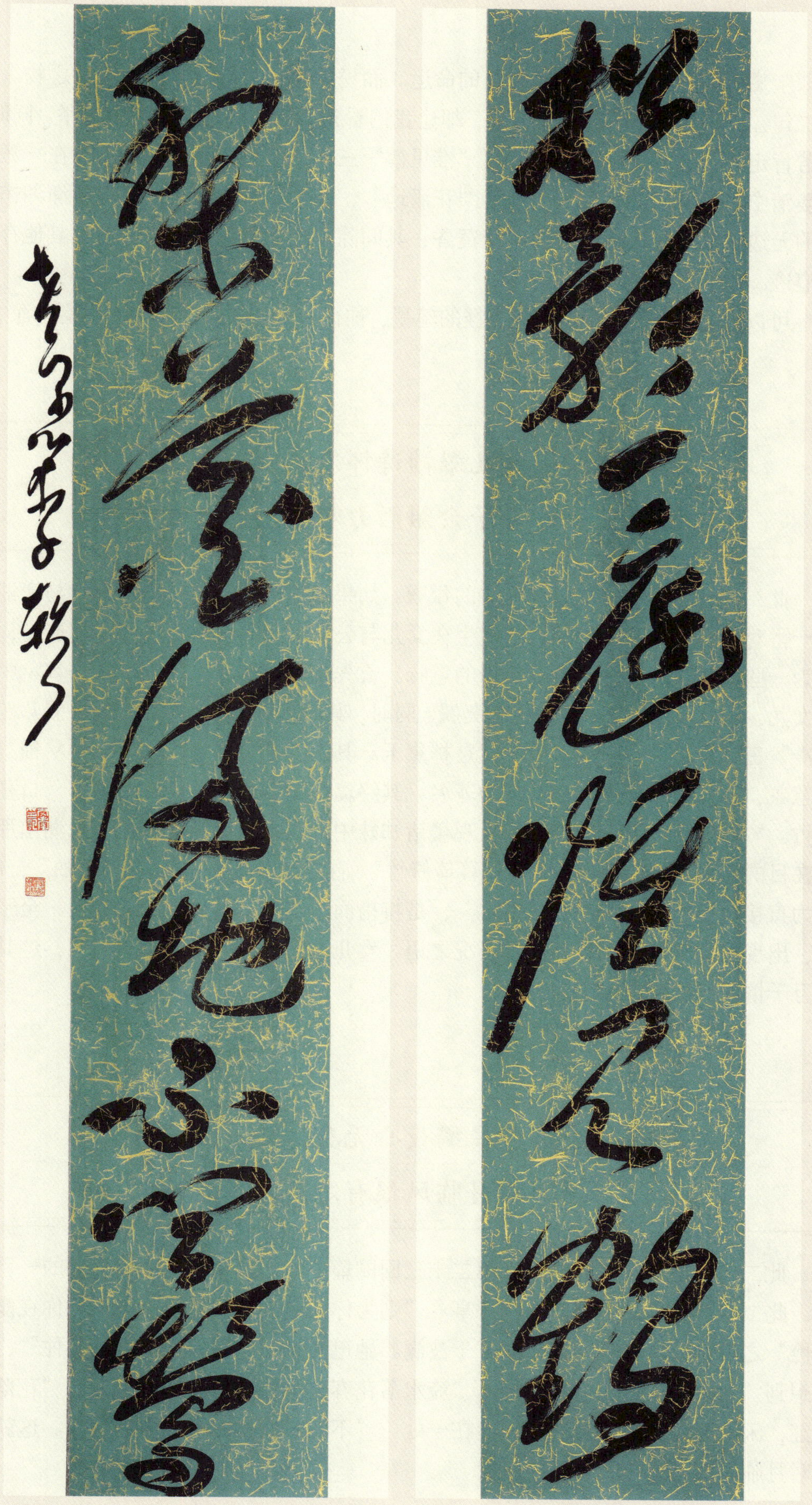

松影一庭惟见鹤，梨花满地不闻莺。尺寸：180cm×48cm×2

意即宝黛之间，终究免不了“离”的命运。而松与鹤，又是怡红院中所有之物。则此二句，虽然不是典型的冬夜笔墨，却让我们看到了怡红院与潇湘馆的对举。同时，如若肯定鹤与湘云之间的对应，则“惟见鹤”三字，就写出了宝玉日后，在一派冷寂凄清中，与湘云的相依。至于“梨花满地”，因为那份化用，又写出了潇湘馆日后的无边寂寞——人去楼空，门掩黄昏，其间除了关于春天的伤悼，再无其他存在的痕迹。

可以说，《红楼梦》中那些可怪的笔墨，往往有待于多番品咀，往往富含深意。

女儿翠袖诗怀冷，
公子金貂酒力轻。

此二句，是《冬夜即事》一诗的颈联。如果说前一联，写出了怡红院与潇湘馆的一番对峙。这一联的对峙，则发生在女儿与公子之间。貌似泛指的遣词造句，却因为一些特殊的意象，而有了特指的意味。首先是“诗怀”一语，《红楼梦》中一众女儿，最以诗才见长的，非黛玉莫属。同时，其诗歌风格往往冷冽悲戚，是以“诗怀冷”三字，最为契合的对象，就是林黛玉。其次，是“翠袖”一语。“翠袖”这一意象，以杜甫《佳人》一诗最为著名。其终篇两句即为：“天寒翠袖薄，日暮倚修竹。”零落而依草木的处境，大观楼诸姊妹中，以黛玉最为突出。而潇湘馆那赫然在目的千百竿翠竹，也符合“日暮倚修竹”所描绘的特性。故此，“翠袖”一语，更为直接地点明了此句中的“女儿”，是特指而非泛指，是黛玉而非他人。至于公子，出现在宝玉笔下，当然就是自况之语。女儿与公子，怡红院与潇湘馆，这其中的万千情思，又何须多言。

妆晨绣夜心无矣，
对月临风恨有之。

此二句，出现在《红楼梦》第二十三回的篇末，是对这一回主要内容的一番概括。此二句，紧承黛玉听闻《牡丹亭》“则为你如花美眷，似水流年”“你在幽闺自怜”之后，直写其心间涌生的万千波澜。她已然是“如醉如痴，站立不住”，同时想到“水流花谢两无情”之诗，“流水落花春去也，天上人间”之词，“花落水流红，闲愁万种”之曲，一时间凑在一处，“不觉心痛神痴，眼中落泪”。这就是“对月临风恨有之”。

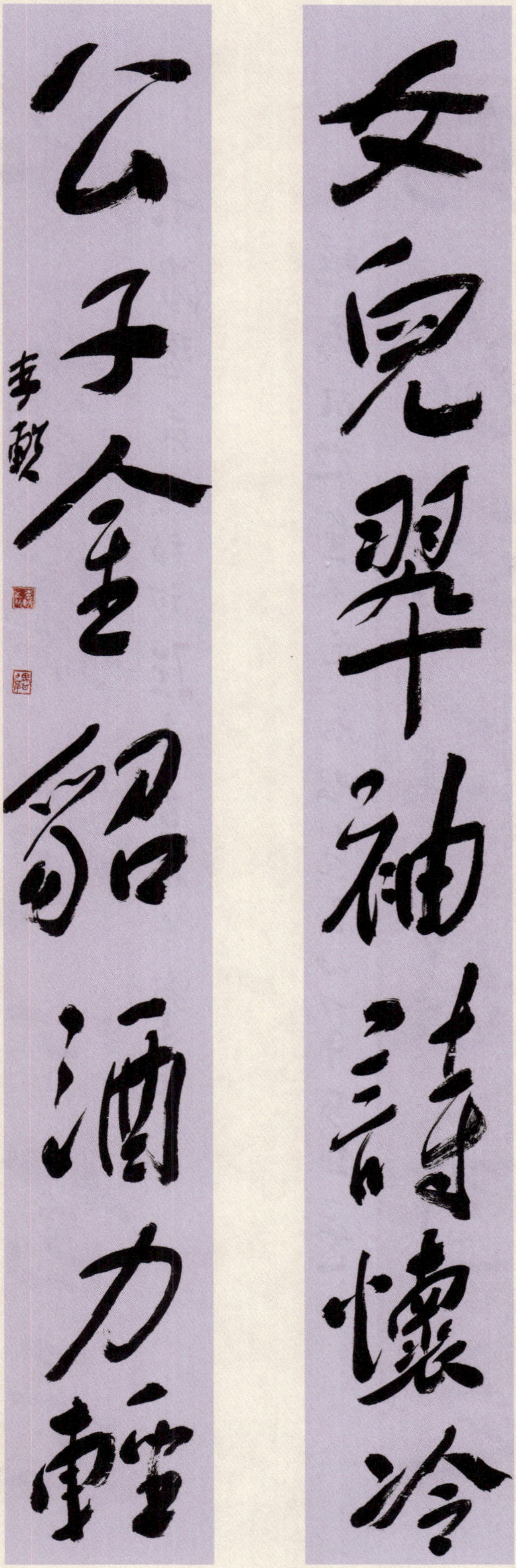

女儿翠袖诗怀冷，公子金貂酒力轻。尺寸：180cm×23cm×2

李轶//书　曾莹//文

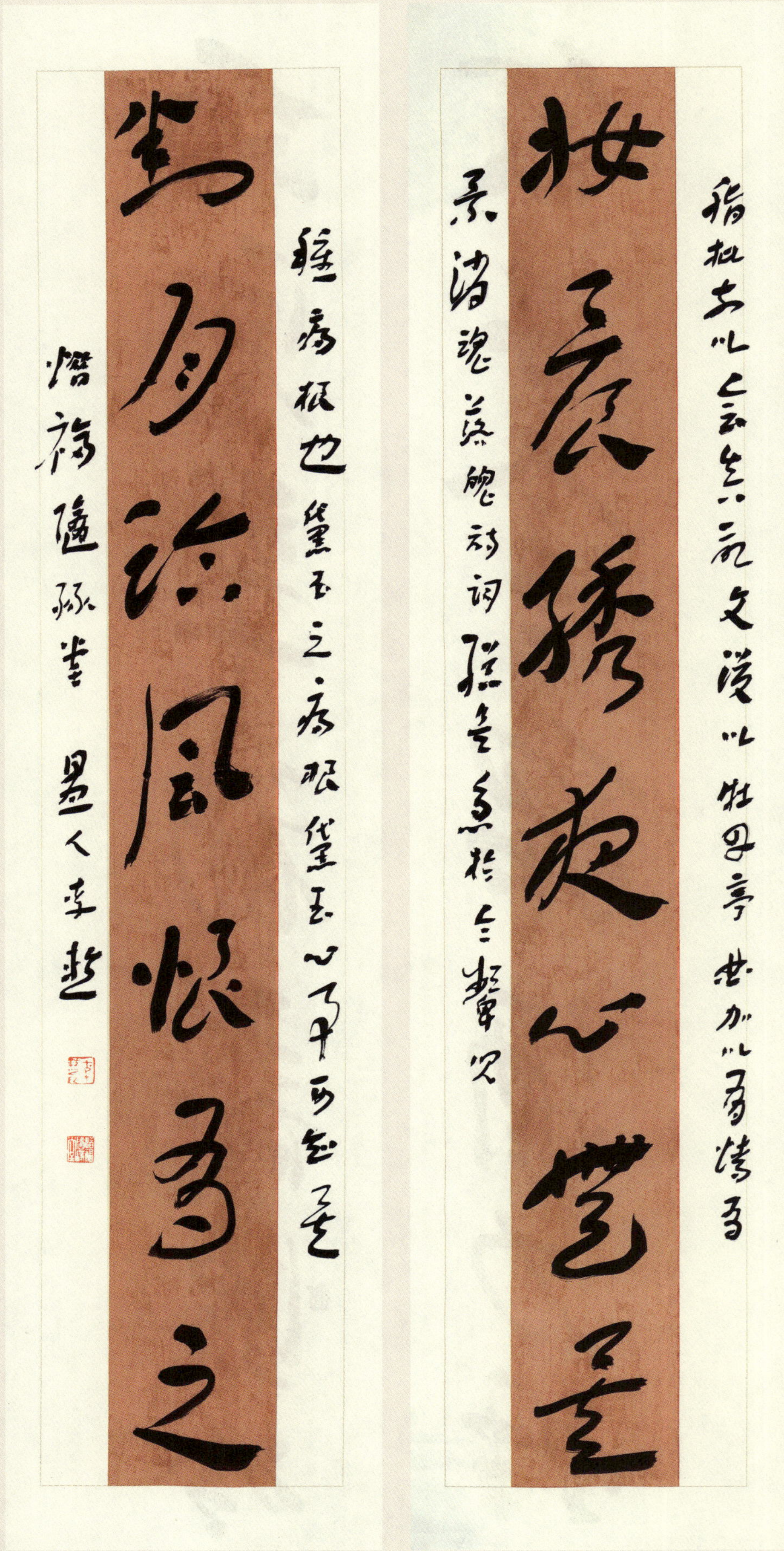

妆晨绣夜心无矣，对月临风恨有之。尺寸：138cm×34cm×2

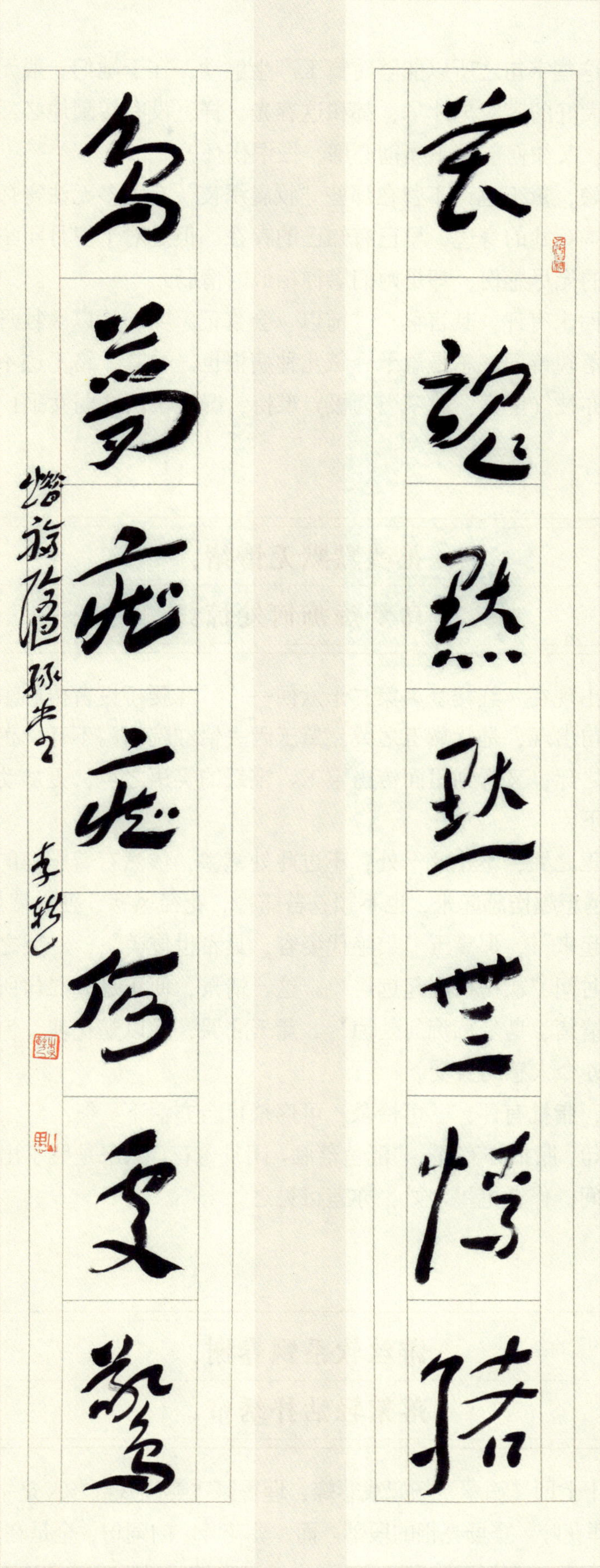

花魂默默无情绪，鸟梦痴痴何处惊。尺寸：138cm×23cm×2

很显然，这些字句之所以能够对黛玉产生触动，在于她们一般无二地面临着年华的流逝——大好的容貌与才华，都和这春光一样，没有转圜地必然消亡，难于久恃。思及于此，又如何能够不痛彻心扉，怅恨伤怀？

比之杜丽娘，黛玉也许不曾在那些“妆晨绣夜”有太多无法寄怀的彷徨、无从寻觅的绝望，毕竟她的身边，早已有知己的存在。但是对于岁月年华的伤悼，因辜负错失而生出的无尽感伤，却是她们堪称相似的情肠。

脂砚斋在回末有评，其言称：“前以《会真记》文，后以《牡丹亭》曲，加以有情有景消魂落魄诗词，总是急于令颦儿种病根也。看其一路不迹不离，曲曲折折写来，令观者亦技（莹案，此字当为极）难持，况瘦怯怯之弱女乎！”

花魂默默无情绪，
鸟梦痴痴何处惊。

这两句，出现在《红楼梦》第二十六回——“蜂腰桥设言传心事，潇湘馆春困发幽情”。两句出现，是状黛玉之哭。黛玉因去怡红院叫门不开，正在因“身在客边”发怔伤怀之际，又听到里面传出宝玉、宝钗的笑语之声，更加动气伤感，一时间，便不觉泣下。

小说写黛玉之哭，不止此一处，不过此处笔墨，依然有着别样的惊艳。小说写道：那黛玉“越想越伤感起来，也不顾苍苔露冷，花径风寒，独立墙角边花阴之下，悲悲戚戚呜咽起来”，那黛玉“秉绝代姿容，具希世俊美”，一哭之下，宿鸟栖鸦俱不忍听，一时间“忒楞楞飞起远避”。这一情景，便正是此二句所描绘的画面，“花魂默默无情绪，鸟梦痴痴何处惊”。黛玉之哭，足以黯花魂，惊鸟梦，则其美可知。其悲，亦令人感同身受。

关于此哭，脂批有评：“可怜杀，可疼杀！余亦泪下。”

关于此二句，脂批亦有评：“沉鱼落雁、闭月羞花，原来是哭了出来的。一笑。”一哭一笑间，作者笔墨之妙，亦差可见之。

游丝软系飘春榭，
落絮轻沾扑绣帘。

小说第二十七回“滴翠亭杨妃戏彩蝶，埋香冢飞燕泣残红”，是书中最为重要的一首诗——《葬花吟》登场亮相的段落。而《葬花吟》的词句，全是在宝玉耳中听来。且说宝玉独自葬花，“将已到了花冢，犹未转过山坡，只听山坡那边有呜咽之声，一

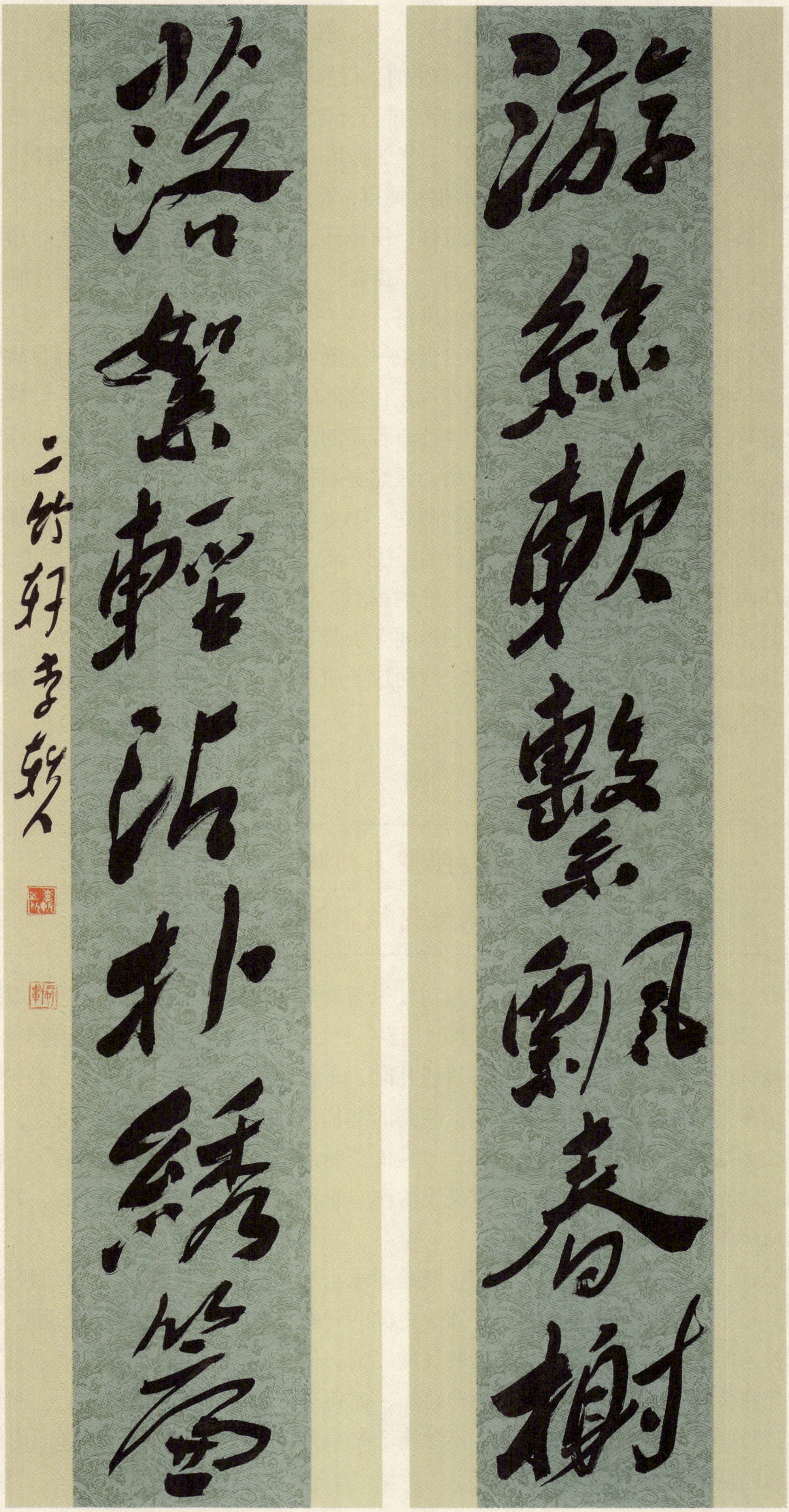

游丝软系飘春树，落絮轻沾扑绣帘。尺寸：138cm×35cm×2

行数落着，哭的好不伤感”。这好不伤感的一行数落与哭泣，便是《葬花吟》。于此，畸笏叟叹道：“且读去非阿颦无是佳吟，非石兄断无是情聆赏。”诚哉斯言！故而听后，宝玉是“不觉痴倒”“心碎肠断”，黛玉听到山坡上宝玉的悲声，也在暗忖：“难道还有一个痴子不成？”二人之间的相互懂得，相知相契，又何用多言。

《葬花吟》一诗，是典型的歌行体，所呈露出来的是初唐的歌行特色，所以时常见之以工整的对句，同时词藻秾丽。“游丝”“落絮”两句，就堪称其中典型。一则属对工警，并且也呈现出绵丽的风格。

此二句，所描摹的是典型的春日景象——既明且丽，既慵且懒，既轻且软。与明人汤显祖《牡丹亭》中刻画的春日风光，竟然颇有几分神似：一般的嫣红姹紫、烟丝醉软。于《牡丹亭》中，那一缕若有若无的游丝，漾开了春光无限，也漾开了杜丽娘的心怀。此处的“游丝”一语，显然有着和“袅晴丝吹来闲庭院”相似的轻宛与缠绵。至于“软系”和“轻沾”两处，则可谓写得情味十足，一时间，那春日所特有的缭绕与缱绻便已宛在身侧目前。接下来，“飘春榭”共“落絮”所道出的，则是任由命运摆布的无奈与哀戚——红消香断，总是这大好春光的必然结局。一如零落与无依，落花的命运，正照见了世间女子与之相近的命运轨迹。不妨说，葬花之吟，是惜花伤花，更是惜己伤己。故而这一曲命运的哀歌，不仅仅特属于黛玉一人，更涵括了世间所有薄命的女儿。

青灯照壁人初睡，
冷雨敲窗被未温。

此二句，仍然是《葬花吟》中以对仗见著的句子。诗歌在交代了所处环境的艰厄——“一年三百六十日，风刀霜剑严相逼”之后，又写及了此中之人受制于命运，无法掩抑的哀恸与绝望，“明媚鲜妍能几时，一朝漂泊难寻觅”。同时，更交代了胸中诸多的块垒与郁结，看见落花，想到的都是与之相似的自身遭际，所以，才会有那么多油然而生的怜惜以及伤怀。“独倚花锄泪暗洒，洒上空枝见血痕”，泣血之泪，就充分说明了这不是一般意义上的伤春悲秋，而是无法轻易抛却的、关于身世和命运无从化解的无尽悲苦。

故而，“青灯”“冷雨”两句，既是紧承上文“杜鹃无语正黄昏，荷锄归去掩重门”写来，某种程度上也写出了黛玉生涯的一些常态。“青灯照壁人初睡，冷雨敲窗被未温”，伶仃孤苦之状，辗转反侧之情，尽在其中。下句的“冷雨敲窗”，明显化自传说为冯小青所题的《绝命诗》，此诗写作：“冷雨敲窗不可听，挑灯闲看《牡丹亭》。世间亦有痴于我，不独伤心是小青。”故而此数字，传递而出的就是痴极断肠的那份悲苦。

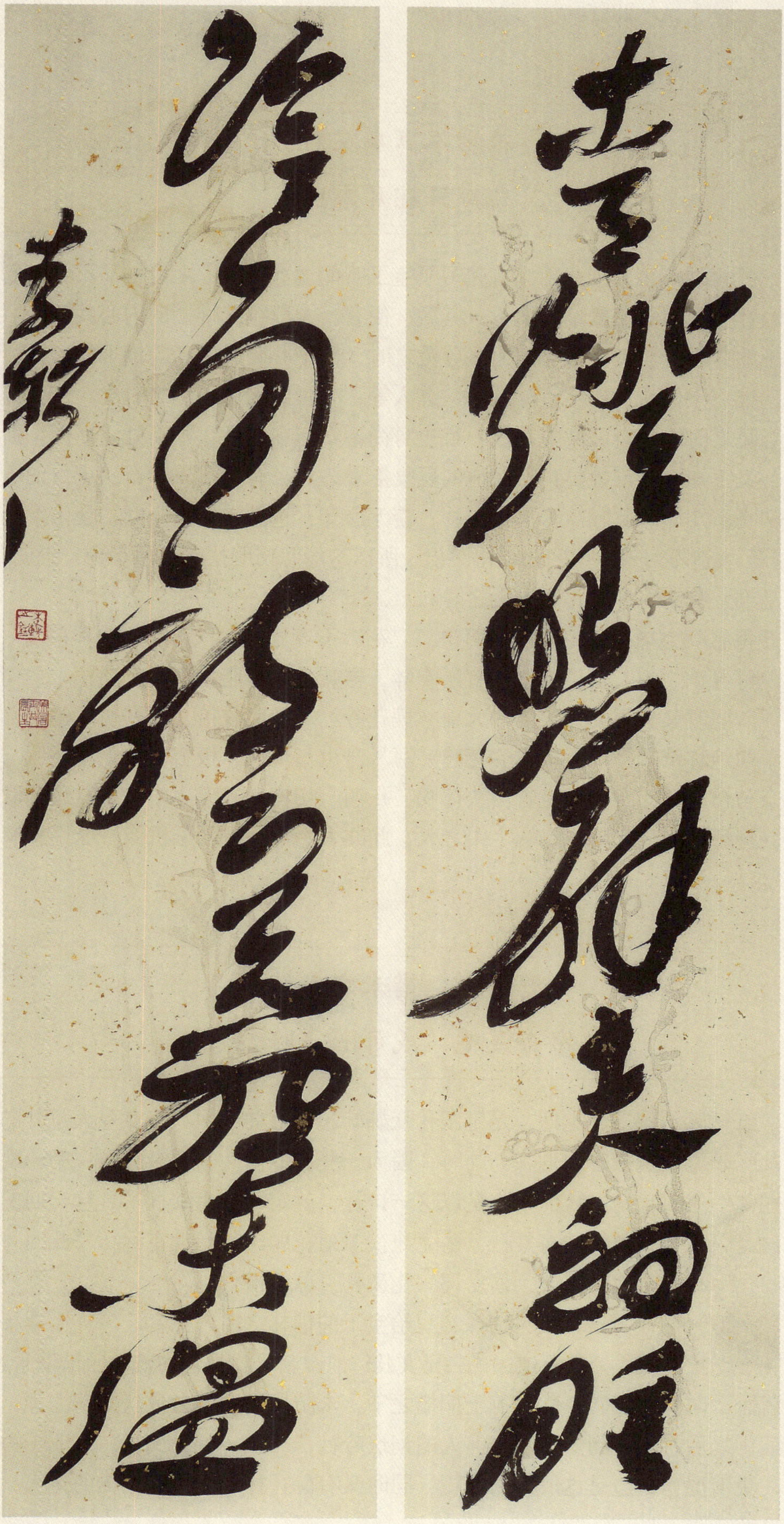

青灯照壁人初睡，冷雨敲窗被未温。尺寸：132cm×33cm×2

花影不离身左右，
鸟声只在耳东西。

《红楼梦》第二十八回，首先写了宝玉听闻《葬花吟》之后，“不觉恸倒山坡之上，怀里兜的落花撒了一地”。其后，便有一大段缠绵悱恻的内心戏——“试想林黛玉的花颜月貌，将来亦到无可寻觅之时，宁不心碎肠断！既黛玉终归无可寻觅之时，推之于他人，如宝钗、香菱、袭人等，亦可到无可寻觅之时矣。宝钗等终归无可寻觅之时，则自己又安在哉？且自身尚不知何在何往，则斯处、斯园、斯花、斯柳，又不知当属谁姓矣！”在他的反复推求之后，有明显属于石头声口的一段文字，“真不知此时此际欲为何等蠢物，杳无所知，逃大造，出尘网，使可解释这段悲伤”。大造不可逃，尘网亦难得跳出，所以这场悲伤明摆着在所难免。也就是说，无论是谁，都终将迎来无可寻觅之时。

此番感叹完毕，就出现了这两句，“花影不离身左右，鸟声只在耳东西”。于是，无可寻觅之中，又仿佛依然有所牵绊，辗转难离。脂批于此叹道：“二句作禅语参。”同时又有眉批称：“一大篇《葬花吟》却如此收拾，真好机思笔仗，令人焉得不叫绝称奇！”一大篇《葬花吟》写尽身世与现实，极言那份无法摆脱与抽离的无奈与伤悲。此二句却宛若当头棒喝，点明一切皆在有无之中，无需过分耽留与沉溺。抒怀之余，亦不忘点醒个中之人，此亦大手笔——既见机锋，更见悲悯。

风庭月榭，惜未宴集诗人；
帘杏溪桃，或可醉飞吟盏。

《红楼梦》第三十七回，是宝玉和众姊妹起诗社的一回。有点令人意外的是，起诗社一事竟然是探春的发兴。同时，因为一些看似偶然的因缘际会，第一次诗社活动题咏的对象，是白秋海棠，是以这一诗社，就定名为海棠社了。这一回的回目名，正是：“秋爽斋偶结海棠社，蘅芜苑夜拟菊花题。”脂批有称：“此回才放笔写诗写词写札，看他诗复诗，词复词，札又札，总不相犯。”

“风庭月榭”数语，便见诸探春写给宝玉的信札之中。探春之信，由翠墨拿着一副花笺送给宝玉。信上写道：“二兄文几：前夕新霁，月色如洗，因惜清景难逢，讵忍就卧。时漏已三转，犹徘徊于桐槛之下，未防风露所欺，致获采薪之患。”交代了病因之后，又说到病中想到前人的词坛吟社，“虽一时之偶兴，遂成千古之佳谈”。更何况，身边是这般好的环境，同时又有薛、林之辈这样上佳的诗人。这几

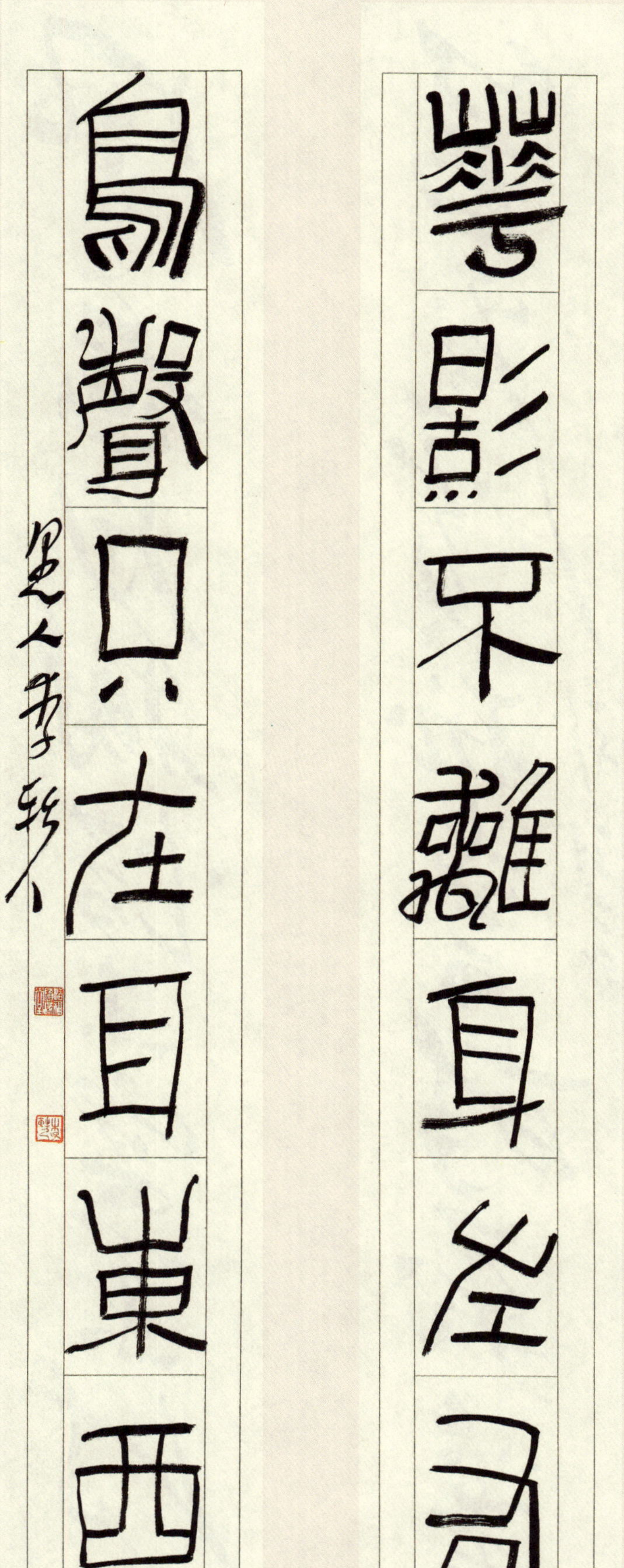

花影不离身左右，鸟声只在耳东西。尺寸：138cm×23cm×2

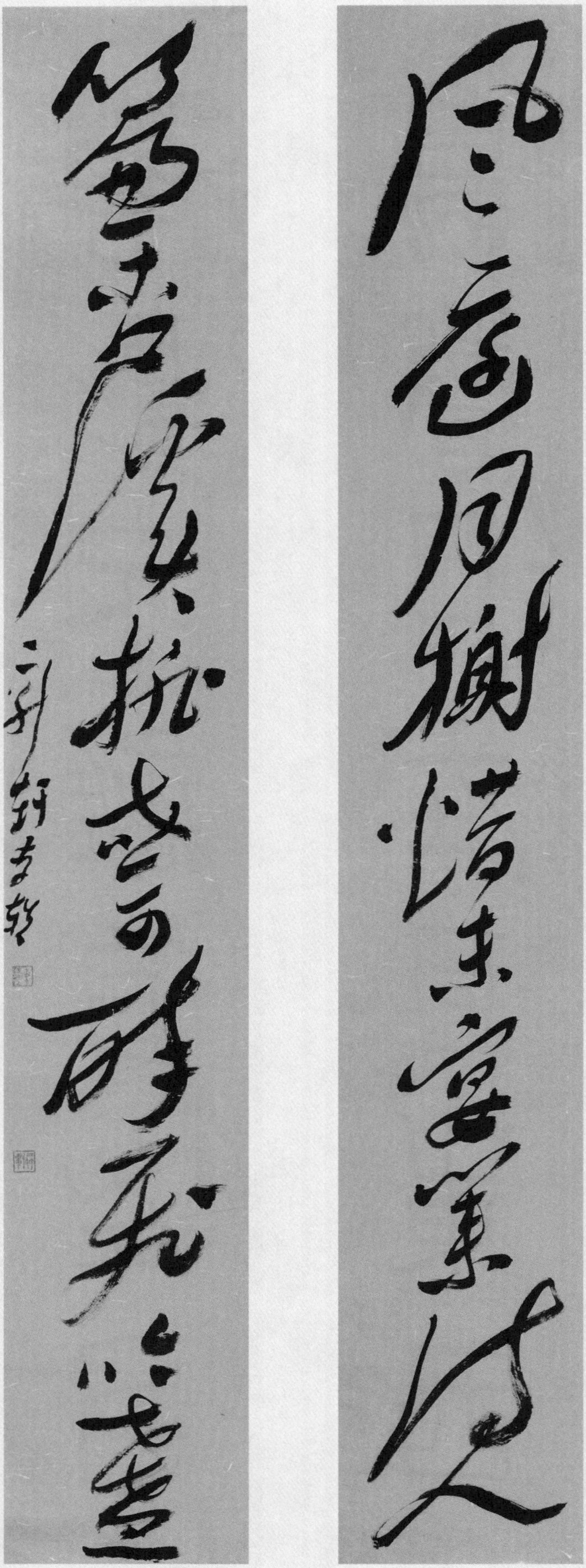

风庭月榭，惜未宴集诗人；帘杏溪桃，或可醉飞吟盏。尺寸：180cm×30cm×2

句，便是感慨未免有所辜负，极力邀约诸人。

“风庭月榭”，不待另寻，已是大观园中所有之物。诗人不乏，惜未宴集。“帘杏溪桃”，可知大观园中风物之美，四时之景，皆堪流连，所以，又何妨醉飞吟盏？写入诗篇，即成一番佳话，也是一味风雅。

孰谓莲社之雄才，独许须眉；

直以东山之雅会，让余脂胭。

这也是探春信札中语。既然思要起社，就不免想到一些著名的雅集事件，以此来比附邀约。莲社，即慧远白莲社，渊明曾与其会，是以谓之雄才。东山，则是以谢安为中心的雅集。这些都是以男性为主导的雅集胜会，而探春发出的，却是“独许须眉”“让余脂胭”的诘问，一副“当仁不让”的做派。此信发与众姊妹，毫无问题。发与宝玉，却多了那么一丝违和。不过，却也反映出在大观园这一众女儿看来，宝玉也并非须眉浊物之属，反而是女儿当中不可或缺的一员。

有意思的是，探春信札之后，作者又附列了贾芸的一封书信，字句俚俗，且以“不肖男”自居，开口就是“父亲大人万福金安”，言语当中，颇有令人喷饭之处。这正是脂批所说“札又札”，却能做到“总不相犯”，真是精彩。此札结束，脂批尚有评称：“接连二启，字句因人而施，诚作者之妙。”

玉是精神难比洁，

雪为肌骨易销魂。

诗社的第一场题咏，便是围绕贾芸送来的白海棠展开。既是同题，还限了体，同时也限了韵，体为七律，韵即“十三元”中的“门、盆、魂、痕、昏”数韵。题目的拟定，乃是李纨的提议——“方才我来时，看见他们抬进两盆白海棠来，到是好花。你们何不就咏起他来？”体与韵的限定，却是迎春。特别小丫头随口说个字一节，定规矩的严肃中，又有许多闺情的活泼亲切。

写完之后，首先看的是探春之作。此二句，即探春一诗的颔联。开社即写咏物之题，看似轻易简单，中间却有许多的困难。毕竟咏物之作，要在不即不离之间，过于“即”，便板滞，“离”太过，又不知所谓。另外，咏物还应该有许多自身的投射，这才能够彻底做到不拘囿，同时令到意蕴深沉。探春此作，就有太多浮泛笔墨，未见精彩，未得精神。可知风雅二字，对于这样一位召集起社之人，也不过是

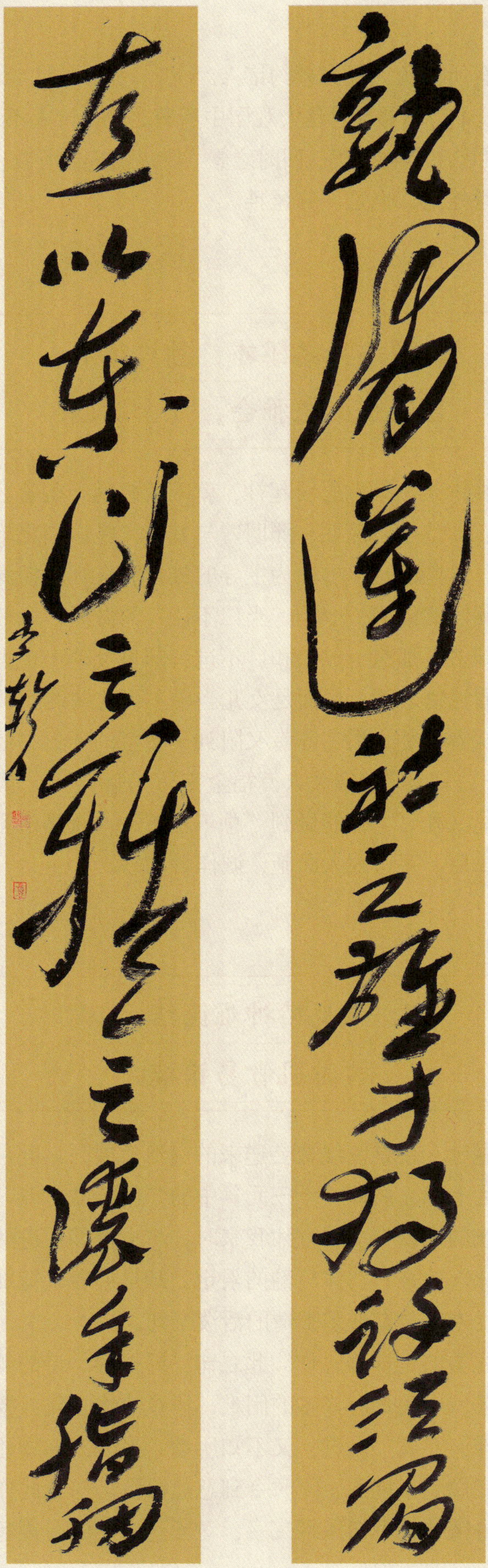

孰谓莲社之雄才，独许须眉；直以东山之雅会，让余脂胭。尺寸：180cm×22cm×2

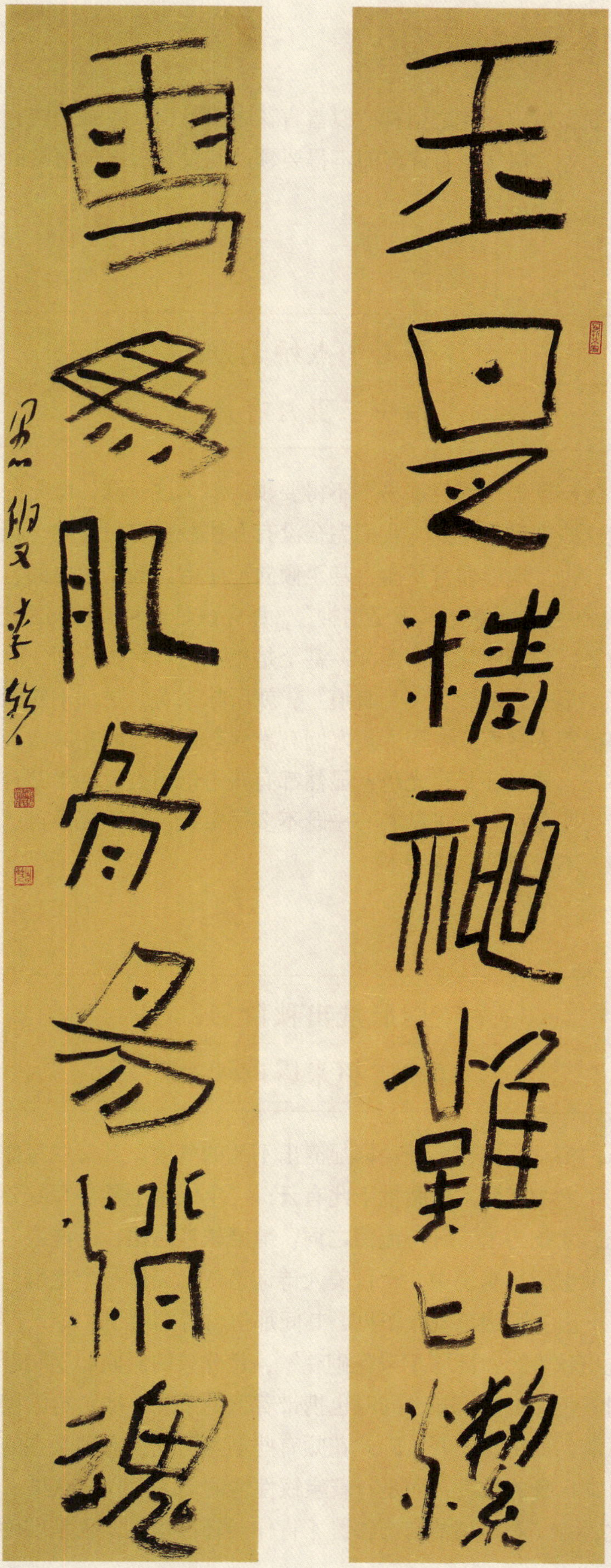

玉是精神难比洁，雪为肌骨易销魂。尺寸：180cm×30cm×2

附庸而已。

像是这一联，以玉言花之精神，以雪言花之肌骨，一者强调洁，一者云销魂，除了过于率易之外，似乎也有许多的不得要领。既没有写出白海棠的特性，更不要说精神了。

芳心一点娇无力，倩影三更月有痕。

如果说，上一联显得浮泛率易、不得要领，那么这一联，就充分展现了何谓离之太过。单就这些文字、措辞，我们完全没有办法径直与白海棠一花建立关联。同时，这一联句，也呈现得非常平庸，甚至倾向于庸俗。颔、颈之间，甚至有几分支离、龃龉的嫌疑。上联才说，“玉是精神”，那应该是一种高洁的姿态。此处的“芳心一点娇无力”，却分明与高洁无涉，甚至是相左的。字里行间，除了绮靡疲弱，便是艳俗卑下。至于“倩影三更月有痕”，就所咏来看，更加不知所谓。首先，何以言三更？是欲写人之不寐？和上句之间有着何等样的关联？其次，月之有痕，又是何谓？言愁？言情？还是写光色？显然都有些不伦不类，难于贴合。由此，则宝玉之推重其诗，明显可以窥见私心——既不多赞宝钗，又不妄推自己，称赏一首明显不佳的作品，不过虚位以待黛玉。

胭脂洗出秋阶影，冰雪招来露砌魂。

宝钗《咏白海棠》之作，开篇即显露出不凡的气度。其首联写作：“珍重芳姿昼掩门，自携手瓮灌苔盆。”脂批于此有云：“宝钗诗全是自写身分，讽刺时事，只以品行为先，才技为末。纤巧流荡之词，绮靡秾艳之语，一洗皆尽，非不能也，屑而不为也。最恨近日小说中，一百美人诗词语气，只得一个艳稿。”诚如所言。“珍重芳姿”一出，则闺范气象毕见。其间那份自恃的端妍，令人过目难忘。

“胭脂洗出秋阶影，冰雪招来露砌魂”，是此诗的颔联。胭脂着一洗字，且与秋阶并提，则其色之浅淡可知，同时也携带着秋的萧森。冰雪与露砌一并，在冷冽中也透露出孤清。经由这一联，则此花颇有些刻意树立，有别众卉的特质。这就不仅仅是白秋海棠自身的风韵，而是有着宝钗性情的诸多汇入与点染。

脂批于此，称“看他清洁自历，终不肯作一轻浮语”，也是准确到位的。

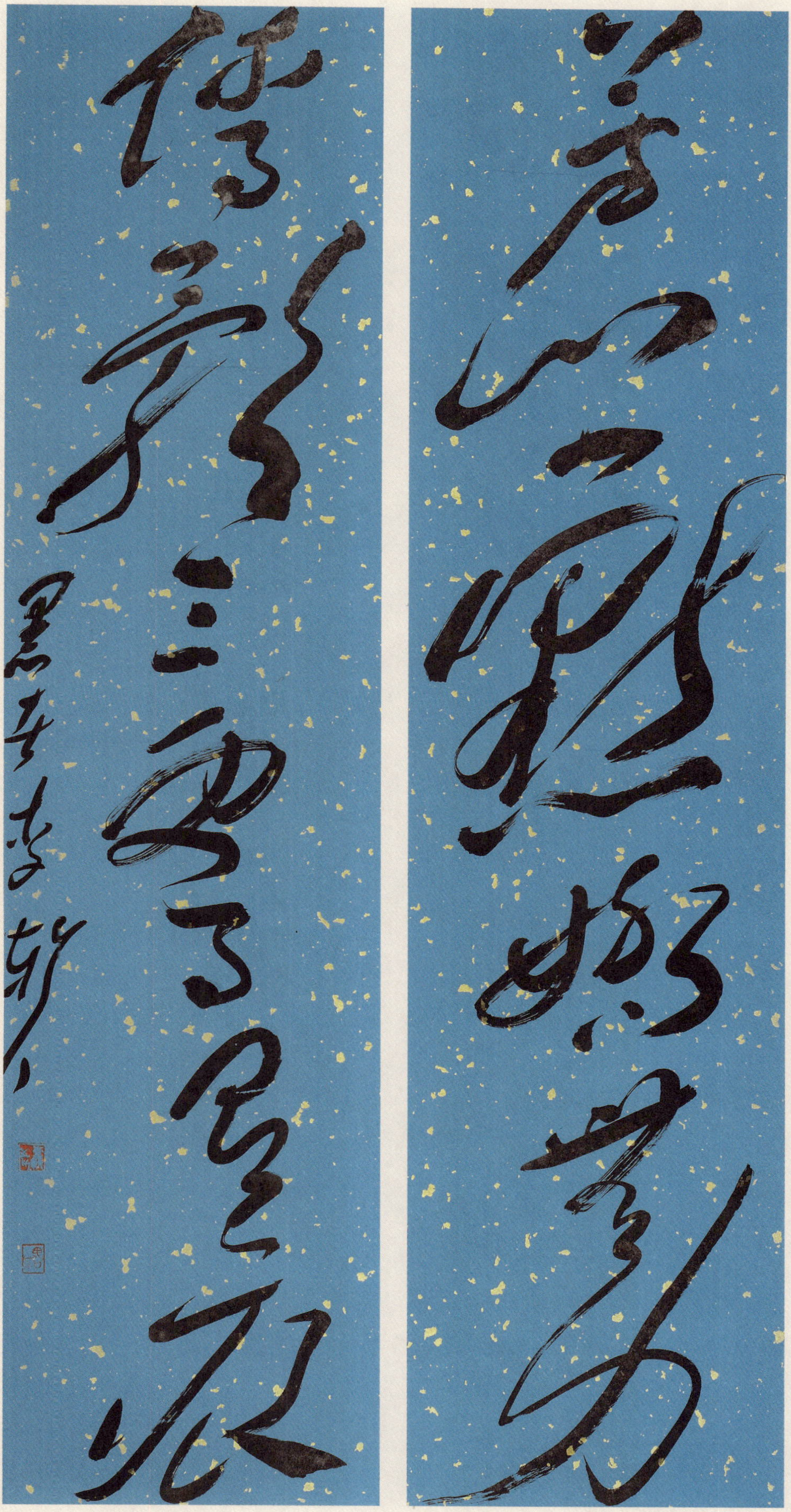

芳心一点娇无力，倩影三更月有痕。尺寸：137.5cm×34cm×2

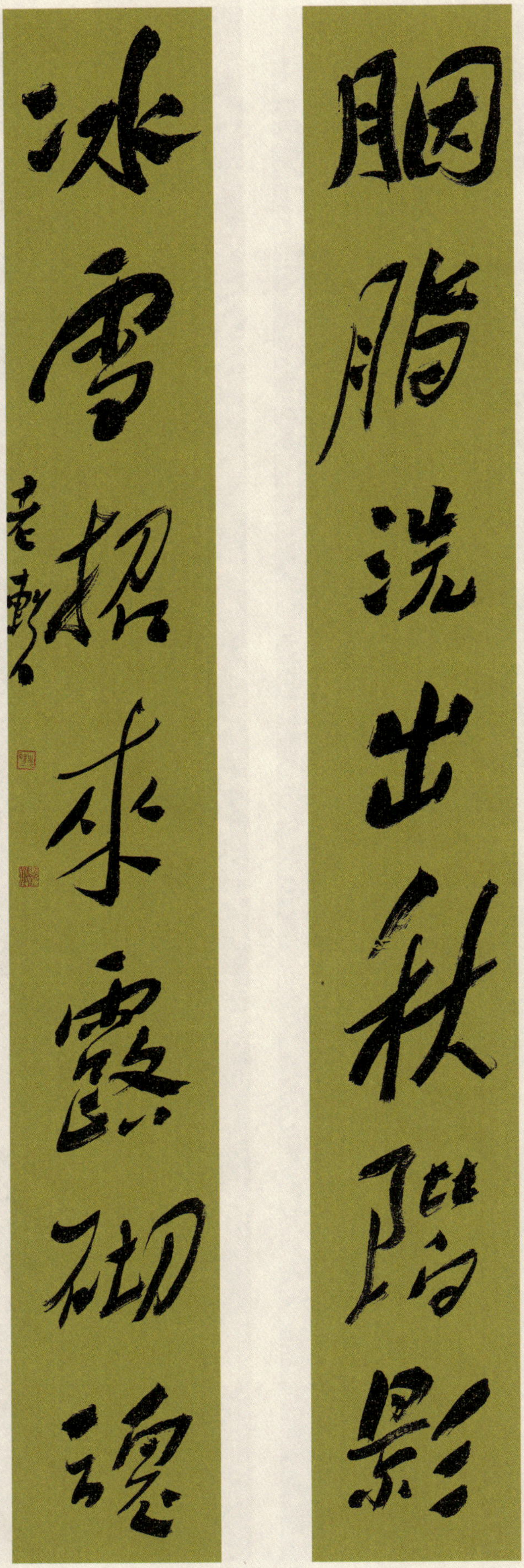

李轶//书 曾莹//文

胭脂洗出秋阶影，冰雪招来露砌魂。尺寸：180cm×24cm×2

淡极始知花更艳，
愁多焉得玉无痕。

此诗最见宝钗诗才和性情的所在，还是这一颈联。

“淡极始知花更艳”，这是鲜明的自我标榜。联系宝钗本人，居所毫无陈设，就像雪洞一般，又不爱花儿粉儿，这样的形象特点，与其诗明显就是一致的。强调其淡，而淡极却无法遮掩本身艳质。

至于“愁多”一句，则明显是语含嘲讽。和玉相关，又有愁多的特质，不是黛玉是谁？焉得无痕，正是必然有瑕之谓也。上句自我标榜，下句暗讽黛玉，这实际也符合了小说一以贯之的“钗黛并出”格局。

不过，脂批在此有着不同的观点。就上句而言，脂批乃是盛赞：“好极！高情巨眼能几人哉？正‘一鸟不鸣山更幽’也。”关于下句，脂批则认为非刺黛玉一人，乃是并刺宝黛——“看他讽刺林、宝二人，省手。”

出浴太真冰作影，
捧心西子玉为魂。

宝玉写《咏白海棠》一诗，直可谓费尽思量。小说这样写道，“宝玉背着手，在回廊上踱来踱去”，听到别人有了写了出来，他就格外着急，不断对黛玉说，“你听，他们都有了”，紧张感随着别人的完成不断增强，“了不得！香只剩了一寸了，我才有了四句”，又道，“香就完了，只管蹲在那潮地下作什么？”见黛玉始终不理会他，只能放弃，“可顾不得你了，好歹也写出来罢”。这一番铺叙，让读者清楚看到了宝玉的忙乱及苦思。有意思的是，当宝玉一个人时，作者总是极夸其诗才；而当宝玉和众姊妹一并创作时，他又似乎转身成了陪衬与铺垫。作者往往以他的笨拙与有限，来显露这些女子才华的非凡。

作为这首诗的颔联，此二句出语就颇落陈套。“出浴太真”“捧心西子”，这就是典型的套话。以此形容白海棠，既俗气，更不得要领。不过，此二句的耐人把玩却在于：《红楼梦》中，每以杨妃比宝钗，因其“体丰怯热”；又每以西子比黛玉，因其美中总有不足之态。故此，此二句的特别之处，恰是在宝玉笔下，又一次呈现了钗黛并出的书写特性。

——李轶//书　曾莹//文

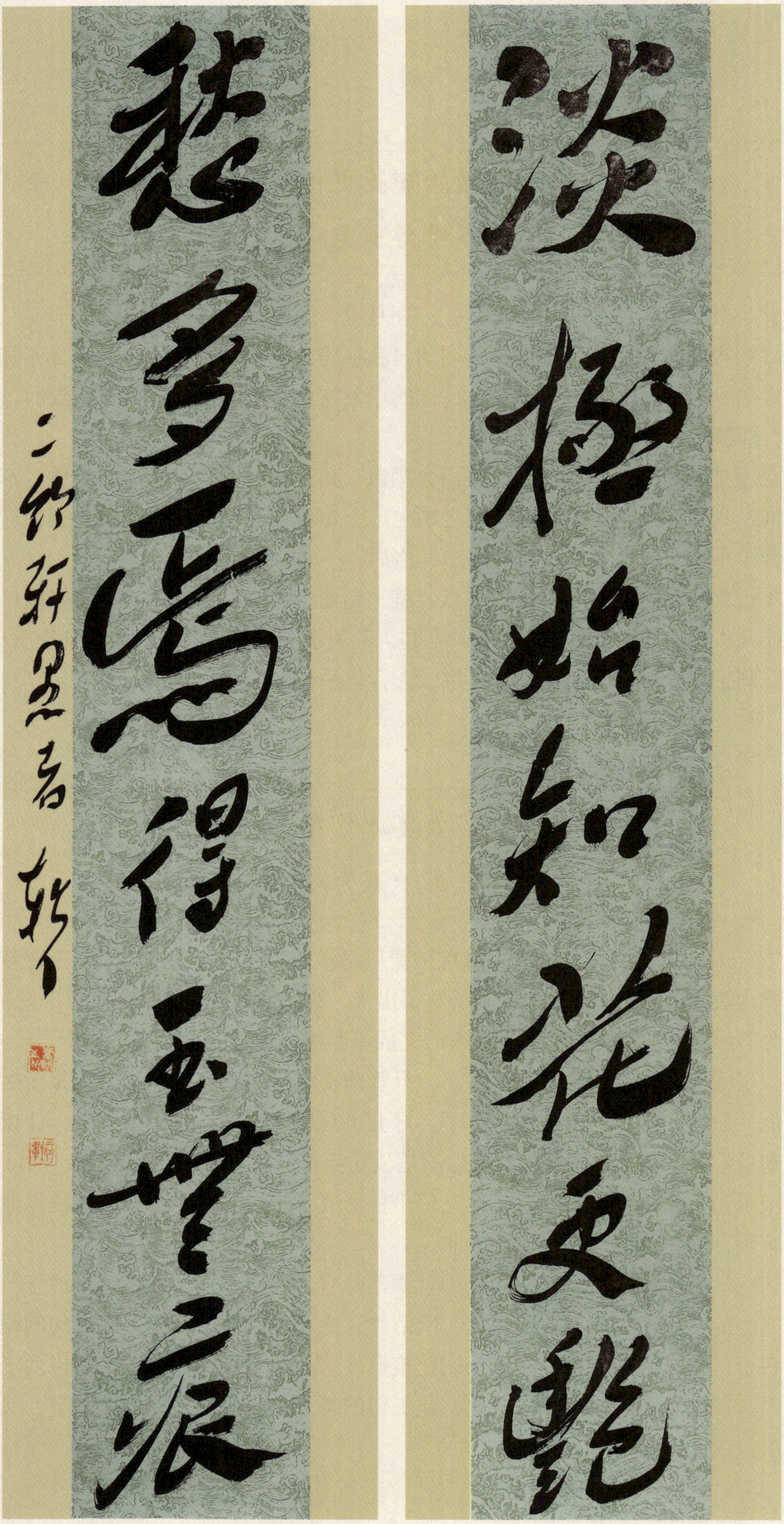

——淡极始知花更艳，愁多焉得玉无痕。尺寸：138cm×35cm×2

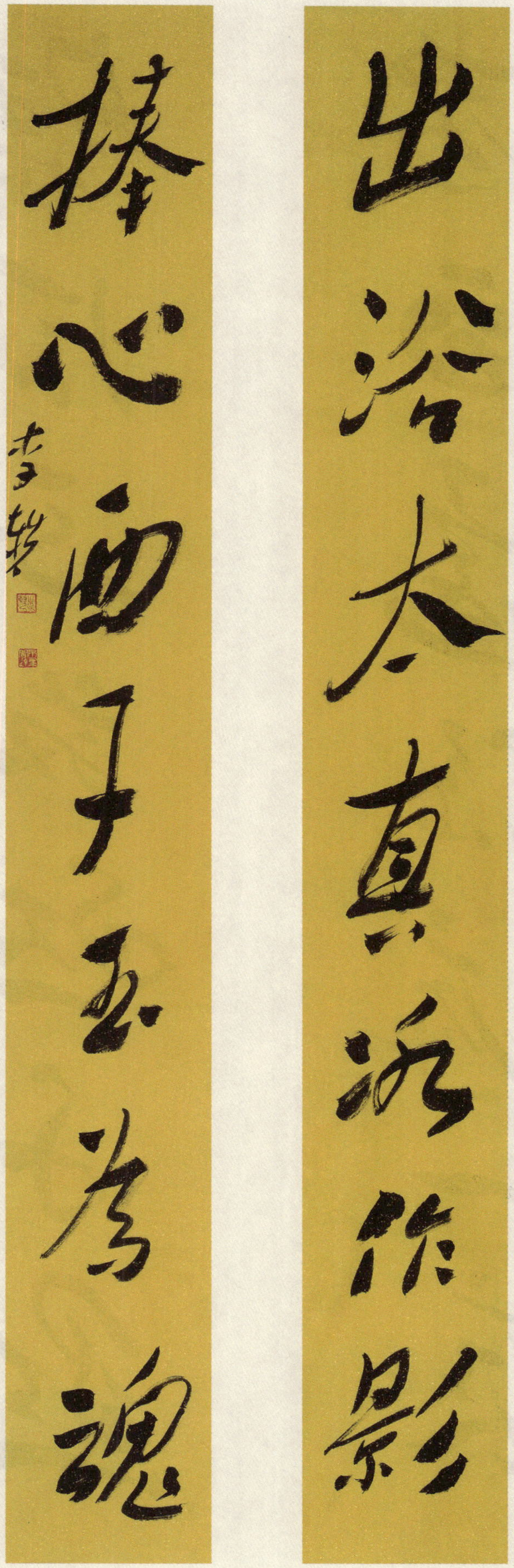

出浴太真冰作影，捧心西子玉为魂。尺寸：180cm×24cm×2

李轶//书 曾莹//文

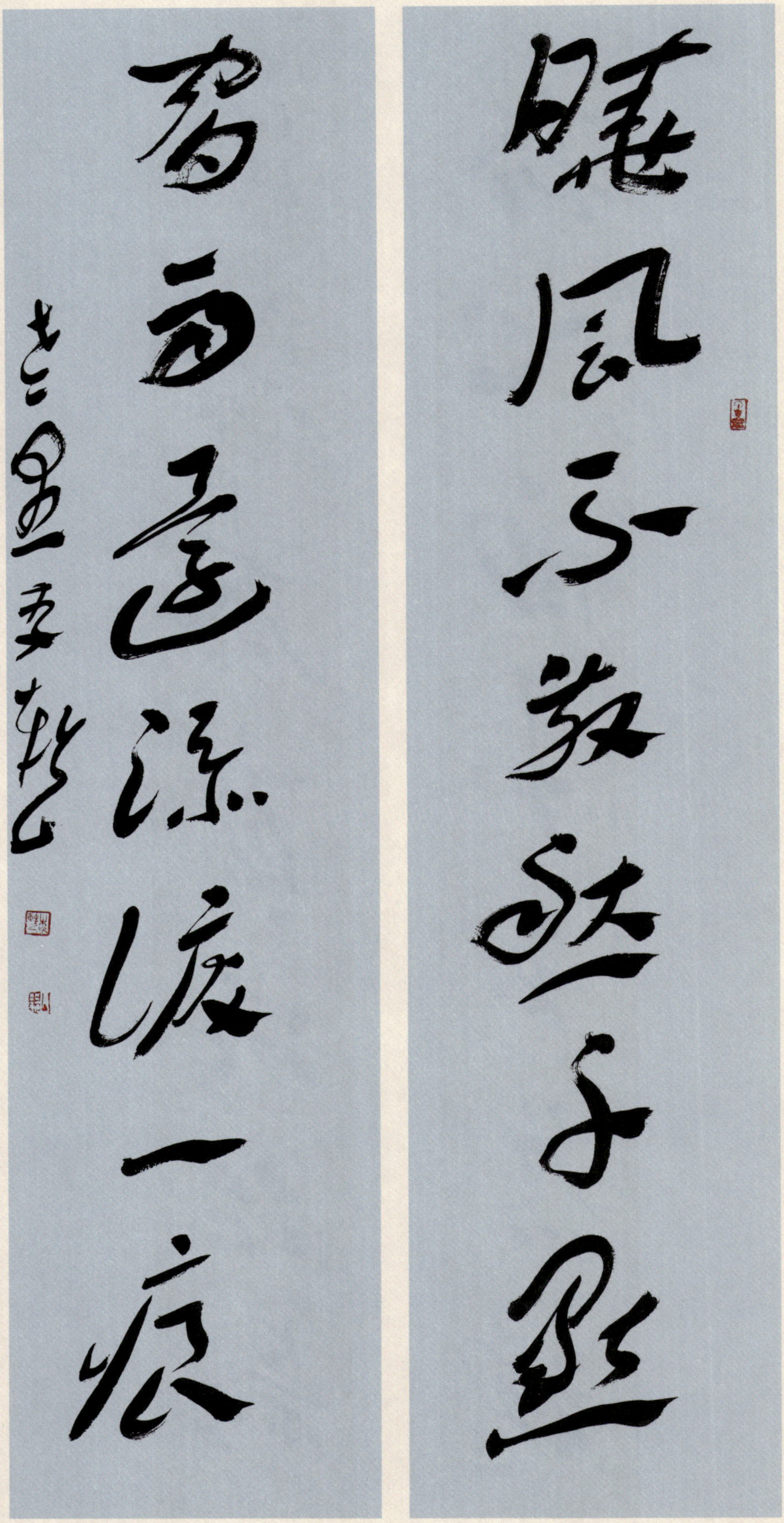

晓风不散愁千点，宿雨还添泪一痕。尺寸：137.5cm×34cm×2

晓风不散愁千点，
宿雨还添泪一痕。

这一联，是宝玉《咏白海棠》的颈联。相比颔联，这一联明显要高明许多。此二句，字面上看，是咏海棠花形。其细碎，正如“愁千点”。其楚楚可怜，正如“泪一痕”。再加上“晓风不散”和“宿雨还添”这样的形容，又分明代入了人的情绪。上句，是宝玉的夫子自道；下句，所传递的则是他对于黛玉的无尽怜惜。如前所说，咏物题材的诗作，一方面要尽量贴合所咏之物，能够咏出特性，另一方面，也需要不拘泥于物象本身，而是能够注入自己的观照与精神。贾宝玉笔下这一联，应该说基本做到了这一要求。

是以，脂批评上句，称“这句直是自己一生心事”；评下句，又道：“妙在终不忘黛玉。”毕竟，书中担负“还泪”使命的，唯黛玉一人而已。因而言及眼泪，往往指向也都是唯一的。

偷来梨蕊三分白，
借得梅花一缕魂。

小说措写黛玉写作这首《咏白海棠》，角度甚是精彩，可谓着意突出了林妹妹的与众不同。同时，也是将众人，包括宝玉，都视作了烘托陪衬之物，以此来突出黛玉诗才的远超众人。

一开始，作者这样写道：“侍书一样预备下四分纸笔，便都悄然各自思索起来。独黛玉或抚梧桐，或看秋色，或又和丫环们嘲笑。”尤其是在宝玉之焦虑的反衬之下，黛玉的淡然显得愈发突出。选择异于众人，是一种姿态，同时也不失为一种神情。

待到众人皆已写就，黛玉只道：“你们都有了？”然后作者这样描写：“说着提笔一挥而就，掷与众人。”这两个动作，一个“一挥而就”，一个“掷”，写得干脆利落，潇洒非常。由此，显然可见黛玉之才，乃是远远高出侪辈。

就其诗作来看，也确实如此。其开篇就与众不同：“半卷湘帘半掩门，碾冰为土玉为盆。”按照脂砚斋的说法，是“且不说花，看花的人，起的突然别致”，还有则是“极妙！料定他自与别人不同”。所以看了这句，宝玉就喝起彩来——“从何处想来！”

从何处想来，自然是从玲珑肺腑中来。开首别致，紧跟着的颔联也叫人眼前一亮。“偷来梨蕊三分白”，则其白之色调见得分明，同时这白中也显然带有一些孱

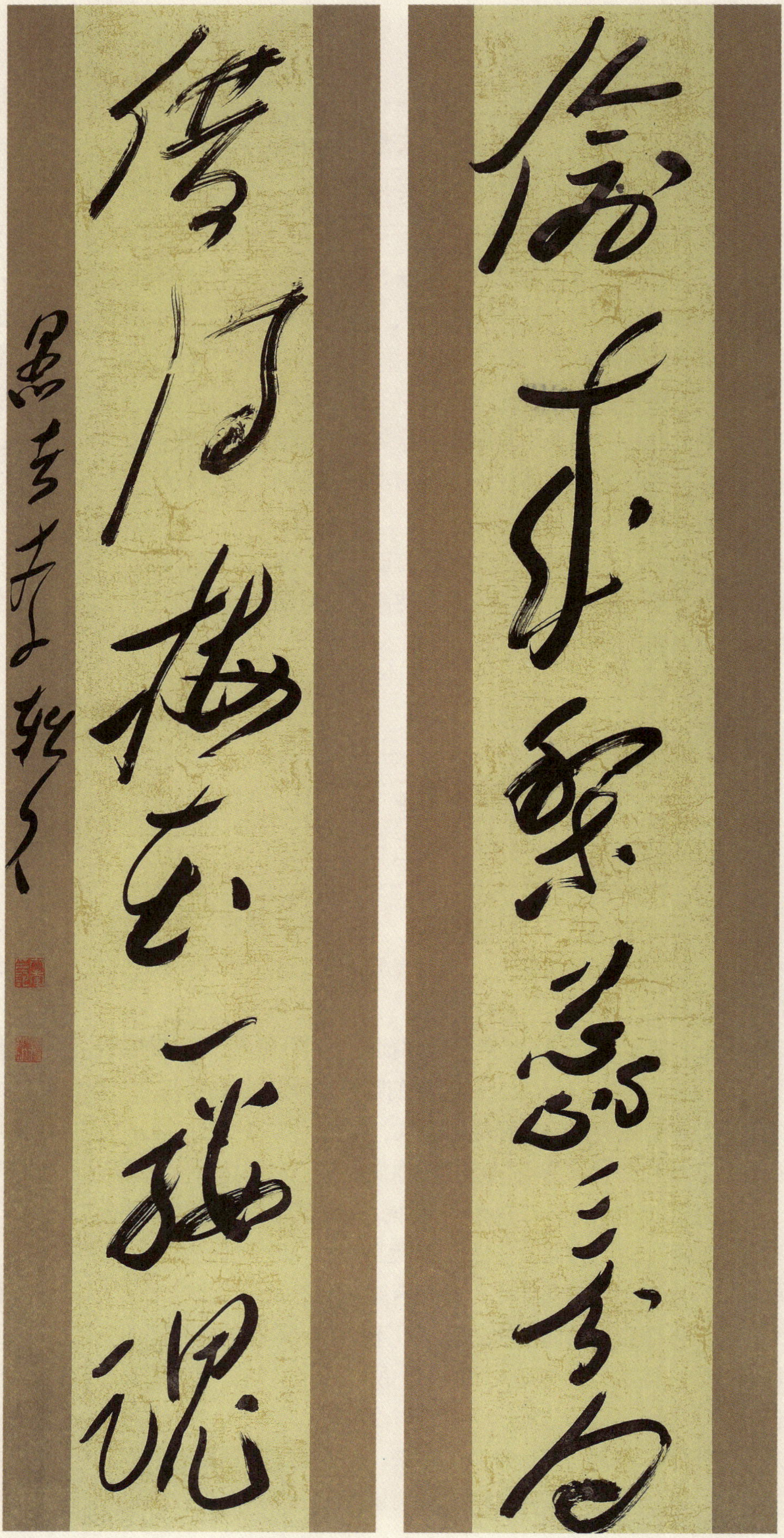

李轶//书 曾莹//文

偷来梨蕊三分白，借得梅花一缕魂。尺寸：136cm×34cm×2

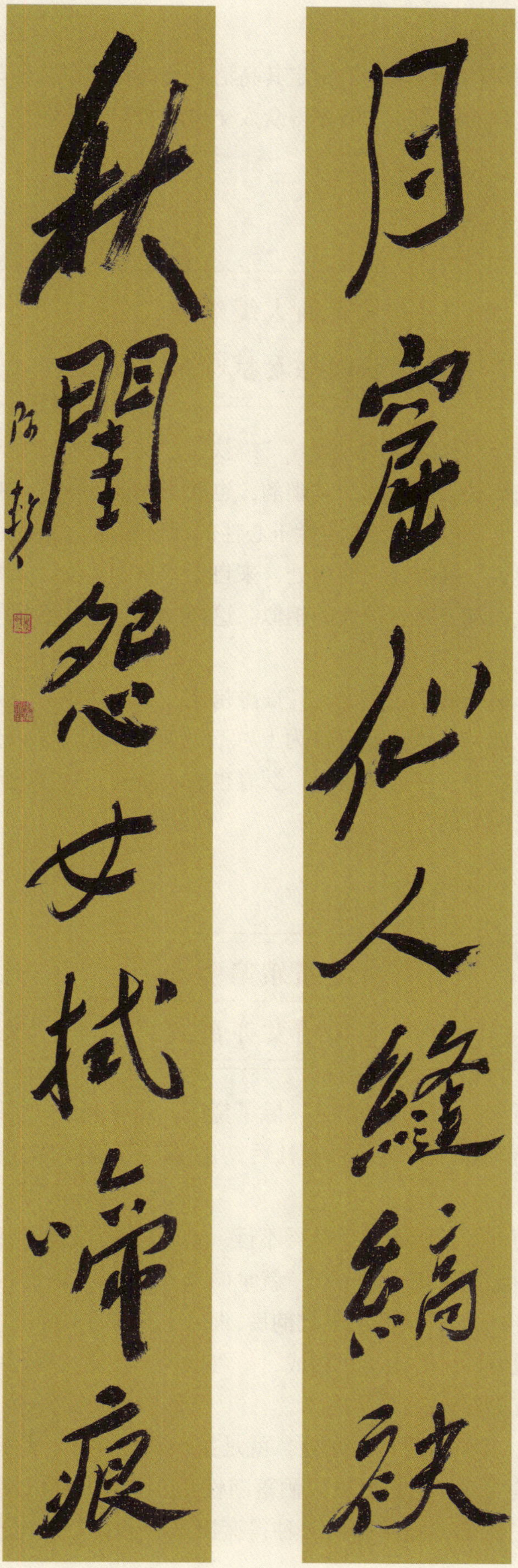

月窟仙人缝缟袂，秋闺怨女拭啼痕。尺寸：180cm×24cm×2

弱的气质。“借得梅花一缕魂”，肯定其高洁处与梅花相似，但却少了一份孤峭，多了一些柔婉。这样的句子，才能赢得众人交口称赞，一齐叫好，直道：“果然比别人又是一样心肠。”

月窟仙人缝缟袂，
秋闺怨女拭啼痕。

此二句，是黛玉所作之诗的颈联。“缟袂”一词，显然是在对应花的颜色。而由月窟仙人缝制的缟袂，其逸致，其幽韵，也就不在话下了。“啼痕”一语，则是在写花之形态。由此，也可见宝玉与黛玉心性的那份相通。之前宝玉所作，也道是：“宿雨还添泪一痕。”啼痕还点明出处，来自于“秋闺怨女”，则是花所传递出来的气质与外在，就和黛玉有着极大的相似。这样一来，也才给尾联的归结到自己身上，创造了条件。

此二句，在脂砚斋看来，正是：“虚敲傍比，真逸才也。且不脱落自己。”

众人看了黛玉此诗，皆道是这首为上。不过李纨却认为：“若论风流别致，自是这首；若论含蓄浑厚，终让蘅稿。”探春也表示赞同。这样的观点，也与李纨、探春的性情，有着明显的一致性。

自是霜娥偏爱冷，
非关倩女亦离魂。

其实这一回所要大力突出的诗人，除了黛玉，还有湘云。所以回前之批方有：“湘云，诗客也，前回写之。其今才起社后，用不寂不离闲人数语数折，仍归社中，何巧活之笔如此！”

是以此回先写湘云一听起社就急得不行，一心想来加入。到得贾府，听了原委细节之后，就忙叫拿韵来和，说道：“就拿韵来，我虽不能，只得勉强出丑。容我入社，扫地焚香我也情愿。”得知所限之韵后，湘云也充分展现了自身的才思敏捷——“一面只管和人说着话，心内早已和成”。可以说，在这大观园中，诗才能与黛玉相颉颃的，也唯有史湘云。

湘云这一和，就和了两首。此处，就是第一首的颔联。和钗黛的开篇不同，湘云诗的开篇极有特色，总是出之以洒落随性，正所谓极有布置而了无布置痕迹。此首开篇即为：“神仙昨日降都门，种得蓝田玉一盆。”二句一出，此花之逸致

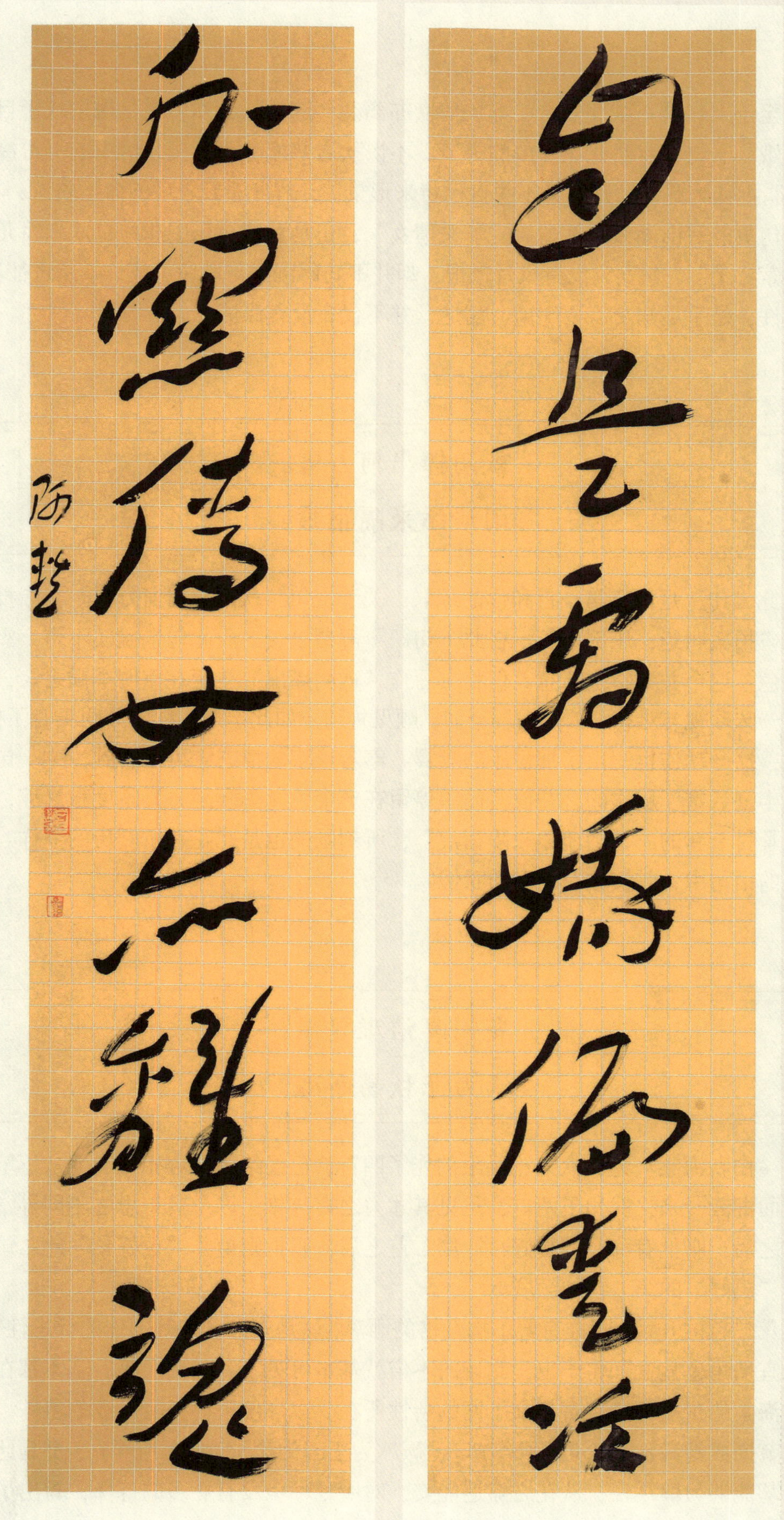

自是霜娥偏爱冷，非关倩女亦离魂。尺寸：138cm×34cm×2

可见。

至于“自是霜娥偏爱冷，非关倩女亦离魂”这一联，亦可说是融别致于自然。“霜娥”一句，点明此花开放的季节。不惧秋之寒凉，正可见性情中的那份冷冽孤峭。脂批认为此句乃是“又不脱自己将来形景”，暗寓湘云之后的命运轨迹。其实，后一句更能写出湘云的性情。“非关倩女”，正是对应《乐中悲》“从未将儿女私情略萦心上”。然而，没有风月怅恨，却并不妨碍沉溺与耽留，或许，是过往岁月，又或许，是手足知交。要知道，豁达，并不代表没有深情。

秋阴捧出何方雪，

雨渍添来隔宿痕。

此二句，是湘云第一首和作的颈联。关于上句“秋阴捧出何方雪”，脂批所评有：“拍案叫绝，压倒群芳，在此一句。”可谓极赞。而此句也确实不俗。雪状此花之色，这个并无特别新意。但将其写作“秋阴捧出”，便在点明季候之余，也写出了一味珍视与难得。“捧出”一词，颇见神情。如此一来，秋阴分明具有了情味。同时，这一动作也写出了那份小心翼翼、奉若珍宝的情态。可以看到，这一句的意蕴是丰富且富于层次的，并没有简单停留在一个色泽季候上。其角度和修辞，也是令人耳目一新的。“雨渍添来隔宿痕”，所刻画的也是此花有所阅历的模样。看似平淡的语句中，其实也有许多的叹惋。

花因喜洁难寻偶，

人为悲秋易断魂。

《白秋海棠》诗，众人已经限韵作了四首，已经给人形容殆尽，无从下笔的感受。而湘云一来，就和了两首，足见其才力之富与雄，以及其诗思之不同寻常。第一首之后，脂批有称：“真好！”第二首之后，脂批则道：“更好！”此二句，正是这“更好”的第二首的颔联。

第二首的开篇，同样有着不拘一格的洒落，这是史湘云诗歌创作的标志性特征。“也宜墙角也宜盆”句一出，此诗的不俗就基本可见了。其余人等，基本都在强调白秋海棠的生长环境有着与众不同的特性所在，以环境来衬托其风致的特殊。像是“七节攒成雪满盆”（宝玉所作）、“碾冰为土玉为盆”（黛玉所作），都是此类。湘云却能够另辟蹊径，从花之随遇能安，对所处环境没有更多的拣择，写出了一副

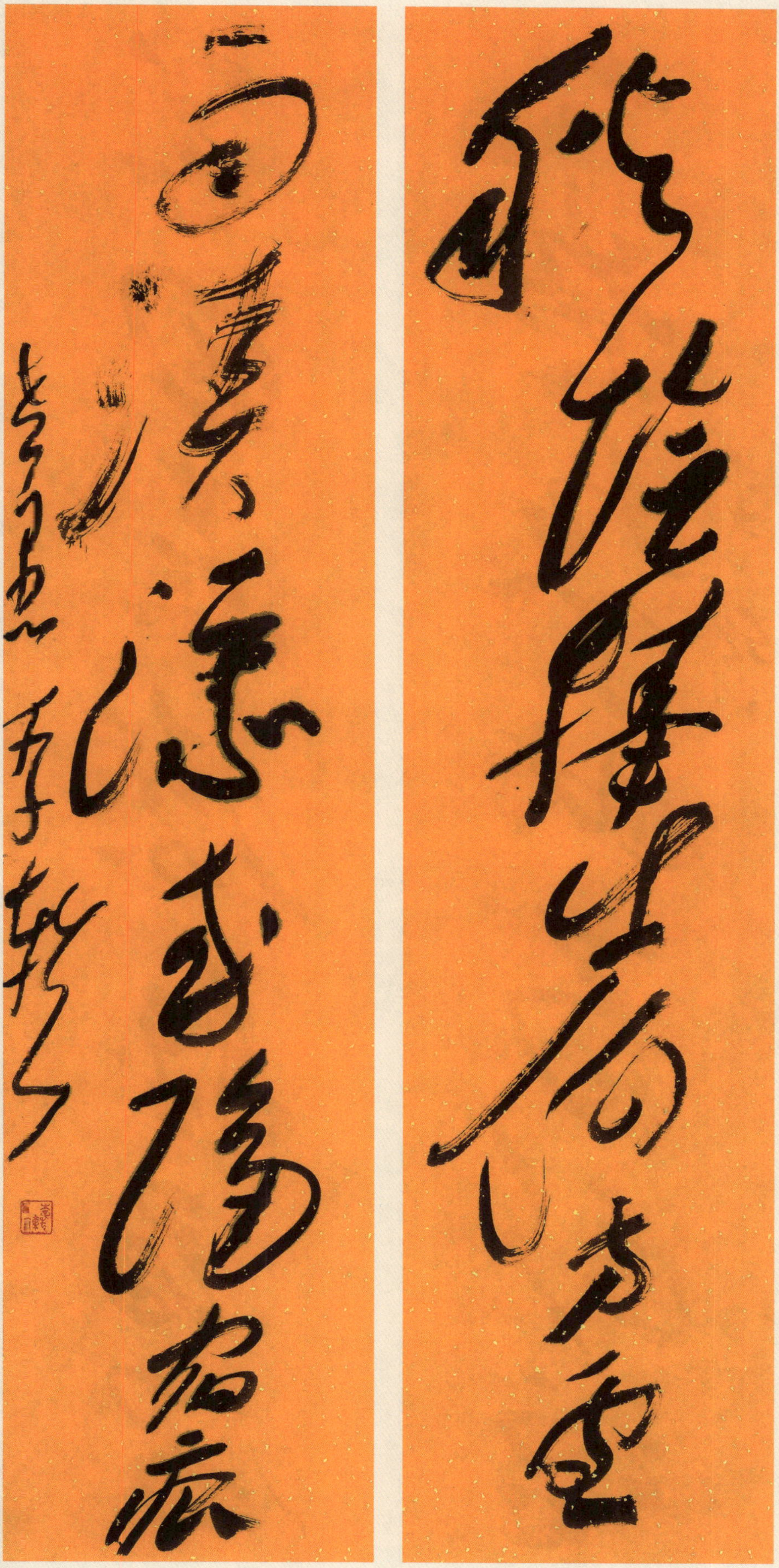

秋阴捧出何方雪，雨渍添来隔宿痕。尺寸：137.5cm×34cm×2

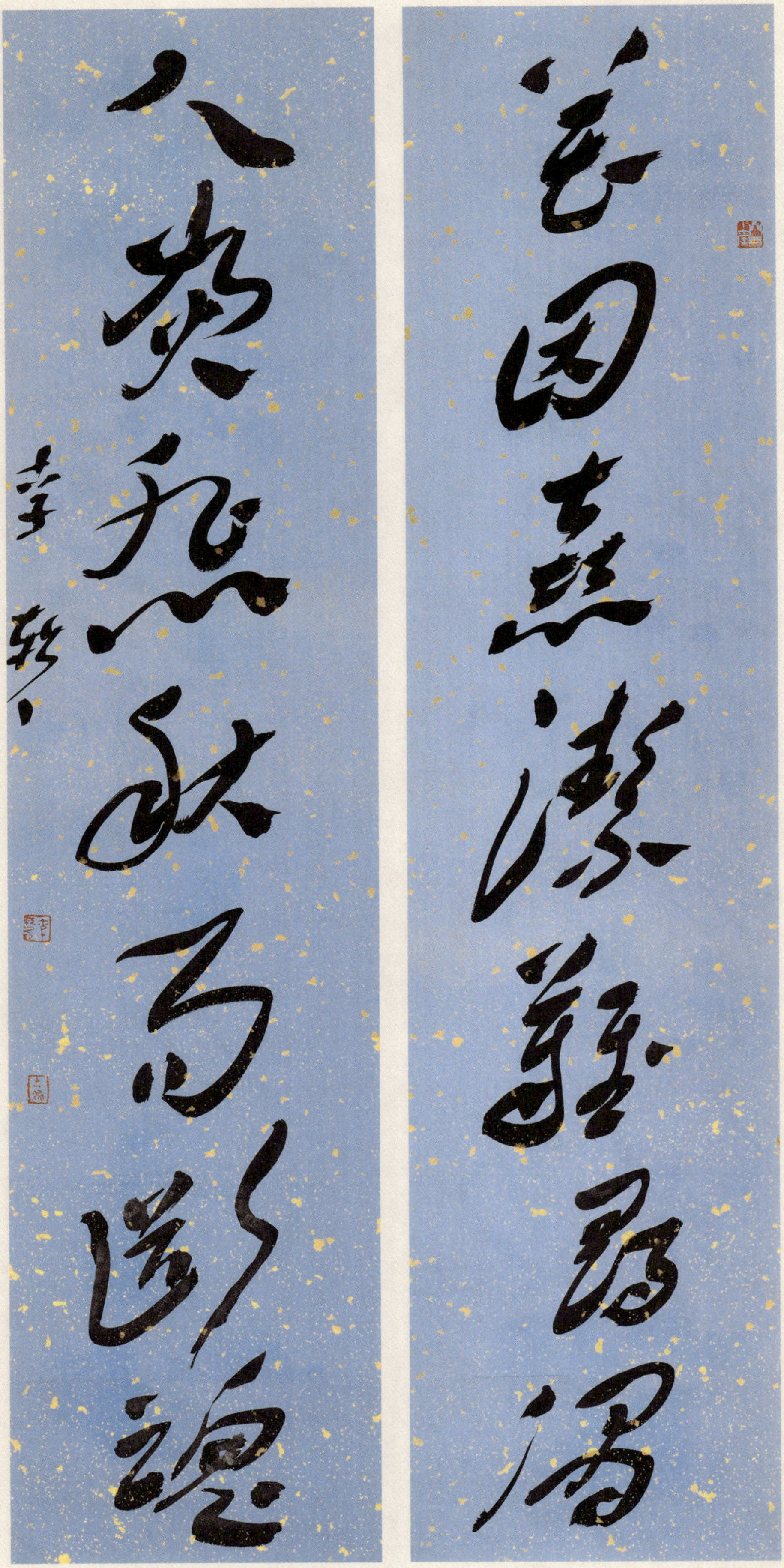

花因喜洁难寻偶，人为悲秋易断魂。尺寸：138cm×34cm×2

豁朗潇洒的神情。同时，这也不仅仅是花的神情，更是湘云所独有的那份豁达洒脱。

接下来的这一颔联，上句共情了此花的孤冷，下句则抒发了因秋而生的断肠情绪。这些，都不过是表面的意蕴。更为深层的，是这一联所道出的一众儿女的命运和处境——之所以“难寻偶”，皆因“喜洁”之故；之所以“易断魂”，皆因“悲秋”之故。此处之“秋”与“悲秋”，就不是寻常的季节以及因季节而起的感伤心绪，而是指向避无可避的衰落凋零，以及由此而生发的伤恸情绪。此一联，不仅是全诗的紧要之处，也是全书的紧要之处。

玉烛滴干风里泪，
晶帘隔破月中痕。

关于湘云后来而补和的两首诗，众人的反应是——“看一句，惊讶一句，看到了，赞到了，都说：‘这个不枉作了海棠诗，真该要起海棠社了。’”不仅众人赞叹，脂批也感慨道：“二首真可压卷。诗是好诗，文是奇奇怪怪之文，总令人想不到。忽有二首来压卷。”

这一联，正是湘云第二首和诗的颈联。此二句，正状白海棠花之情态。泪也，痕也，都写出了此花那份柔弱而破碎的美感。泪，带出楚楚可怜。玉烛滴干，既可见情之深恻与熬煎，同时也凝铸了花形的特殊。痕，则写出了那份若有若无，淡淡一抹的存在特质。既云“月中”，又称“晶帘隔破”，则此花的莹然清透、棱角分明亦差可见之。出语别致，却自然而然，的确锦心绣口。

芙蓉影破归兰桨，
菱藕香深写竹桥。

这是藕香榭的联句。小说第三十八回，湘云请贾母等赏桂花，去到的位置就是藕香榭。这是藕香榭在书中的第一次正面亮相——并未在第十七、十八回宝玉题额之时出现。这正是作者笔墨的富于变化与灵活。正是脂批所谓：“妙极！此处忽又补出一处，不入贾政试才一回，皆错综其事，不作一直笔也。”

此处藕香榭的亮相，首先是在凤姐口中——“藕香榭已经摆下了，那山坡下两棵桂花开的又好，河里的水又碧清，坐在河当中亭子上岂不敞亮，看着水，眼也清亮。”众人去到之后，但见：“原来这藕香榭盖在池中，四面有窗，左右有曲廊可通，亦是跨水接岸，后面又有曲折竹桥暗接。”此时榭中早已布置下竹案茶具，临

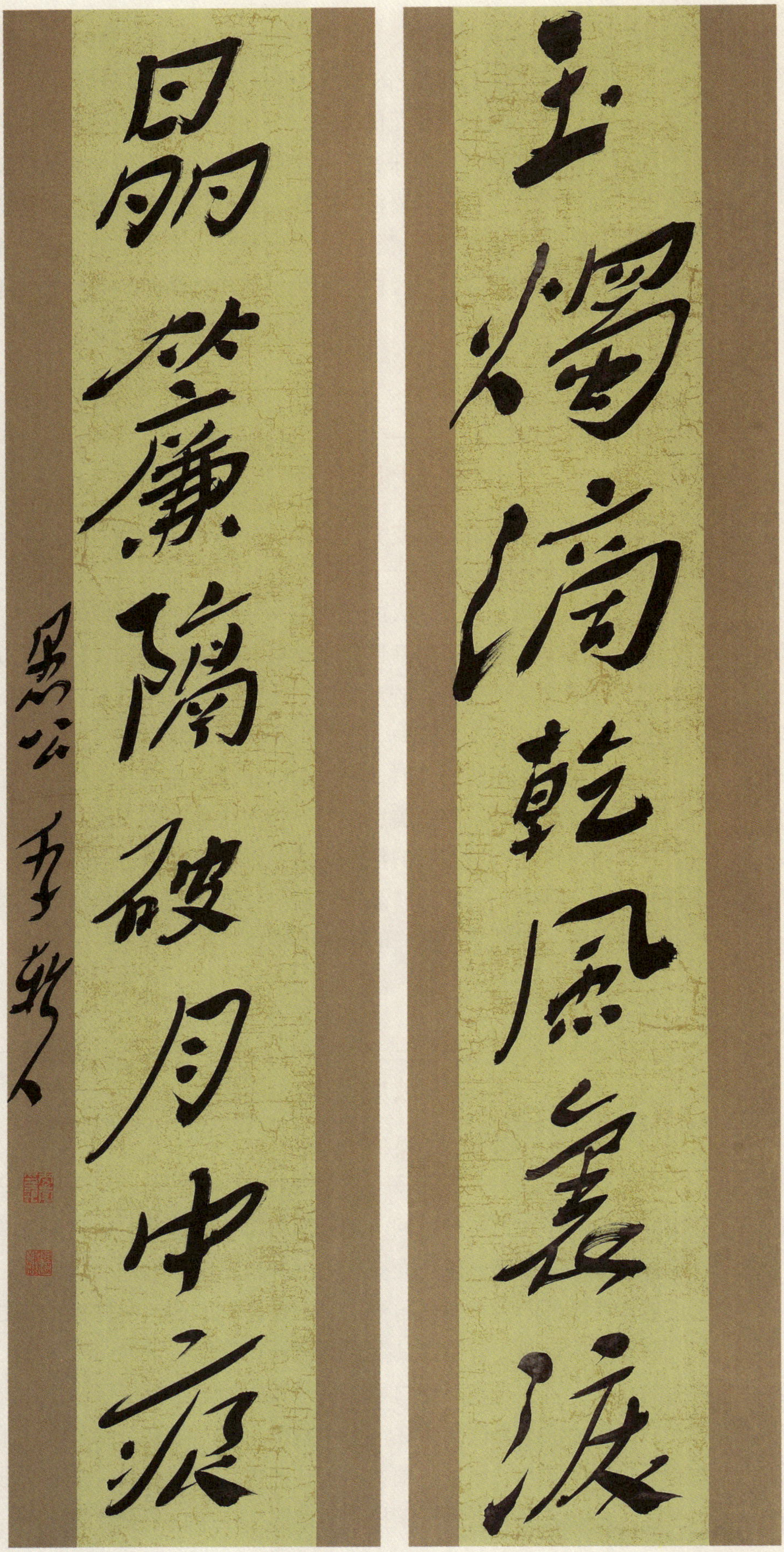

李轶//书　曾莹//文

玉烛滴干风里泪，晶帘隔破月中痕。尺寸：136cm×34cm×2

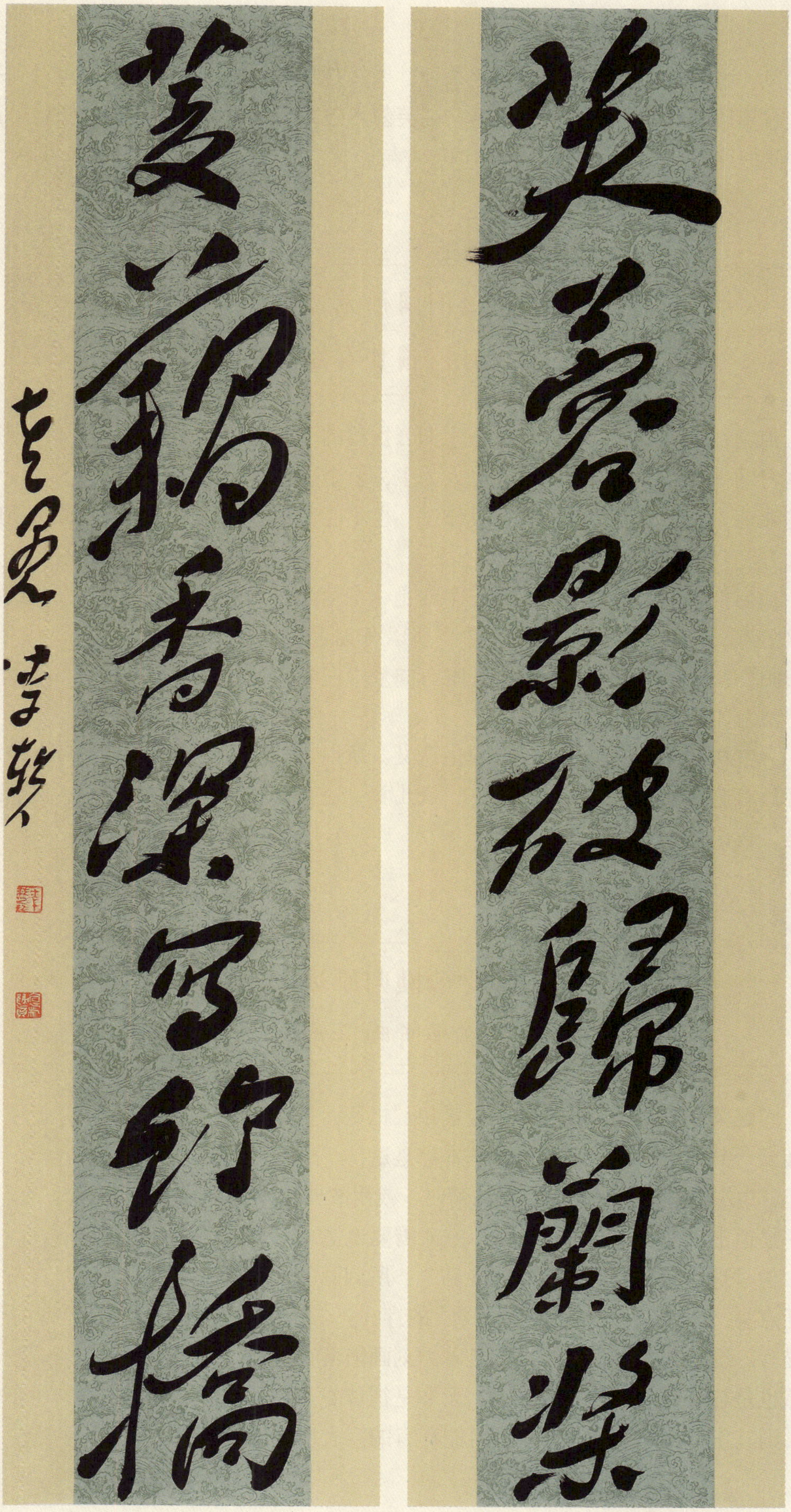

芙蓉影破归兰桨，菱藕香深写竹桥。尺寸：138cm×35cm×2

水迎风，煮茶赏桂，桂香水香更兼茶香，果然好不风雅。这个时候，贾母看到亭柱上挂着黑漆嵌蚌的对子，上面写道："芙蓉影破归兰桨，菱藕香深写竹桥。"这两句，便把这一池风物写尽。芙蓉菱藕，香与影共，更难得的是其中有人，情味十足。

空篱旧圃秋无迹，
瘦月清霜梦有知。

海棠社的第二次诗歌活动，是由湘云提议的，虽然是菊花诗，题目却拟定得颇有些刁钻——乃是以菊花为宾、以人为主，一个虚字，一个实字，以菊为实，于是既是咏菊，又是赋事，"前人也没作过，也不能落套。赋景咏物两关着，又新鲜，又大方"。

最后拟定了十二个题目，第一个就是《忆菊》，后来被宝钗圈了此题，这两句即《忆菊》一诗的颔联。因为"忆"，所以有实际的寻觅。在现实中找寻，只见"空篱旧圃"，无迹可寻。无奈之下，唯有向梦中搜寻，那些曾经的瘦月清霜，依然在梦中留有印迹。

《红楼梦》中的"秋"饱含象征意义。所以，此处现实中的无处找寻，梦境间的犹然有迹，其实也喻示着书中这一众儿女，还有贾府的所谓结局，或者说后来。于是，言语之间，其凄恻可辨。

念念心随归雁远，
寥寥坐听晚砧痴。

"忆菊"这个题目，一方面要紧扣"忆"，另一方面则要紧扣"菊"。宝钗和史湘云一共拟定了十二个题目，基本都是这样一个写法——既要勿忘"宾"，更要凸显"主"。菊为秋天物象，紧扣菊时，或用故典，或点季节。至于这个"忆"字，则明显道出了菊并不在身侧，所以方才需要追忆。

像是这两句，"归雁"和"晚砧"，所刻画的都是秋天的物象，这是在就季节展开点染，同时在隐约之中点出"菊"的存在。"念念心随"，这是非常典型的"忆"的描写。至于"寥寥坐听"，则是着力刻画陷落在某种思绪当中的沉醉与忘我。这自然也是与"忆"相关。所忆者，无非是往昔岁月、爱恨情仇。于"忆"中不停盘旋，则其伤怀可知。今与昔之间可能存有的巨大反差，其实也不难想见了。

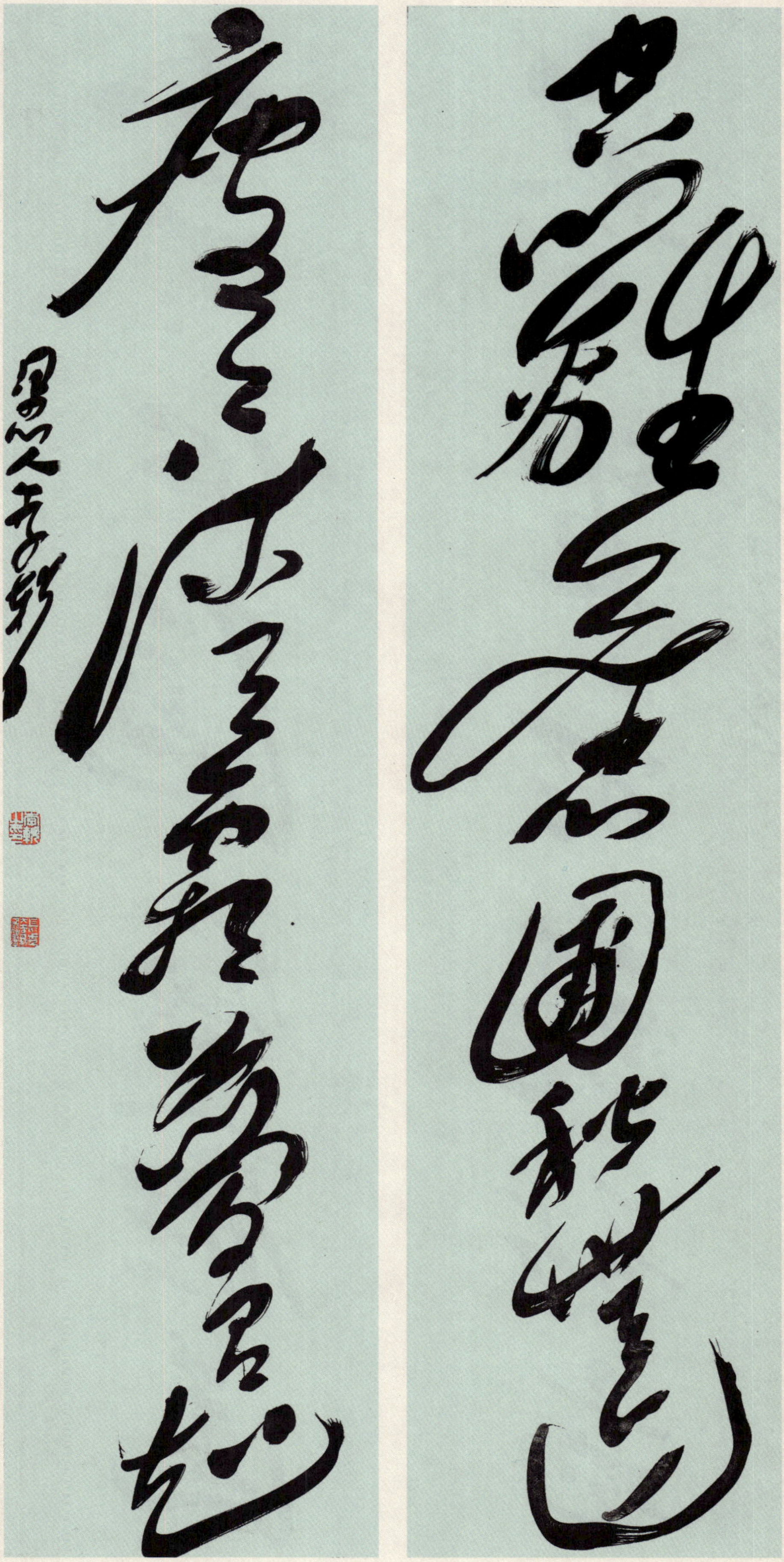

空篱旧圃秋无迹，瘦月清霜梦有知。尺寸：137.5cm×34cm×2

——李轶//书　曾莹//文

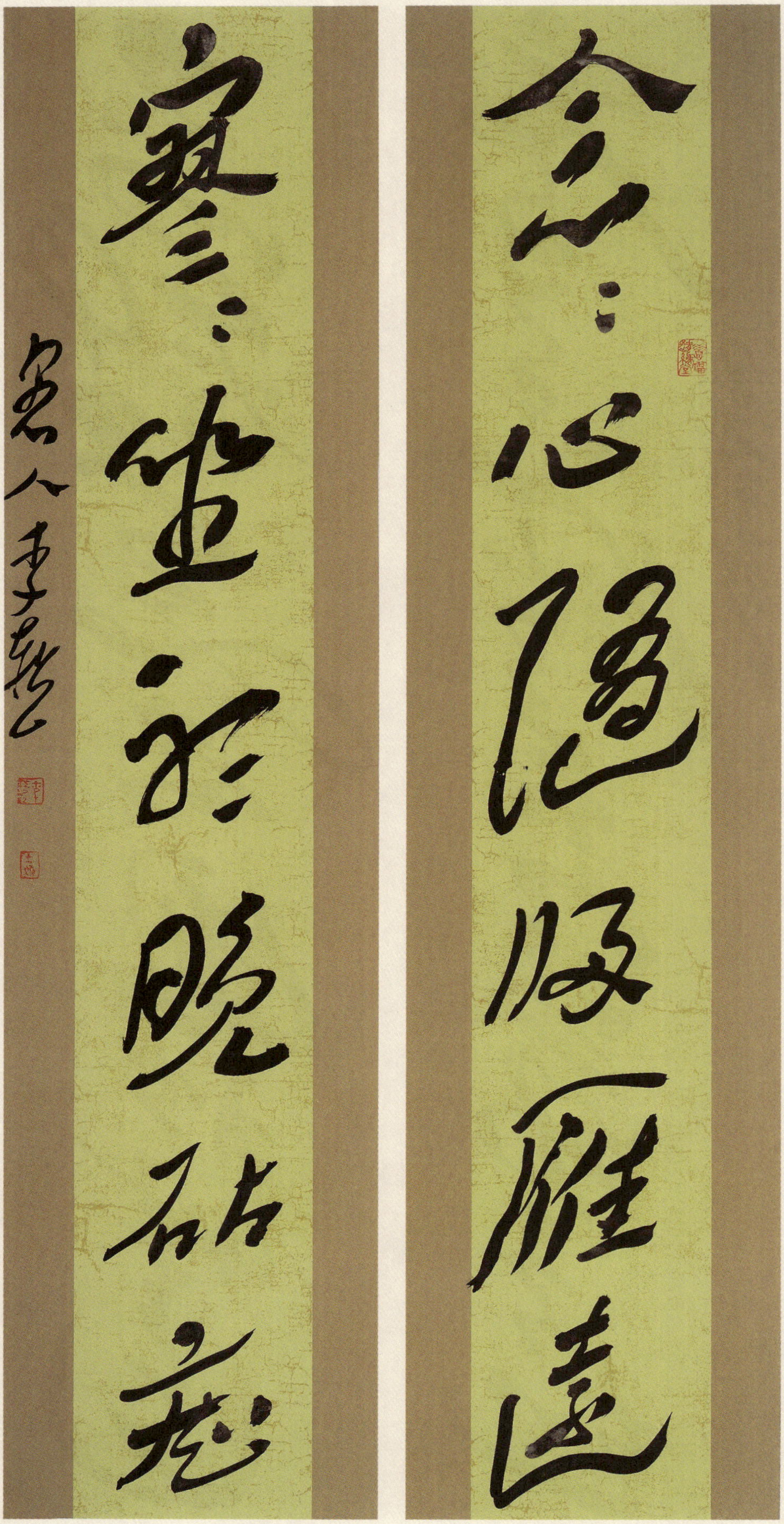

——念念心随归雁远，寥寥坐听晚砧痴。尺寸：138cm×34cm×2

霜前月下谁家种，
槛外篱边何处秋？

宝玉么了两个题目，一个是《访菊》，一个是《种菊》。这两句，便是《访菊》一诗的颔联。曹雪芹对于两两相对，构成映照的这种格局，总是格外地着迷。十二钗是这样，四春同样如此，此处的十二题其实也并不例外。很显然，《忆菊》《访菊》正是这样的一组关系。“忆菊”二字，揭示出的是菊花无法寻得，只堪追忆的事实。而“访菊”一词，道出的恰恰是菊花依旧堪访的现实。是以，一个已然错失，一个犹然可得，这其中阶段不同，心境也两异。

不过，宝玉之访，仅仅只是做到了切题而已，并无更多的精彩。“霜前月下”，这是在写寻访之时。由这样特定的辰光，进而渲染了菊花的一种清冷气韵。“槛外篱边”，写的是寻访之地。似乎就在平素的行经之处，没有过多的刻意，不过这样一来，也道出了此物与寻访之人的那份亲切不隔，以及与之相关的故园心绪。

蜡屐远来情得得，
冷吟不尽兴悠悠。

相比“霜前月下谁家种，槛外篱边何处秋”，《访菊》一诗的颈联，“蜡屐远来情得得，冷吟不尽兴悠悠”，明显是紧扣“访”的实际行为而写。在具体的寻访中，诗人未曾因路途的遥远而轻易放弃。“蜡屐”一语，令人立马想到的，便是谢康乐那件著名的发明——谢公屐，以及与之相关的那些充满艰辛的登山与涉水。这样的寻访，足证情切，所以谓之“情得得”。而寻访得见之后，其中的欣悦，也唯有付诸吟咏，方能表达一二。可就算一番吟风弄月，似乎仍然未能尽诉情衷，依然有无穷之兴，以及无从轻易止歇的流连与徘徊。

昨夜不期经雨活，
今朝犹喜带霜开。

此二句，是宝玉所作《种菊》的颔联。相比之下，《种菊》要比《访菊》写得自然一些。首联交代“种”的实际发生——“携锄秋圃自移来，篱畔庭前故故栽”。

李轶//书 曾莹//文

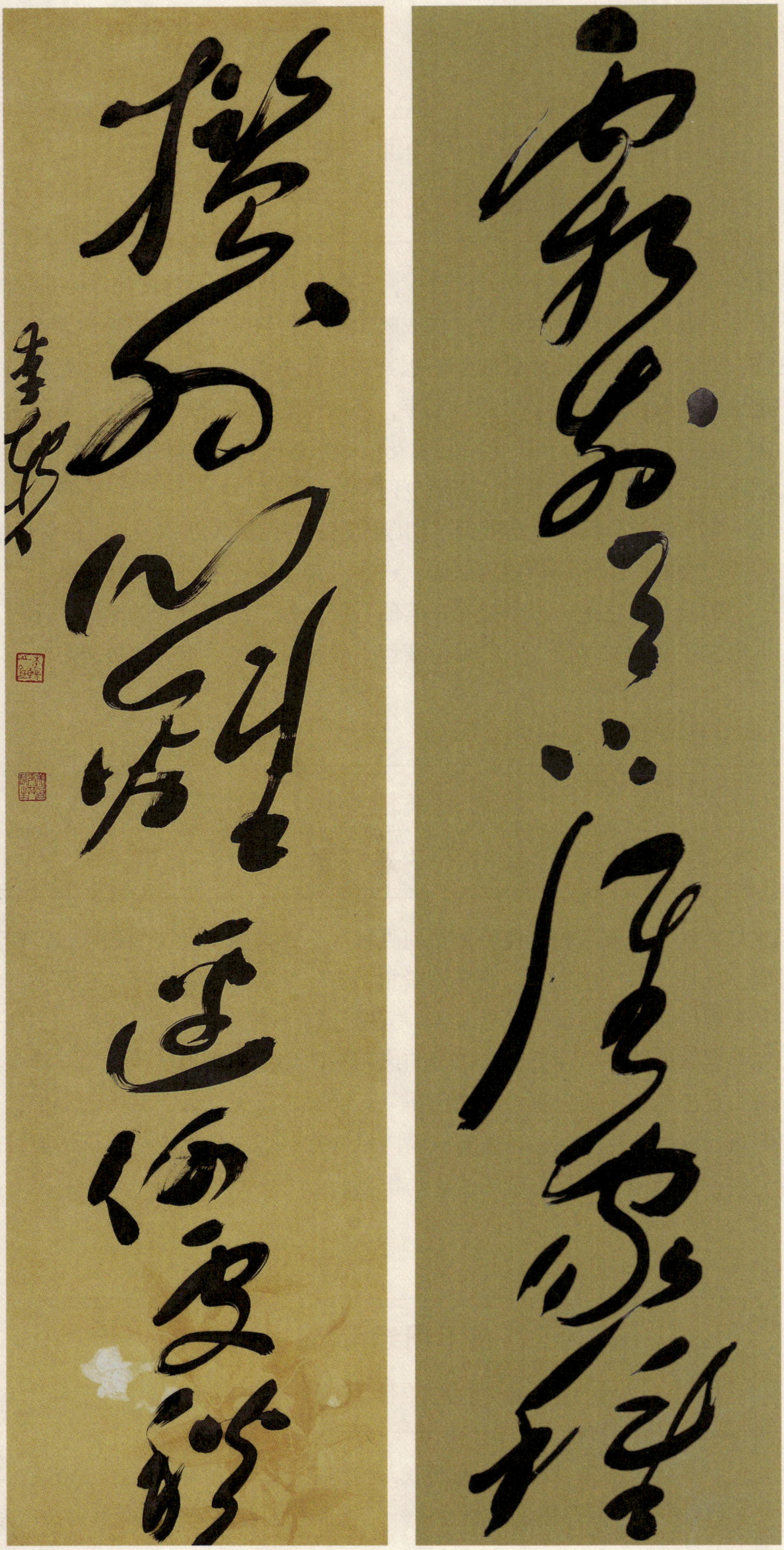

霜前月下谁家种，槛外篱边何处秋？尺寸：137.5cm×34cm×2

春燕
五兒

《清改琦红楼梦人物图册》

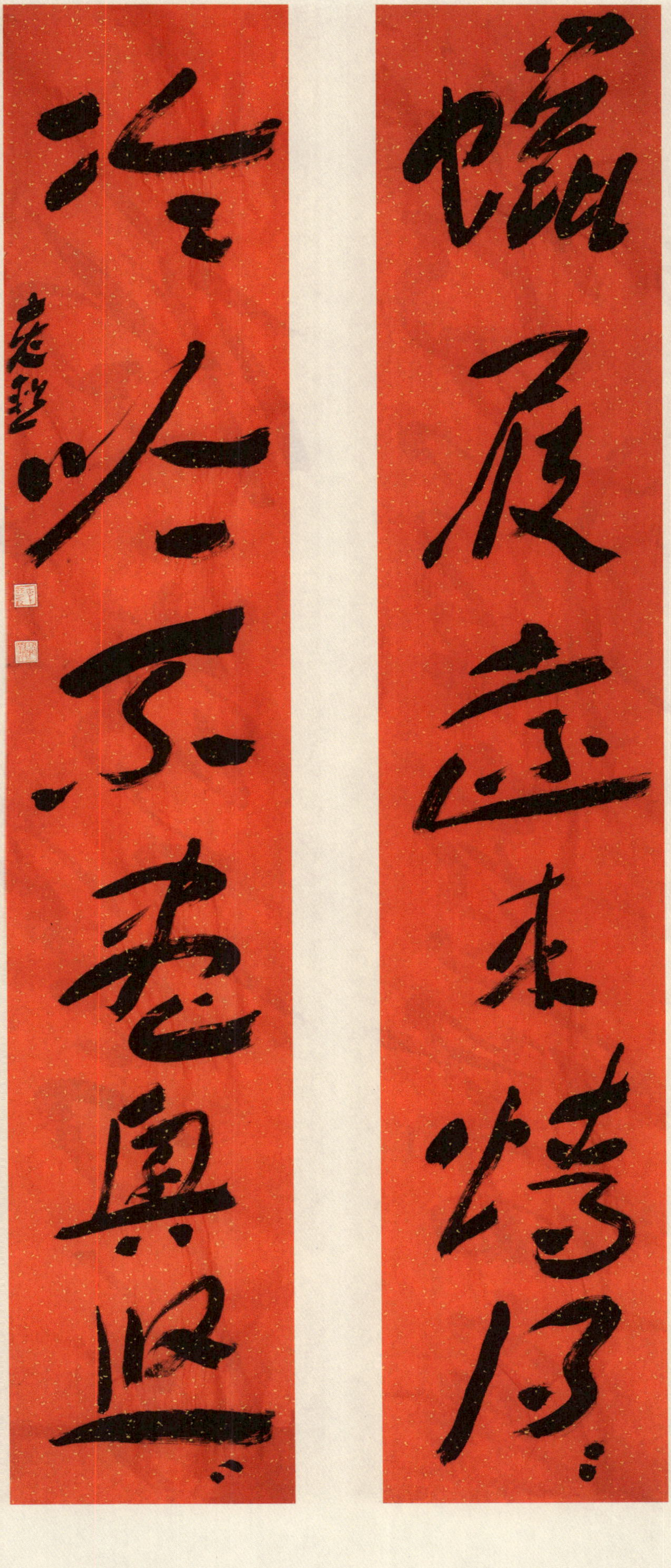

蜡屐远来情得得，冷吟不尽兴悠悠。尺寸：180cm×34cm×2

——《红楼梦》楹联赏析

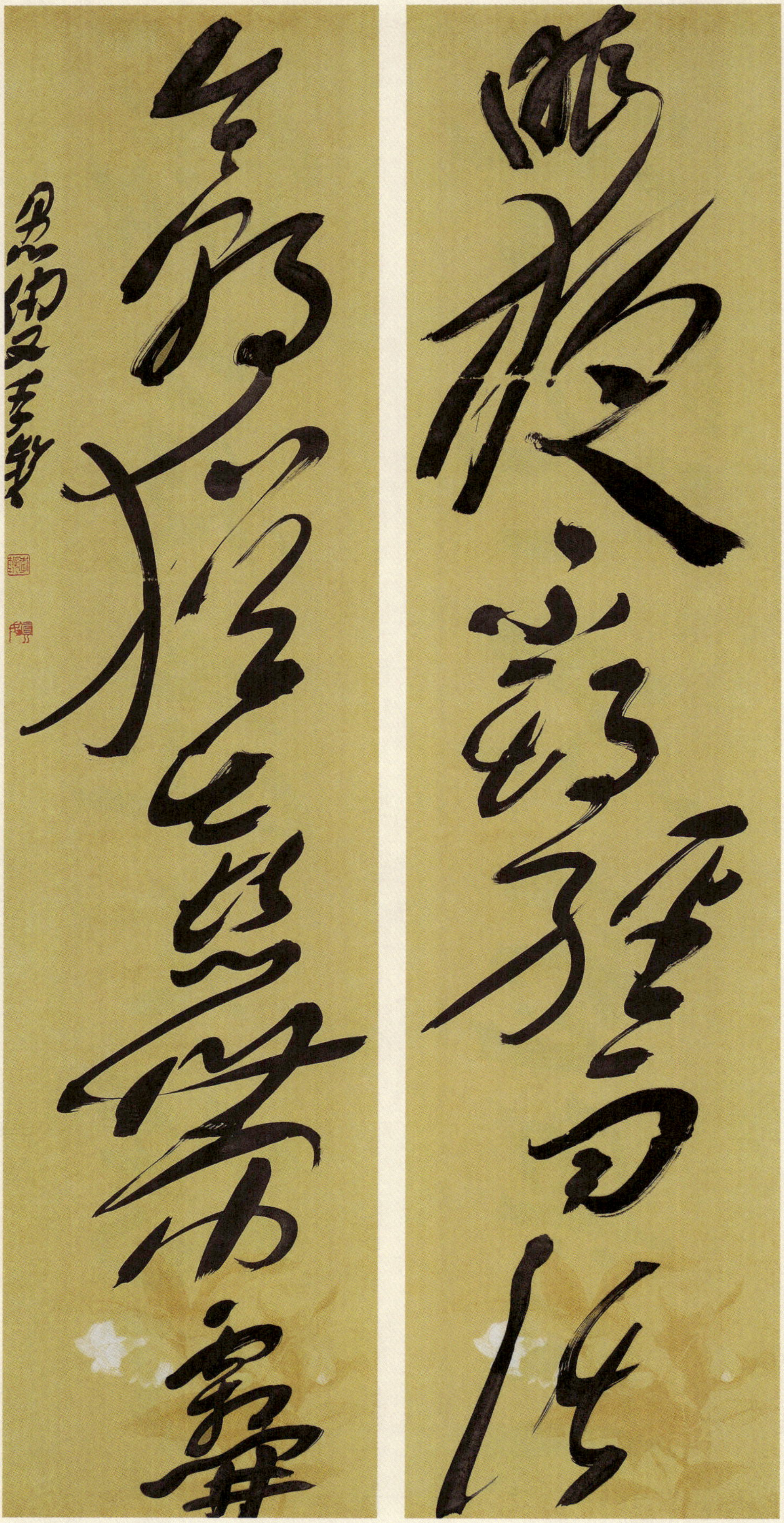

—李轶//书 曾莹//文—

昨夜不期经雨活，今朝犹喜带霜开。尺寸：138cm×34cm×2

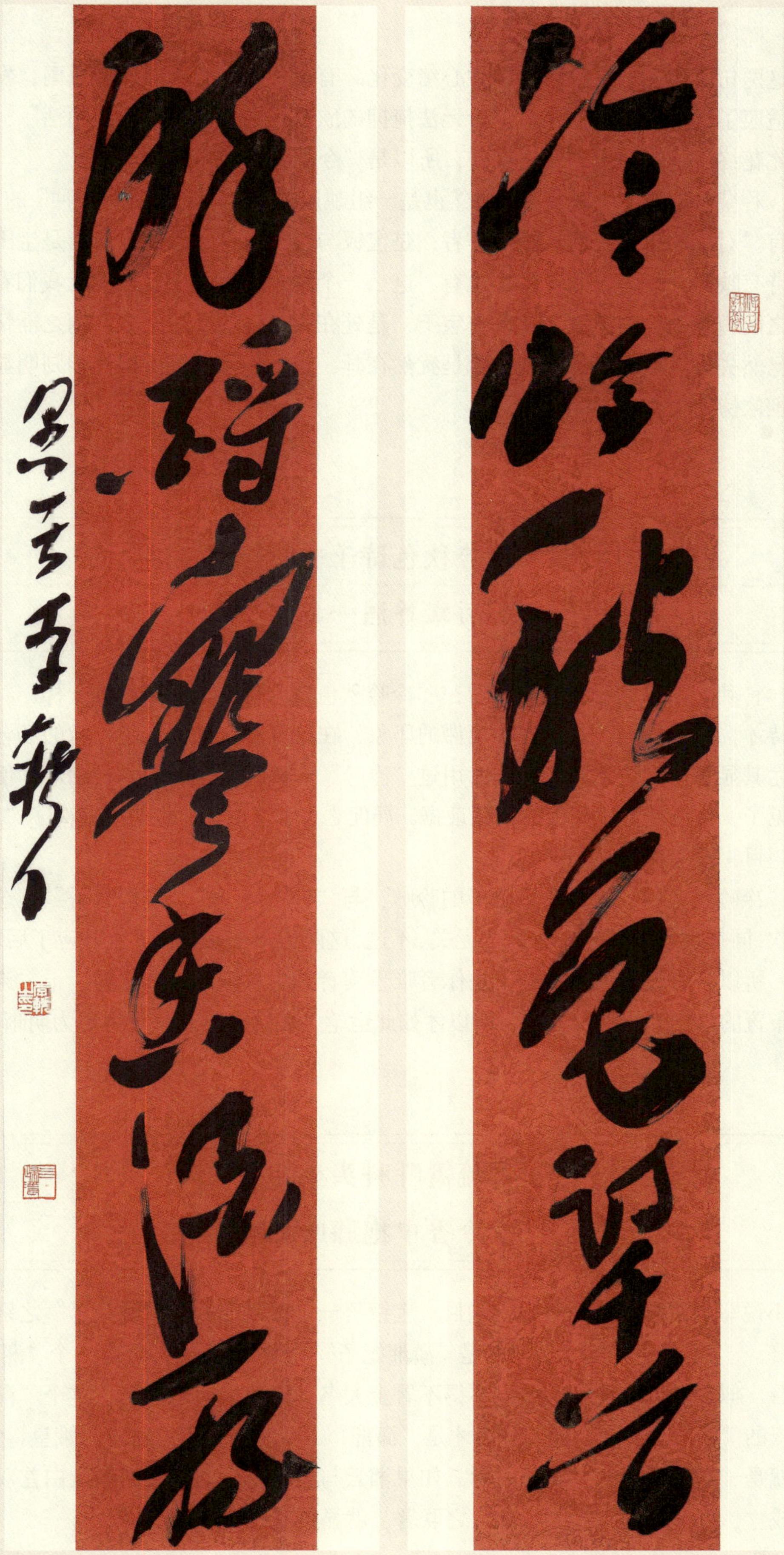

冷吟秋色诗千首，醉酹寒香酒一杯。尺寸：138cm×35cm×2

颔联这两句所写，则是种后的种种心绪变化。有担忧其水土不服又遭风雨，发现其最终适应了环境成功存活之后那份无法掩抑的欣喜——“昨夜不期经雨活”；也有发现此花终于临霜开放的喜出望外，所以是“今朝犹喜带霜开”。

《种菊》与后之《对菊》，显然也是一组映照关系——正因为有“种”的事实，方才有“对”的可能。前一组的作者，是宝钗与宝玉；这一组的作者，是宝玉与湘云。诗有映照，作者之间，同样也有。这么一个组合的出现，其实就让我们看到了三者之间缠绕不休的关系。宝钗与宝玉，是处在失与得的矛盾之中。菊之需忆，意味着已然失去；菊之堪访，则恰恰是犹然在耳。宝玉和湘云，所构建的则明显是一种互相依傍的关系。

冷吟秋色诗千首，醉酹寒香酒一杯。

《种菊》的颈联，正是这两句：“冷吟秋色诗千首，醉酹寒香酒一杯。”贾宝玉的诗才，总是给人一些局促和板滞的印象，在这样和众姊妹一起吟咏的场合，表现得尤其显著。《访菊》一诗，才用过“冷吟”一语，紧跟着的《种菊》，便又再次相见了，这正是诗才局促的典型证据。局促之外，这两句，也明显偏离了“种菊”这一题目，没有能够做到切题。

“冷吟秋色”，这是关乎于菊的吟咏，与“种”何干？“醉酹寒香”，这是与菊对饮，同样也与“种”这一种行为无关。不过，这两句却在某种程度上呼应了后之《对菊》。所以，有没有一种可能，是作者唯恐读者无由意识到这十二题、十二诗之间用意布置的这样一层映照关联，所以才如此运笔，使这份关系呈现得更为明晰？

萧疏篱畔科头坐，清冷香中抱膝吟。

小说写到诸君圈自己看中的题目，宝钗赘一“蘅”字，隐“蘅芜君”之别称，黛玉赘一“潇”字，对应的，自然是“潇湘妃子”。到湘云，她却赘上一个“湘”字。乍一看，似乎是没有别号，所以不得不署上大名。但值得留意的是，这个“湘”，与黛玉的“潇”，凑在一起，分明才是“潇湘”。“潇湘妃子”对应的娥皇、女英，本来就是一对姐妹，一并嫁与了舜。如果湘云与宝玉之后的“因麒麟伏白首双星”能够成立，那此处的“潇”“湘”之联署，就显得格外意味深长。

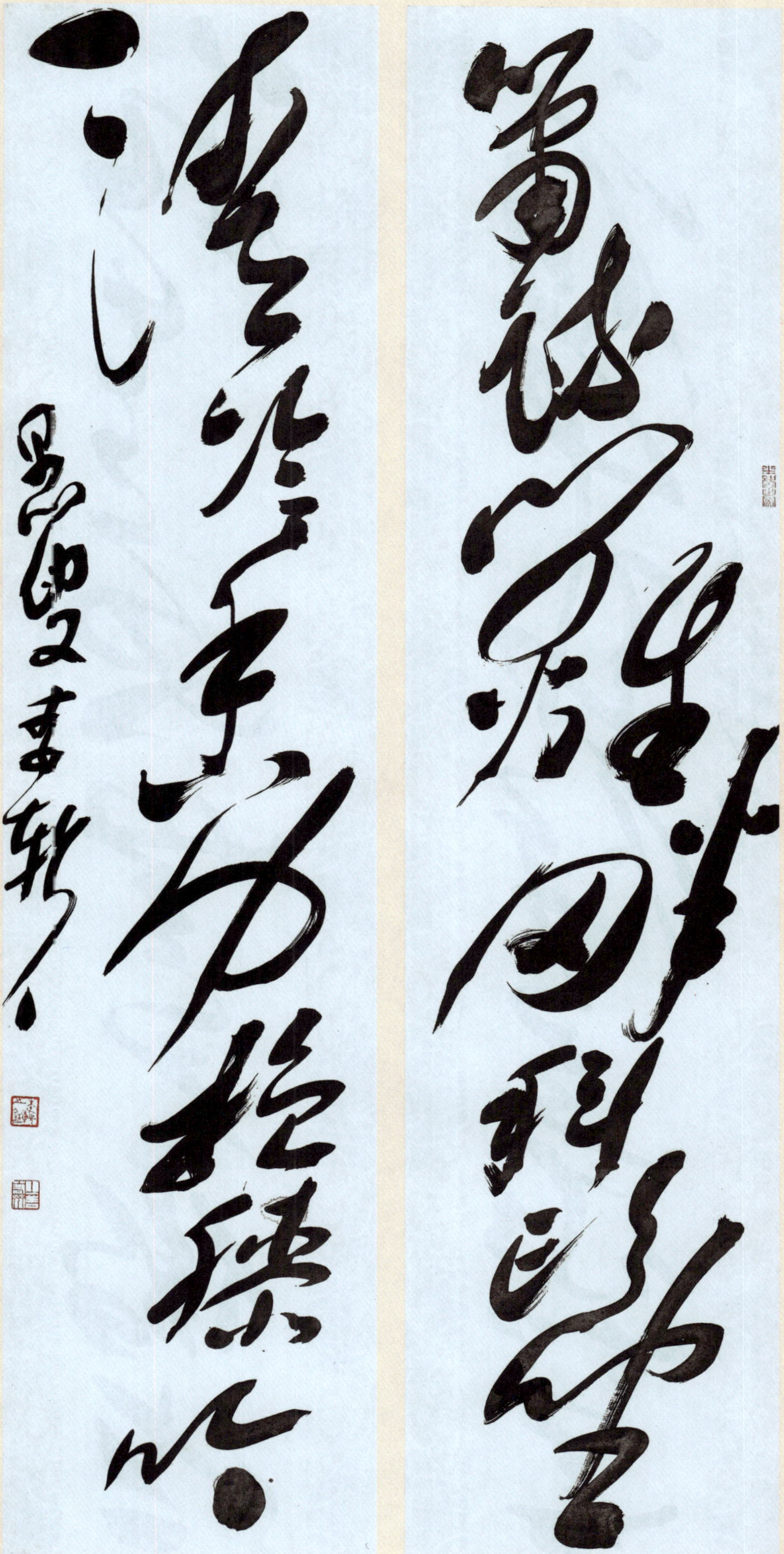

萧疏篱畔科头坐，清冷香中抱膝吟。尺寸：137.5cm×34cm×2

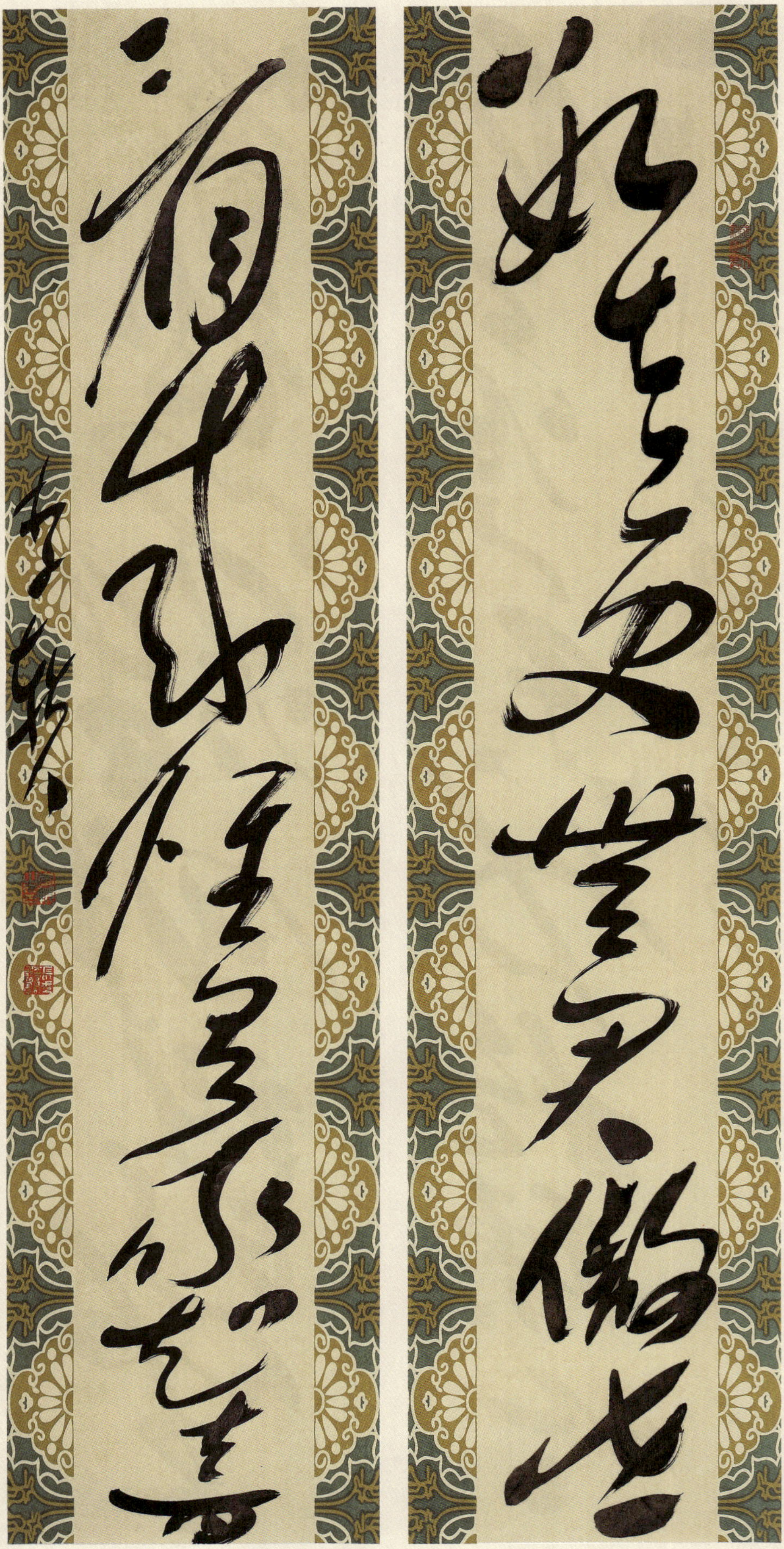

李轶//书 曾莹//文

数去更无君傲世，看来惟有我知音。尺寸：137.5cm×34cm×2

加之史湘云在小说当中，是身世遭际与黛玉最为相似的一位，一般的身为孤女，一般的寄人篱下；同时，又是诗才不相上下的一位，或者说，是小说中唯一一位诗才堪与黛玉颉颃的女子。这样一些特性，决定了她们相知相惜的高度可能。而随着时间推移，年岁增长，这样一种可能表现得愈来愈突出。湘云的诗句，常常与黛玉之作有着某种程度上的相似与回应。诗句中这种不经意的吐露，似乎更能说明某些问题。

此二句，是湘云《对菊》一诗的颔联。所谓“科头”，即“不冠”是也，指的是不戴帽子。是以“科头坐”，所呈现出来的正是一份疏狂恣意的情态。这本来就不是见诸女子的情态，而是为男子所特有。此句一出，湘云异于寻常闺阁的那份士子气概，可谓赫然纸上。

更何况，丢弃冠冕，科头而坐，这本身写出来的，正是一种与世情百态的疏离。而“抱膝吟”，这样一种沉醉而孤绝的姿态，不仅少见于女子，同样罕见于男子。所以，这一颔联所呈现的人的形象，周身都充满着洒脱狂傲与出尘超逸。这样的形象，才拥有了与菊相对的那份资格，也才写出了与菊相对的那份特殊。

黛玉的诗作，其实最大的特性也是不同于一般闺阁所作。除了突出的别致、过人的灵性，黛玉之诗同样让我们读到了那么一种丈夫气，或者说士子气的存在。这一点，与宋代著名的女词人李清照是非常类似的。同时这一点，也和史湘云极为相像。

数去更无君傲世，

看来惟有我知音。

既云“对菊”，诗人极力想要写出的，就是一种能够与菊花相对的品行神情，或者，是一种可以与菊花沟通交流，甚至共情的可能。于是，诗歌中的形象、心境，都应该与菊花有着一定程度的相似，甚至是一致。菊花的特性，经过历代诗人的锻塑，已经具有了较为恒定的内核，比如它的清冷和傲霜，还有隐逸与高洁。作为晚开的花，菊花自然而然在时序上就区别于众卉。作为陶渊明的花，菊花又自然而然地做到了远离于世人、世情。正因为如此，菊花才能够在湘云、黛玉一干人的心中，引发了这么多的共鸣。

后之黛玉所作，可以看到分明的自我投射，甚至是自我趋同。因此，湘云此处的这两句诗，在某种意味上，就好像是对黛玉的一种回应，又像是宽解。于是乎，黛玉笔下那些“满纸自怜”“片言谁解”，凄凄怨怨的若干嗟叹，都在湘云这里收到了笃定的回答，以及有力的抚慰。二人之间的那份投契，虽然在小说的正面陈述中少有彰显，于具体诗行之中却可谓表露无遗。

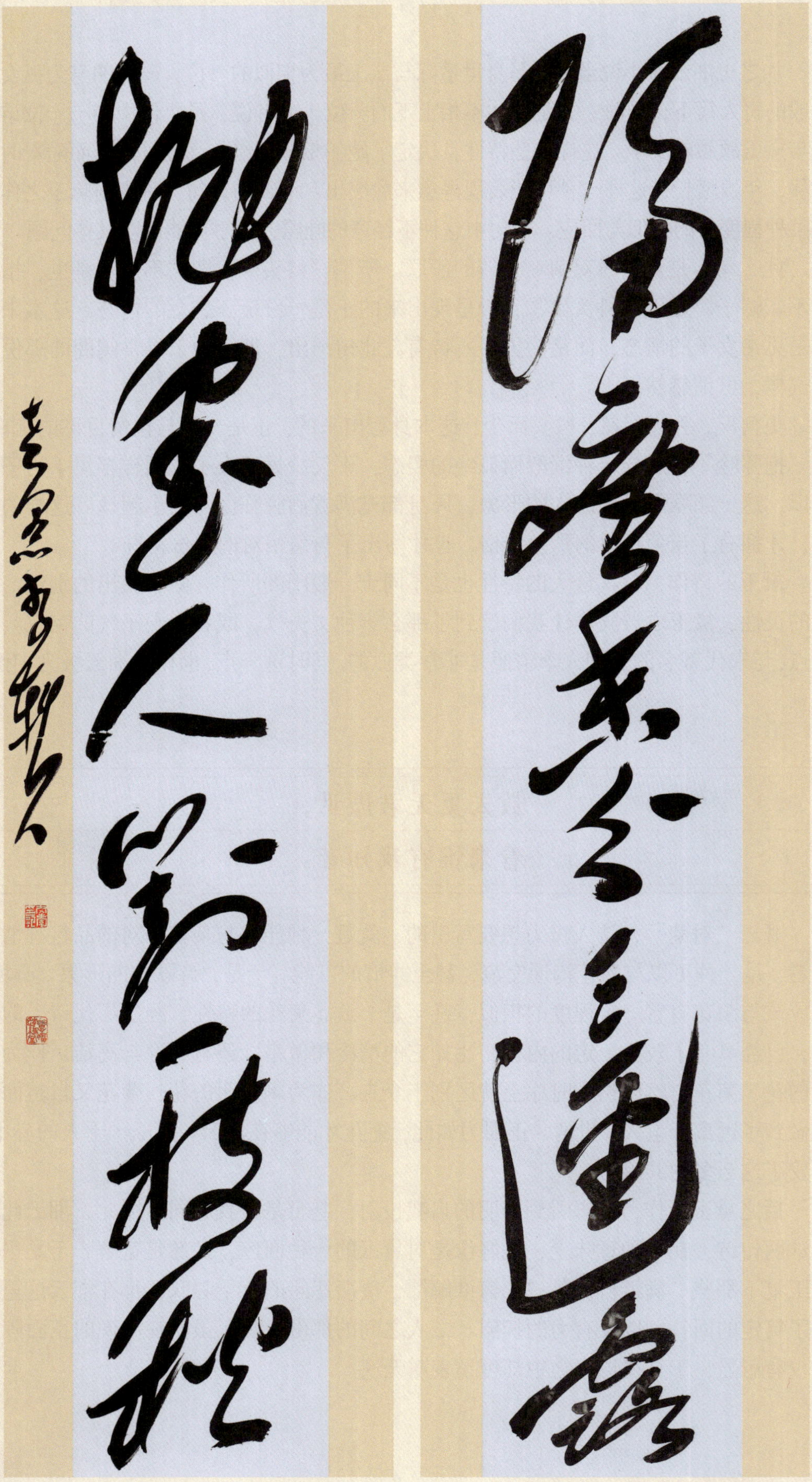

李轶//书 曾莹//文

隔座香分三径露，抛书人对一枝秋。尺寸：180cm×48cm×2

隔座香分三径露，
抛书人对一枝秋。

湘云所勾选的另一个题目是《供菊》。所谓“供菊”，指的就是以菊插瓶作为室内清供。这类对于瓶花的好尚，明清人表现得尤为突出。不妨说，这是一个足以反映出古人日常风雅，凝萃着日常生活点滴诗意的题目。不过，这个题目明显在格局和内容上都有些局限，是一个不大容易写出丰富意蕴的诗题。然而湘云于此，除了惯常的自然洒落依旧保留之外，还有着超常水平的发挥。可以说，在这首《供菊》中，湘云贡献了《红楼梦》小说中最为精彩的一句诗，也即这一颔联的下句——“抛书人对一枝秋”。

这一联的别致，主要便在句格的特殊。此二句，显然可以有两种句读的方式。一种，是二二三；另一种，则是三一三。“二二三”的解读，相对来说较为寻常。此一联中，“三径露”与“一枝秋”指的都是菊花。“隔座香分”，说的就是菊花之香，隔着座位也能透过来、弥散开去。“抛书人对”，所摹写的又是在不复埋首书本的闲适中，与菊花相对的那份怡然。至于“三一三”的断句，明显就带出了一味瘦硬，甚至是冷僻。上一句，成了隔座之香与三径之露的一番对峙，明确了香之来历，包括香之特性。下一句，抛书人和一枝秋的这份相对，则是全诗最为精准的切题。又由于句式的不同寻常，陡增了许多的料峭与别致。二者之间那份同质的特性，在这样的料峭别致中，呈现得更为分明，同时也有了格外突出的潇洒俊逸。这一句明显既是菊花，也是读书士子的传神写照——仿佛一帧简笔画，寥寥数笔，却已成功绘出神情。所以后文黛玉才会直接赞道：“‘抛书人对一枝秋’，已经妙绝，将供菊说完，没处再说，故翻回来想到未折未供之先，意思深远。”

霜清纸帐来新梦，
圃冷斜阳忆旧游。

《供菊》的颈联，湘云进一步宕开了格局。“霜清纸帐”，突出了“供菊”一事的具体发生地，在室内，甚至是卧房。供菊这一行为带来的，是一室的清洁冷冽，同时也仿佛带来了新的梦境。“圃冷斜阳”，则让我们看到了一个似乎并不遥远的将来——当一切都销归空有之时，也许就会像这瓶花一样，在一个不合宜的所在，思念起往昔的种种，那曾经的与土地的相亲，以及无法回去的昔日光景。

总体来看，这二句诗的调子多少有些复杂。一方面，似乎在极力刻画清冷，另一方面，似乎又隐藏着一些亲厚意蕴，脉脉温情。同时，又像是对着瓶花，有今昔

李轶//书 曾莹//文

霜清纸帐来新梦，圃冷斜阳忆旧游。尺寸：180cm×24cm×2

之叹，更因为处境情势，想到了与之相似的自己。这也正是诗歌尾联所谓：“傲世也因同气味，春风桃李未淹留。”确实，全然不必与众趋同。傲然独立之时，自然有人能够相契，能够懂得。而这样的句子，同样可以视作对那“孤标傲世”之人的某种回应。

后文写到黛玉的点评，就有毫不掩饰的对于颈联下句的赞叹——“据我看来，头一句好的是‘圃冷斜阳忆旧游’，这句背面傅粉。”小说作者之唯恐别人错过了他的精心结撰，深于寄托，于此又足见一斑。

毫端蕴秀临霜写，
口角噙香对月吟。

与“供菊”一题构成映照关系的，自然是黛玉圈走的“咏菊”。原因很简单，室中有此清供，自然也就容易兴起题咏的心思。“供”与“咏”，某种意味上已经不单单只是人与花之间的一种行为，而是有着极为分明且浓郁的郑重其事、相知相惜，流露而出的，显然是一种互为懂得的知己之情。

黛玉这首《咏菊》，也是一首最见律诗法度的作品。首先，基本句句都在点题。“无赖诗魔昏晓侵”，这是写出了对于吟咏之事的一份耽溺。下句之“篱”，隐隐点了菊花，“沉音”一语，又再次突出了“咏”。

“毫端蕴秀临霜写”，是颔联的上句，以“临霜”扣季节，透露出菊花消息。另外，临霜之写，也是“咏”的呈现，临霜还传递出了冷冽的意味，加之“蕴秀”，其字句之清新脱俗可知。

“口角噙香对月吟”，此为颔联下句。对月之吟不但呼应了“咏”，同时也令到这一番咏事有了许多的清朗。加上“口角噙香”四字，咏菊之不同寻常可见，咏菊一事也呈现得格外的别致与新警。

满纸自怜题素怨，
片言谁解诉秋心？

在《咏菊》一诗中，我们不但能够看到黛玉有关吟咏菊花一事的书写，同时还能够轻易找到诗人投射在咏菊一事上的若干心境。这其实正是写咏物诗的一贯诉求，即要在所咏之物上打并自身的身世遭际、怀抱性情，这样诗作方能摆脱浮泛空洞，进而拥有情思，以及独特性。此番菊花诗会，虽然拟出了一些较为特殊的诗题，其

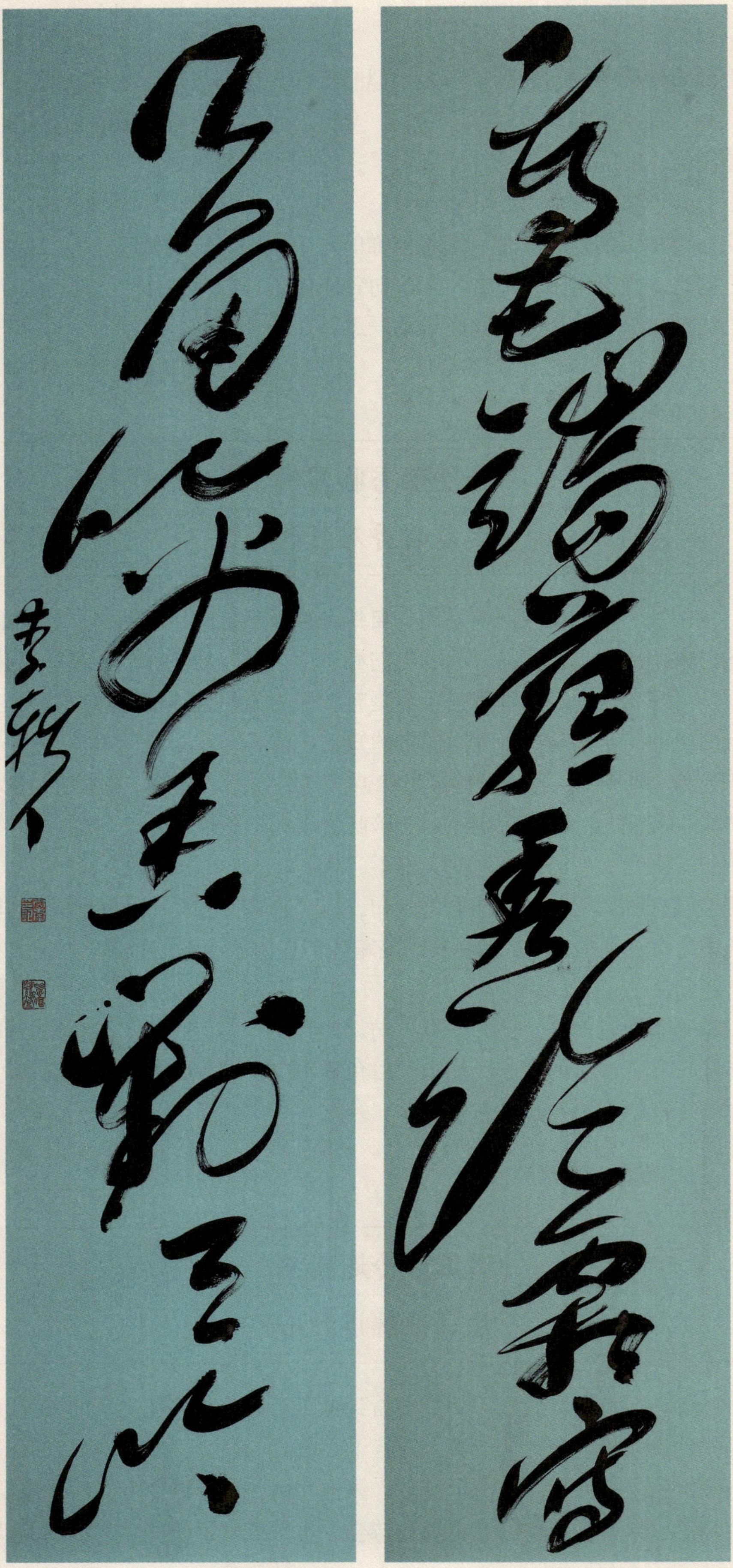

——李轶//书 曾莹//文——

毫端蕴秀临霜写，口角噙香对月吟。尺寸：180cm×70cm×2

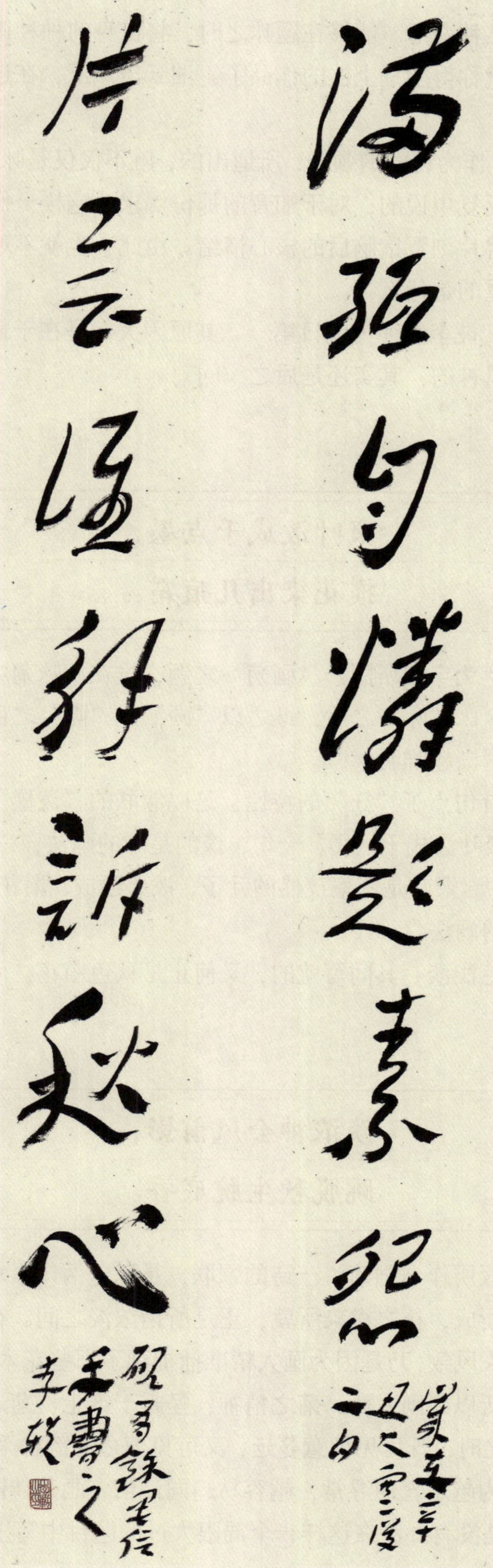

满纸自怜题素怨，片言谁解诉秋心？尺寸：180cm×22cm×2

实也不过是咏物的某种变形。能够在题咏之时，将自身的种种倾泻其上，产生自然且熨帖的关联，这就称得上是上佳的作品了。湘云与黛玉，在这一特点上，可谓展现得淋漓尽致。

“满纸”两句，作为诗歌的颈联，所道出的，就不仅仅是咏菊行为本身的特性，更有黛玉借此机会反复申说的，对于知音的那份渴求。这样一份渴求，也是始终出现在黛玉笔下，不曾片刻置诸脑后的核心情绪。由此，也就不难感知黛玉在各种情感关系上，最为看重的是什么。

《咏菊》一诗，被李纨评为此日第一。其原因大概是在于最为别致和切题。不过，最能写出黛玉风神的，其实还是后之《问菊》。

聚叶泼成千点墨，
攒花染出几痕霜。

《画菊》之题，为宝钗所圈。《画菊》之题，排在《咏菊》之后，所以宝钗开篇即云“诗余戏笔”。“咏”之后，继之以“画”，“画”之后，继之以“问”，菊之风神轮廓，可谓渐趋鲜明。

宝钗题画菊，首句点了“狂”的特性，是以颔联的“泼墨”画法，也就出现得十分自然。颔联“聚叶泼成千点墨”一句，谈的是叶的画法；“攒花染出几痕霜”，又是花的画法。其中，聚叶是密集茂盛的叶子，泼墨绘成；攒花是一丛丛簇集的花，染之所指则是渲染的画法。

墨色淋漓，霜色浅淡，其间写就的，又何止是秋色霜花，而是心痕历历。

淡浓神会风前影，
跳脱秋生腕底香。

此二句是薛宝钗所作《画菊》一诗的颈联，是以这两句紧承其上具体花叶的画法写来。叶之泼墨而成，花之渲染所就，正是所谓浓淡之间。在这浓淡之间，我们能够看到菊花的动人风致，乃是因为画人精准捕捉到了那些花木摇曳于风中的绰约，做到了神与景会，所以刻画入微。菊之精神，呈露于纸上；菊之香气，也似乎逸出于腕底。悬腕作画之时，既可见秋意蔓延，又可见菊之气韵神采，跳脱鲜活于笔下。

画菊不易，因为越是普通寻常，越容易趋同流俗。画菊诗同样不易为，容易被绘画技法牵引，于是没有办法在这样一个局限太过的题目中写出神情。宝钗《画菊》

聚叶泼成千点墨，攒花染出几痕霜。尺寸：180cm×48cm×2

李轶//书　曾莹//文

淡浓神会风前影，跳脱秋生腕底香。尺寸：180cm×48cm×2

秋纹
蕙香

《清改琦红楼梦人物图册》

一诗，总体而言还是不错的，犹以中间两联取胜。切题的同时，也令到神遥意远，可以体贴并深味菊与画菊，那样一份始终超逸的品格风调。

孤标傲世偕谁隐，一样花开为底迟？

《问菊》之题被黛玉圈去，《问菊》一诗也是林黛玉此番三首诗作中最见个人精神怀抱的一首。《画菊》与《问菊》，宝钗与黛玉，恰好又是一组互为映照的关系。菊之入画，重在形体；菊之堪问，则在于性情。

黛玉之作《问菊》，通过一连串的问，不仅令到菊的精神得以充分阐释，也令到自己的性情怀抱，融注于吟咏对象，同时跃然纸上。

诗之首联，就令人赞叹出声。“欲讯秋情众莫知，喃喃负手扣东篱”，此二句一出，黛玉与一般闺阁的差异就已经不待言说了。而这，正是她与湘云所共有的特性。上句“欲讯”，点问字；“秋情”，点菊字；“众莫知”，则是在诗歌的起首段落，就点明了知音罕有、处境孤绝的现实。至于下句所写——背剪双手，轻叩篱笆，喃喃自语，就是一个分明的士子形象而非闺阁中人。其间的那份潇洒挺出，一望可知。

颔联所写，全为问的内容——如此清峻特出、傲世独立的你，显然就是一个隐士般的存在，你的隐逸，可有陪伴偕同的人？明明都是一般花卉，你的绽放，为何没有早在众卉齐放的春日？何以被延宕至斯？两问之中，都可谓有着分明的怜惜同情，以及愤愤不平，于是，拟人的色彩也非常突出。菊花于此，显然已经脱离了寻常花木的属性，转而成为一个与诗人有着相似精神气韵，能够与之对话的独立个体。而在体贴它的孤独冷傲，还有那被遗忘辜负的宿命人生时，黛玉也仿佛在体贴和宽慰着自己。

圃露庭霜何寂寞，鸿归蛩病可相思？

《问菊》一诗，从开篇起，问就没有停歇。颔联在问，颈联亦在问。

颈联上句，“圃露庭霜何寂寞”，显然是紧承“一样花开为底迟”而来。“圃露庭霜”，所勾勒状摹的，正是与季候相关的环境特质。园圃露重，庭院霜冷，置身于此，绽放没有通常的热闹与关切，所以，会深陷在寂寞当中？会感到孤独？会自怜吗？

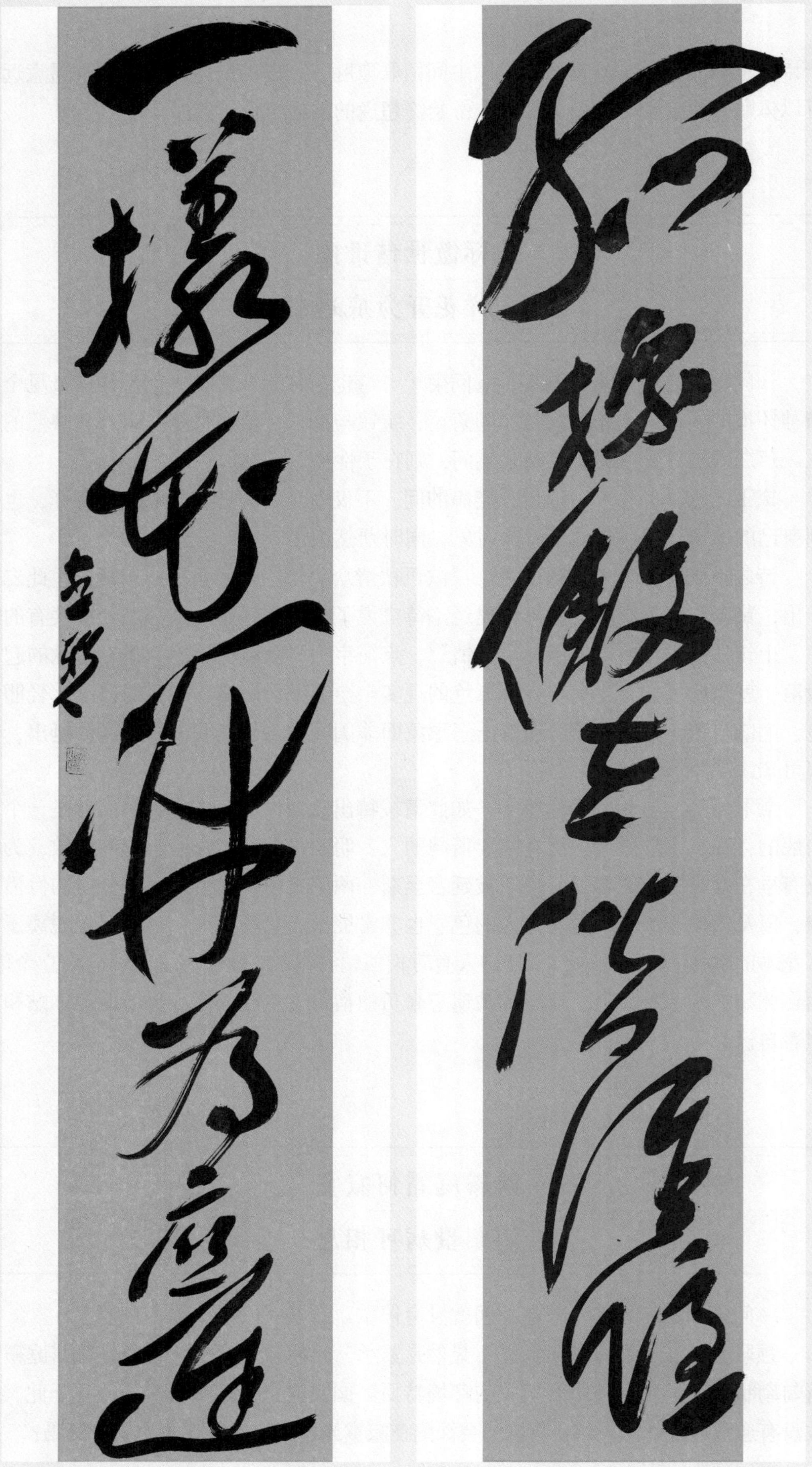

孤标傲世偕谁隐，一样花开为底迟？尺寸：180cm×48cm×2

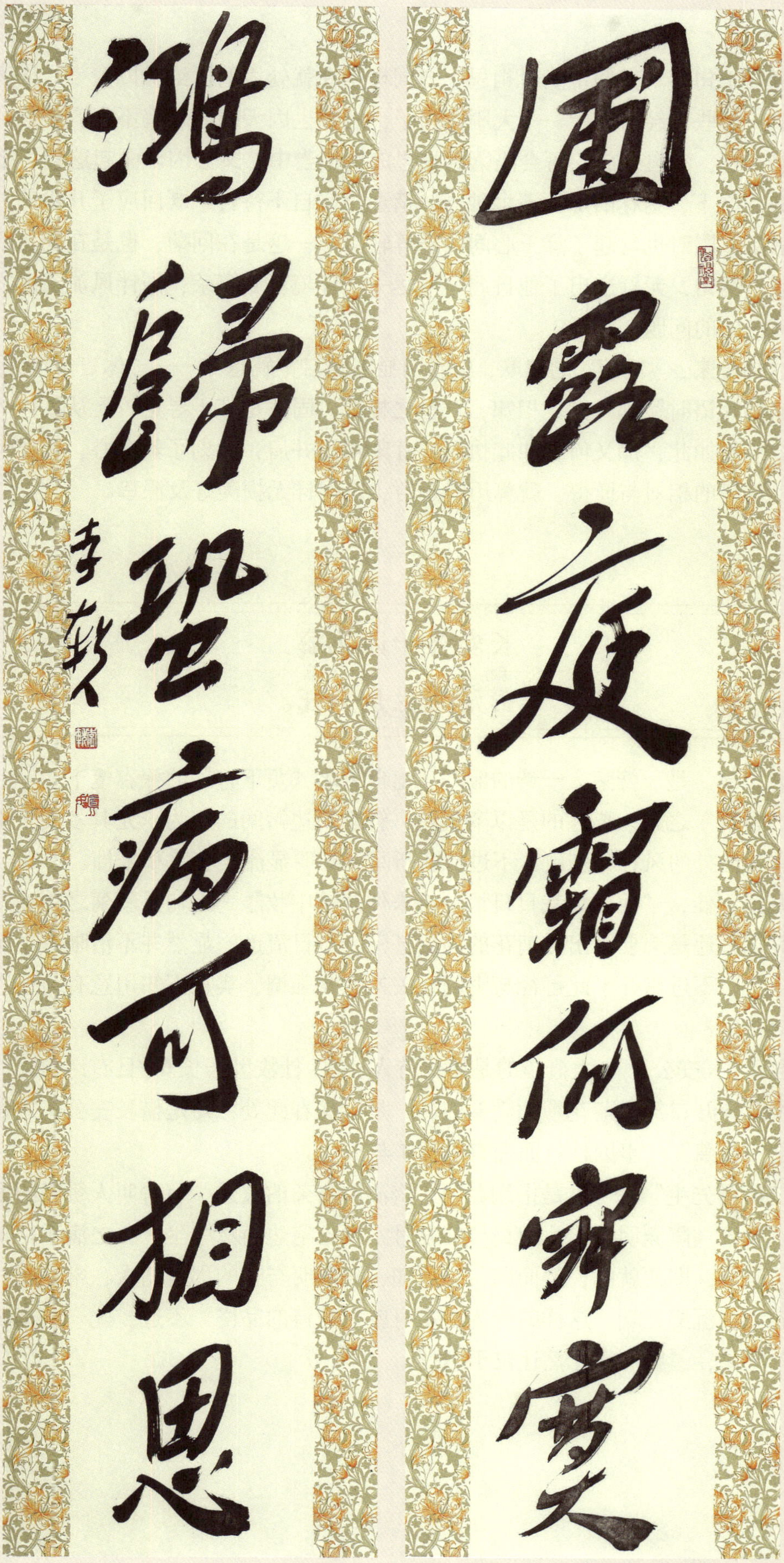

圃露庭霜何寂寞，鸿归蛩病可相思？尺寸：138cm×34.5cm×2

颈联下句，“鸿归蛩病可相思”，同样是在就处境的孤绝加以渲染：毕竟是岁末时节，那些曾经的同伴——大雁归去了，蟋蟀也因天寒而哀鸣不止，在这样的时段孑然一身，独自绽放，可会陷落到相思的情绪当中？又会因谁而起这相思之情？

数问之下，菊花的那份遗世独立、清逸绝尘自不待言。既回应了开篇的“众莫知”三字，同时也勾起了黛玉心间的阵阵轻漾——这是在问菊，也是在问自己。特别颈联这两句，无疑道出了他日凋零殆尽——环境不复繁荣，同伴风流云散之时，当如何自处的问题。

这样一来，《问菊》的尾联，就有明显的强自宽解意味——“休言举世无谈者，解语何妨片语时”。一世之相知，一世之相惜，固然是难于寻觅、无从期许的所谓殊遇。既然如此，那又何必如此执着？片刻对语并肩，片刻了然会心，其实也就足够了。这样的相对与懂得，就算历时短暂，也同样无损美好及深挚。

长安公子因花癖，
彭泽先生是酒狂。

此二句，是《簪菊》一诗的颔联，出自署名“蕉下客”的探春笔下。

“簪菊”之题，描述的是以菊代花，簪于鬓边帽间的行为，尤其多发于重阳之日，有着格外的风雅和别致。不过探春所写，却明显流于套路和笨拙。

开篇不佳，“瓶供篱栽日日忙，折来休认镜中妆”，上句是叙菊之用途众多，不堪其扰？还是想要写出与菊花的周旋甚密，日日流连？显然并不清晰。下句既云“休认”，不过撇开了此行径与闺阁无关？如此强调，实在不知用意有何过人？情识有何特出？

至于“长安公子”，大概指的是唐代诗人杜牧。杜牧世居长安，且有诗句写作——“尘世难逢开口笑，菊花须插满头归”。是以探春此处，乃是借长安公子之花癖，点染出“簪菊”一事因杜牧而拥有的清旷与放达。

“彭泽先生”，自然是指陶渊明。陶渊明与菊的关系，有着叫人赞叹的紧密与深厚。萧统《陶渊明传》写道：“尝九月九日出宅边菊丛中坐，久之满手把菊。忽值弘送酒至，即便就酌，醉而归。”可知，陶渊明与菊的那份动人，常在相对时的浑然忘我，沉醉无端。这样的行为，本身就有着诗的品格。不过，此一句却明显与“簪”无关，“簪”字已然让位于酒狂。

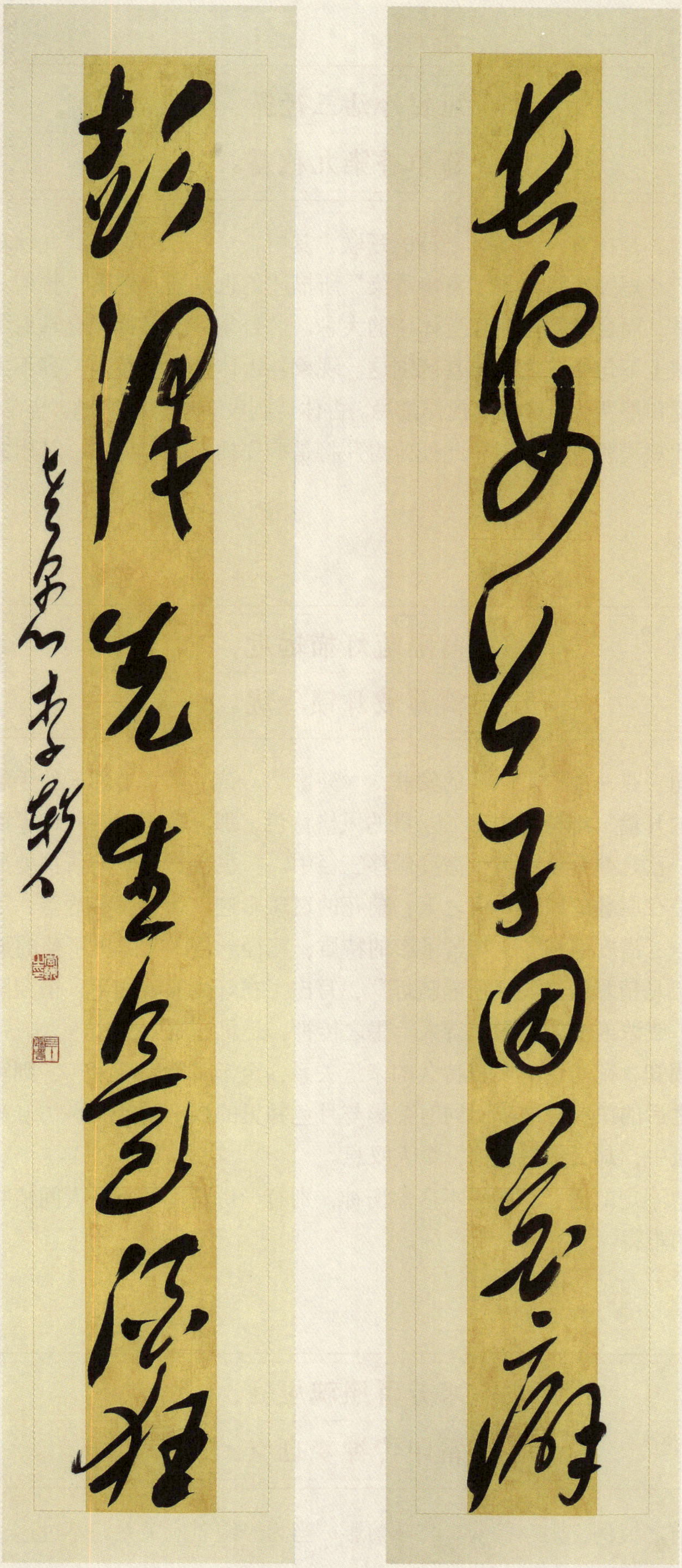

长安公子因花癖，彭泽先生是酒狂。尺寸：180cm×34cm×2

短鬓冷沾三径露，

葛巾香染九秋霜。

此二句，是探春《簪菊》一诗的颈联。其中，“三径露”与“九秋霜”所指显然都是菊。“短鬓冷沾”与“葛巾香染”所描述的也是同一件事：簪菊。所以这两句明显合掌。而合掌则是写作近体诗的大忌。“合掌”，又称“合掌对”，所描述的就是诗歌上下句所言之事无甚区别这一现象。近体诗篇幅有限，容不得这样一种无谓的重复和浪费，所以将其视作禁忌。古体诗则没有这样的问题。合掌之病频发，往往是诗才短浅所致。所以，此处曹雪芹将是病安插在探春诗中，其用意，亦可谓深长之至。

窗隔疏灯描远近，

篱筛破月锁玲珑。

此二句，是《菊影》一诗的颔联。《菊影》一诗，则是史湘云的手笔。

此诗的开篇，维持了史湘云一贯的风格特色，那份若不经意间传递而出的洒落与疏朗。“秋光叠叠复重重，潜度偷移三径中。”很显然，此诗所拟要刻画的“菊影”，便是在层叠的秋光作用之下，菊花的斑斑影迹。上句爽利洒落，下句则切题于无形——“潜度偷移”，扣紧了影的特质；三径一语，又露出了菊的形迹。

颔联更是精彩纷呈。“窗隔疏灯”，写出了在灯光照映之下，窗棂隔绝之中，或远或近，或浓或淡的菊影，诗人笔墨之传神，足见一斑。

众所周知，菊与篱有旷日持久的亲近关系，至于“篱筛破月”，则写出了月光穿透篱笆之后的斑驳与破碎，同时菊影与月色并见的那份景致——仿佛被锁在一个特殊的场域中，却又精妙绝伦，令人叹息。

写飘忽不定的影，却能够不寥落伤神，别有一份清远风致、人间情味，这也是湘云独有的难得。

寒芳留照魂应驻，

霜印传神梦也空。

按照前之惯例，则《簪菊》与《菊影》当为一组对应关系。不过这一组对应关

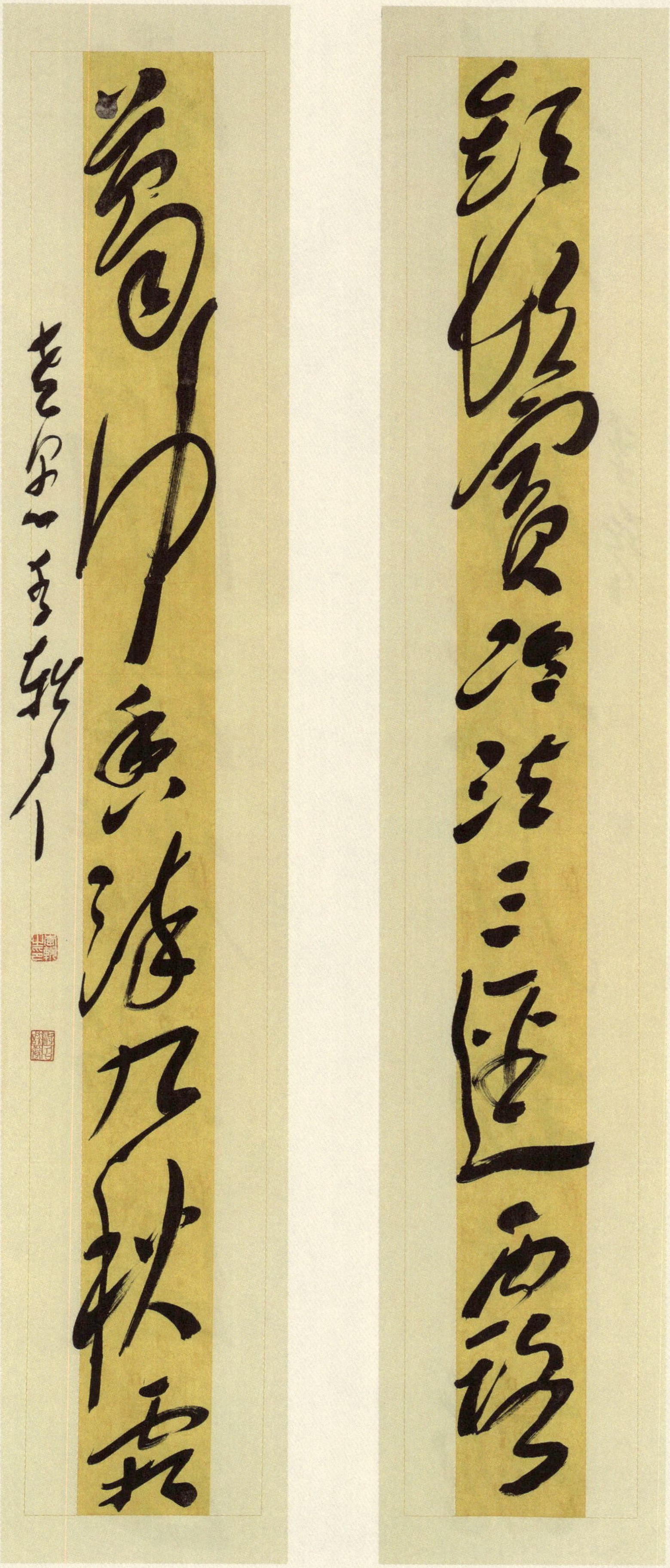

短鬓冷沾三径露，葛巾香染九秋霜。尺寸：180cm×32cm×2

李轶//书　曾莹//文

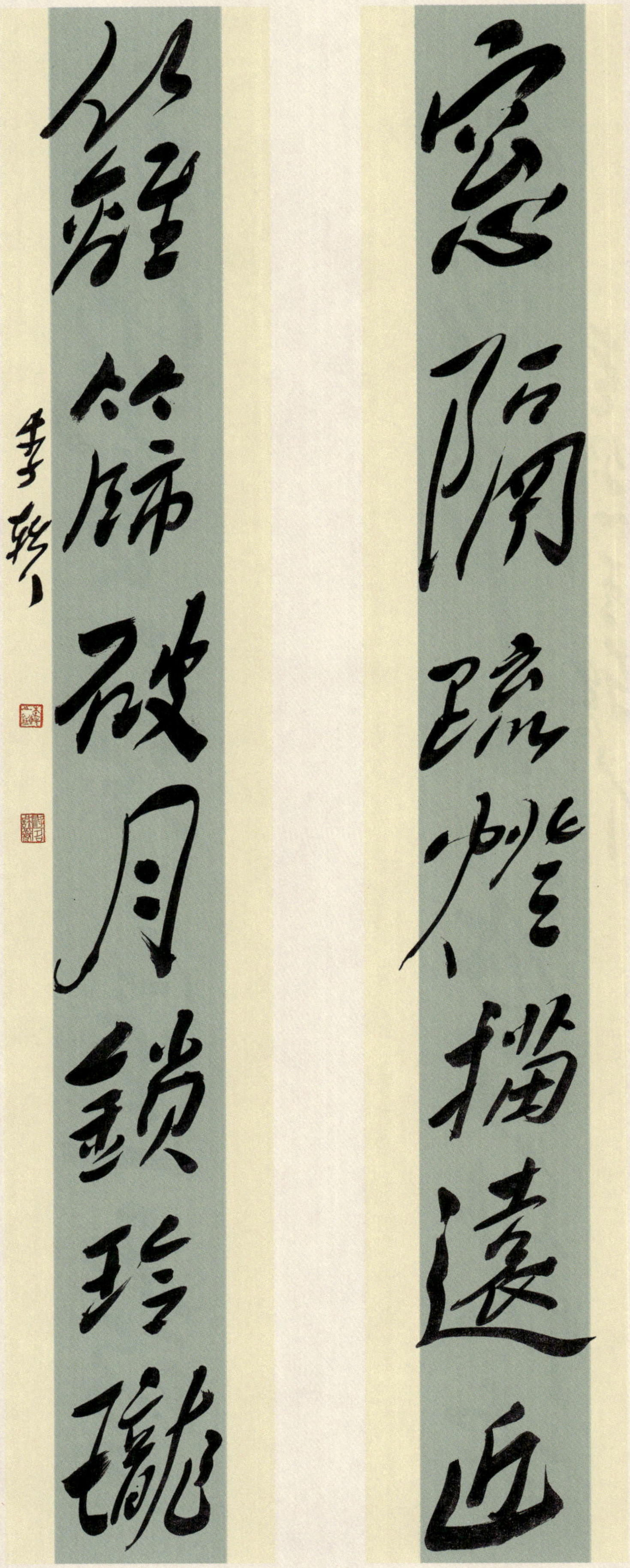

窗隔疏灯描远近，篱筛破月锁玲珑。尺寸：180cm×32cm×2

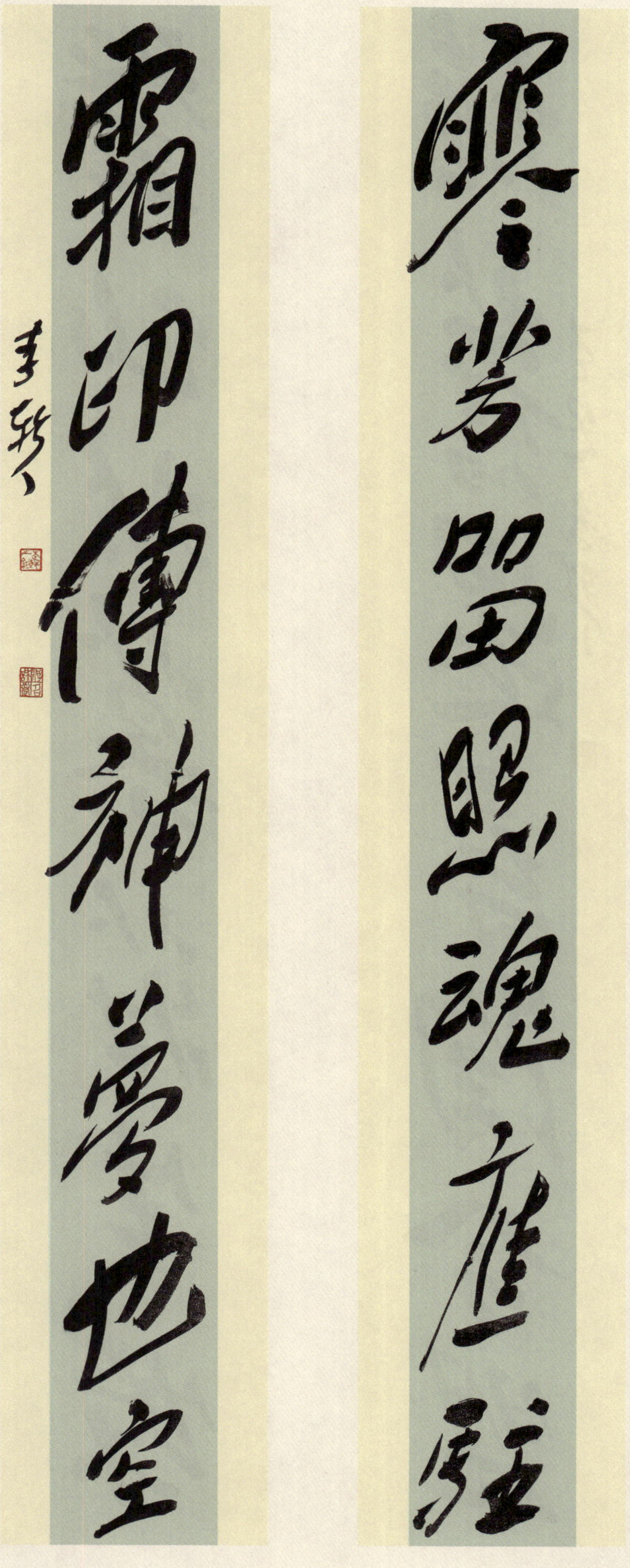

寒芳留照魂应驻，霜印传神梦也空。尺寸：180cm×32cm×2

李轶//书　曾莹//文

登仙非慕庄生蝶，忆旧还寻陶令盟。尺寸：136cm×23cm×2

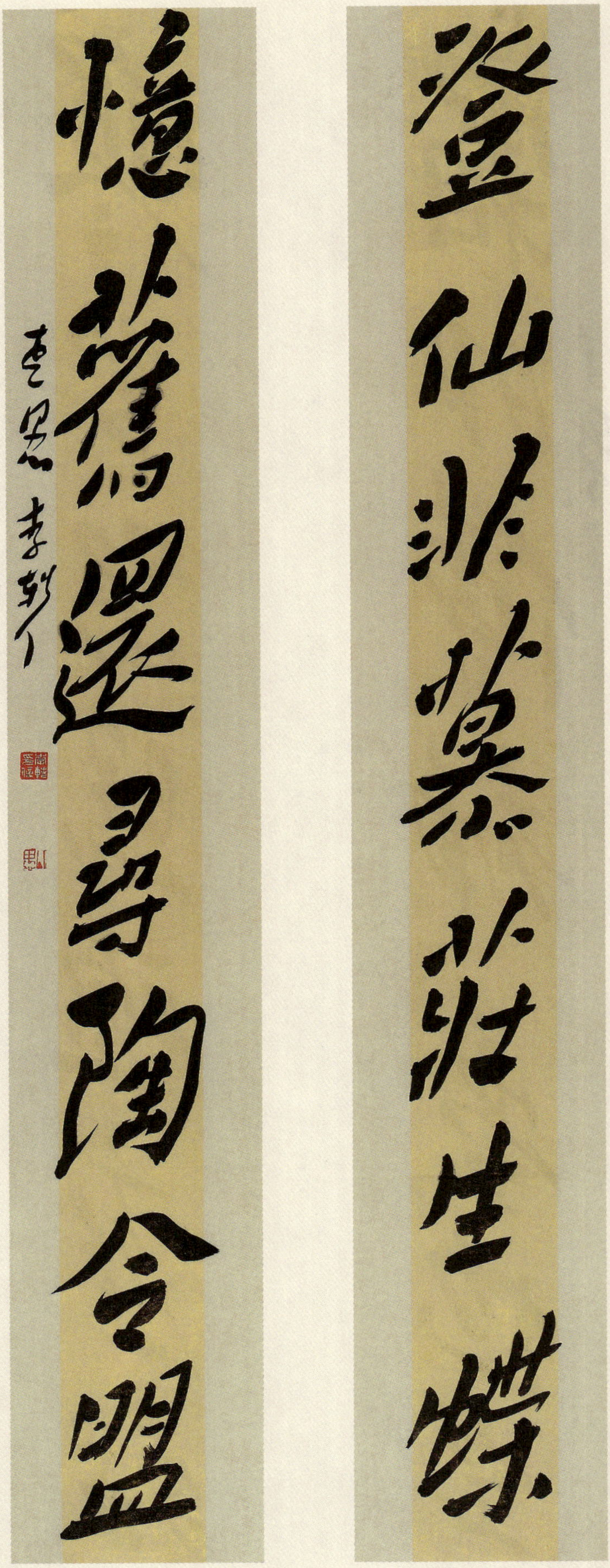

系，相比此前数题，却有些不甚分明。大概，是《簪菊》一题所有的放达，与《菊影》一题所暗含的凋伤？《菊影》一诗的颈联，就写出了这份叫人不忍直视的破碎与伤怀。

“寒芳留照魂应驻”一句，出语凄越，读之恻然。寒芳，菊之谓也；留照，影之谓也。笔锋陡转直下，直言“魂应驻”，则花之陨可知。徒有影迹，芳魂何处？这已然不再是单纯题咏菊影，也是对于一众女儿他日命运的一番预言。

再看“霜印传神梦也空”，前之“霜印传神”，依然是针对菊影而发。“梦也空”数字，则是直接写出了影迹依稀，残梦难觅的特定情境。这同样也不是关于菊影的寻常笔墨，而是有着显然的寓意——借此昭示着一场幽梦，终将销归空有，无从寻觅的故事结局。

登仙非慕庄生蝶，
忆旧还寻陶令盟。

此二句，是潇湘妃子《菊梦》一诗的颔联。《菊梦》一题，也有十分难写之处，同样可谓是十分刁钻的一个诗题，也唯有七窍玲珑心的黛玉方可运笔自如。

这个题目，与《菊影》有十分相似的地方，都是状虚无缥缈之物，不过影是实，梦则为虚。

此诗的首联，设定巧妙，称“篱畔秋酣一觉清，和云伴月不分明”，读后令人一时间恍惚，不知道是陷落在了菊之梦中，还是成了此时正在做梦之菊。

菊的梦，自有清冽的特质，同时也如一切的幻梦一样，有着云遮雾障的不甚分明。

颔联，上一句以“庄生蝶”点梦，却道出了菊之一梦内容所在，“登仙”二字，写出梦的特质，也突出了此花的出尘。下一句，“忆旧还寻陶令盟”，则又在仙气泠然中写出了情味深长，这也是菊梦的内容——那些曾经的携手相伴、盟约历历，现如今只可在梦中追忆，心下未免怅然。这一句，与前之“圃冷斜阳忆旧游”可谓如出一辙。基于此，也就不难理解林黛玉何以最为欣赏湘云此句，这就是所谓怀抱相似，气味相投。

睡去依依随雁断，
惊回故故恼蛩鸣。

《菊梦》的颈联，“睡去依依随雁断，惊回故故恼蛩鸣”，则让我们看到了一个梦境的完整发生过程。因为“睡去”，方有入梦的可能。梦境之中，情思缠绕，

李轶//书　曾莹//文

睡去依依随雁断，惊回故故恼蛩鸣。尺寸：138cm×34cm×2

“依依随雁断”数字，则是在雁阵的断续中，写出了梦魂的那份缠绵与不舍。又因为“惊回”，才有了梦觉的发生，梦境的结束。可是即便陡然惊觉，也还是有着许多的流连，所以才会气恼于那惊破梦境的阵阵蛩鸣。

此二句写菊梦，一方面当然做到了不离菊之梦境，处处闪现着菊梦的特质——清冽、幽旷，所梦之物与菊的生长环境，依然可谓息息相关；另一方面，则充分运用了拟人的手法，令到这菊之所梦，闪现着若干人的意绪，以及人间的情味。

诗之尾联，同样值得注意。“醒时幽怨同谁诉，衰草寒烟无限情”，“幽怨”，写出了醒觉状态之下的菊的惯常情态，“同谁诉”，则道明了原因所在。谁人堪诉，谁人能懂，这是黛玉所理解的菊之苦楚，实际写出的便正是其自身心中所苦。至于“衰草寒烟”，可谓是秋天的一个传神写照，也屡见于黛玉的题咏当中，是以不容丝毫轻忽。实际上，此四字正道出了其后众人将要面对的处境、命运——那些家族的败落，自身命运的凋零。待到果然置身那样的情境，又当如何？大概，也依然只有无尽的喟叹，无限的哀伤吧。

可见，菊之一梦，逃不过寒烟衰草；红楼一梦，又何尝不是！

蒂有余香金淡泊，
枝无全叶翠离披。

菊花诗的最后一首诗，是被探春圈走的《残菊》。写菊而至于残，不难想见作者在此处的良苦用心。探春的别号为“蕉下客”，这一别号预示着幻梦一场。所以，由探春来作这十二首诗的终篇，也是恰如其分的。

《菊梦》与《残菊》，这是最后一组对应关系。由“梦”而“残”，这样理解，大概称得上不失作者原意了。黛玉之《菊梦》写得空幻迷离，蓄满悲情；探春之《残菊》则出落得格外实在，处处与现实照映。

首联“露凝霜重渐倾欹”一句，不单单是道出了菊之凋残的发生时间，也写出了整个家族、一众儿女无法避免的倾颓的到来。“凝”与“重”，强调的是环境的艰厄。着一“渐”字，则刻画了逐渐到来的过程。

颔联两句，纯然写实，细致描述了菊之凋残。这其间，当然也有象征喻义。将来一切崩塌之时，也许我们会看到的，不过就是“蒂有余香”“枝无全叶”。偶然的幸存，确实无法视之为中兴的到来，狂澜之力挽。

李轶//书　曾莹//文

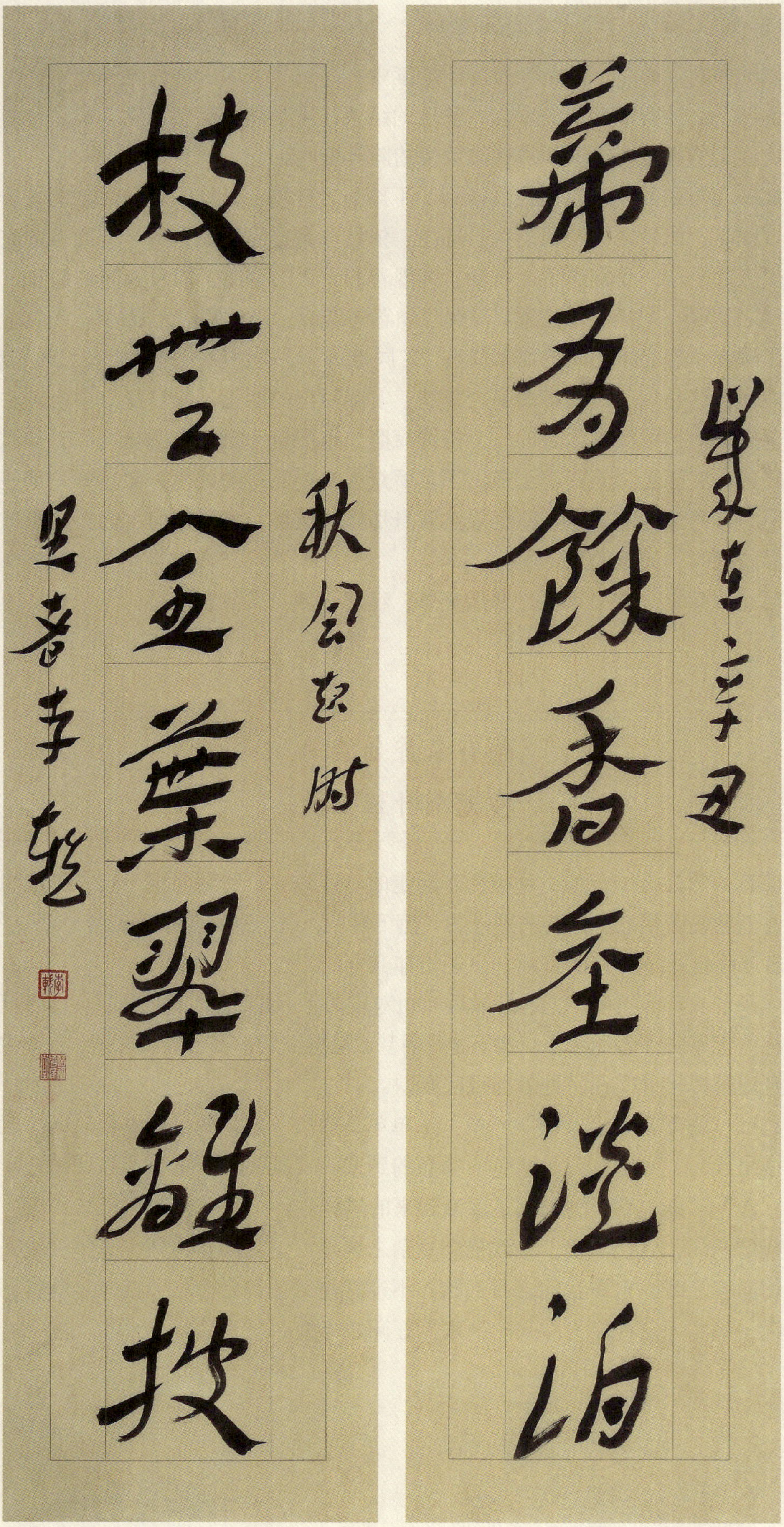

蒂有余香金淡泊，枝无全叶翠离披。尺寸：136cm×34cm×2

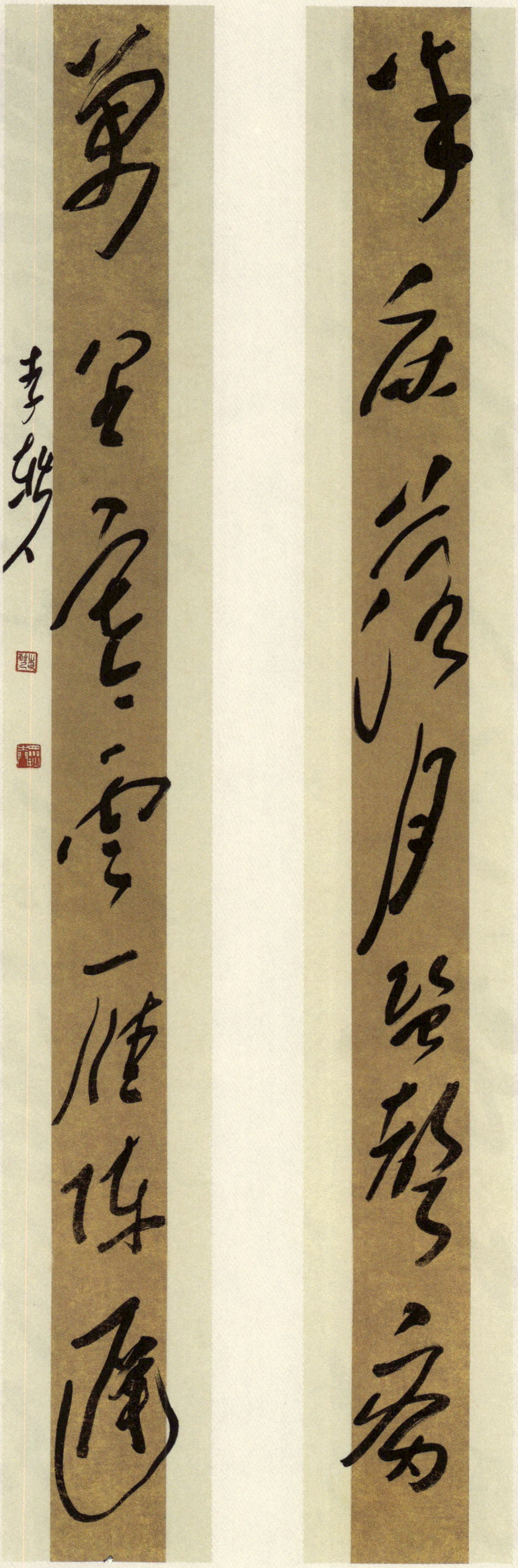

半床落月蛩声病，万里寒云雁阵迟。尺寸：136cm×23cm×2

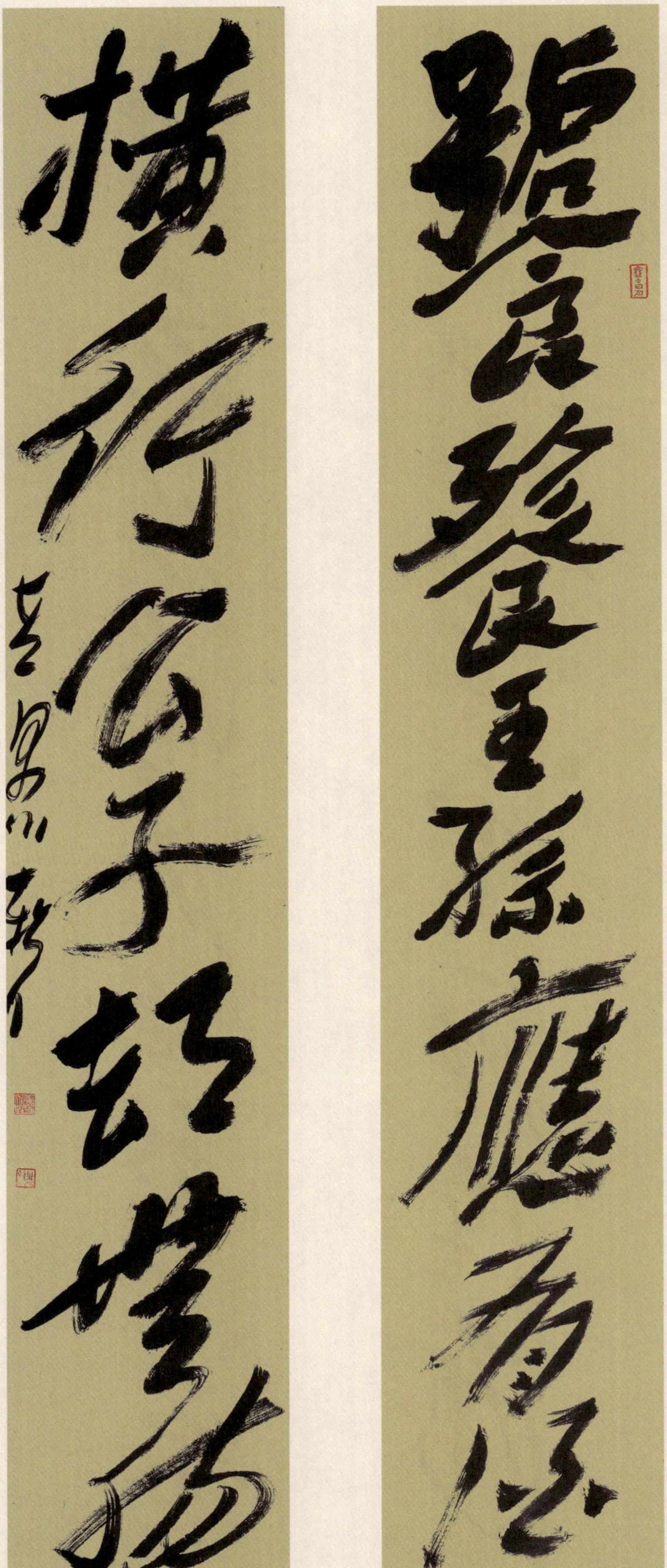

李轶//书 曾莹//文

饕餮王孙应有酒，横行公子却无肠。尺寸：180cm×31cm×2

半床落月蛩声病，

万里寒云雁阵迟。

此二句，为《残菊》一诗的颈联。此二句，却明显偏离了“残菊”这一命题。二句所写，无非是在状摹暮秋风物。“半床落月”与蛩声之病，也即蟋蟀鸣声悲苦一时缠绕，无疑写出了一份和季候相关的凄凉。“万里寒云”与雁阵之迟归，又让我们体会到在这寒凉天气里，归家的种种艰难。是以此二句所写出的，无非是暮秋季节特有的孤苦，以及随之骤然而起的归心。联系前面谈到的《红楼梦》中秋之意蕴，加上判词、红楼梦曲所揭示的探春远嫁之走向，则这样的孤苦与离情，便又和小说后文的布置有了关涉。草蛇灰线，此种笔墨被曹雪芹运用得直可谓传神入化，精彩之极。

联系到此，则尾联所写也就不难理解了。“明岁秋风知再会，暂时分手莫相思。”此二句同样与“残菊”无关，表面上似乎在乐观叙述暂时分手，再会不远，究其实质，却在某种程度上写出了分离的不可违逆。探春这一形象，因其爽利精明，而与秋气有诸多捆绑，因其远嫁，又时时暗示着生离的发生，正如后之填写柳絮词，探春所作上阕的最后一句即为——“一任东西南北各分离”。故此，由探春来宣告别离的终将到来，也是最为允当的安排。

饕餮王孙应有酒，

横行公子却无肠。

宝玉在又一次“落第”之后，不免有些证明自己的冲动，所以在分题菊花以后，他率先写出了“螃蟹诗”。小说这样写道：“宝玉笑道：‘今日持螯赏桂，亦不可无诗。我已吟成，谁还敢作呢？’说着，便忙洗了手提笔写出。”此处之脂批叫人莞尔。一则曰：“全是他忙，全是他不及，妙极！”另一又道：“且莫看诗，只看他偏于如许一大回诗后，又写一回诗，岂世人想的到的？”

此二句，即宝玉之诗的颔联。是联就咏螃蟹来看，其实并不算佳。上句自况，显然离题，后句虽切，却不免浅直，有失含蓄之旨。

脐间积冷馋忘忌，

指上沾腥洗尚香。

面对宝玉这样一首“得意”之作，黛玉的态度就有些过于直白了——“黛玉笑

李轶//书 曾莹//文

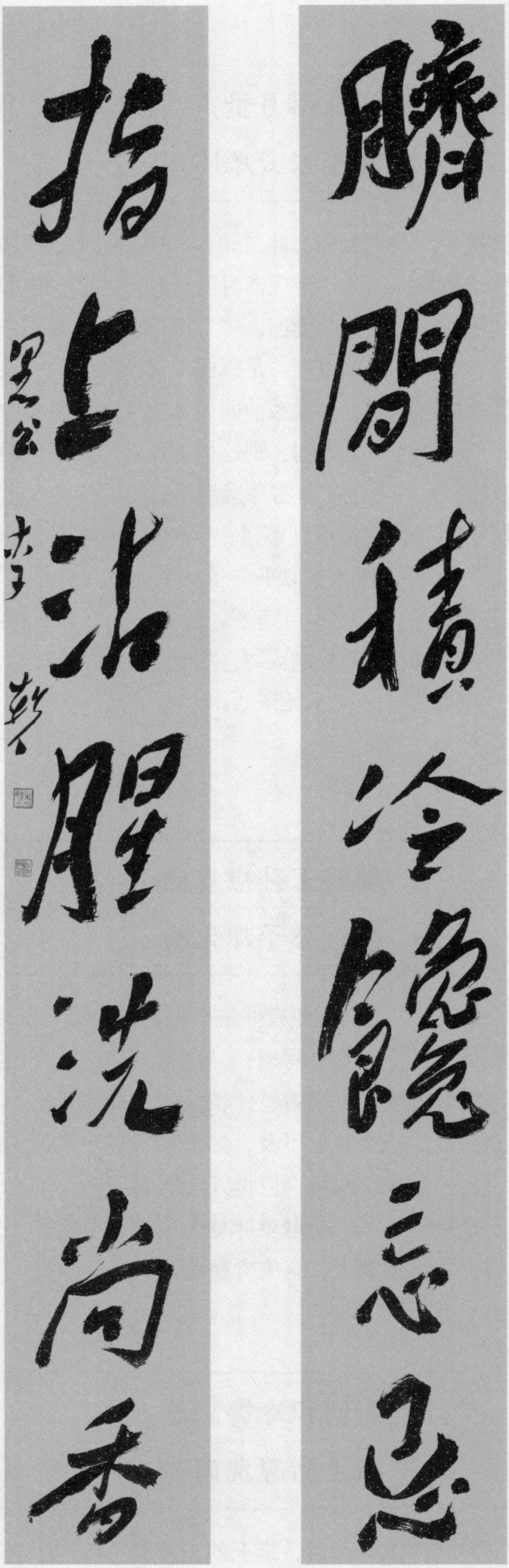

脐间积冷馋忘忌，指上沾腥洗尚香。尺寸：180cm×24cm×2

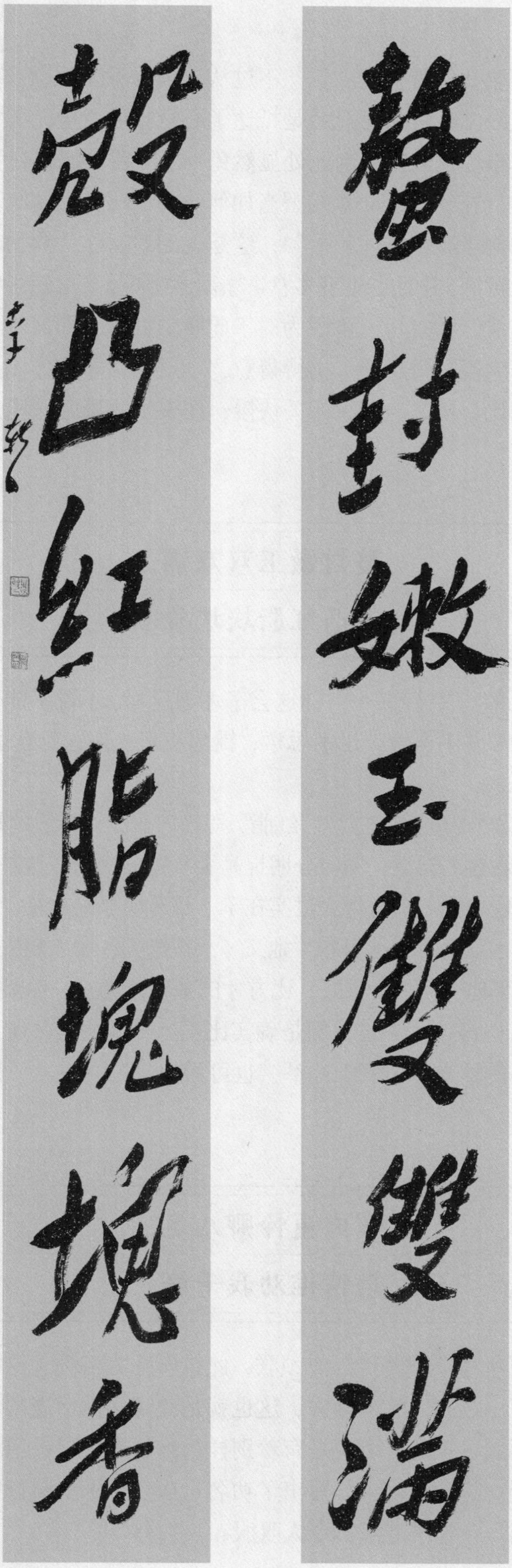

螯封嫩玉双双满，壳凸红脂块块香。尺寸：180cm×24cm×2

道：‘这样的诗，要一百首也有。’”不过从宝玉的不以为意，甚至打趣黛玉“才力不尽”，足证此时二人关系，已经是抵达了心意相通、全无芥蒂的状态。同时，也可看出黛玉绝非小性之人，否则此处显然免不了一番动怒，口舌相扰。

宝玉诗之不佳，在于近乎一篇螃蟹当如何吃的说明文，情味基本不存。其颈联二句，就是典型的例子。“脐间积冷”，这是说到螃蟹作为食物的特性——性寒，故而才要佐以姜丝黄酒，并且也不宜多食。“指上沾腥”，又写到了吃螃蟹的不易——要双手沾腥才能完成一番享用，可因为对于此味的钟情，即便“沾腥”，也可视同余香，在所不辞。宝玉写得迅捷，出得得意，却显然并非佳作，这正与此前黛玉的一挥而就形成了对比。佳之与否，无关快慢，而关乎才思之深浅，才情之有无。

螯封嫩玉双双满，
壳凸红脂块块香。

黛玉听了宝玉的“取笑”——“你这会子才力已尽，不说不能作了，还贬人家”，也不曾着恼，而是“并不答言，也不思索，提起笔来一挥，已有了一首”。此二句，正是这首诗的颔联。

以“嫩玉”写蟹螯内的嫩肉，以“红脂”写壳内黄赤如膏般的蟹黄，某种意味上，显然都消减了些许食客的馋涎，同时分明提高了食物的格调。这是黛玉的过人处。不过，“双双满”“块块香”却写得太过实在了，且有明显的重复，是以不佳。这也就是为什么黛玉写完，宝玉正看着喝彩，她又“一把撕去，命人烧去”，还笑说：“我的不及你的，我烧了他；你那个狠好，比方才的菊花诗还好，你留着他给人看。”

及不及宝玉有待再议，不过，倒是确实比不上日常所作，所以还是撕去为宜。前人对于自身笔墨的珍重，由黛玉此举，也可看出一二。

多肉更怜卿八足，
助情谁劝我千觞。

此二句是黛玉所写“螃蟹诗”的颈联。此诗所咏为俗物，这如何能够是黛玉擅长的题材？所以写出之后，旋即撕去，这也就是此诗必然遭逢的命运。其实，该诗的首联写得还是可圈可点的，可说是有着别样的格局——“铁甲长戈死未忘，堆盘色相喜先尝。”于一味食材之上，写出了功名之虚妄，那些赫赫威仪，最终也免不了成为“堆盘色相”。笔法老辣，令人叹服。

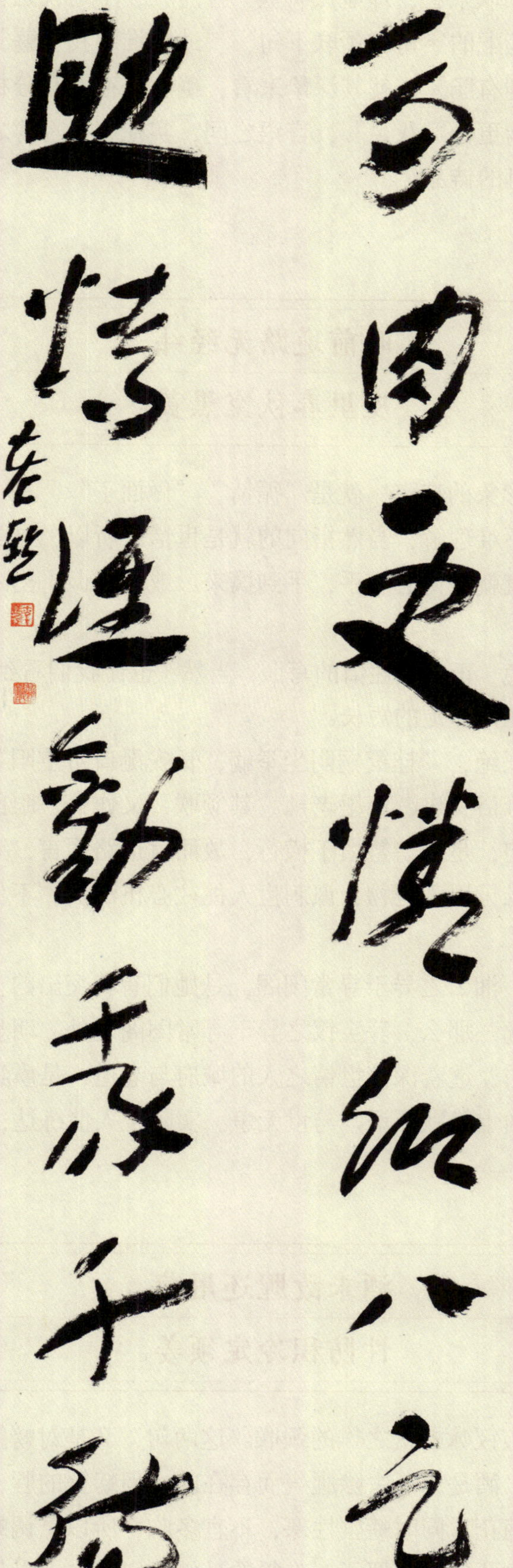

多肉更怜卿八足，助情谁劝我千觞。尺寸：180cm×22cm×2

然而就颔联、颈联来看，却显然有些“拉胯”，不是说乏善可陈，但是却明显没有写出与首联相匹配的字句。颈联下句，“助情谁劝我千觞”，令人思及东坡之句——“痛饮从来别有肠”，就其深挚来看，确实是存有几分相似的。然而，上句却实在不佳。“多肉更怜卿八足”，言语之间，实在有些轻薄之态，与下句明显抵牾，也不是黛玉素日的诗品。

眼前道路无经纬，
皮里春秋空黑黄。

宝钗这一人物形象的特点，就是“循情”“做面子”，是一个老于世道的人。其具体所循之情，不难理解，当然指向的就是世情。所以，这类世俗意味浓郁的题目，对她来说，简直就是得心应手，手到擒来。或嘲或讽，出入世态，都能写得笔挟风雷，老到异常。

宝钗此诗的出色，正是其性情的写照。当然，也让我们看到了她与湘云、黛玉，在诗风上的差异，在诗才上的短长。

诗歌一开篇就很绝，“桂霭桐阴坐举觞，长安涎口盼重阳”，在风雅的情境中直陈老饕的怀抱，雅俗交迸，笔墨老辣。其颔联，又作：“眼前道路无经纬，皮里春秋空黑黄。”上句，是刺螃蟹惯于横行，故而就道路而言，无所谓经纬纵横。下句，又是借蟹壳内唯见黑黄之物，讽刺世人往往心机深沉，不作臧否褒贬，甚至无视是非曲直。

如果说，黛玉、湘云之异于寻常闺阁，是她们有着突出的士子之风，是以远比一般女儿超拔、俊逸，那么，薛宝钗之异于寻常闺阁之处，明显与二者有所区别，她所呈现出来的气质，透着深谙世情之人的城府与老道，是虞集所谓“汉廷老吏”那一类的存在。表面上静默不语、与世无争，实际上人情练达，举重若轻。

酒未敌腥还用菊，
性防积冷定须姜。

这两句诗，是宝钗咏螃蟹之作的颈联。这两句，又是对螃蟹食用法则的一条注解。吃螃蟹要饮酒，酒是为了去除腥气而存在的。但螃蟹的腥，有时连酒都压不下去，所以还要加上菊花。同时螃蟹性寒，不宜多吃，所以烹调螃蟹的时候，也少不了姜的辅佐。单看这两句倒也罢了，难得的是她可以将这么世俗的小事，写得如此

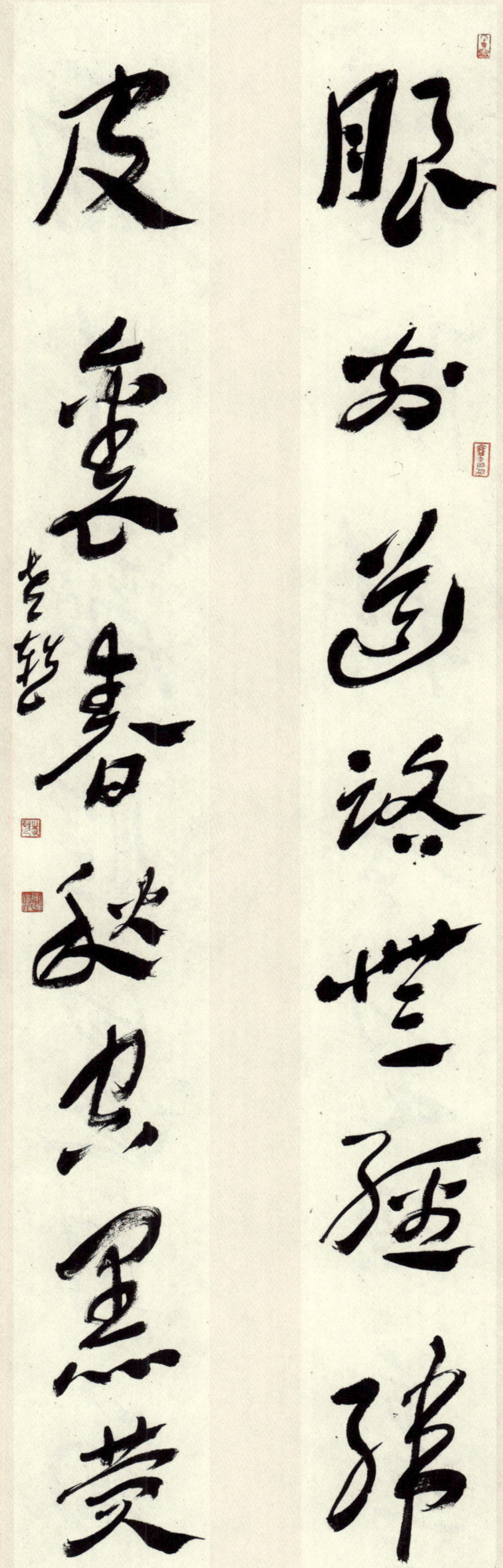

眼前道路无经纬，皮里春秋空黑黄。尺寸：180cm×22cm×2

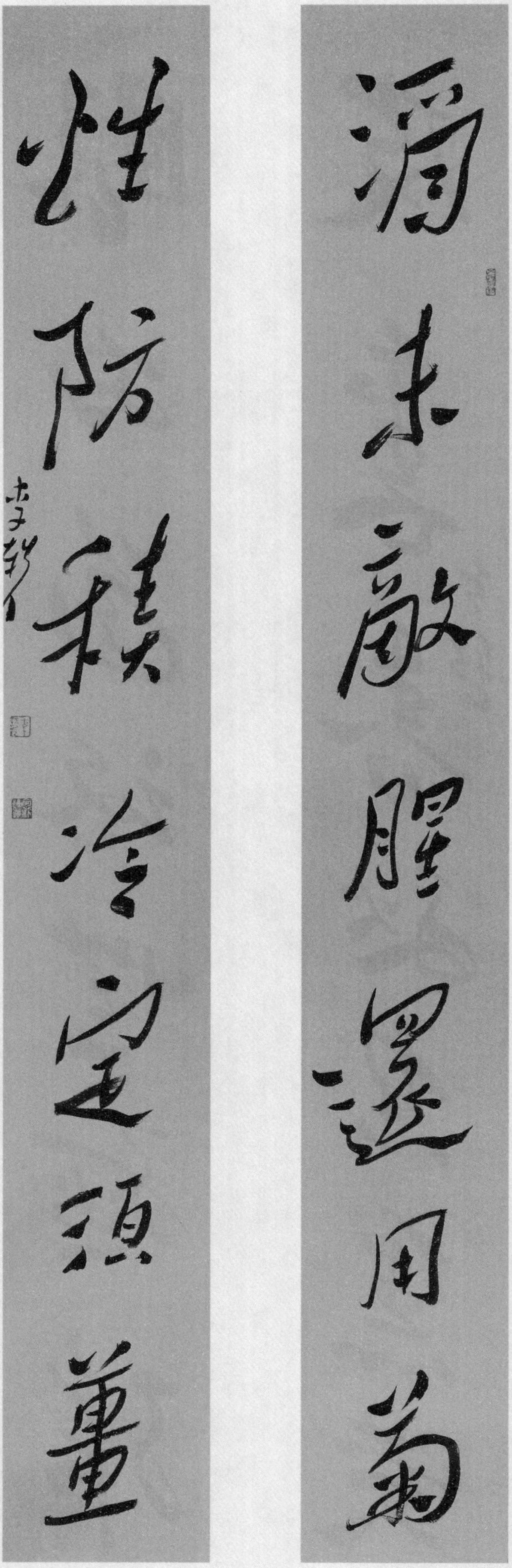

李铁//书 曾莹//文

酒未敌腥还用菊，性防积冷定须姜。尺寸：180cm×24cm×2

章法俨然，不见半分勉强与踌躇。这就是她比黛玉等人擅写此类题目的原因，同时也是表现。论起食物之性，烹煮之法，宝黛二人大概是无从置喙的，而宝钗却可以如数家珍。

此诗尾联也结得余韵悠长。“于今落釜成何益，月浦空余禾黍香”，曾经再如何横行，如今却已落釜成餐，所以说又有何益，不过是一场空幻，一场笑谈。真正寻常的那些过往曾经，无论是月夜水边，还是禾黍之实，此刻已是回首无望，余恨丛生。所以说，临近死亡，再显赫的事迹也无足轻重，拥有生理，再细小的自由也值得珍惜。

此诗一出，众人皆赞：“这是食蟹绝唱。这些小题目，原要寓大意思，才算是大才。只是讽刺世人太毒了些。”

烟霞闲骨格，
泉石野生涯。

此二句，是挂在探春屋里的一副对联。

探春秋爽斋在小说第四十回，才有了第一次正式的登场亮相。这一次亮相，是叫人印象深刻的。作者在写到秋爽斋陈设的时候，一个是极力夸炫其材质的珍贵稀缺，一个，则是极言其大与多，恨不得将其所有全都铺陈出来。

比如那张花梨大理石大案，上面是垒着各种名人法帖，数十方宝砚，各色笔筒，笔海里的笔插得像树林……由此，足见此案不是用来写字的，而是用来陈列“展品”的。墙上所挂，有米襄阳的《烟雨图》，还有这副由颜鲁公所题写的对联，其珍贵程度，一望而知。

有意思的是，《红楼梦》其他地方，写及挂画与对联，甚少提画人书家之名姓，于探春此地，却大书特书。在这样一些刻意的彰显笔墨中，探春对于自己出身的深恶痛绝——倾尽全力地想要挣脱其影响，想要叫人另眼相看，也就不言自明了。

不过话说回来，这一副对联，“烟霞闲骨格，泉石野生涯”，书写的无非是一种对于隐逸山居生涯的向往之情。它更适合出现在那些为官之人的房中，譬如贾政，以此一表归隐之心。出现在探春的闺房，实在是有些不伦不类，有些滑稽了。

——《红楼梦》楹联赏析

——李轶//书 曾莹//文

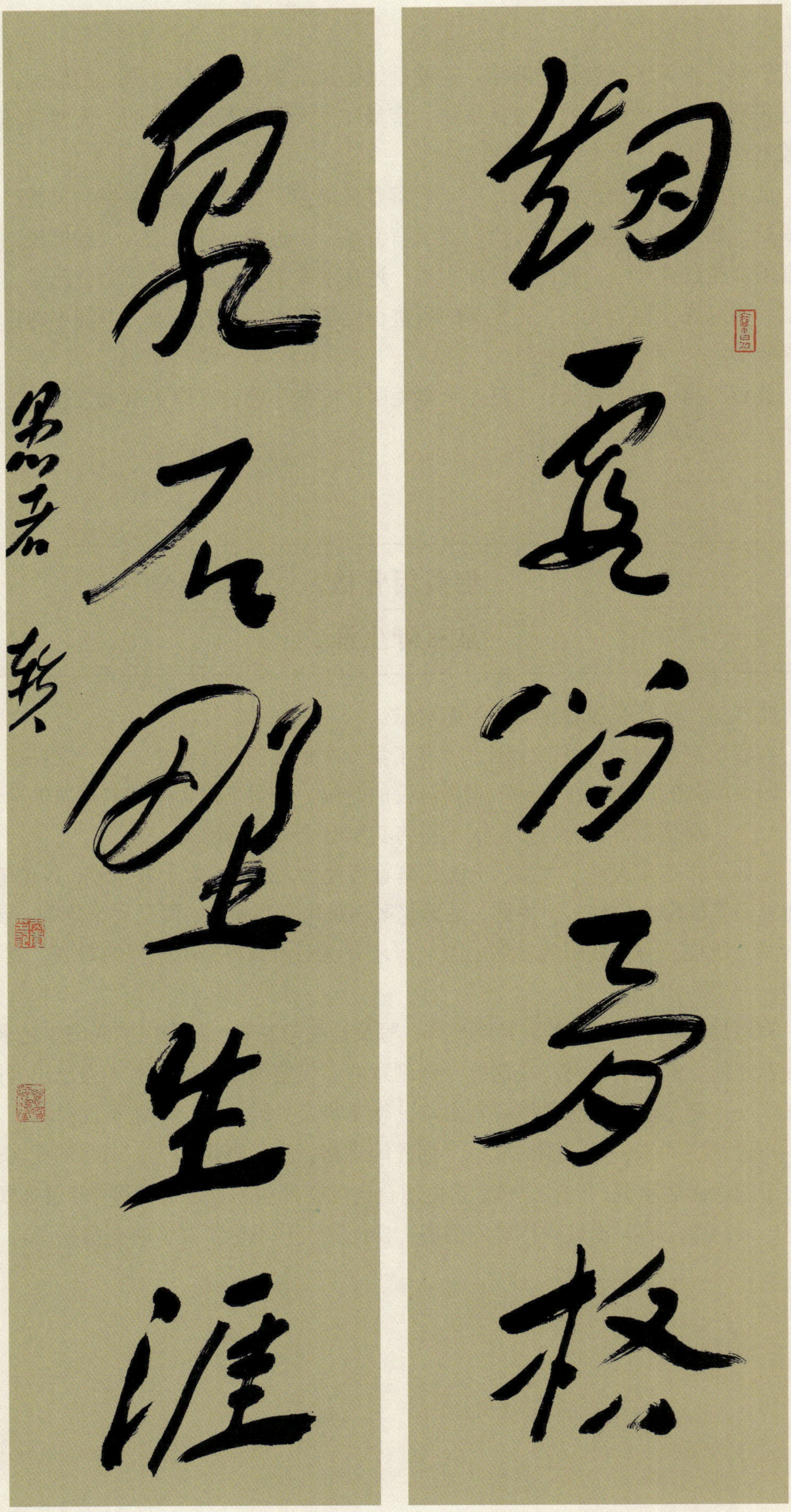

——烟霞闲骨格，泉石野生涯。尺寸：138cm×34.5cm×2

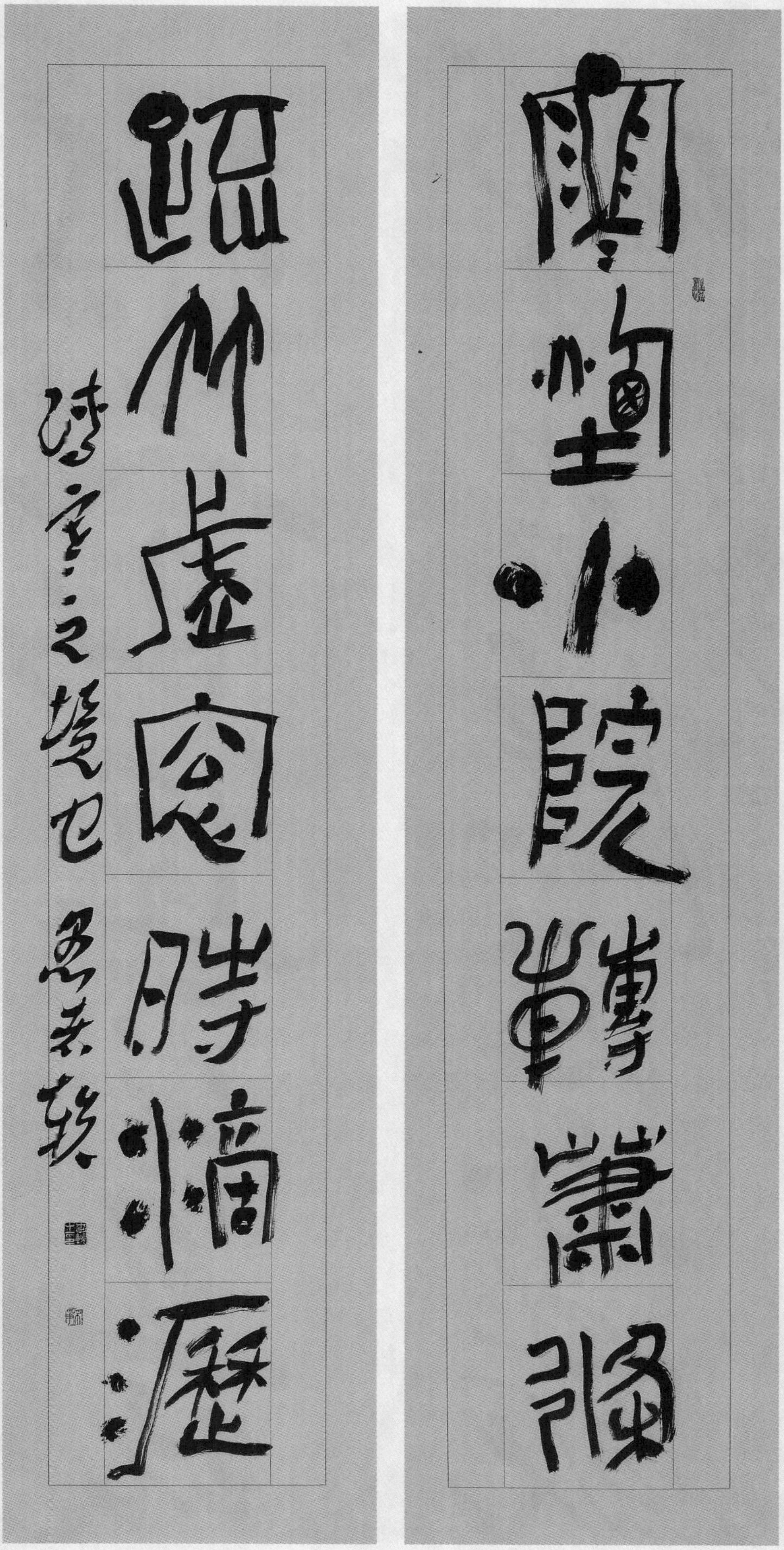

寒烟小院转萧条，疏竹虚窗时滴沥。尺寸：136cm×34cm×2

李轶//书 曾莹//文

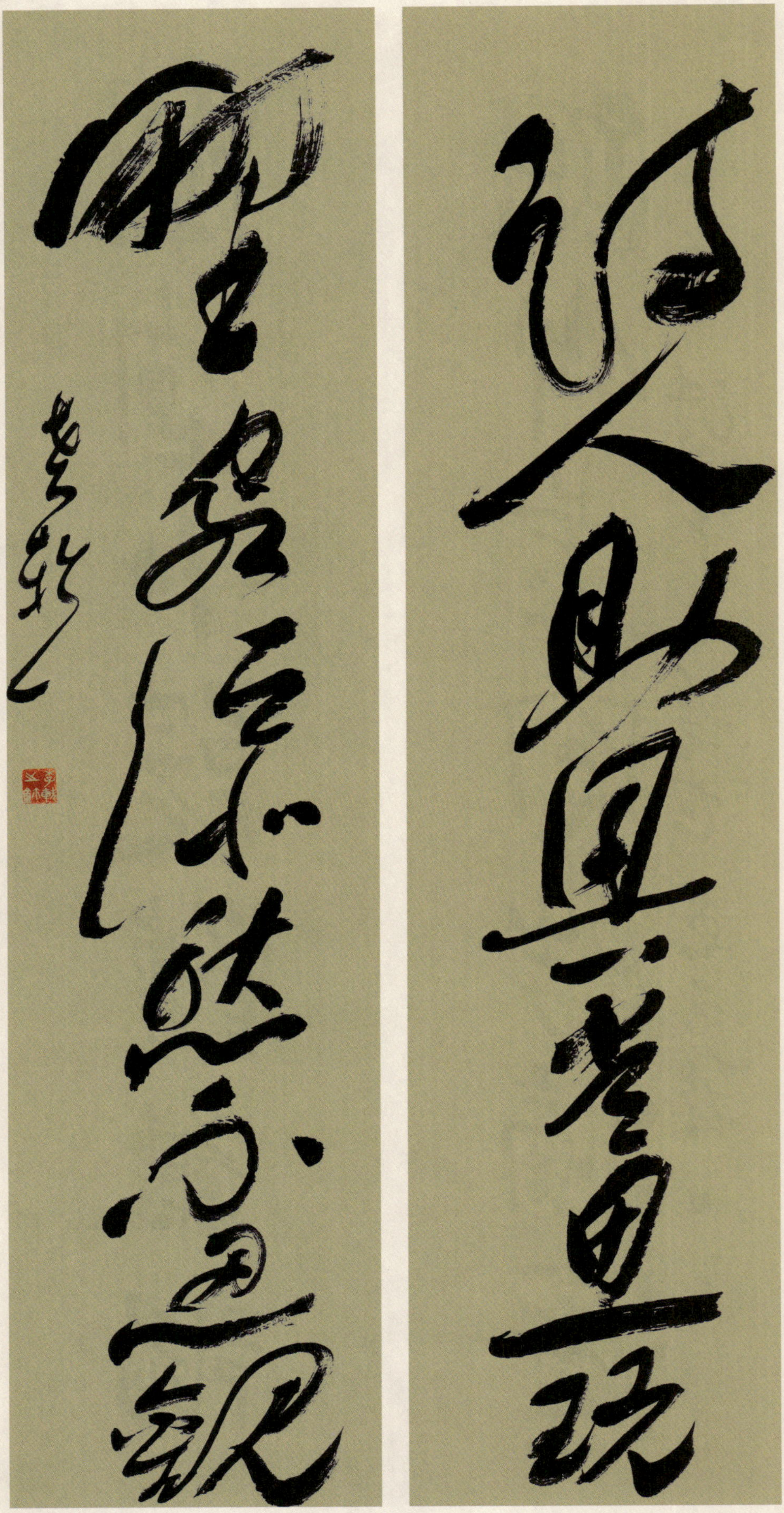

诗人助兴常思玩，野客添愁不忍观。尺寸：138cm×35cm×2。

寒烟小院转萧条，
疏竹虚窗时滴沥。

《红楼梦》第四十五回，题为“金兰契互剖金兰语，风雨夕闷制风雨词”。回目名的下句，所概述的就是一个秋日忽然变天的傍晚，黛玉歪在床上，看着外间“淅淅沥沥下起雨来。秋霖脉脉，阴晴不定，那天渐渐的黄昏，且阴的沉黑，兼着那雨滴竹梢，更觉凄凉”，于是翻了一下《乐府杂稿》，心有所感，生成章句，就有了一首《秋窗风雨夕》。

关于这首诗，按照作者所述，是所谓“《代别离》一首，拟《春江花月夜》之格”，所谓“秋窗风雨夕”，则是其题目。既然是拟《春江花月夜》之格，那摹拟的就是初唐的歌行体写作，自然会呈现出词藻的繁缛、对句的时见，还有鲜明的民歌风调。此二句，正是诗中偶然一见的所谓对句。

“寒烟”一词，屡见于黛玉笔下，往往是和潇湘馆一地有关。此处既云“寒烟小院”，显然就是状摹潇湘馆的相关笔墨。“寒烟”一词，意味深长——一方面，写出了潇湘馆中千百竿翠竹的存在，是以寒翠生烟。另一方面，却也写到了日后此间，人去楼空的那份空漠与萧然。正是某则脂批提及的所谓后文——“寒烟漠漠，落叶萧萧”，令人不忍卒读。此处一句，既是风雨作用下潇湘馆的实景，也是不远的将来，此间将会呈现的状貌特征。“疏竹”亦是点了竹子的存在，滴沥之声，正是雨落竹上的声响，隔窗听来，确实是凄凉倍增。“疏”与“虚”的强调，同样写出了一味无法避免，必将直面的凋零。

诗人助兴常思玩，
野客添愁不忍观。

小说第四十八回，“滥情人情误思游艺，慕雅女雅集苦吟诗”，就是通常说的“香菱学诗”一节。薛蟠离家之后，香菱就搬入蘅芜苑与宝钗作伴，遂生央求：“好姑娘，你趁着这个工夫，教给我作诗罢。”在宝钗笑她“得陇望蜀”之后，又向黛玉笑道：“我这一进来了，也得了空儿，好歹教给我作诗，就是我的造化了！”黛玉的反应与宝钗迥异。她直接说：“既要作诗，你就拜我作师，我虽不通，大略也还教得起你。”之后就布置了题目，让她去咏“昨夜的月”，限了“十四寒”的韵。

香菱写好一首，先拿给宝钗看，宝钗说不好，让她拿诗去给黛玉瞧，不要怕“臊”。此二句，就是这一首诗的颔联。此联对得还算工整，然而却与“月”之一物存有显然的隔膜，以及距离——只是一些寻常惯熟的话，并无动人之处。写诗不宜刻露浅直，这两句恰恰是刻露浅直的典型。

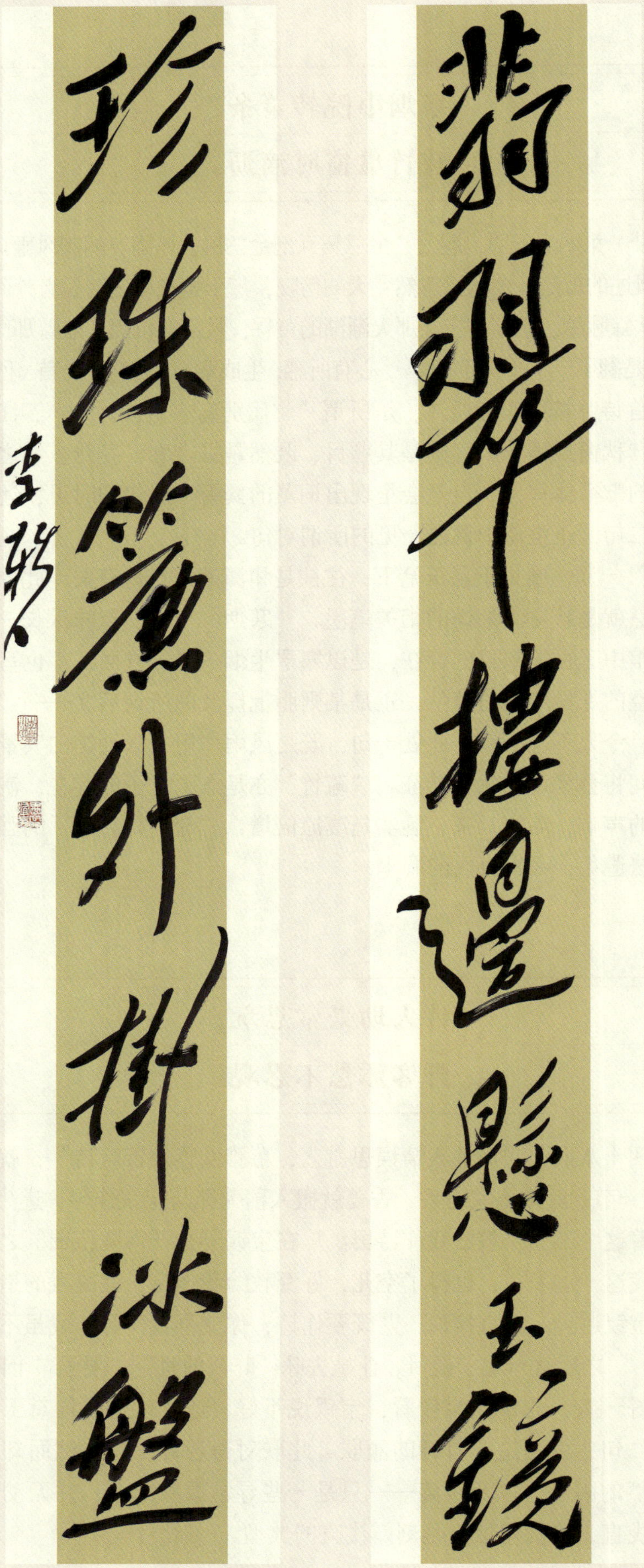

李轶//书　曾莹//文

翡翠楼边悬玉镜，珍珠帘外挂冰盘。尺寸：180cm×32cm×2

翡翠楼边悬玉镜，
珍珠帘外挂冰盘。

香菱入住蘅芜苑之后便思作诗，拜了黛玉为师之后就开始积极地学习起来。先是按照黛玉的吩咐，去读了王维的五言律诗。这之后，确实领略到一些滋味，与黛玉讲论时说：“据我看来，诗的好处，有口里说不出来的意思，想去却是逼真的。有似乎无理的，想去竟是有情有理的。”之后，得了黛玉布置诗题，便开始着手作了起来。

此二句，就是第一首诗的颈联。难为曹雪芹可以摹拟出初初学诗的那份刻意与笨拙。这一联，包括这一首诗，正如黛玉所评：“意思却有，只是措词不雅。皆因你看的诗少，被他缚住了。”

“翡翠楼”与“珍珠帘”，意象上流泻着富贵气象，与月之清辉实在是颇有抵牾。而“玉镜”“冰盘”一类，又是写月亮的套话，用于此处，唯见板滞与俗套。这正是黛玉所谓“措词不雅”。同时两句分明合掌。意象、语词、句式，几项上显露出来的板滞拙陋，这正是黛玉说的，“被他缚住了”。

淡淡梅花香欲染，
丝丝柳带露初干。

写作第二首诗的香菱，让我们看到了一个苦吟诗人的形象。小说写道：“香菱听了，默默的回来，越性连房也不入，只在池边树下，或坐在山石上出神，或蹲在地下抠土，来往的人都诧异。李纨、宝钗、探春、宝玉等听得此信，都远远的站在山坡上瞧看他。只见他皱一回眉，又自己含笑一回。宝钗笑道：‘这个人定要疯了！昨夜嘟嘟哝哝直闹到五更天才睡下，没一顿饭的工夫天就亮了。我就听见他起来了，忙忙碌碌梳了头就找颦儿去。一回来了，呆了一日，作了一首又不好，这会子自然另作呢。’”

另作的这一首，颔联就是这两句：“淡淡梅花香欲染，丝丝柳带露初干。”细说起来，这两句其实和月依然无关。勉强靠一下，也只能说是月光照映下的梅与柳，依然没有做到切题。

李轶//书　曾莹//文

淡淡梅花香欲染，丝丝柳带露初干。尺寸：137.5cm×34cm×2

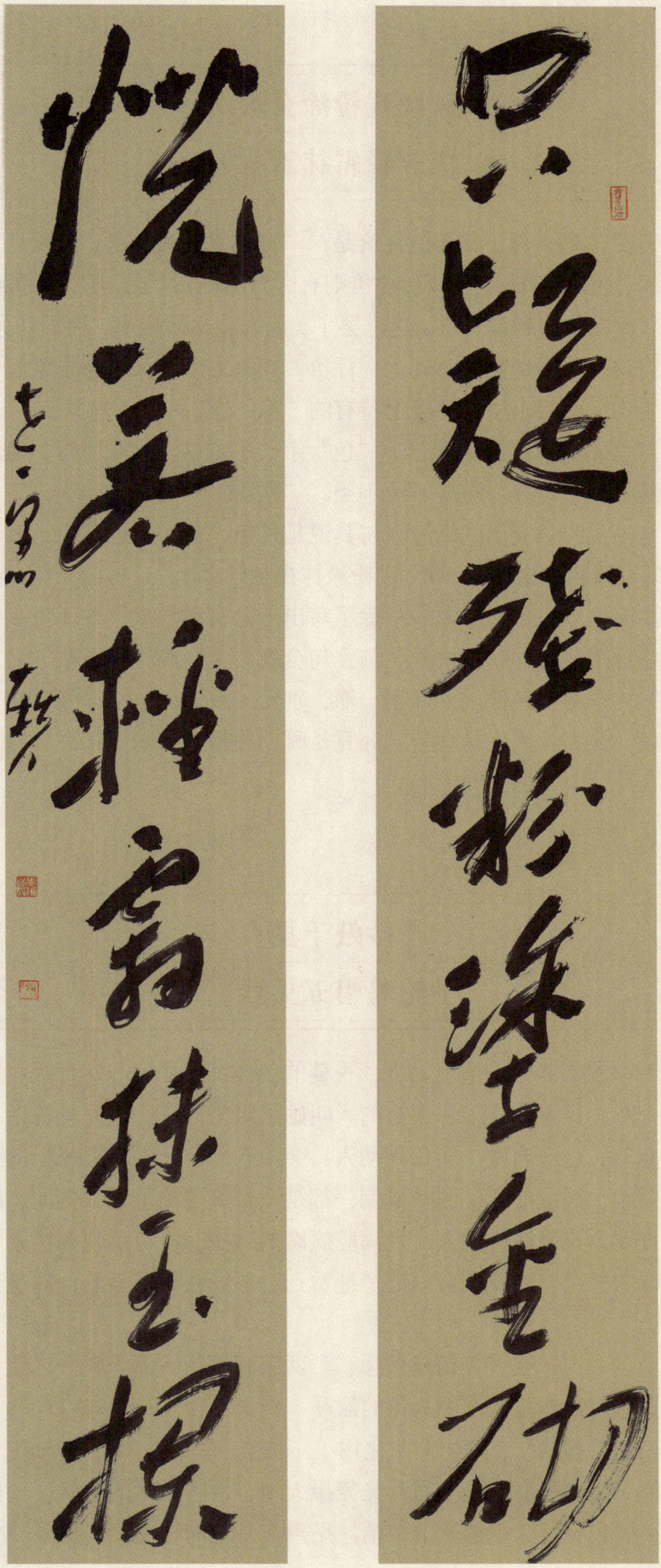

只疑残粉涂金砌，恍若轻霜抹玉栏。尺寸：180cm×31cm×2

只疑残粉涂金砌，恍若轻霜抹玉栏。

对于香菱另作的一首，黛玉的评价是：“自然算难为他了，只是还不好。这一首过于穿凿了，还得另作。”宝钗的评价则有：“不像吟月了，月字底下添一个‘色’字到还使得，你看句句到是月色。这也罢了，原来诗从胡说来，再迟几天就好了。”香菱自己觉得这首写得绝妙，听到上述评价，扫兴之余，又重新思索起来。这份不轻易放弃的姿态，便写出了香菱身上特有的“痴”性。

前之颔联虽不见得能够缀上一个“色”字，不过这一颈联所写，显然就是月色无疑。然而这月色，却多少有些不伦不类。“残粉”“金砌”一出，完全消解了月色之清，丝毫不见月色突出的皓皎。与其说是月色，其实更近日色，或者霞色。

试看“只疑残粉涂金砌”一句。残粉涂抹在金砌之上，这样的光色，除了与“清”无涉，还多少有些令人难以想象——除了写出一分富丽堂皇，并无更多的意蕴。至于“恍若轻霜抹玉栏”一句，则分明与上句合掌。“金砌”“玉栏”之点染富贵，“涂”“抹”之形容月色照临，如出一辙，别无二致。同时“涂”“抹”二字，用得也并不贴切，实在让人无从想象这究竟是哪一种特殊的映照状态。黛玉所言“穿凿”，大概在此。

一片砧敲千里白，半轮鸡唱五更残。

在另作一首依然不佳的情况之下，香菱的创作沉迷程度开始升级。先是“挖心搜胆，耳不旁听，目不别视”，旁边的人叫她“闲闲罢”，她立马答话，“‘闲’字是十五删的”，这份疯魔，实在是动人。会叫人想起《西厢记》里的张生，《牡丹亭》里的丽娘，因爱成狂，因梦成痴，都是一份疯魔的呈现。然而，能疯魔者，方具深情。香菱，正是这样的人。她满腔疯魔的劲头，没有反映在情爱关系上，却全然显露于诗歌之上，令我们可以清楚地看到，那嵌在骨子里的，对于美好的无尽渴求与向往。

皇天不负苦心人，在香菱镇日苦思，“两眼鳏鳏”，终于睡去之后，在梦中忽然有了八句。这两句，正是梦中八句的颔联。

“一片砧敲千里白”，是句分明化用了“长安一片月，万户捣衣声”。“一片”数语，用得清逸而蕴藉。既是实写月光笼摄大地，清辉无尽的情状，也似从古老的诗句中走来，挟裹着悠久也隽永的诗情。砧声与月色的相傍，写出了一些情味的亘

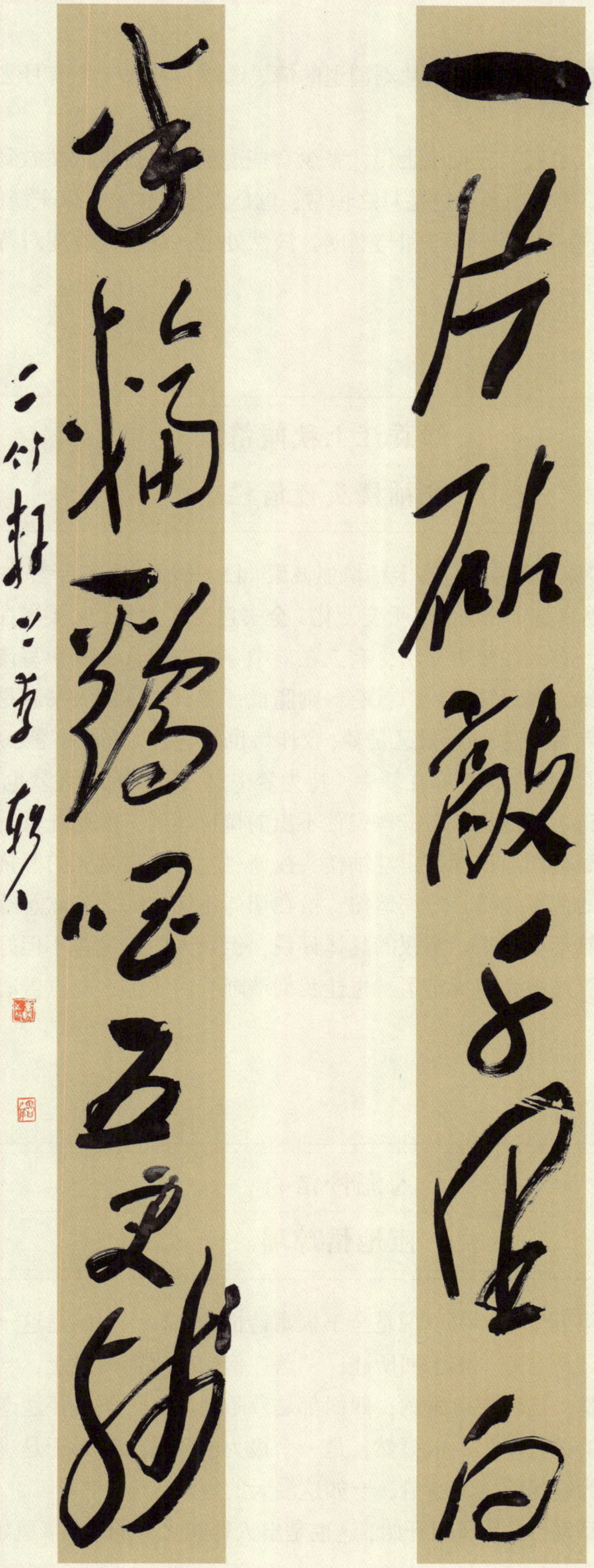

一片砧敲千里白，半轮鸡唱五更残。尺寸：180cm×32cm×2

古如一。那些不曾因世事更迭而片刻消退的情思缱绻，在每一个有月亮的夜，都明亮地嚣喧着。

“半轮鸡唱五更残”，相比上句，多少有些逊色，不过也依然做到了切题，写出了月落的到来。有升有落，这是月之恒常，也是人生之恒常。以平淡的语句出之，其实就写出了怀抱间的那一份平和与豁朗。淡然处之，这正是香菱对待自己命运的惯常态度。

绿蓑江上秋闻笛，
红袖楼头夜倚栏。

小说写道，“原来香菱苦志学诗，精血诚聚，日间做不出，忽于梦中得了八句”。《红楼梦》的笔墨真是千奇百怪，千变万化。全书已是一大梦，又屡屡在梦中书梦。有人在梦中听曲，有人在梦中分别，有人在梦中夺锦，有人在梦中写诗。所以讲述了香菱“梦中作诗说梦话”之后，就有一则脂批评曰：“一部大书起是梦，宝玉情是梦，贾瑞淫是梦，秦氏家计长策又是梦，今作诗也是梦，一并风月鉴亦从梦中所有，故曰‘红楼梦’也。余今批评亦在梦中，特为梦中这人特作此一大梦也。脂砚斋。”

梦中所得之诗，显然也有着一些说他不出的惝恍迷离。像是此诗的颈联，就是典型的例子。“绿蓑江上秋闻笛，红袖楼头夜倚栏”，这是月光的照拂所及，又是与月光相映成趣的情思缕缕。遣词造句，恰在切与不切之间，诗歌意蕴，则在拘泥与灵动之间。虽然不见黛玉、宝钗的具体评说，但众人的“这首不但好，而且新巧有意趣”，已经算是极大的肯定了，也让我们清晰看到了那么一点苦心，所能锻铸的奇迹。

入泥怜洁白，
匝地惜琼瑶。

《红楼梦》第五十回，可以说是全书极富诗情的一回，写的是这一众女儿在芦雪庵的即景联诗。芦雪庵，依上回所述，“盖在傍山临水河滩之上，一带几间，茅檐土壁，槿篱竹牖，推窗便可垂钓，四面都是芦苇掩覆，一条去径逶迤穿芦度苇过去，便是藕香榭的竹桥了”，很显然，是一个极为清雅的所在。于是这个所在，也就带出了全书最为纷扬的一笔诗情，一如这漫天的雪意。

这一番联诗活动，是从凤姐开始，这也是出人料想之外的写法。凤姐的一句“一

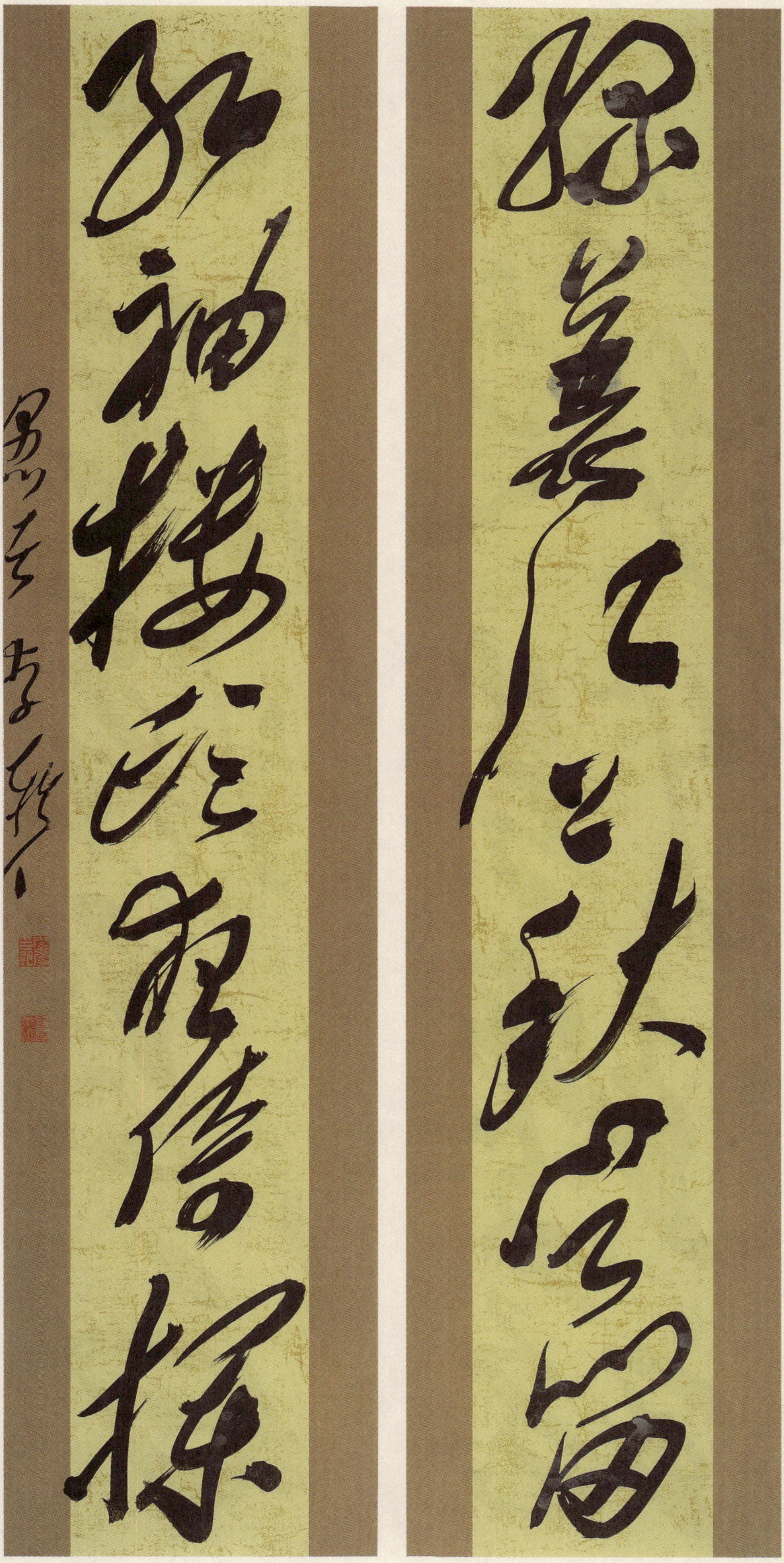

绿蓑江上秋闻笛，红袖楼头夜倚栏。尺寸：136cm×34cm×2

李轶//书 曾莹//文

入泥怜洁白，匝地惜琼瑶。尺寸：132cm×33cm×2

夜北风紧”，虽然俗俚，却并非不文，某种程度上，还宕开了空间，圈出了一片雪的世界，任君自由发挥。

凤姐之后，是李纨，对了“开门雪尚飘”后，又出“入泥怜洁白”，香菱对之以“匝地惜琼瑶”。李纨的句子，分明有着雪以外的意蕴——对于所有不幸陷落在肮脏中的洁白命运，都表达了格外的怜惜。香菱的对句，则充分写出了联句者初初习诗，那份运笔的谨慎与稚拙。此二句，写雪景，只能说平淡得紧。不过，在联句中，有参差错落，才算是高低有致，各具性情，也才会好看得紧。

有意荣枯草，
无心饰萎苕。

“有意荣枯草”，是香菱的出句。荣，此处当作润泽来讲。纷扬之雪落下，对于遍地的枯草而言，带来的是生机而非厄运。因为落雪有意，在于润泽，进而令到枯萎的草色再度返青。显然于香菱眼中，这大雪是有情的存在。“无心饰萎苕”，这是探春的对句。苕，就是苇花。既然是在“芦雪庵”，出现“苇花”，这才是题中应有之义。这样写来，方是真正的即景。“萎苕”，枯萎的苇花。则探春之句，所写即落雪无心去粉饰太平，它的落下，不是为了掩盖苇花的枯萎。这一句，也很见探春性情——总是锋利爽朗的，一如秋冬的风色。

价高村酿熟，
年稔府粱饶。

几笔雪意过后，联句的人们又把目光投向了村居人情。虽然这样的生活，距离她们是遥远的，但是却并不妨害那些想象的发生。探春的出句，是“价高村酿熟”。字句虽不难解，但有意思的是，探春的关注点总是在诗意以外的这些世俗情态。就像这一句所写，就是因为下雪天气而带来的酒价升高。

出句来自李绮。从名字就能知道，她是李纨的妹妹。香菱终于写出一首新巧有意趣的诗之后，家里也来了好些姑娘奶奶们，一时间热闹无比。诗社有了新添的成员，相关活动也有了新的展开可能。于是，我们就看到了这一场发生在冰天雪地的即景联诗。

李绮的出句，稔字需要解释一下。所谓稔，指的是庄稼成熟，年稔，指的就是这是一个丰收年。所以“府粱饶”与“年稔”，其实是一个意思。

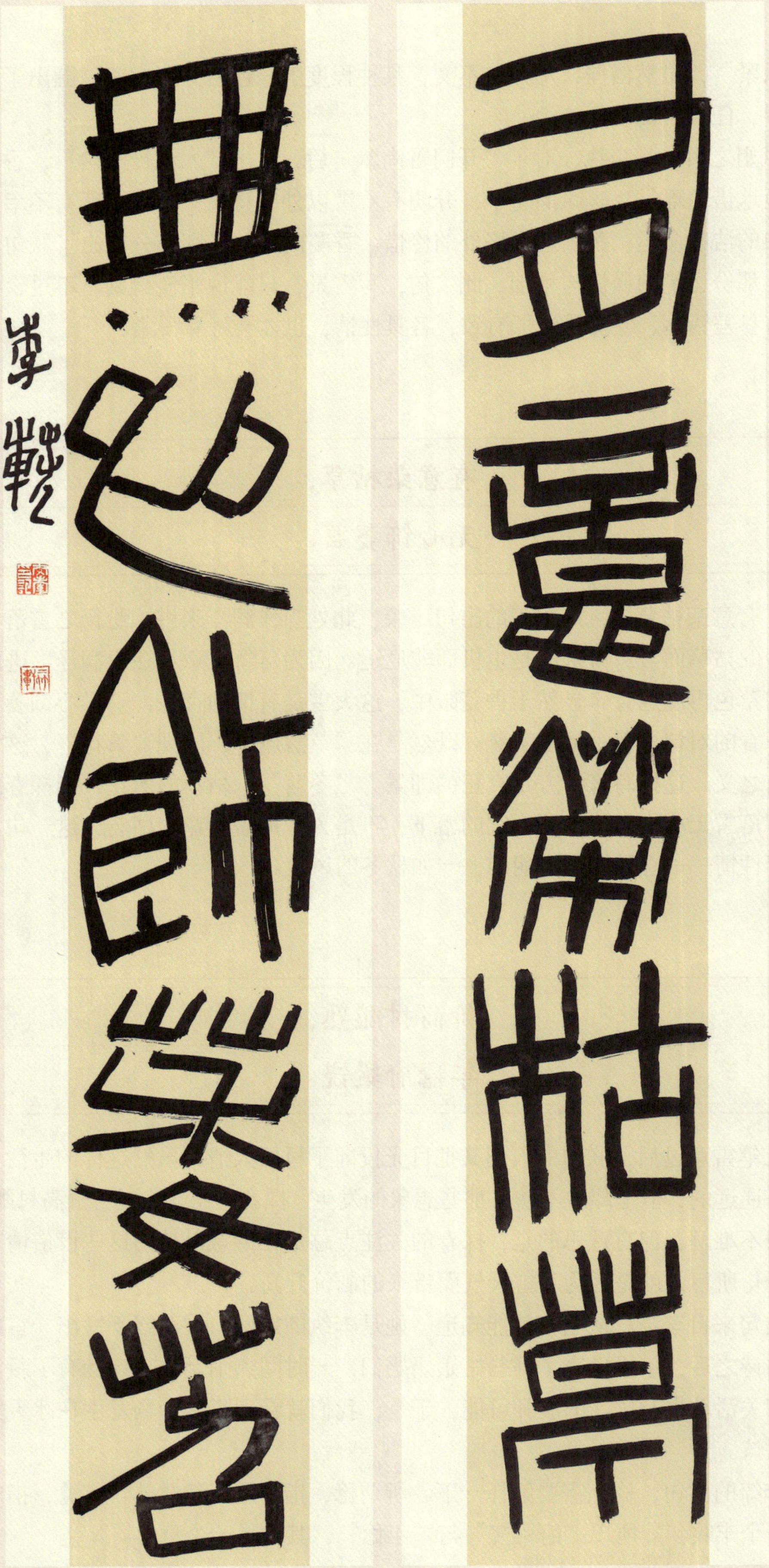

李轶//书　曾莹//文

有意荣枯草，无心饰萎苕。尺寸：138cm×35cm×2

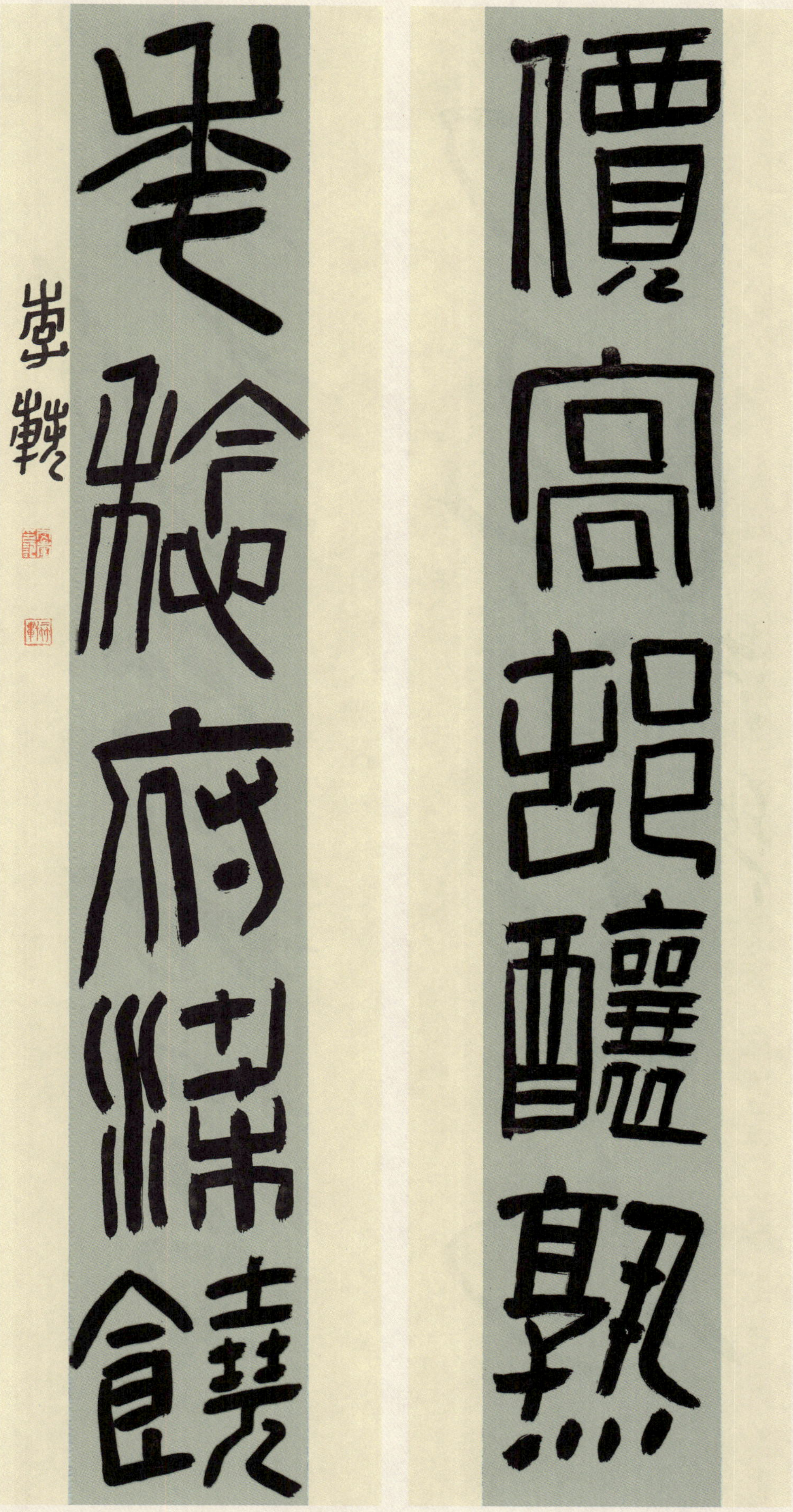

价高村酿熟，年稔府梁饶。尺寸：138cm×35cm×2

李轶//书 曾莹//文

葭动灰飞管，阳回斗转杓。尺寸：137.5cm×34cm×2

葭动灰飞管，
阳回斗转杓。

所谓“灰飞管”，是古代预测节气变化的一种方法。其实就是将芦苇茎里的薄膜烧制成灰，放进十二乐律的铜管中。这个铜管通常放在密室的特制木案上，到某个特定的节气，特定铜管内的芦灰就会飞出。这就是出句“葭动灰飞管”的意思。当然，这也是为了突出此间遍地的芦苇。不过，这一句写得实在太实，并无更多的诗情。

下句中的“杓”，指的是北斗七星中的第五、六、七颗星，通常又被很形象地称作“斗柄”。“阳回”的意思，当然是阳气回复，“阳回”一语，强调的时间就是已到冬至，所谓“冬至阳生春又来”（杜甫诗）是也。下句是李纹所对。二者都是李纨寡婶的女儿，李纹为长，李绮为幼。

寒山已失翠，
冻浦不闻潮。

李纹的出句，是“寒山已失翠”，这个不过是有关落雪景象的惯常描写。白雪覆盖之下，山峦自然不复往日的苍翠。对句来自邢岫烟。“冻浦不闻潮”，一方面是实写，毕竟芦雪庵是建在这傍山临水的河滩之上，另一方面也有几分夸张和变形——这园子里的河滩，应当是谈不上什么潮汐、潮声的，无论什么样的天气。

邢岫烟，是邢夫人的侄女，按照凤姐的冷眼“战掇”，此人“竟不像邢夫人及他的父母一样，却是温厚可疼的人”。邢岫烟的诗，按她自己所陈，是跟妙玉学的，因而和李纹等人相比，似乎也更觉清嘉自如。

易挂疏枝柳，
难堆破叶蕉。

所谓“易挂疏枝柳”，描写的应当是落雪天寒，柳树上容易挂满冰雪的景象。这是邢岫烟的出句。应和她这一句的，是史湘云。史湘云所对的句子，是“难堆破叶蕉”。相对于冬季柳枝的易留冰雪，叶子已然破败的芭蕉，却是难于积雪的。芭蕉在《红楼梦》这部小说当中，是一个较为独特的意象。它出现在怡红院中，是“快

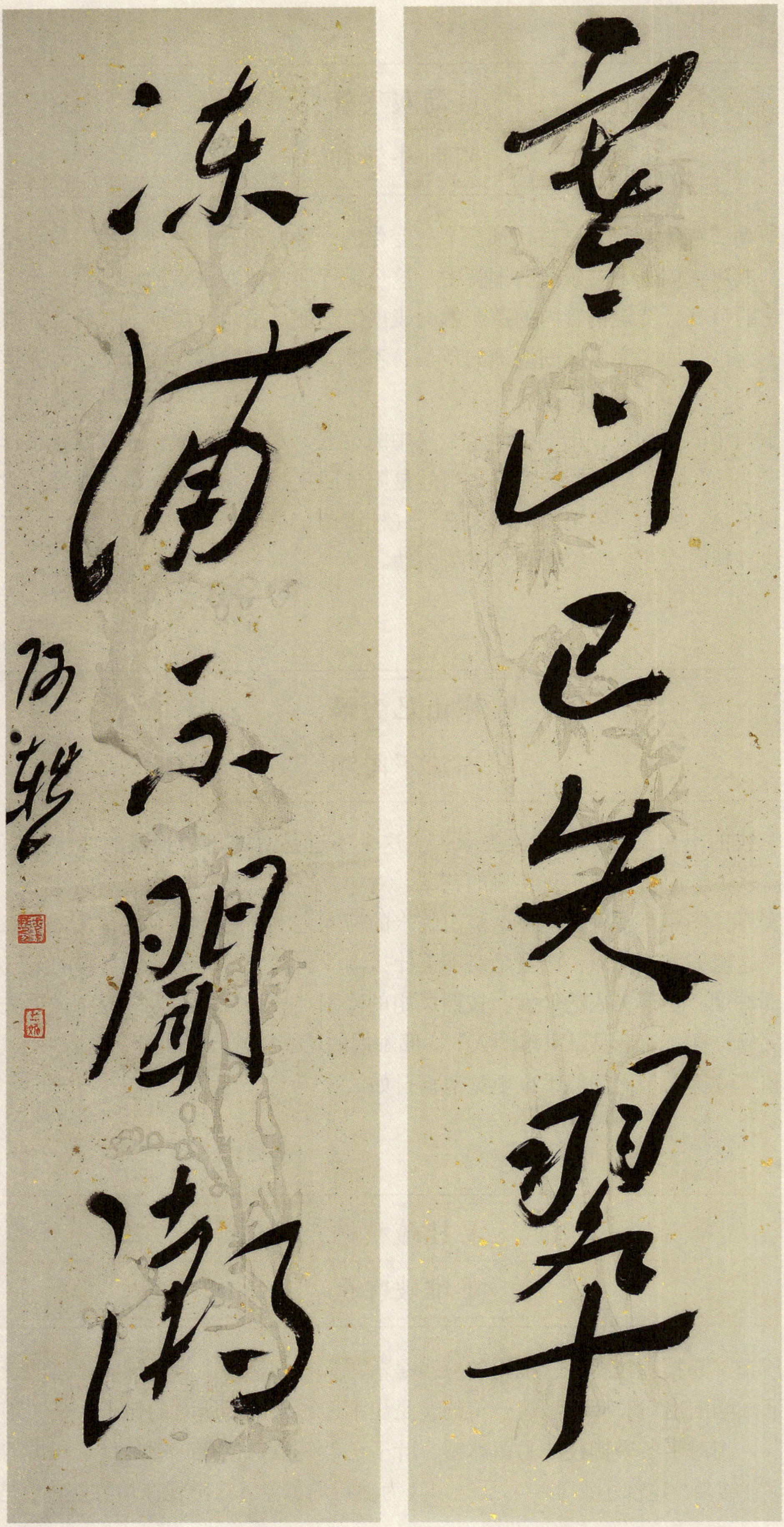

李轶//书 曾莹//文

寒山已失翠，冻浦不闻潮。尺寸：132cm×33cm×2

易挂疏枝柳，难堆破叶蕉。尺寸：138cm×34.5cm×2

绿”的来源。同时它也种在潇湘馆内，是大树梨花兼着芭蕉。那句著名的“绿蜡春犹卷”，所题写的正是潇湘馆内的芭蕉。

下雪时的即景联诗，恰恰写到了与这季节和景致有些抵牾的柳树与芭蕉——柳树应该是典型的春日树木，芭蕉则有着明确的炎夏特征，这实在是不免令人有些诧异的。

一般情况下，芭蕉若在雪里出现，大概都会指向王维的那幅“雪中芭蕉”图，可谓正是冰天雪地的一抹青绿，是天寒地冻间一笔诗意的凝萃。此处之芭蕉，则显然不是。破叶一语，写出凋萧。破叶之难积冰雪，分明也没有更多的诗意可言。不过，邢岫烟称“易挂”，史湘云作“难堆”，某种程度上，却又好像预示着她们在日后可能有的命运安排。

麝煤融宝鼎，
绮袖笼金貂。

湘云的出句，是“麝煤融宝鼎”。天寒地冻，故而需要有许多的装备，以保证足够的暖意，以及生活的惬意。所谓“麝煤”，就是香煤，“宝鼎”，大概是鼎形的火炉。在火炉中点上香煤，取暖之外，还可以有熏香之用，实可谓一举两得。

“绮袖”一语，强调了袖上花纹的精美绝伦，配以金貂，更显华贵。这一对句来自宝琴。薛蝌是薛蟠的从弟，宝琴是薛蝌的亲妹，此番进京，则是为了履行当年的婚约，嫁与梅翰林之子。一时人物荟萃大观园，宝玉之欣喜可知。是以在他口中，唯见赞叹：“谁知宝姐姐的亲哥哥是那个样子，他这叔伯兄弟形容举止另是一样了，到像是宝姐姐的同胞弟兄似的。更奇在你们成日家只说宝姐姐是个绝色的人物，你们如今瞧瞧他这妹子，更有大嫂子的两个妹子，我竟形容不出了。”

因为是宝钗的妹妹，宝琴又被称作薛小妹。她的诗作，有着很分明的富贵气象。无论是遣词造句，还是那些奇闻胜景，巨贾之家的特色，可谓无从掩抑。

光夺窗前镜，
香粘壁上椒。

“光夺窗前镜”一句出自宝琴。有的版本“夺”字作“守”，显然欠通。其实此句写出的，是莹然雪色。那份皎洁夺目，似乎堪比窗前的镜子。“夺”字，所形容的就是不相上下、堪与争辉的那份光色。

和宝琴联句的，是黛玉。所谓“壁上椒”，显然是用了典。史载汉代后妃所住

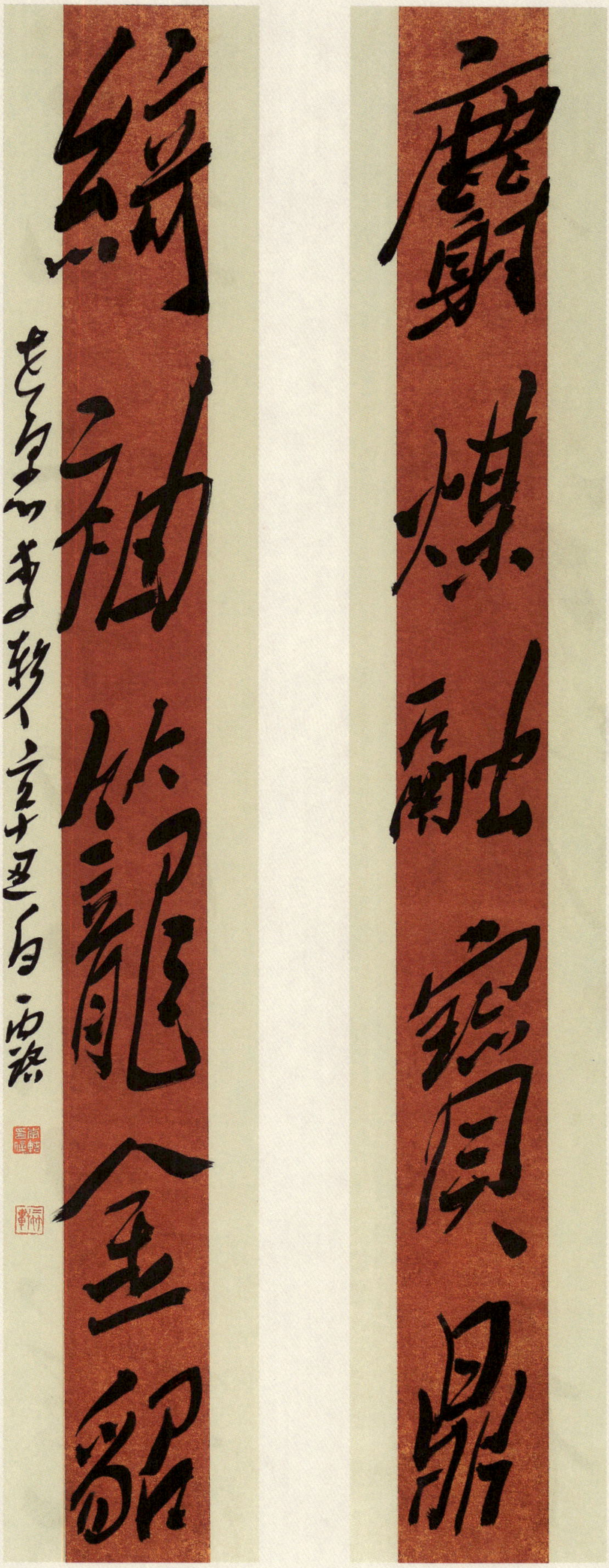

麝煤融宝鼎，绮袖笼金貂。尺寸：136cm×23cm×2

——《红楼梦》楹联赏析

—李轶//书 曾莹//文

—光夺窗前镜，香粘壁上椒。尺寸：138cm×34cm×2

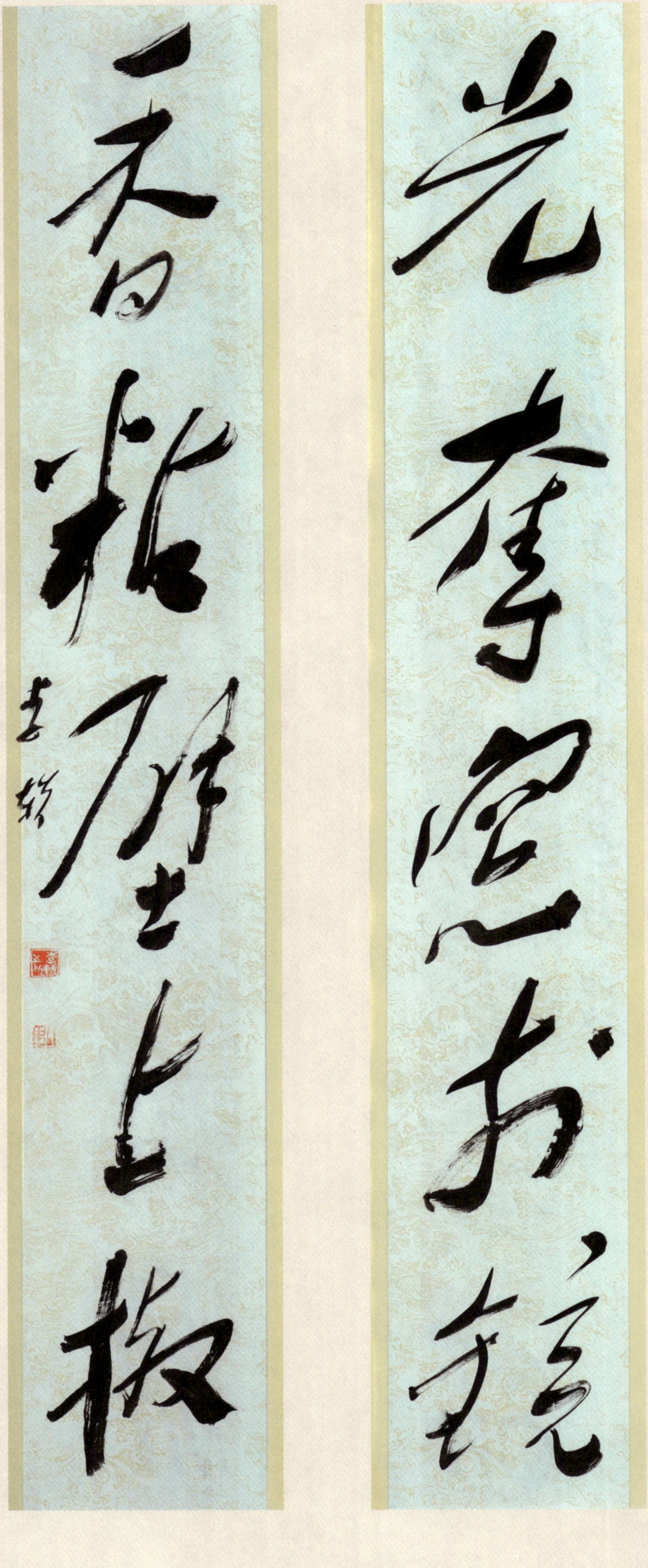

小紅

《清改琦红楼梦人物图册》

的宫室，其墙壁是椒和泥涂成，是以有特殊的芬芳，称椒房。黛玉此处，是用椒房之典，形容眼前纷纷扬扬的大雪——其不但有光色，在飘飞的过程中，也仿佛是有香气的存在。大概，是粘到了壁上的椒泥吧。

很显然，宝琴平淡，而黛玉奇诡。黛玉的字句，总是曲折玲珑，叫人唯有叹息。

斜风仍故故，

清梦转聊聊。

黛玉的出句，写作“斜风仍故故”。“故故”，即阵阵之谓也。此句不及上一句刁钻，却于平易中，充满了情味。雪落不停，风也未静。这样一阵接着一阵不曾歇止的吹拂，是风与雪的相依相傍，带出了许多的缠绵和依恋之意。其实从“斜风”开始，风中就含情。“仍”之一字，更道出了因为不变而生发的些许欣然。

“清梦转聊聊”，是宝玉之对。明显有些勉强。同时也未能接续上黛玉字句中的情思宛转，实在有些为对而对的嫌疑。

何处梅花笛，

谁家碧玉箫？

宝玉接着吟道：“何处梅花笛？”这一句也是有些套话的嫌疑。梅花笛，当然指的是吹奏《落梅风》曲调的笛声。《落梅风》是著名的笛曲，很多诗歌都曾写到此曲与笛声的紧密。宝钗紧跟着则有：“谁家碧玉箫？”所谓“碧玉箫”，即如“梅花笛”，指的是吹奏《碧玉歌》的箫声。而《碧玉歌》，乃是著名的乐府吴声歌曲。

此二句一出，易知众人之赏雪联句，绝非苦中作乐，一派清寂。不说声乐大作，也起码是有吹声在侧，管弦相伴，有着许多的清贵气象，闲适而安逸。

鳌愁坤轴陷，

龙斗阵云销。

“鳌愁坤轴陷”，此句出自宝钗。虽然所用之典是所谓“熟典”，但是惯会做翻案文章的宝钗，还是将此典故用得颇有些新警奇诡。这一典故，与女娲补天是相

李轶//书 曾莹//文

斜风仍故故，清梦转聊聊。尺寸：136cm×23cm×2

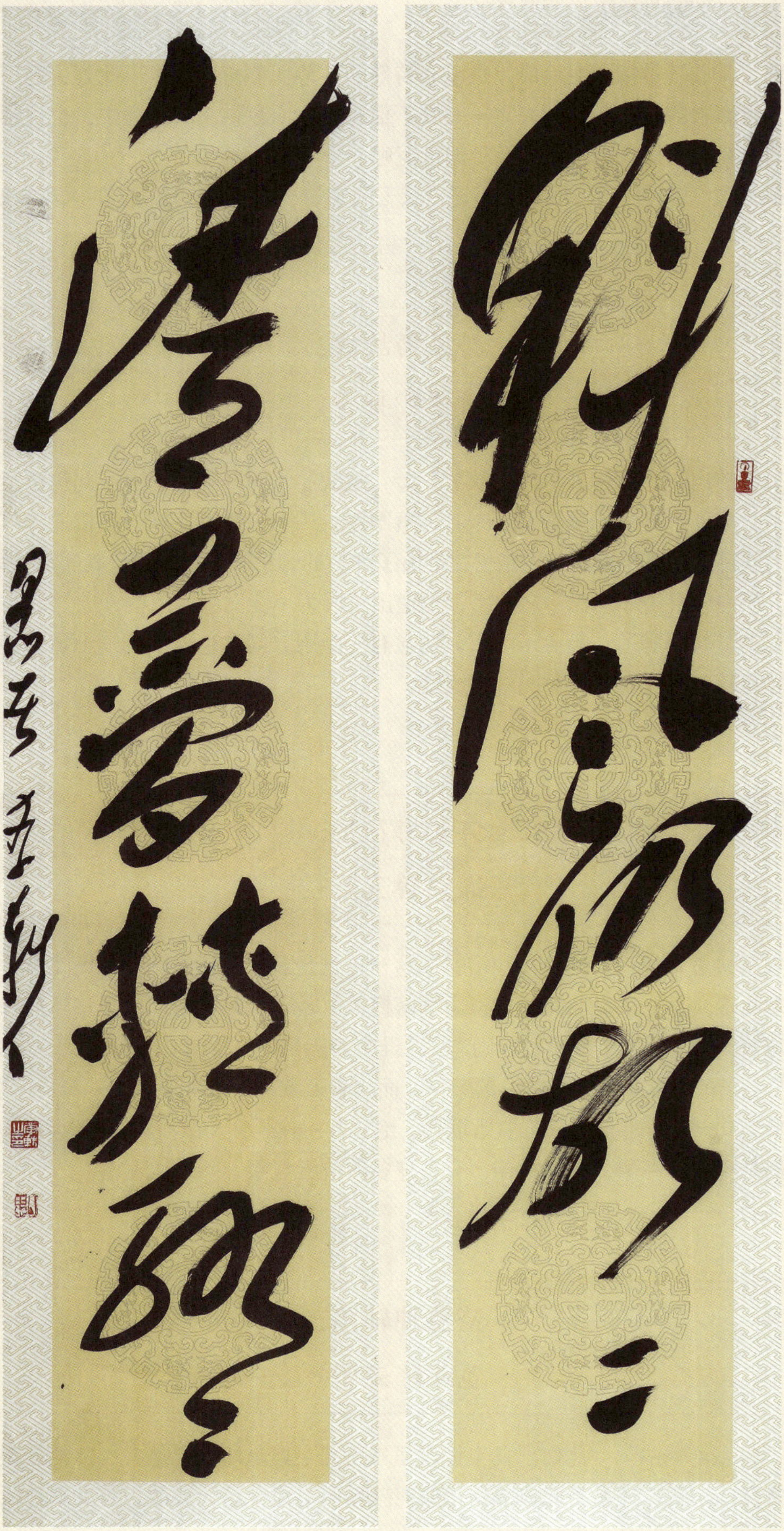

何处梅花笛，谁家碧玉箫？尺寸：136cm×23cm×2

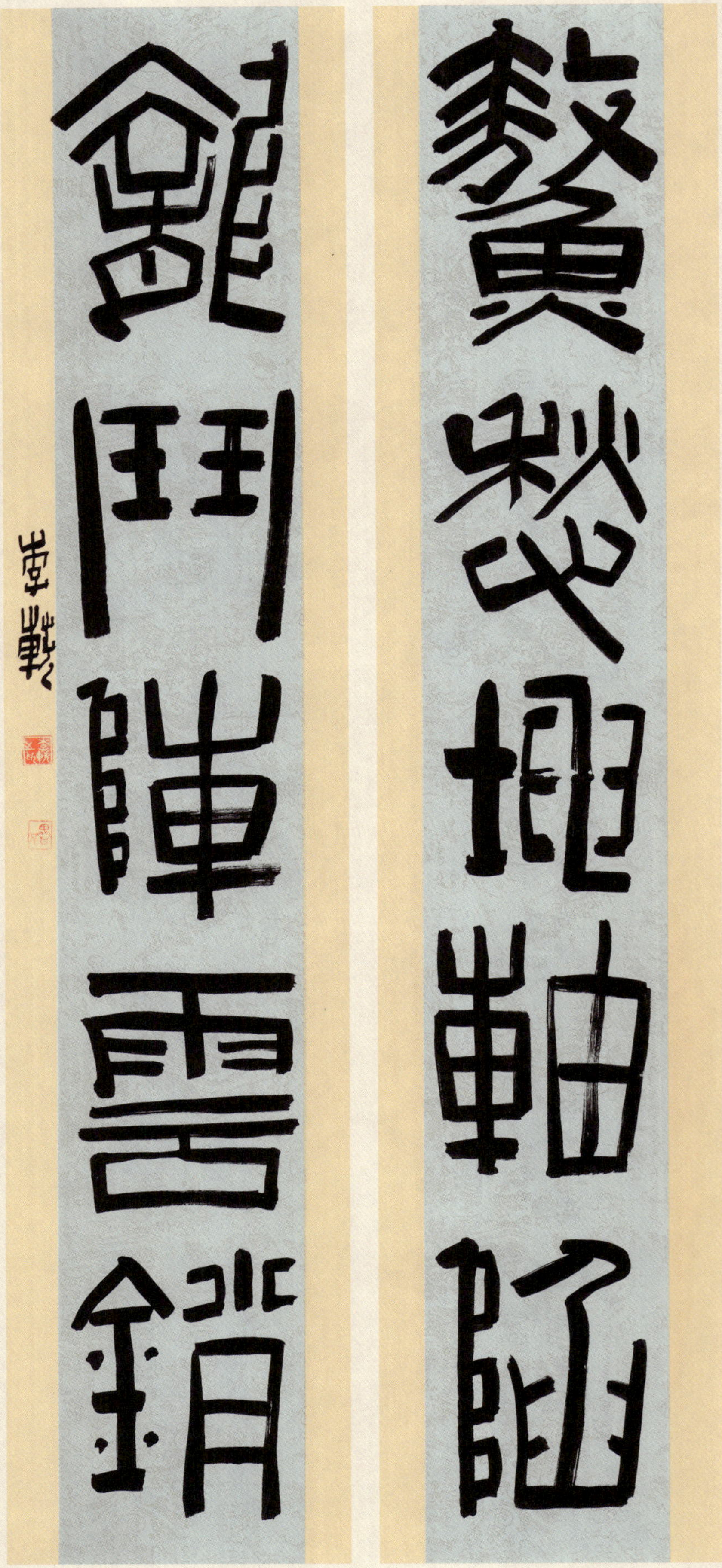

李轶//书 曾莹//文

鳌愁坤轴陷，龙斗阵云销。尺寸：180cm×34cm×2

关的。《淮南子》记载了女娲炼五色石补天，同时断了鳌足作为四极的支撑。补天的故事，在小说开篇即已出现，在全书都可算作是个引子。此处鳌足的再现，多少就有些呼应的意味。此处是用夸张的笔法，形容落雪之大，几乎令到坤轴崩折，巨鳌生愁。

“龙斗阵云销”一句，果然不愧为湘云手笔。此时宝钗本来命宝琴续联，大概因为自己出句奇诡，宝琴对出，更能显其不俗。结果湘云当仁不让，站起来就径直对上此句。此句是对一些咏雪诗句的化用。宋人张元之咏雪，有“战倒玉龙三百万，败鳞残甲满天飞”，元人张可久化用此句，即有：“冻河堤上，玉龙战倒，百万愁鳞。”（《人月圆 · 开吴淞江遇雪》）“龙斗”之出处可知。阵云，则是指战场上的烟云。唐人高适就写过“青海阵云匝，黑山兵气冲”。此处称阵云已销，又紧跟着“龙斗”而言，所道出的，应该就是雪霁天青的状态。

野岸回孤棹，吟鞭指灞桥。

“野岸回孤棹”一句，也是湘云的手笔。此句写得也可谓越出群伦。“野岸”一出，空旷苍茫之意顿见。“野岸”与“孤棹”的搭配，则令到这一派空旷苍茫更显孤绝凄清，顿时寒意漫生，满纸料峭。着一“回”字，却又增设了不少情味，仿佛总有相傍，总有依归。这里，仿佛还隐了王子猷雪夜访戴的故事。那份“乘兴而来，兴尽而返”的风神，总是满天飞雪中最动人的一笔。

相比之下，宝琴的对句就实在平庸太多。“吟鞭”“灞桥”，显然是句套话，大概会与“诗思在灞桥风雪中驴子上”有些关涉，所写无非是雪中行吟的那点逸趣和清癯的诗兴。

不过，从此处开始，湘云与众人就呈现出一种“争联”的局面。尤其是湘云与宝琴、宝钗、黛玉之间，就好似《三国演义》中写到三英战吕布一般。轮番上阵，煞是好看。湘云之敏捷、真率，众女儿间的亲密鲜活，都仿佛尽在眼前。

赐裘怜抚戍，加絮念征徭。

“赐裘怜抚戍”，是宝琴的出句。所用之事，是宋太祖故事。乾德二年，冬暮京城大雪，宋太祖“设毡帐于讲武殿，衣紫貂裘帽视事”之时，忽然想到自己穿戍

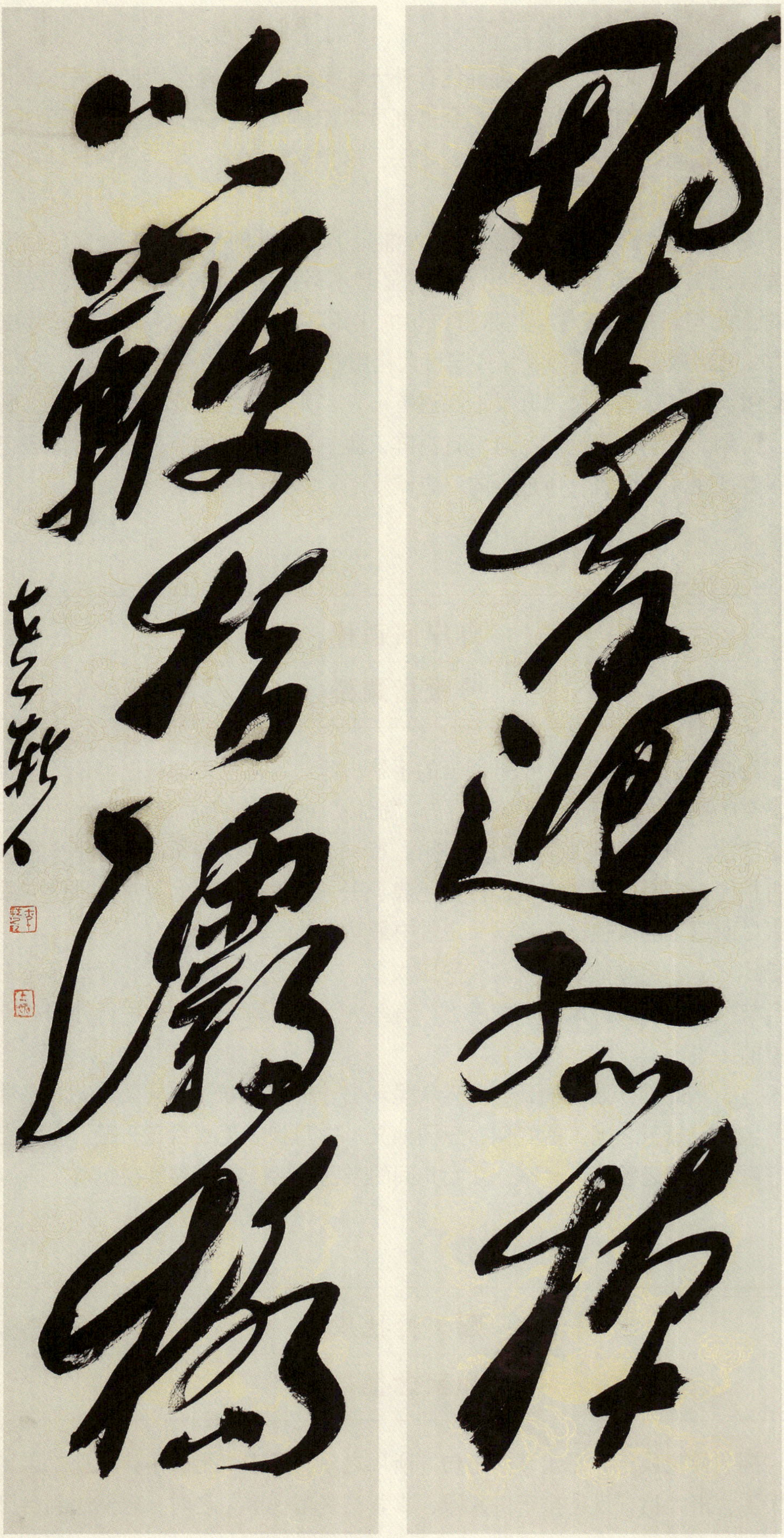

李轶//书 曾莹//文

野岸回孤棹，吟鞭指灞桥。尺寸：137.5cm×34cm×2

赐裘怜抚戍，加絮念征徭。尺寸：180cm×30cm×2

这样，尚且感到寒冷，那些风雪中戍边的将士，又会遭遇怎样的极寒。于是有解裘赐将之举。这样一个故事，正与大雪的季候相合。

“加絮念征徭”，是湘云的“抢答”，此句所蕴含的故事，则是唐人孟棨《本事诗》中所载。开元中，赏赐边军的寒衣制于宫中，也即成于宫人之手。有兵士在新发的短袍中得到了一首诗，其诗写作：“沙场征戍客，寒苦若为眠。战袍经手作，知落阿谁边。蓄意多添线，含情更著绵。今生已过也，重结后身缘。”故事的结局，是制袍女嫁与了得诗人，后身缘变成了今身缘。加絮之举，意之拳拳；匿诗于袍，又有许多的缱绻。而湘云之句，正本于此。

坳垤审夷险，

枝柯怕动摇。

湘云与众人之间的“争斗”，随着联句行进到尾声将至，也渐趋白热化。此时的湘云，已是“那里肯让人，且别人也不如他敏捷，都看他扬眉挺身的说道”，对完下句之后，紧跟着又出上句，忙得不可开交。

“坳垤审夷险”，坳是低洼的所在，垤是土堆，此处是说在大雪的覆盖之下，情况不明，一定要小心谨慎，仔细判断哪里是安全的地段，哪里暗藏着危险。宝钗对于此句，连声叫好，接着对道：“枝柯怕动摇。”“枝柯”就是树枝。湘云写的是脚下的危险，那些被雪遮蔽了的凹凸不平。宝钗所感叹的，却是高处的危险。被雪压住，摇摇欲坠的那些树枝，随时也有掉落的危险。

当然，同样是书写莫测的前景，湘云的句子传递出一种孤绝果敢，而宝钗的句子则充满了忧惧，这也是此二人明显的不同。

皑皑轻趁步，

翦翦舞随腰。

宝钗在连声赞好之后，其出句即：“皑皑轻趁步。”“皑皑”，是形容雪色洁白的惯用词语。唐代韩愈有咏雪的诗，就是：“当窗恒凛凛，出户即皑皑。”（《咏雪赠张籍》）这样的语汇，似乎本身即带有一定程度的欣悦，以及轻盈。所以这样的雪景，总叫人把持不住，想要趁此良机去尽可能地亲近与感受一番。“轻趁步”三字，动作与心态，都是可爱的。

黛玉的对句，写作：“翦翦舞随腰。”关于“翦翦”，我们印象深刻的句子，

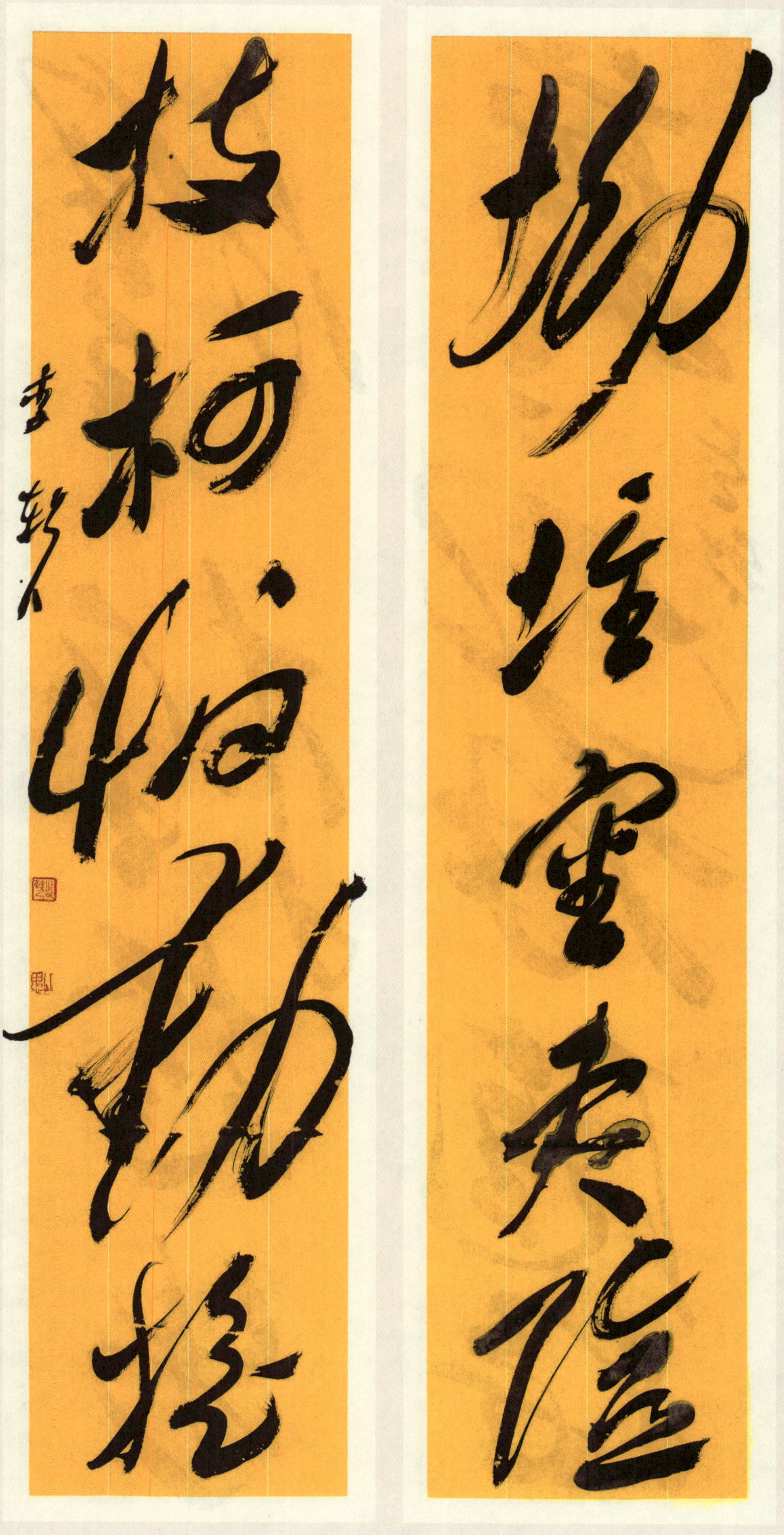

坳垤审夷险，枝柯怕动摇。尺寸：138cm×35cm×2

— 李轶//书 曾莹//文 —

皑皑轻趁步，翩翩舞随腰。尺寸：138cm×35cm×2

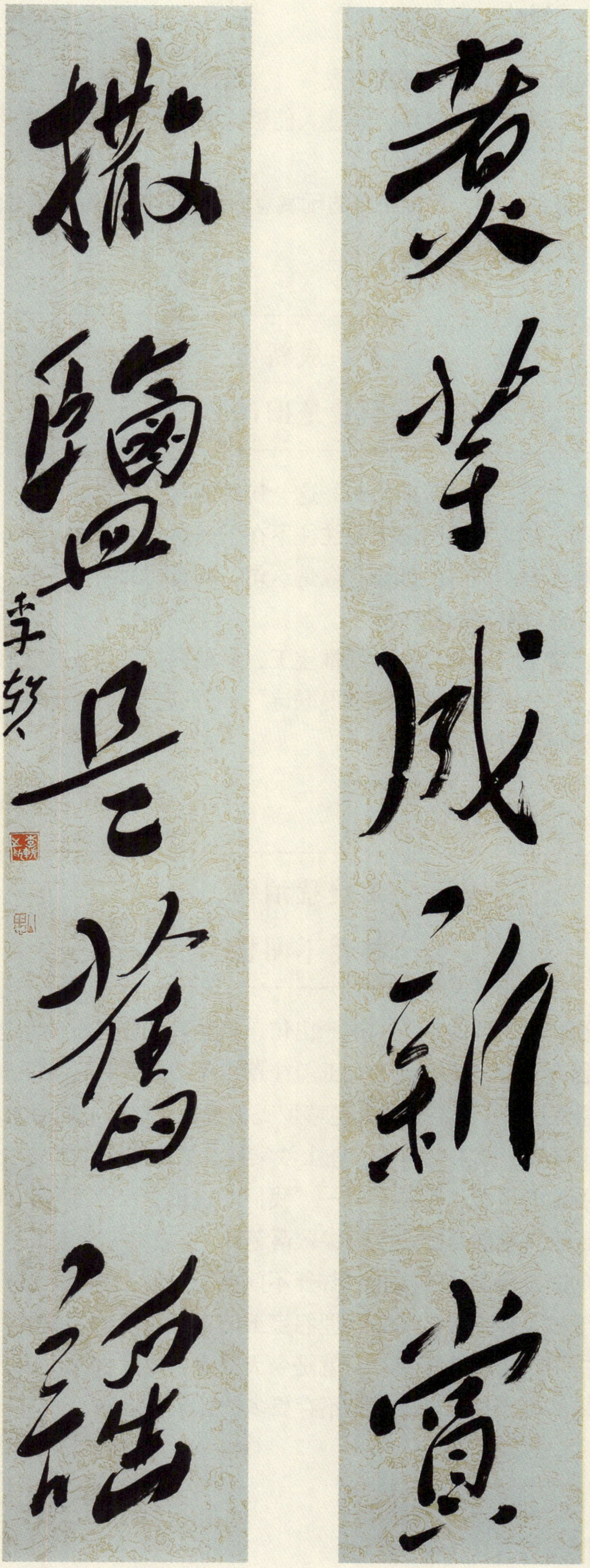

煮芋成新赏，撒盐是旧谣。尺寸：138cm×34cm×2

应该是唐人韩偓那句“恻恻轻寒翦翦风”（《夜深》）。黛玉句中的“翦翦”，当然还是在写风——带着些许轻寒，却让人能够觉察出柔软，和着雪花的纷扬，一如舞动的腰肢。

应该说，宝钗的出句，有着突出的玩赏意味，黛玉的对句，却写出了沉醉无端。

煮芋成新赏，撒盐是旧谣。

“煮芋成新赏”，是黛玉的出句。这一句颇能写出雪天的情味，有着缕缕分明的人间烟火色泽。其实黛玉的出尘，往往不在于远离人世，而是在于其对世间的种种，总有特殊的观照，独得的体会。像是这句，既真切又不落俗套，字里行间，有着清新的别致，也有鲜活的趣味。

小说写道，黛玉“一面说，一面推宝玉，命他联。宝玉正看宝钗、宝琴、黛玉三人共战湘云，十分有趣，那里还顾得联诗”，所以，对以“撒盐是旧谣”，不是说对得不切，却明显有些敷衍太过了。

苇蓑犹泊钓，林斧不闻樵。

“苇蓑犹泊钓”，此时宝玉的这一出句，倒颇有几分自况的意思。《红楼梦》第四十九回，就有一段文字写到了宝玉前往芦雪庵的装束。“宝玉此时欢喜非常，忙唤人起来，盥漱已毕，只穿一件茄色哆罗呢狐皮袄子，罩一件海龙皮小小鹰膀褂，束了腰，披了玉针蓑，戴上金藤笠，登上沙棠屐，忙忙的往芦雪庵来。”来到之后，众丫鬟婆子一看他的造型，都笑了——“我们才说正少一个渔翁，如今都全了”。是以“苇蓑”云云，全然是围绕今日穿戴落笔。

与之对句的，是宝琴。不过，“林斧不闻樵”一句，写得太过直白实在，明显不及宝玉。由于被宝琴抢了，湘云还埋怨宝玉的言行缓慢挡了她的争抢。那句“你快下去，你不中用，到耽搁了我”，就是今天来看，也是快人快语，爽利言辞。可知湘云心中，果然是霁月光风一般，不存更多的计较与牵缠。

苇蓑犹泊钓，林斧不闻樵。尺寸：180cm×70cm×2

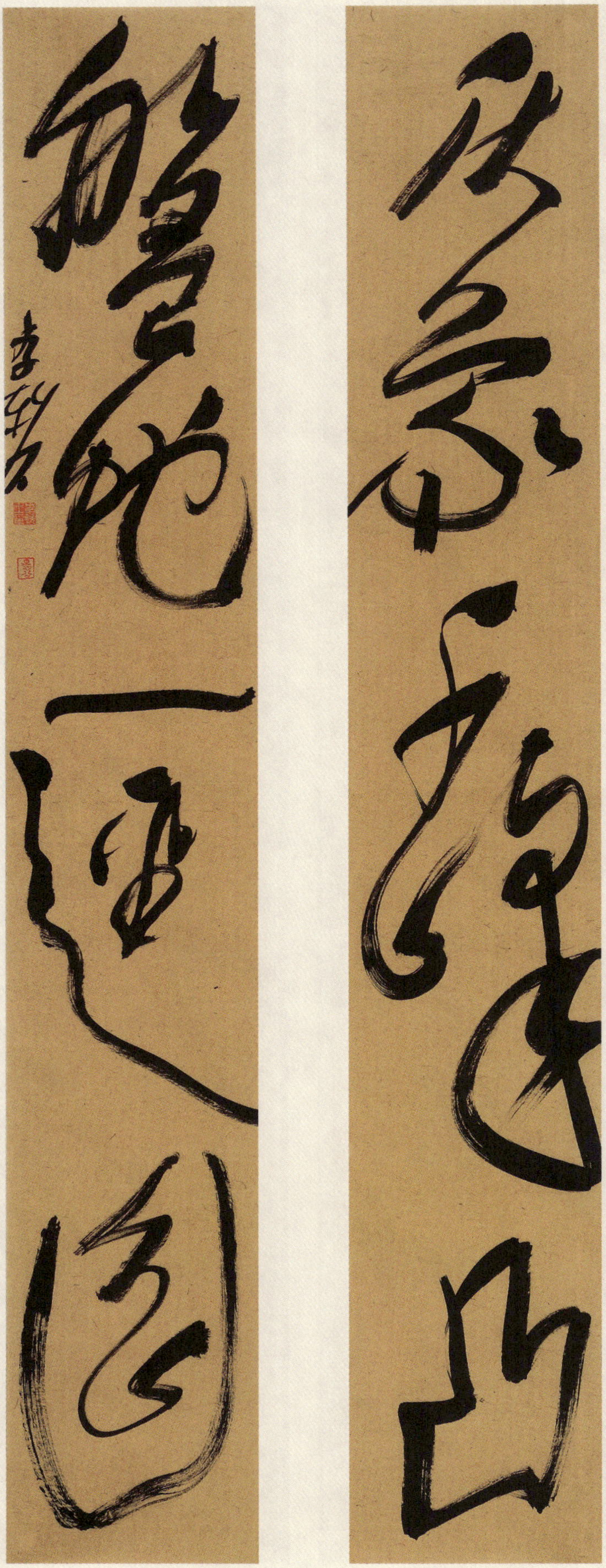

李轶//书
曾莹//文

伏象千峰凸，盘蛇一径遥。尺寸：136cm×23cm×2

伏象千峰凸，
盘蛇一径遥。

“伏象千峰凸”，宝琴这一句，写的是大雪过后，连绵不断的千峰万嶂被皑皑白雪所覆盖的情形。一时间，山峦就好像伏卧的象群，将庞大的身躯隐匿在静默中。这一句的比兴，称得上十分精彩。但“凸”字用得却不好。无情味，且刻意太过，显得既板滞又穿凿。正如湘云在后文感叹的那样，“凹”“凸”二字还真是须得慎用，太容易就堕入俗境了。

相比之下，湘云的“盘蛇一径遥”则要高明得多。“盘蛇”，显然是状曲折盘旋之山径，本来也无甚特别。然而“一径遥”三字，却写出了在大雪天气里，景致所呈现的特殊性——盘蛇也宛若一径，看上去还是那样的遥远。这一个“遥”字，明显就比“凸”好得多，写景之余，还带出了一些不甚分明却又隐隐存在的感喟。也许，是风雪中生出的意态苍茫；也许，是关乎那些可望而不可及的色色心情。

花缘经冷聚，
色岂畏霜凋。

绝大多数版本，这一出句都写作“花缘经冷结”。湘云此句一出，“宝钗与众人又忙赞好”。某种层面上，湘云争联一节，写得真像戏剧舞台上的一场演出。主角每一次亮相，都有人齐声叫好、起立鼓掌。而因为这样嘹亮的捧场，演员愈发卖力，演出愈发精彩。

纷纷扬扬，雪落无声。而在这无声落雪中，每一次诗意的迸发，却有着分明的喧豗，显著的热闹。这似乎是叫人意外的反差，然而这样的反差，却令到生活的灵动，有了不拘泥的神情，同时也有了切实的展开。

此处的“花”，当然指的不是寻常花卉，而是雪花。雪花之凝结，乃是经过了严寒的锻塑。所以这样的花色，又怎会因为冰霜的到来而有任何的凋伤。相似的意蕴，可以说，湘云表达得十分别致，探春却出落得格外的常俗。

——李轶//书　曾莹//文——花缘经冷聚，色岂畏霜凋。尺寸：138cm×34cm×2

司棋

《清改琦红楼梦人物图册》

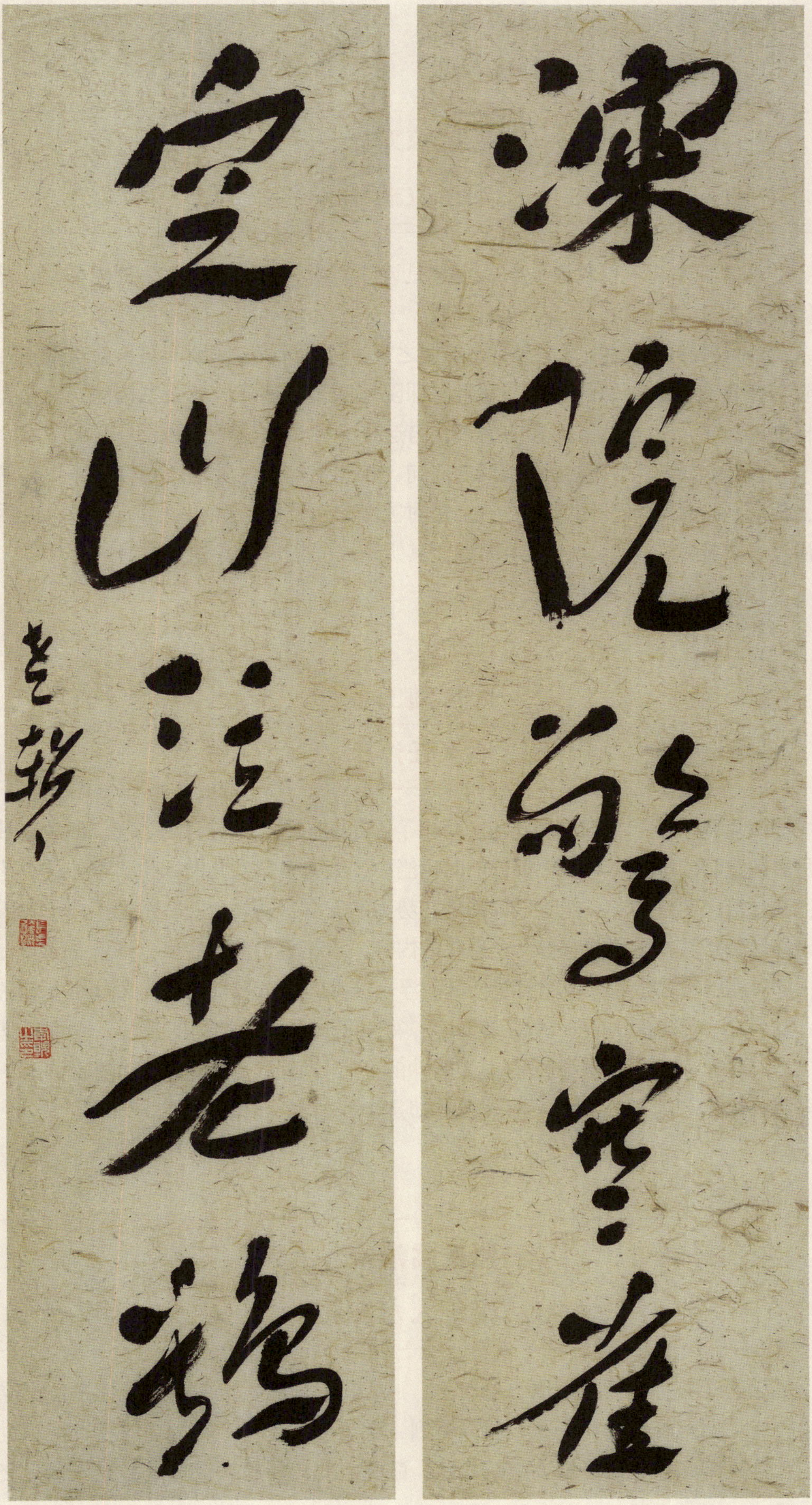

深院惊寒雀，空山泣老鸮。尺寸：146cm×38cm×2

深院惊寒雀，
空山泣老鸦。

“深院惊寒雀”，探春此句，堪称是诗味寡淡的典型案例。某种程度上，甚至还比不及一开篇凤姐那句“一夜北风紧”——因为那一句起码还宕开了空间，留有了余韵。而探春此句，浅直之外，还不通之极。雪落深院，惊到的对象会是寒雀吗？深院与寒雀有什么必然的联系？并且“深院惊寒雀”这样一种关系构建，究竟有什么样的诗意可寻？当然，探春的为人，与这样一种诗歌呈现，倒真是匹配得紧。

“空山泣老鸦”，这是邢岫烟的对句。相比出句，尽管这也同样不具更多的诗性，但起码合情合理，同时也是一个相对圆融的情景。雪落在空山，老鸦都会因此而涕泣，其酷寒之天气令人顿生怖意，其饥寒之处境也叫人顿生同情。

阶墀随上下，
池水任浮漂。

“阶墀随上下”，邢岫烟此句，写出了雪花的纷飞，不过言语之间，似乎也带出一些命运遭际的况味。毕竟在那样的时世当中，绝大多数女儿的人生，都如这雪花一般，不受自己的控制，只能听任种种外在势力的安排，随之上下，由之东西。湘云的对句，似乎仍然在重复着这样一个感叹的内容。雪花落于台阶之上，那就是随其上下了，那落在池水之上呢？自然只能任其漂浮。这其间的伤恸与无奈，又有几人知晓？

这其中，邢岫烟用了一个“随”字，写出了一些不再挂怀的超脱，而湘云则用了一个“任”字，更彰显了那份不为所动的豪宕与洒脱。邢岫烟自幼随着妙玉，大概会有许多的“槛外”心境。而湘云，却是生性如此，真真难得。

照耀临清晓，
缤纷入永宵。

湘云丢了茶杯也要抢着联，抢着出，这一句，就是其出句。在“池水任漂浮”之后，有“照耀临清晓”，可以充分看到，湘云果然是一个努力豁朗地看待举世周遭的人。片刻黯然之后，都要继续雀跃、敞亮。此句所写，自然是雪光与日光交相

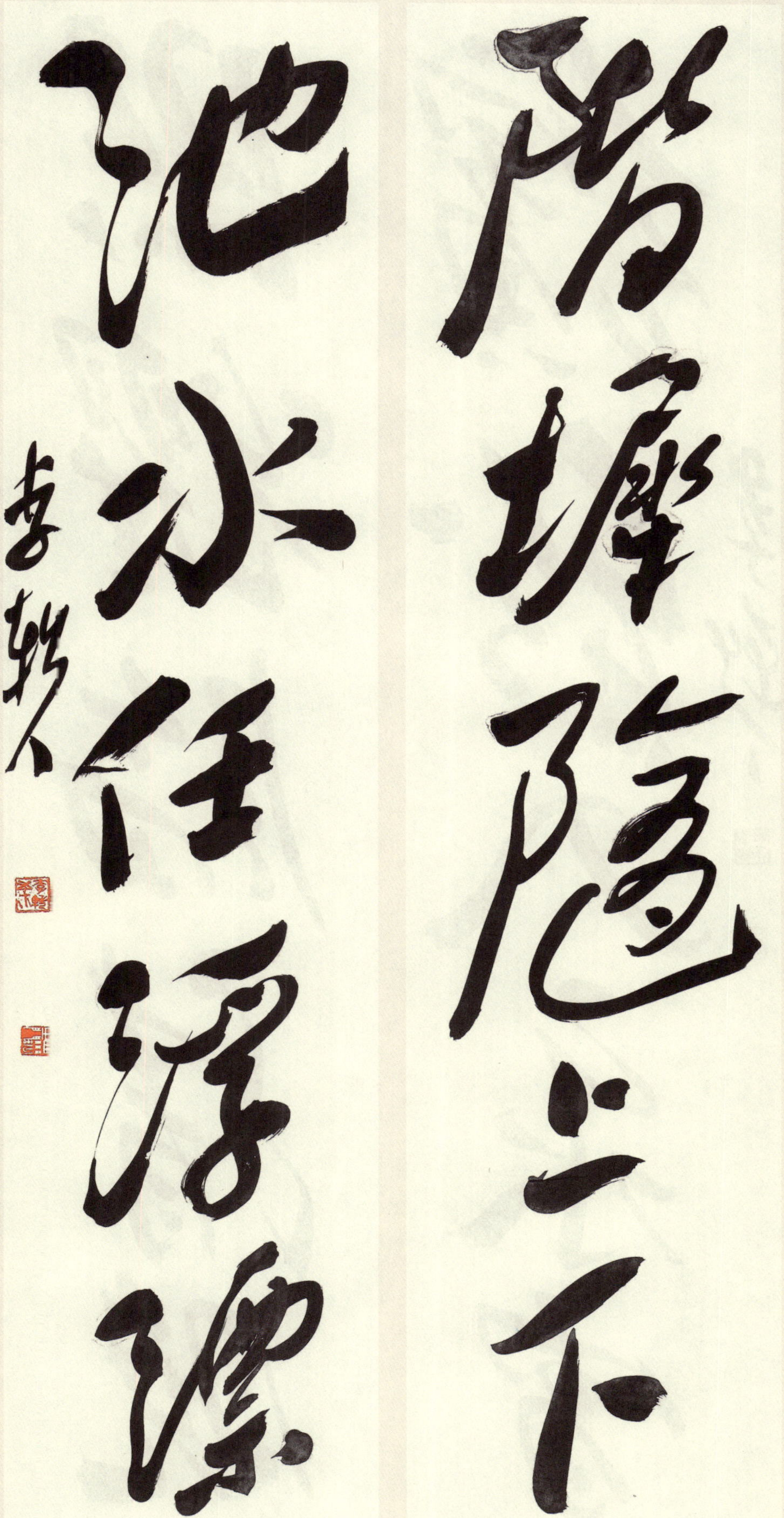

阶墀随上下，池水任浮漂。尺寸：137.5cm×34cm×2

—— 李轶//书 曾莹//文 ——

照耀临清晓，缤纷入永宵。尺寸：136cm×33cm×2

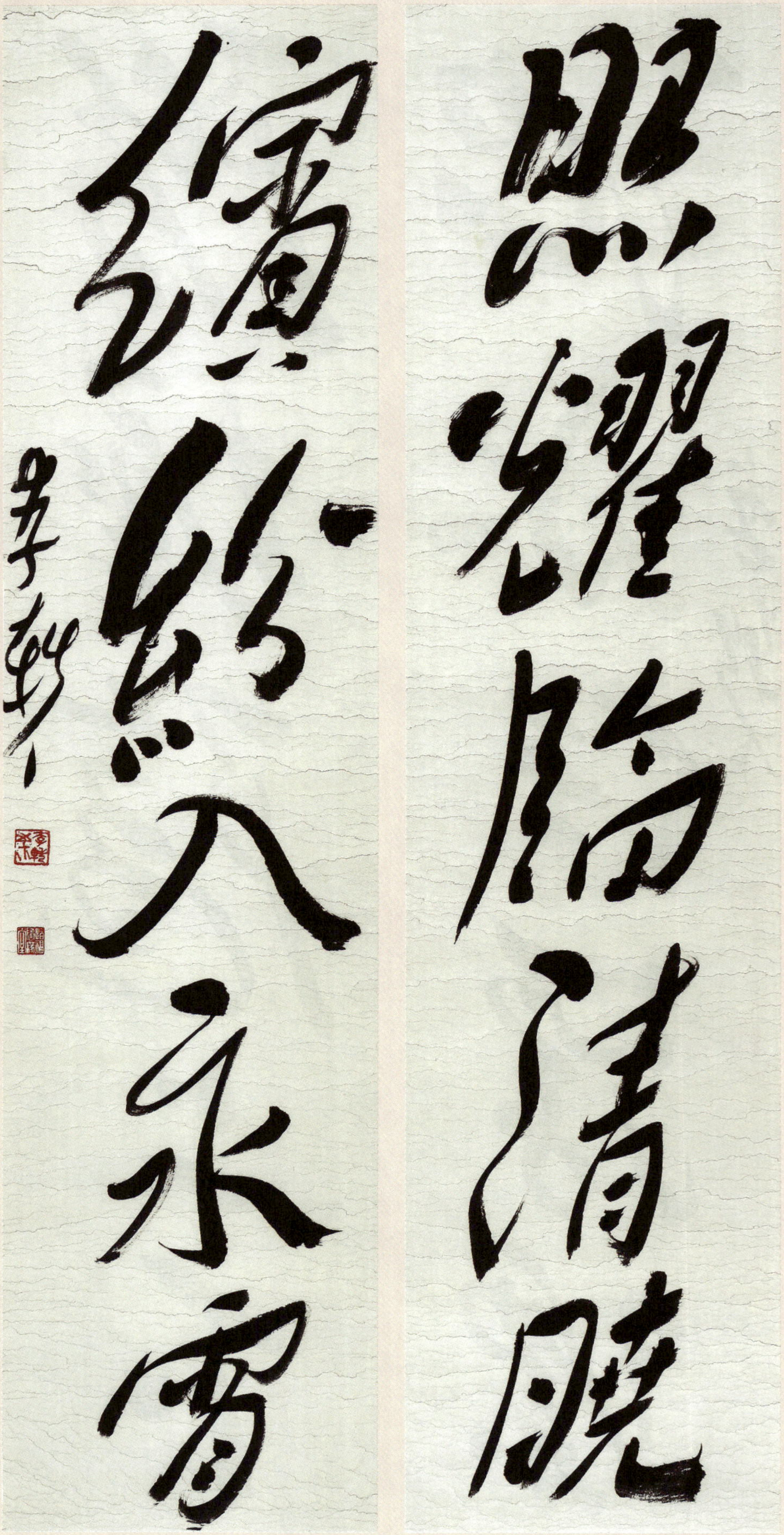

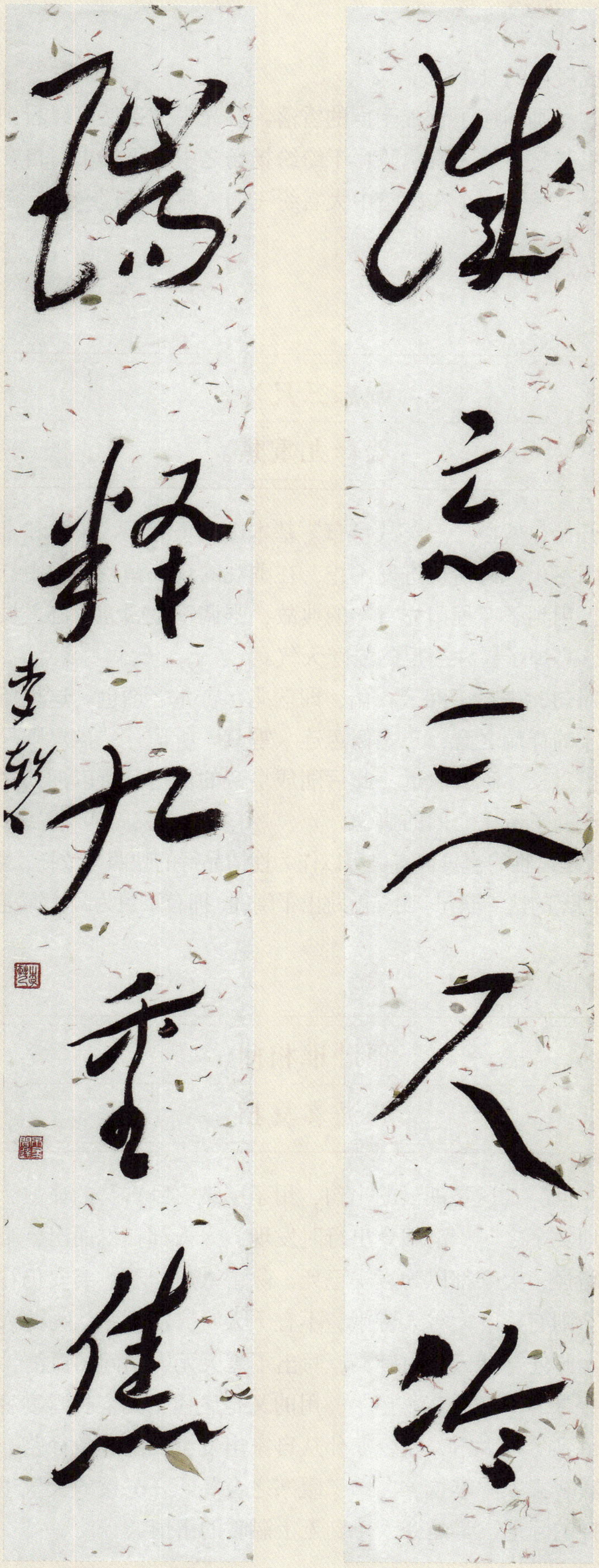

诚忘三尺冷，瑞释九重焦。尺寸：140cm×23.5cm×2

辉映，共同构成晨光的景象。

黛玉的对句，则回应了一夜无声的雪落。晨光中，自然可以看到雪色皎然，照耀天地。夜色里，又何妨大雪飘坠！于纷纷扬扬之中，正好书写自在与诗情。木心有这样的句子：“我是一个在黑暗中大雪纷飞的人哪。”这一句，倒是可以和黛玉的“永宵缤纷”对看。

诚忘三尺冷，
瑞释九重焦。

从这一句开始，就由“三英战吕布”基本进入了黛玉、宝琴和湘云三人对抢的环节。场面笑闹不止，诗情也迸发不止，在围观的众人和我们眼中，都可谓煞是好看。黛玉此句，用到了“程门立雪”的典故，强调正是因为中心之诚，而全然忘掉了时间的推移，忘掉了雪深三尺的酷寒天气。

紧跟着的对句，来自于湘云。瑞，即瑞兆、吉兆之谓也。这里所指的，显然是“瑞雪兆丰年”的祥瑞之意，正是谢惠连《雪赋》所谓：“盈尺则呈瑞于丰年。”九重，本来即指宫禁，称其深远，此后随成皇帝的代指。所以湘云之句，写到的就是瑞雪忽降，消释了帝王心间的焦虑。

雪，不仅仅是风雅的道具，雪也可以作为性情品行的映照与依托，雪也直接关乎国计民生。黛玉、湘云的这一联句，明显就跳出了闺阁，拥有了更为阔大深沉的胸怀与格局。

僵卧谁相问，
狂游客喜招。

“僵卧谁相问”，这是湘云的出句，用了“袁安卧雪”的典故。据《后汉书》所载，大雪积地丈余之时，洛阳令出行时发现，人人都扫雪而出，唯有袁安门口没有可以通行的路径，大家都以为袁安已死。除雪入户一看，袁安仍在僵卧。至于僵卧不出的理由，则有：“大雪人皆饿，不宜干人。”洛阳令认为此人贤达，遂有后来举孝廉之事。此处，湘云反用其典，写出了雪天无人相问的孤清。

对句出自宝琴。“狂游客喜招”，用的又是唐代王元宝扫雪宴客的故事。王元宝为人豪宕，每到冬月大雪，就令家仆从自家出发，扫出一条径路，自己则亲自站在门口，邀请宾客去家中宴饮，名曰“暖寒之会”。在冻馁的天气里，有这样的举动，或者有这样的际遇，都是令人感到无上温暖的事情。

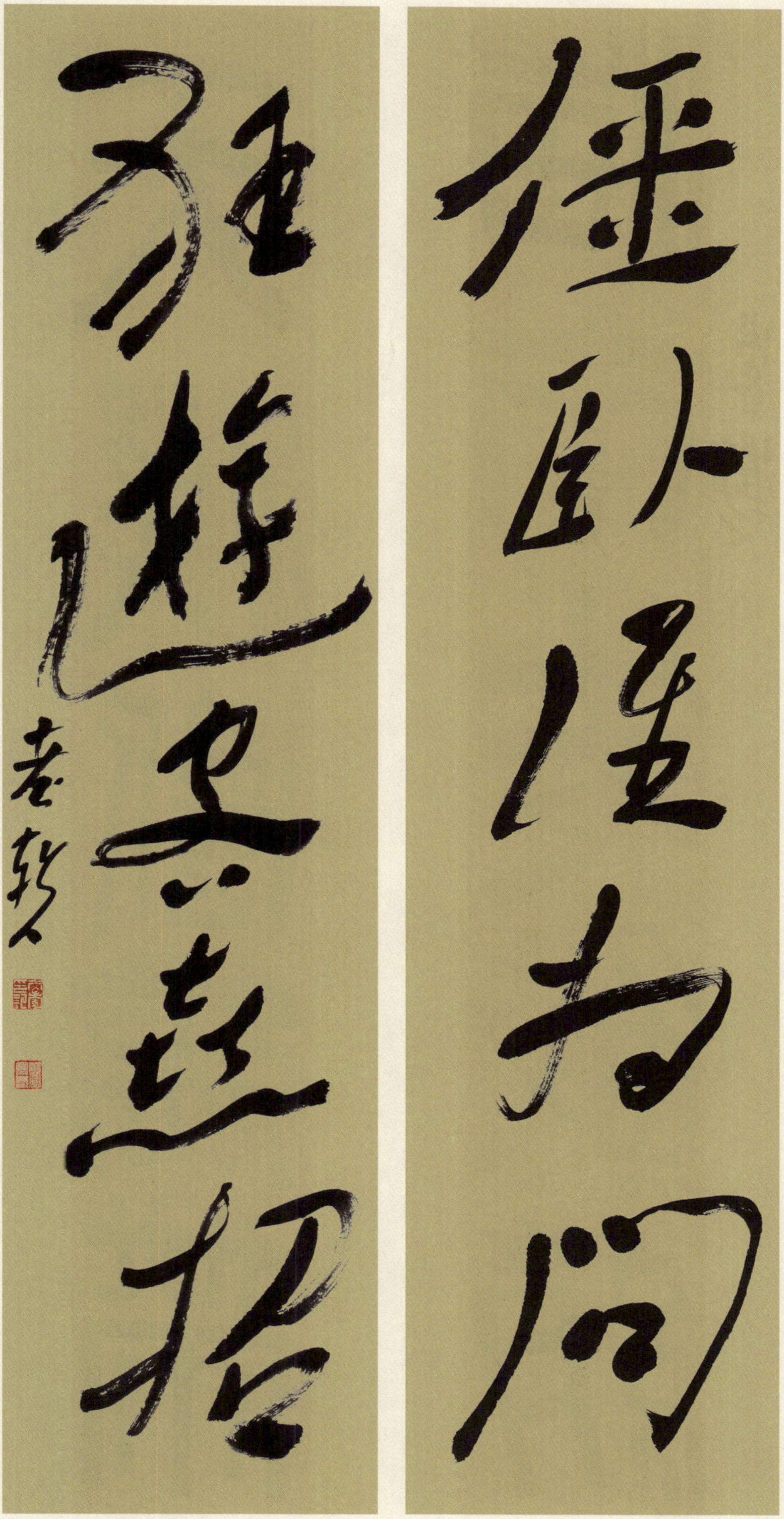

僵卧谁相问，狂游客喜招。尺寸：138cm×34.5cm×2

——李轶//书 曾莹//文

——天机断缟带，海市失鲛绡。尺寸：138cm×35cm×2

天机断缟带，
海市失鲛绡。

“天机断缟带”，是宝琴的出句。此句，又从历史上的雪事，回到了现实中的雪景。天机，是天上织女之机。这一句是写，眼前这美不胜收的白茫茫一片，就像是从织女的织机上裁断下来的一条白色缎带。以此来强化此景非人力可为的那份惊人的美。

湘云紧接着就对道：“海市失鲛绡。”所谓海市，通常可见的都是与蜃楼并见，强调是一处惝恍迷离、虚无缥缈又奇妙焕炫的所在。如果说，眼前的雪，其实就是从海市中失落的一幅鲛绡——鲛人织就的一段绸绡，其景象之奇谲曼妙，也就不待言说了。

寂寞对台榭，
清贫怀箪瓢。

按照顺序，此处的出句当属湘云，不过此时，“林黛玉不容他出，接着便道”，于是有了“寂寞对台榭”一句。由此开始，对抢的节奏明显变快了。争联的局面，真正进入白热化的状态。

所谓“台”，是积土而成的高台。所谓“榭”，即台上的屋舍。后来台榭则泛指建于高地的游观之所。而有台榭之处，往往也意味着权势与富贵。大雪之日，无人游赏，所以台榭也只能和寂寞相对。

“清贫怀箪瓢”，湘云的对句，用到了颜回的典故。其意则在：即便箪瓢，即便清贫，那样一种纯然的快乐依然叫人追怀不止。有人将此二句解作：上句说贵族之家在家取暖，台榭只能寂寞；下句写清贫者衣食无着，连箪瓢都成了怀念的对象。果然如此，此二句所传递出来的意蕴，应该是愤恨的、激切的，而不是像我们此刻读到的那么平和。

其实某种程度上，这两句所刻画的，正是大雪落下之时，一些难得的平等。立有台榭，也难逃寂寞；纵然清贫，一样可以享有丰盈和快乐。

烹茶冰渐沸，
煮酒叶难烧。

此时宝琴也不容湘云出句，直接说出：“烹茶冰渐沸。”雪天烹茶，可谓别有

李轶//书 曾莹//文

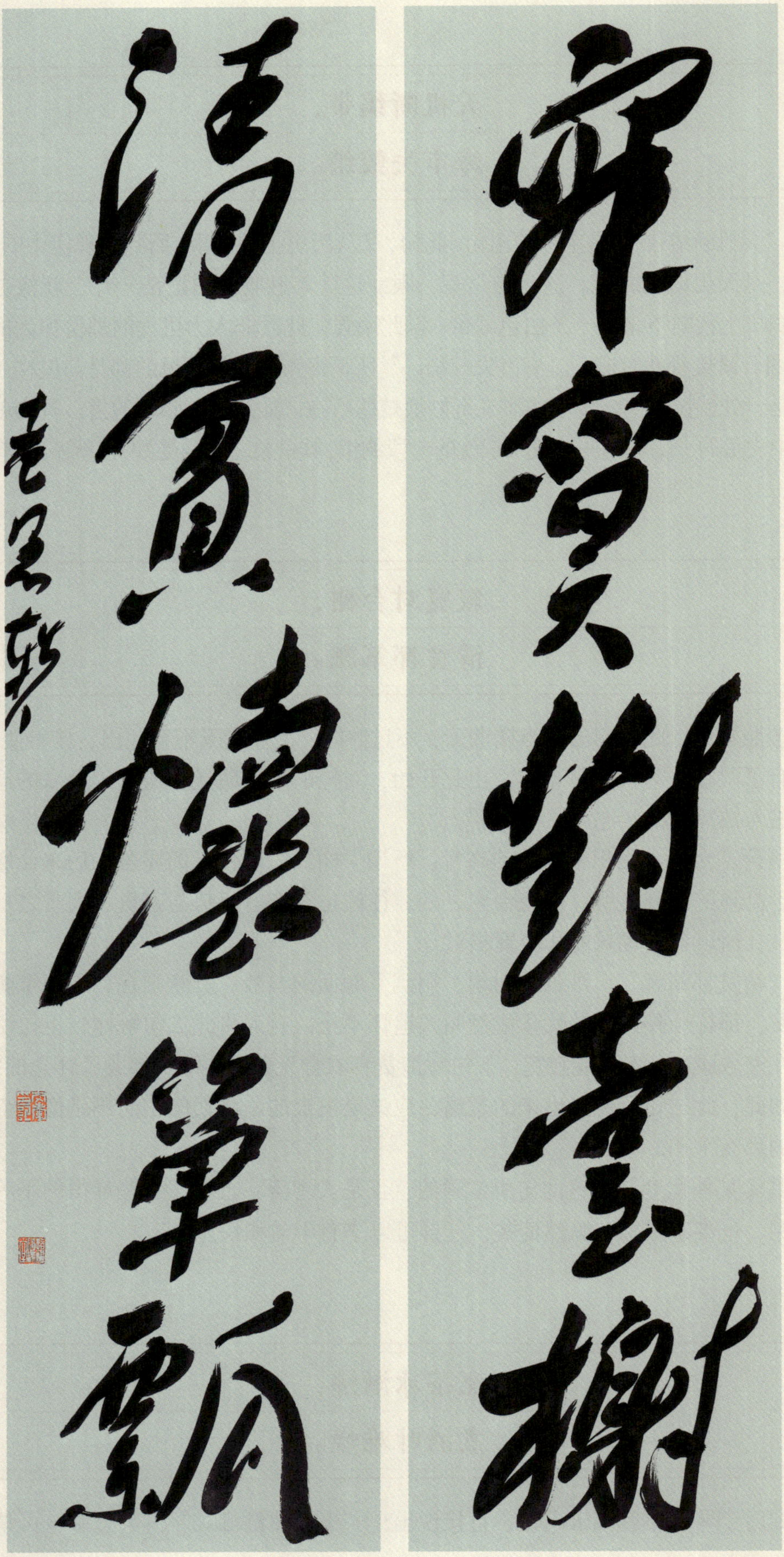

寂寞对台榭，清贫怀箪瓢。尺寸：137.5cm×34cm×2

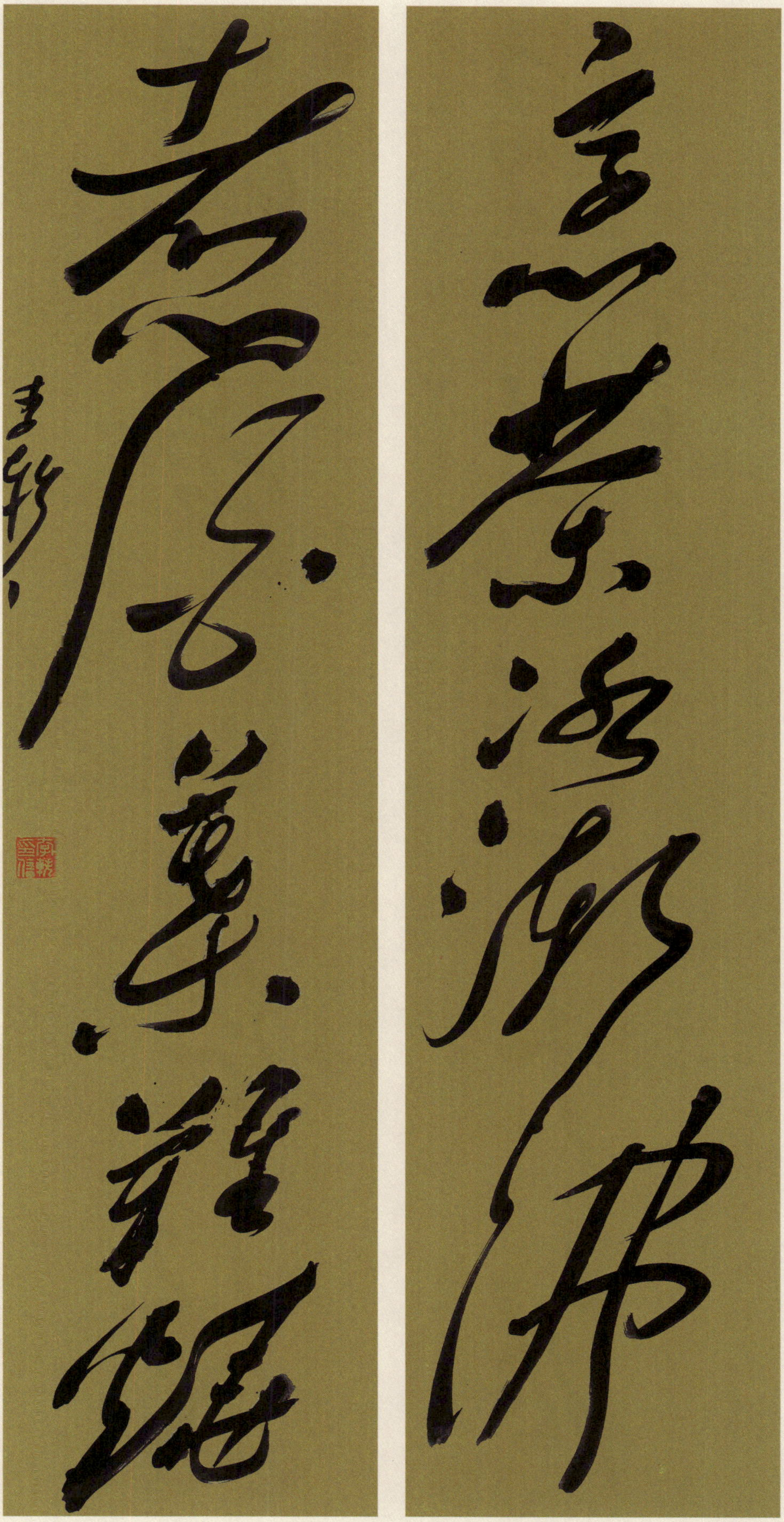

烹茶冰渐沸，煮酒叶难烧。尺寸：137.5cm×34cm×2

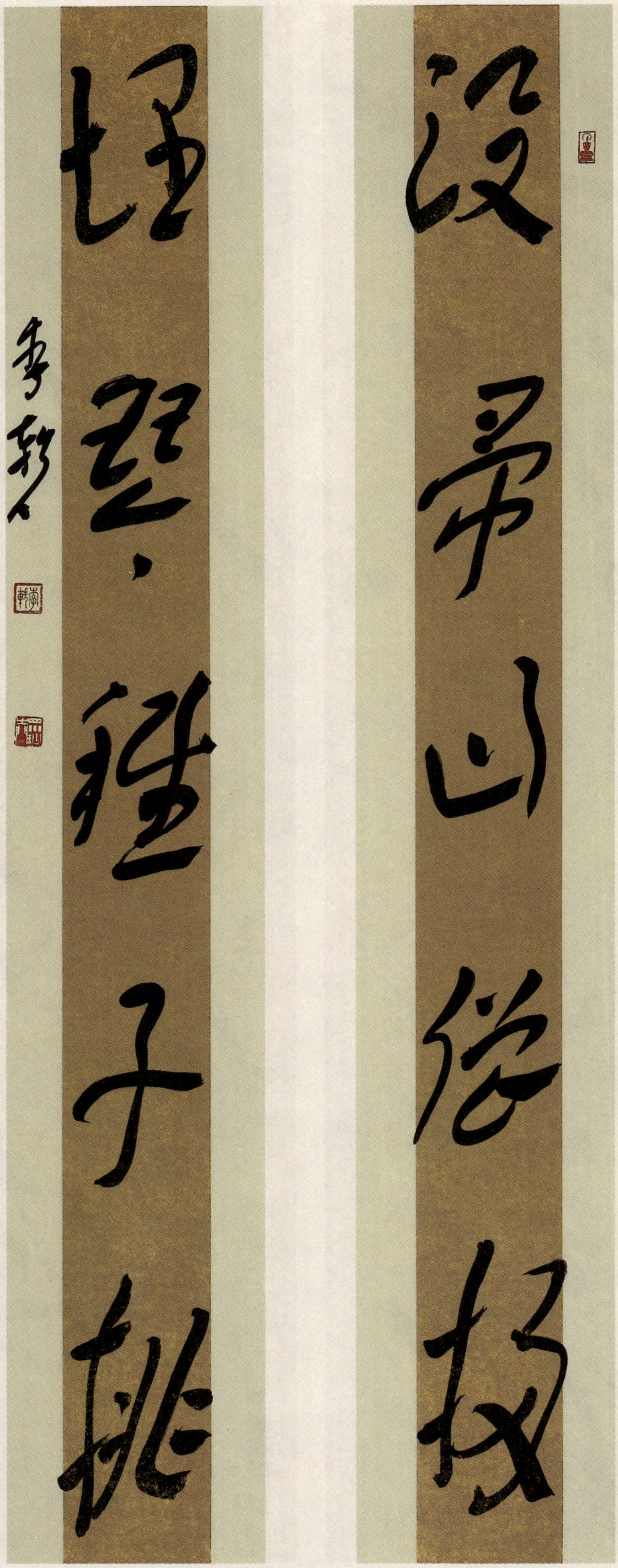

没帚山僧扫，埋琴稚子挑。尺寸：136cm×23cm×2

意趣。由“冰”这一字，可知此番烹茶的水是由冰化成。一时间，水之清冽，也就传递了茶的清冽。冰天雪地间，有小小一庵、小小一壶、小小一群，这样的快乐，是不足为外人道的。其间袅袅升起的，又何止茶烟，更有这人世间难得的暖意。

在这样的争联过程中，几个人玩得高兴，最为得趣的，还是要数史湘云。湘云又是笑，又还要抢着联句。“煮酒叶难烧”，这一句就很精彩。张可久有“煮酒烧红叶”，这是秋天的神色。深冬落雪，叶湿难烧，写出了冬比秋更为典型的寥落与凄清。当然，烹茶煮酒之间，那点日常的可亲可爱，也就陈于纸上，浮于眼前了。

没帚山僧扫，
埋琴稚子挑。

“没帚山僧扫”，是黛玉的出句。由此句来看，则一场雪终于行进至尾声段落。雪落到一定规模了，不难想象山里的寺庙，山僧正在扫雪。雪厚难除，所以说“没帚”。山僧扫雪的身形，是这片天地中难得的孤峭与宁静。黛玉的字句，总是有着特别的幽清，所以说，诗歌往往就是诗人怀抱的写照。当然不是说人皆如此。而是在黛玉这里，这一观点显然是成立的。

“埋琴稚子挑”，这是宝琴的对句。相比黛玉的清冷别致、出语自然，宝琴此句多少就有些刻意和别扭。“埋琴”一般指知音的故去，与雪的关联，却不分明。稚子，大概是和雍门周的典故有些关联，却也未能确实。能够看得比较清晰的，是此句定然和宝琴的命运有着密切的关联。自身名讳为琴，吟咏间却直称“埋琴”，多少是有些犯忌讳的。所以此句所咏，显然不能单从雪景笔墨、化用典故来加以认识。虽然没有后文，也难于知晓具体的命运走向，但着一“埋”字，与其姐宝钗命运的相似也就不难想见了。

石楼闲睡鹤，
锦罽暖亲猫。

小说写道：“湘云笑的湾了腰，忙念了一句，众人问：‘到底说的什么？’湘云喊道：‘石楼闲睡鹤。’”从“笑道”到“喊道”，笑闹程度的升级一望可知。湘云等人的小孩儿心性，也在这样的升级中刻画殆尽。

“石”这一意象，在小说中与宝玉呈捆绑关系。湘云的样貌，在作者笔下有所谓“鹤势螂形”，令人费解之余，却也道出了“鹤”与湘云的密切。于是，在湘云的咏事中，多见鹤的踪迹。此句，看似平淡无奇地写出雪天禽鸟入屋的场景，却在

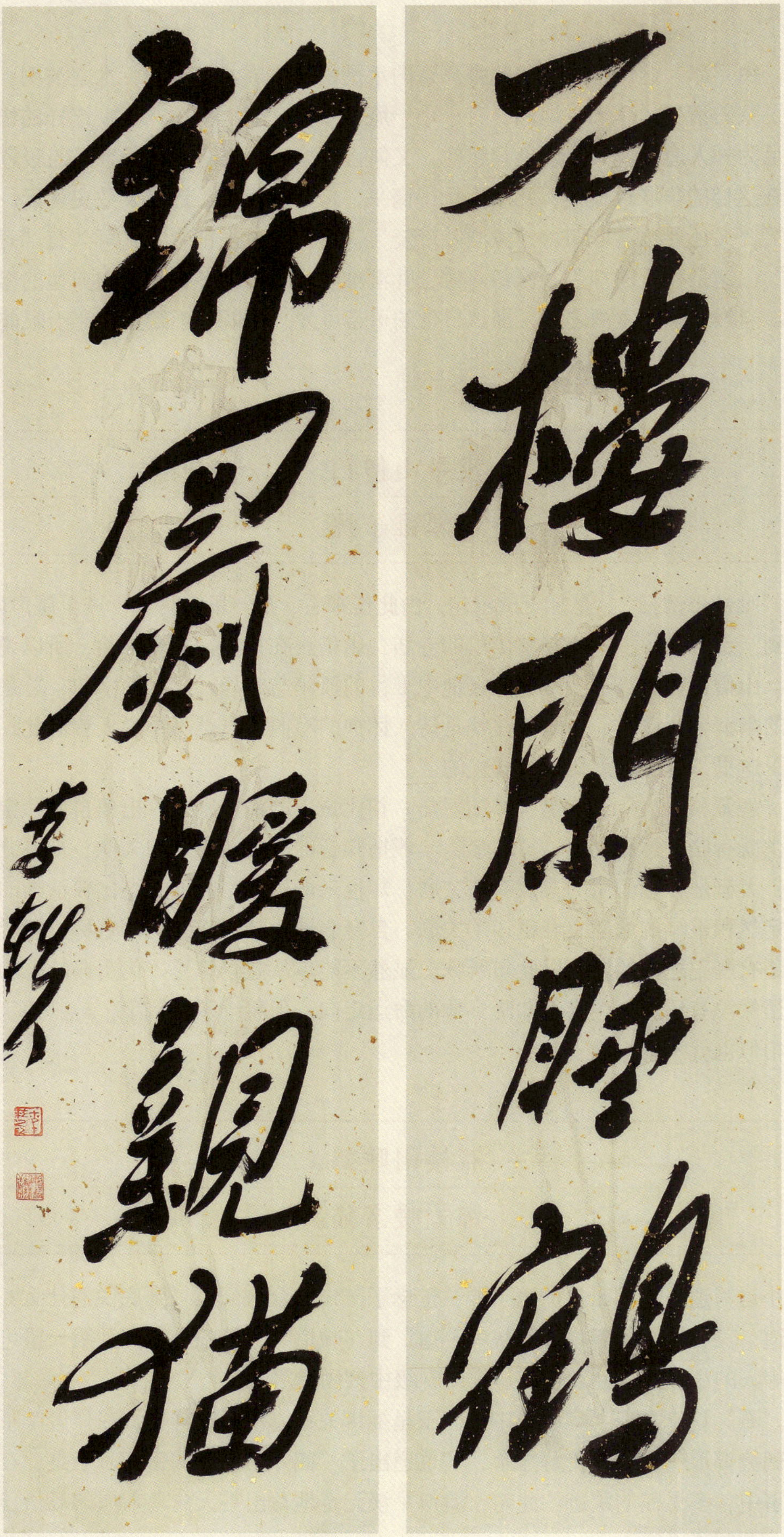

李轶//书 曾莹//文

石楼闲睡鹤，锦罽暖亲猫。尺寸：132cm×33cm×2

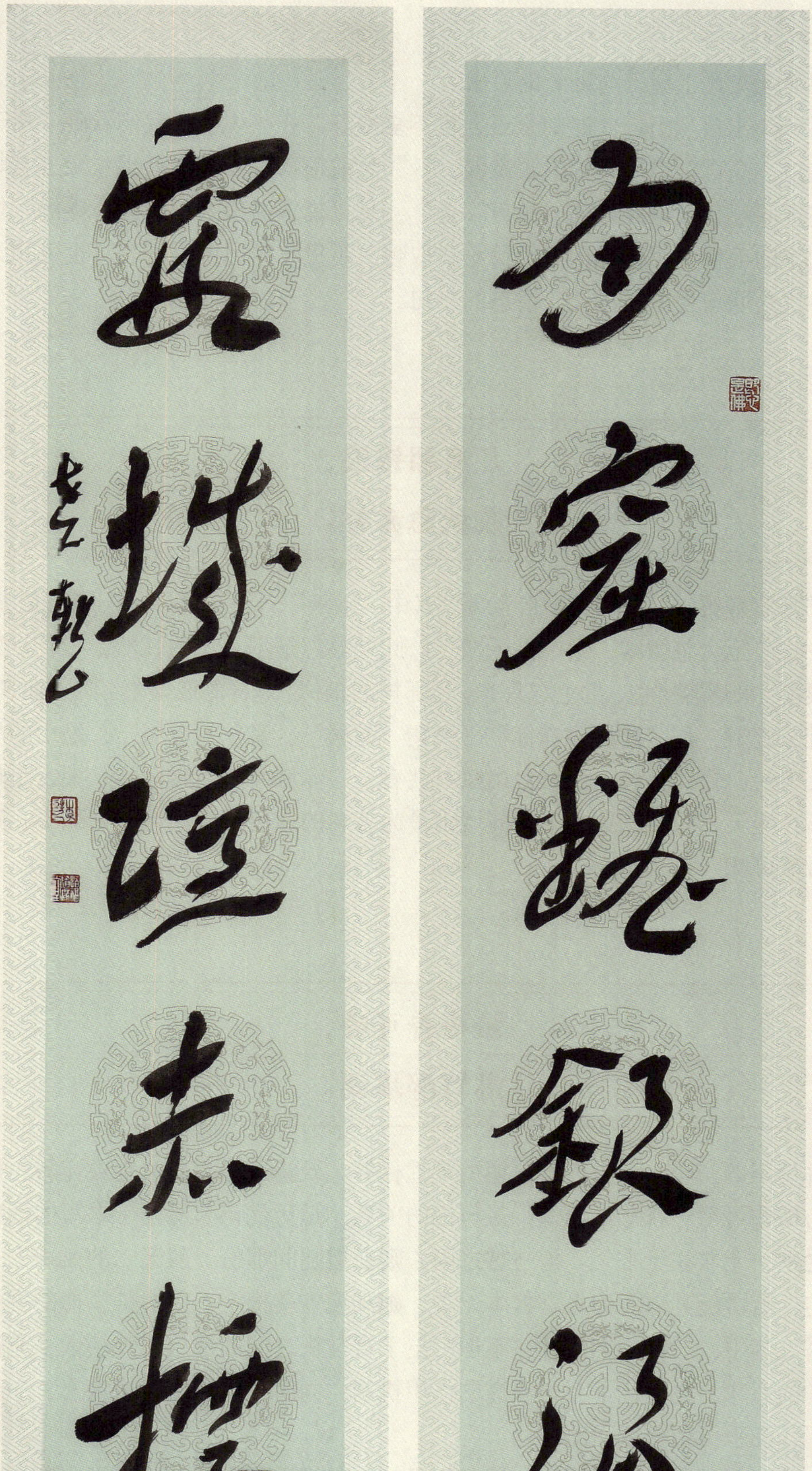

月窟翻银浪，霞城隐赤标。尺寸：138cm×34.5cm×2

某种层面上交代了宝玉与湘云的后来。

下一句出自黛玉。此时的黛玉，也不复冷静。在小说中，我们看到“黛玉笑的握着胸口，高声嚷道：‘锦罽暖亲猫。’”此前篇章，哪里能够想象黛玉有朝一日也会高声叫嚷。是以此处的“高声嚷道”，足见黛玉的投入与忘情。锦罽，指织有彩色图案的毛毯。用这样的毛毯给小猫取暖，足见吃穿用度之豪奢，也可知天气之严寒。这是联句当中最见女儿情态的一句。

月窟翻银浪，
霞城隐赤标。

“月窟翻银浪”一句，出自宝琴。其中“银浪”一语，本自宋人陈与义《咏月》之诗——“玉盘忽微露，银浪泻千顷”。此处显然是用月光的皎然，宛若月窟中泛起的银浪，来形容雪色。雪色与月光，是那样的相似，一样皓皎莹然，叫人浊气都尽。

湘云之对，作“霞城隐赤标”。所谓“霞城”，又作“赤城”，是山的名字，在浙江天台。晋代孙绰《游天台山赋》就有：“赤城霞起而建标。”湘云是句，所咏则指在漫天飞雪的笼罩之下，霞城山最为著名的赤色标记已经不见踪影，则山峦为雪所覆可知。

沁梅香可嚼，
淋竹醉堪调。

林黛玉的句子，总是有着鲜明的个性标签。既清逸出尘，又别致宛转，像是这句“沁梅香可嚼”就非常典型。雪与梅的关系，是历代诗人最乐于书写的话题。梅与雪之别，无非在于香气。梅与雪之同，则在眉睫间那份一般无二的孤峭之意。黛玉此句，恰恰反其道而为之。雪本无香，她却说雪落梅上，也沾染了梅的香气，清冽堪嚼。其中，“沁”字传神，不但写出了雪与梅之间的那层特殊相依，充满了珍视呵护的意味，也交代了互相渗透的作用机制；同时，梅香之清越隽永，亦藉此更趋分明，几乎可谓透纸而出。

宝钗对以“淋竹醉堪调”，明显不及林。宝钗此句，无非写出了雪落竹上，润湿了竹枝，似乎也可以取来吹奏调音一般。平淡了，也刻意了。宝钗的长处，在世情与翻案；宝钗的风格，多见老辣浑成，这类清逸别致的调子，并非是她的“主场”。

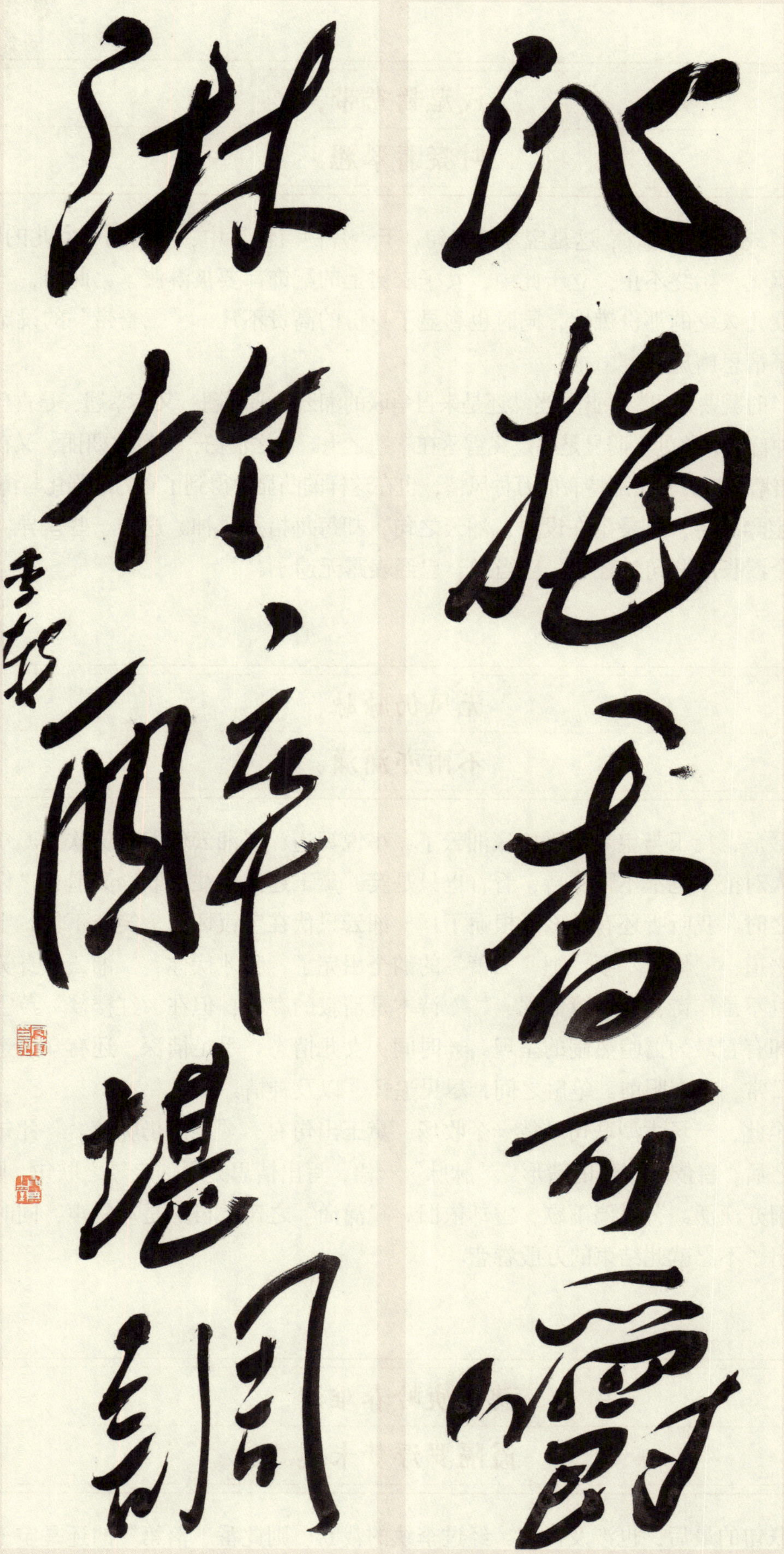

沁梅香可嚼，淋竹醉堪调。尺寸：137.5cm×34.5cm×2

或湿鸳鸯带，
时凝翡翠翘。

“或湿鸳鸯带”，这是宝琴的出句，于一片白雪世界中，点了闺中女儿的厕身。大雪飘飞，始终不止，立于此中，女子衣裙上的配饰都要被淋湿了。此句，一则突出了女儿久立的那份痴性，同时也彰显了身份的高贵不凡。“鸳鸯带”的设定，又带出了情思旖旎。

“时凝翡翠翘”，此句当然还是来自争联的湘云。翡翠翘，又名翠翘，是古代女子的一种首饰。此处，明显是写及飞雪落在翠翘之上。雪之洁白，翠翘之妍丽，又在映照中有倍增之势。女子那特有的万种风情，也在这样的凸显中得到了有力的强化与渲染。

宝琴之诗，总是重在设象；湘云之句，却每每措意风神。这样一些差异，在这样一个漫长的联句过程中，应当说，已经表露无遗了。

无风仍脉脉，
不雨亦潇潇。

最后，黛玉与宝琴似乎抢赢湘云了。小说写道：“湘云伏着已笑软了。众人看他三人对抢，也都不顾作诗，看着也只是笑。黛玉还推他往下联，又道：‘你也有才尽之时。我听听还有什么舌根嚼了！’湘云只伏在宝钗怀里，笑个不住。宝钗推他起来道：‘你有本事，把‘二萧’的韵全用完了，我才伏你。’湘云起身笑道：‘我也不是作诗，竟是抢命呢。’”诗本是清寂的存在，但在《红楼梦》芦雪庵这里，却有着最为嚣喧热闹的呈现。一时间，女儿情态、手足情深，还有众人亲厚的那份日常，都在眼前。笔触之间，尽见追怀，以及神情。

至此，一场大型联句唯待一个收场。黛玉出句有：“无风仍脉脉。”此句是状风止之后，雪依然在落的情形。“脉脉”一语，写出情思无尽。宝琴之联句，则有：“不雨亦潇潇。”风停雨歇，雪却依旧。“潇潇”之声，自然是写雪声，同时，却也带出了不忍就此结束的万般眷恋。

魂飞庾岭春难辨，
霞隔罗浮梦未通。

联句的最后，也涉及评定。经过李纨的裁断，则此番“落第”的还是宝玉。面

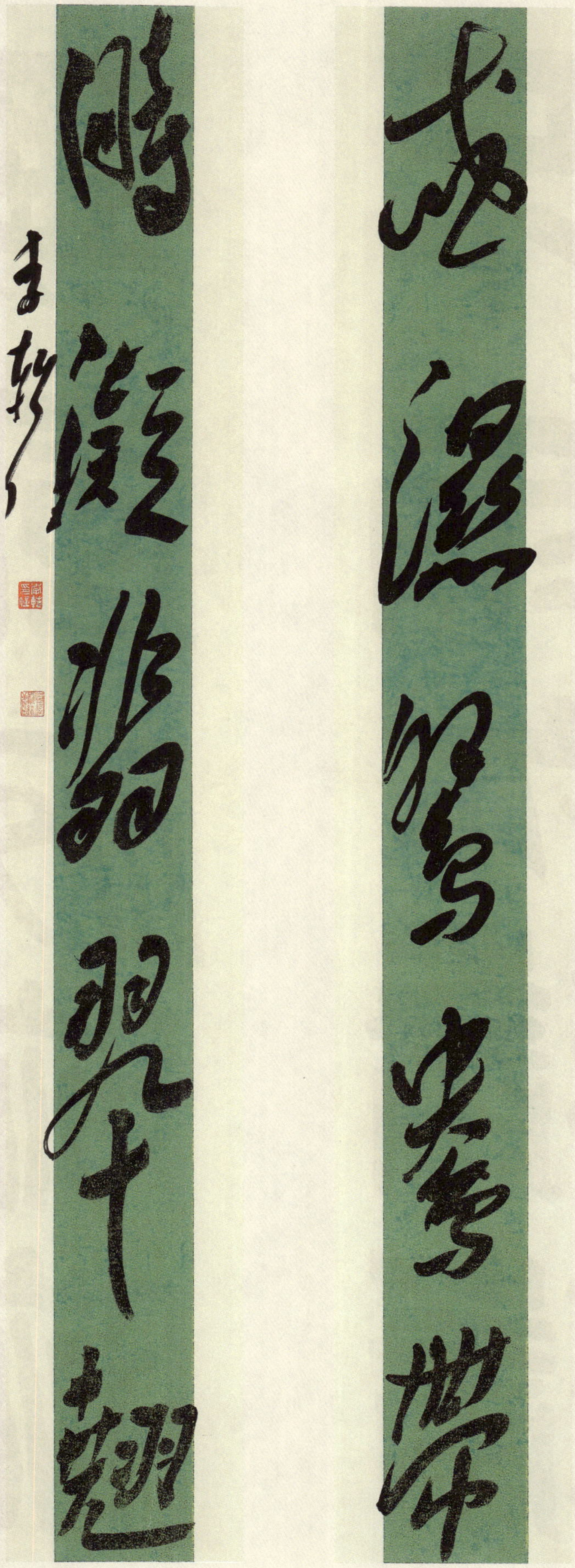

或湿鸳鸯带，时凝翡翠翘。尺寸：136cm×23cm×2

李轶//书　曾莹//文

无风仍脉脉，不雨亦潇潇。尺寸：138cm×35cm×2

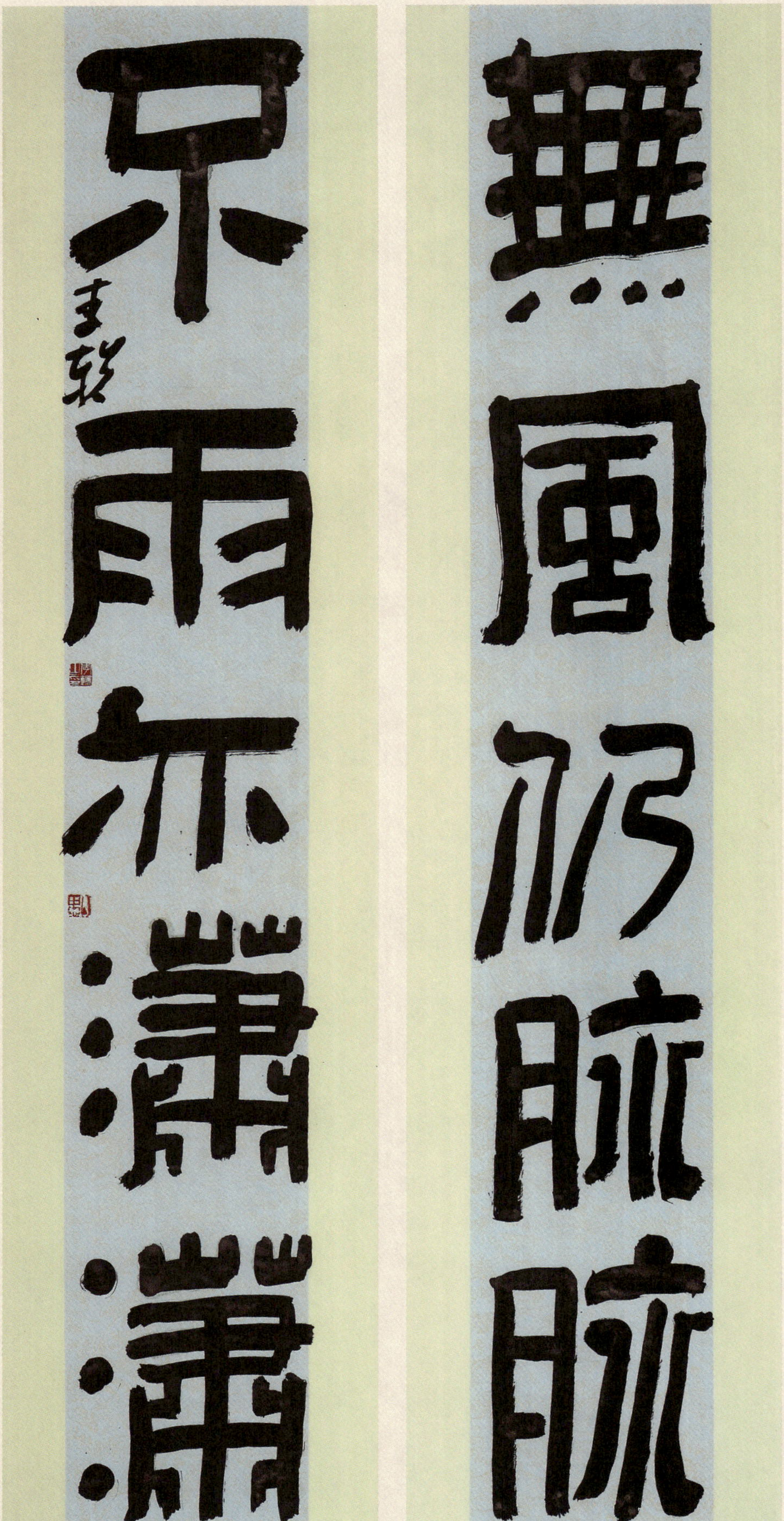

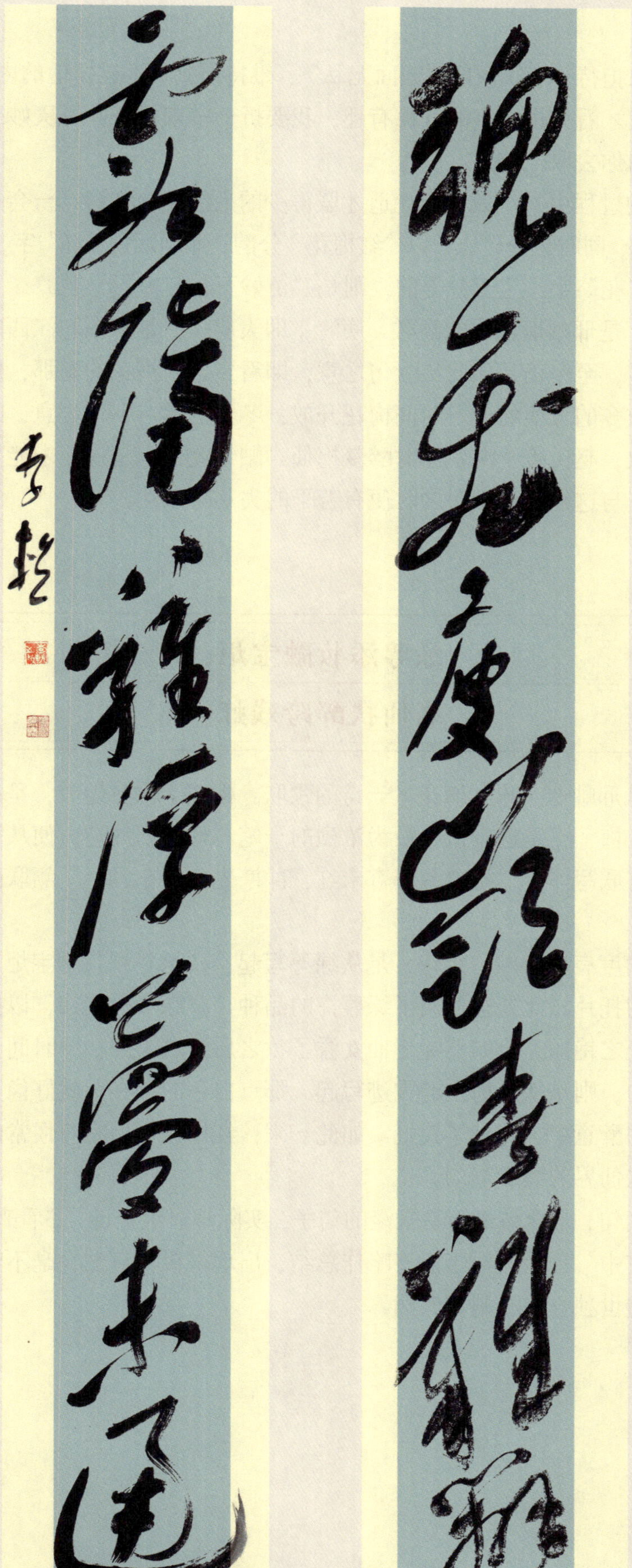

魂飞庾岭春难辨，霞隔罗浮梦未通。尺寸：180cm×32cm×2

对宝玉的哀求担待，李纨依旧"铁面无私"，维持原判。不过罚他的内容却很有趣。李纨说："我才看见栊翠庵的红梅有趣，我要折一枝来插瓶。可厌妙玉为人，我不理他。如今罚你去取一枝来。"

在等候的过程中，众人决定让适才联得少的人继续咏红梅。一会儿工夫，定了题，也分了韵，同时也分了人。以"红梅花"分韵，邢岫烟得"红"字，李纹得"梅"字，宝琴得"花"字。宝玉分得的，则是"访妙玉乞红梅"一题。

此二句，是邢岫烟诗作的颔联。庾岭，即大庾岭，是广东与江西的交界处，此地以梅花闻名，至今仍是如此。上句之意，即看到这红梅花的刹那，仿佛瞬间回到了可以视作故乡的大庾岭，一时间梅花开放，冬春莫辨。下句之意，则是用了隋代赵师雄的典故，赵氏曾于游罗浮时醉梦梅仙。岫烟此句则是说，未能如赵氏有如此美妙的一梦，与这红梅花相对之时便有若干的失落与怅然。

绿萼添妆融宝炬，

缟仙扶醉跨残虹。

这两句是邢岫烟《咏红梅花》一诗的颈联。梅花于深冬绽放，是这世界最早的春讯。至于红梅，更是这春讯中最为浓烈的一笔。邢岫烟的诗，便从赞美这一笔春讯展开。其首联写作："桃未芳菲杏未红，冲寒先已笑东风。"颔联则直陈红梅花的惊艳之处。

颈联的角度有些奇妙。上句，是从绿萼写起，"绿萼添妆融宝炬"。绿萼，即红梅花下面的托片。此处也借用了绿萼梅的品种、萼绿华的名讳，以拟人的笔法，写出了红梅花之艳丽，恰如萼绿华仙女添了妆之后又燃了烛，一时间光色耀目，照映一室。下句，则是从红梅上的雪迹写起。那点白色的存在，就好像身着缟素的仙子，在朦胧的醉意中，跨越了残虹。如此一来，红梅花不但有着惯常的明丽，也似乎带上了一些仙界的缥缈奇幻。

而尾联两句，是全诗最简易平淡的句子，实际却冠绝全诗。"看来岂是寻常色，浓淡由他冰雪中"，上句对于前诗略作总结，出现得极其自然，毫不刻意；末句更写出了那份遗世独立的冷峭与傲然。

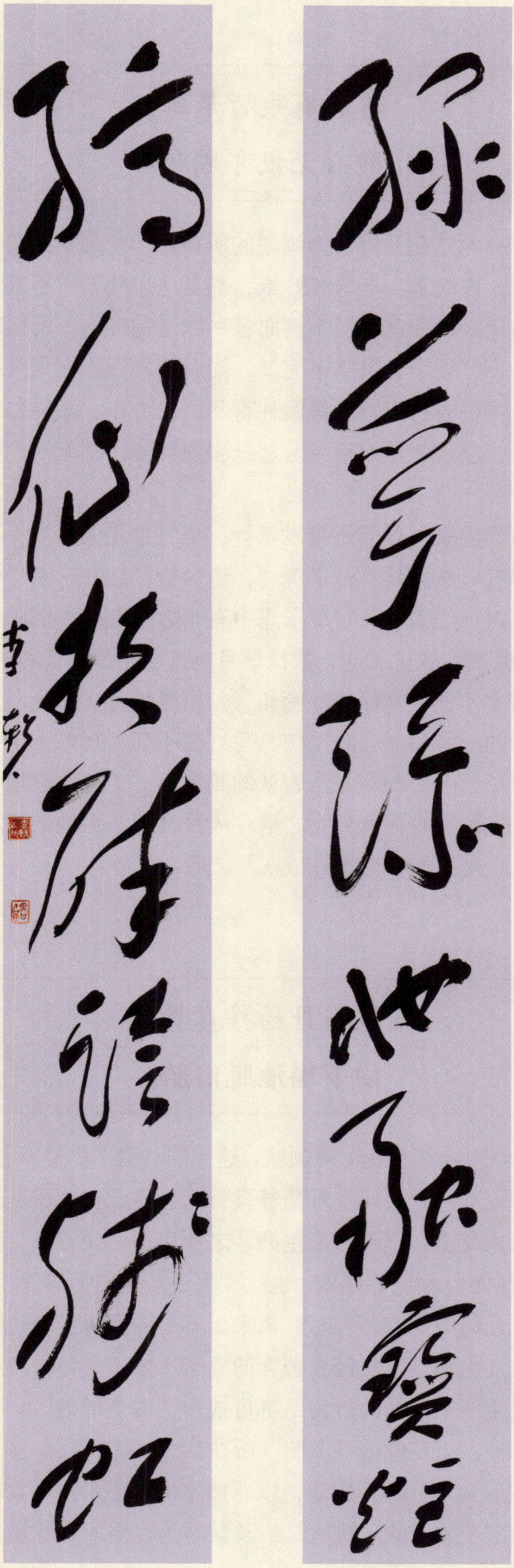

绿萼添妆融宝炬，缟仙扶醉跨残虹。尺寸：180cm×23cm×2

冻脸有痕皆是血，
酸心无恨亦成灰。

《红楼梦》里有两处花开得最为绚烂的所在。一个是李纨的稻香村，另一个，就是妙玉的栊翠庵。说起来，李纨和妙玉，都是这大观园中不甚谐和的因素。李纨是青春守寡，在盛年之时就已不得不直面各种欲念的终结。所以作者有关李纨的判词才会开篇即称——“桃李春风结子完”，同时把她安置在大观园中与“自然”最为相悖的稻香村。可稻香村里，又偏偏种有几百株杏花。某种程度上，这云蒸霞蔚一般的几百株杏花，应该就是无论身份还是客观处境，都无法彻底掩抑的真实的热望。

妙玉，则是自幼出家，虽然是带发修行，毕竟也是槛外人，是出家人，与这凡尘俗世没有半点牵惹。然而就其行事观之，这尘缘显然并未断得干净。所以作者又给这栊翠庵种上了树树红梅——“栊翠庵中有十数株红梅如胭脂一般，映着雪色，分外显得精神”。某种意味上，这十数株炫目的红，正是妙玉心中各色欲望的彰显。

李纹此诗，着实不佳，然而颔联两句，却格外值得注意。与其说是写红梅，倒不如说是对于妙玉的一番写照。此二句，写红梅不美，写妙玉却传神。妙玉此人，正是孤僻之极的性子，然而却有无法否认的真挚——“冻脸有痕皆是血”是也。另外，虽然没有办法实际拥有任何男女之情、风月之债，但她依然对于宝玉有许多的偏爱与挂牵，这也正是“酸心无恨亦成灰”之叹。

误吞丹药移真骨，
偷下瑶池脱旧胎。

此二句，是李纹《咏红梅花》的颈联。这一联，似乎仍然不曾停留在红梅花上，而是依旧着墨于妙玉本人。“误吞丹药移真骨”，这一句似乎交代了妙玉早在之前就已然注定的出家人身份，以及出家生涯。之所以说“误吞”，大抵是强调她从来不曾拥有过选择的自由。而一旦确定，也就丧失了与尘寰情缘发生交集的机会。“偷下瑶池脱旧胎”，此句仿佛有些书写红梅来历不凡的意思，却也更为分明地道出了妙玉内心深处有关红尘那点无法轻易舍弃的眷恋。妙玉之容许刘姥姥前来、赠与宝玉红梅，包括宝玉生辰下拜帖的行为，都可视作“偷下瑶池”。至于无法彻底割舍的牵恋，或者说情怀，正是所谓“旧胎”所在。

所以邢岫烟在后文才会那样感慨，以“僧不僧、俗不俗、女不女、男不男”数语，毫不留情地道出了妙玉的“尴尬”，及其不为世俗所容的境况。

冻脸有痕皆是血，酸心无恨亦成灰。尺寸：180cm×24cm×2

李轶//书　曾莹//文

误吞丹药移真骨，偷下瑶池脱旧胎。尺寸：180cm×24cm×2

闲庭曲槛无余雪，流水空山有落霞。尺寸：180cm×32cm×2

闲庭曲槛无余雪，
流水空山有落霞。

宝琴的《咏红梅花》，只能说写得中规中矩，并无其他更多的深意、新意。首联“疏是枝条艳是花，春妆儿女竞奢华”两句，一则可以移到红梅以外的任何花，显然不见任何独特，或者说特性并不分明；另一则是“奢华”一语，实在没有落脚之处。读来不但平庸，而且无味。

颔联“闲庭曲槛无余雪，流水空山有落霞”两句，无非是交代了红梅生长的周遭环境——所谓“闲庭曲槛”是也，同时也道出了此时的季候——“无余雪”；当然，也写出了深山中陡然出现一丛红梅的惊艳程度，就好像天上的一抹霞彩，落到了这流水空山当中。很显然，下句比上句好。但整首诗，依然呈现出较为平庸的状貌，有句而无篇。

幽梦冷随红袖笛，
游仙香泛绛河槎。

相比之下，宝琴此诗的颔联明白晓畅，而颈联却颇有些费思量。

上句写作“幽梦冷随红袖笛”，以“笛”字，大抵是点梅花，毕竟有那么一首著名的笛曲叫作《落梅风》；称“红袖”，大概又是突出色泽的鲜红，姿态的曼妙，与女儿有得一比。“幽梦”云云，也许又一次点了“罗浮梦”，暗指红梅身上泠然的仙气。至于“幽”“冷”二语，或许是就红梅的特质再次凸显。

下句有所谓“游仙香泛绛河槎”，“游仙香泛”，突出此花之来历不俗；“绛河”云尔，似乎又一次在点染色泽，同时还是在刻画来处的不凡——毕竟是天河来客。作者拟要以世外仙姝一般的风姿，强调红梅花身上的出尘，笔墨却在拼凑和套路中反复跳跃。小说写到众人皆贺宝琴，在我看来，应该是鼓励的意味大于真实的肯定。

不求大士瓶中露，
为乞嫦娥槛外梅。

李纨问宝玉，你可有了？宝玉的回答有趣——“我到有了，才一看见那三首，又吓忘了，等我再想。”一听他这话，湘云就拿了一支铜火筷敲击手炉，权充击鼓，

幽梦冷随红袖笛，游仙香泛绛河槎。尺寸：180cm×23cm×2

李轶//书 曾莹//文

不求大士瓶中露，为乞嫦娥槛外梅。尺寸：138cm×23cm×2

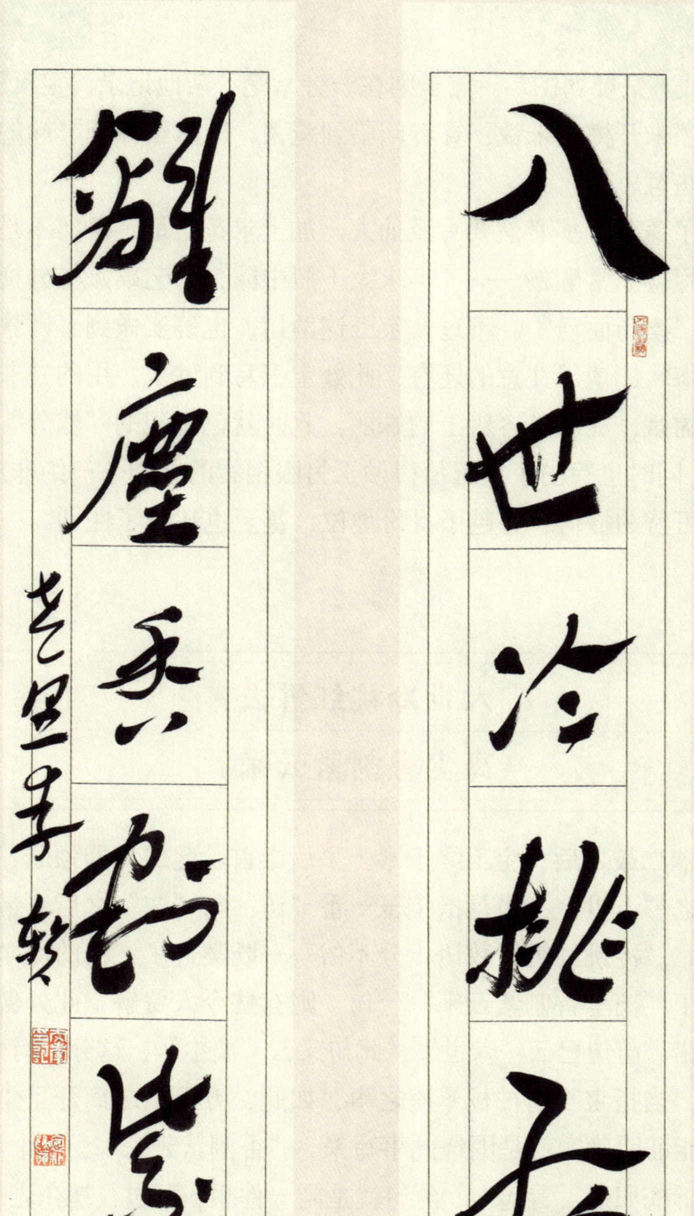

入世冷挑红雪去，离尘香割紫云来。尺寸：138cm×23cm×2

告之“鼓绝不成，又要罚的”。黛玉则在一旁拿笔，帮他记录。宝玉随即开始念诵。首联即有：“酒未开樽句未裁，寻春问腊到蓬莱。”黛玉评曰“起的平平”，但到后句，则“有些意思了”。

既然提到了蓬莱，那必然要写及仙人。加上求花之地，确实不是世俗之境，所以宝玉的颔联写得非常顺畅——“不求大士瓶中露，为乞嫦娥槛外梅。”对此，黛玉摇头，不过“凑巧而已”。不过，宝玉这两句，也确实做到了即景切题，毕竟是《访妙玉乞红梅》。值得注意的还有，此处宝玉写到妙玉，用的并非出家僧侣的形象，而是径用嫦娥，突出其容貌上的姝丽。此时就已出现的“槛外”一语，似在与后文遥相呼应，同时也写出了宝玉值得妙玉另眼相看的原因——绝非皮相上的难得，而是那份隐约可辨的懂得，超越了身份地位，甚至也超越了性别。

入世冷挑红雪去，
离尘香割紫云来。

在湘云忙催二鼓之后，宝玉终于奉上了后半首。此二句即颈联。“入世冷挑红雪去”，此处之“入世”，当是指宝玉一番“访”与“乞”之后，带着红梅离开栊翠庵进入尘世。“冷挑红雪”数语十分不俗——既契合了红梅的冷峭，也带出了妙玉的气韵。至于“离尘香割紫云来”一句，则有些令人费解。此处似乎发生了一定程度的时空交错。前句已云“入世”，此句又云“离尘”，这分明有着先后的倒置。“离尘”一语，当指宝玉前往栊翠庵之事，如此，方可谓之离开了尘境。而且，后面的字句，也能证明确实就是围绕此事写来。“香割紫云来”，这个没有更多疑问，写的就是宝玉折梅归返。看起来，两句就是同一件事，不过，却在先后上强行倒置，同时在出入上制造谜团——教读的人，一时间不免恍惚，不知道究竟哪里是尘寰以内，又是哪里，在尘寰之外。

岛云蒸大海，
岚气接丛林。

《红楼梦》第五十二回，宝琴说起自己童年时的一段经历。说是八岁的时候，随其父亲到西海沿子上买洋货，遇到一个真真国的女孩子，长相就和西洋画上的美人一样，竟然“通中国的诗书，会讲‘五经’，能作诗填词”。宝琴的父亲请了一

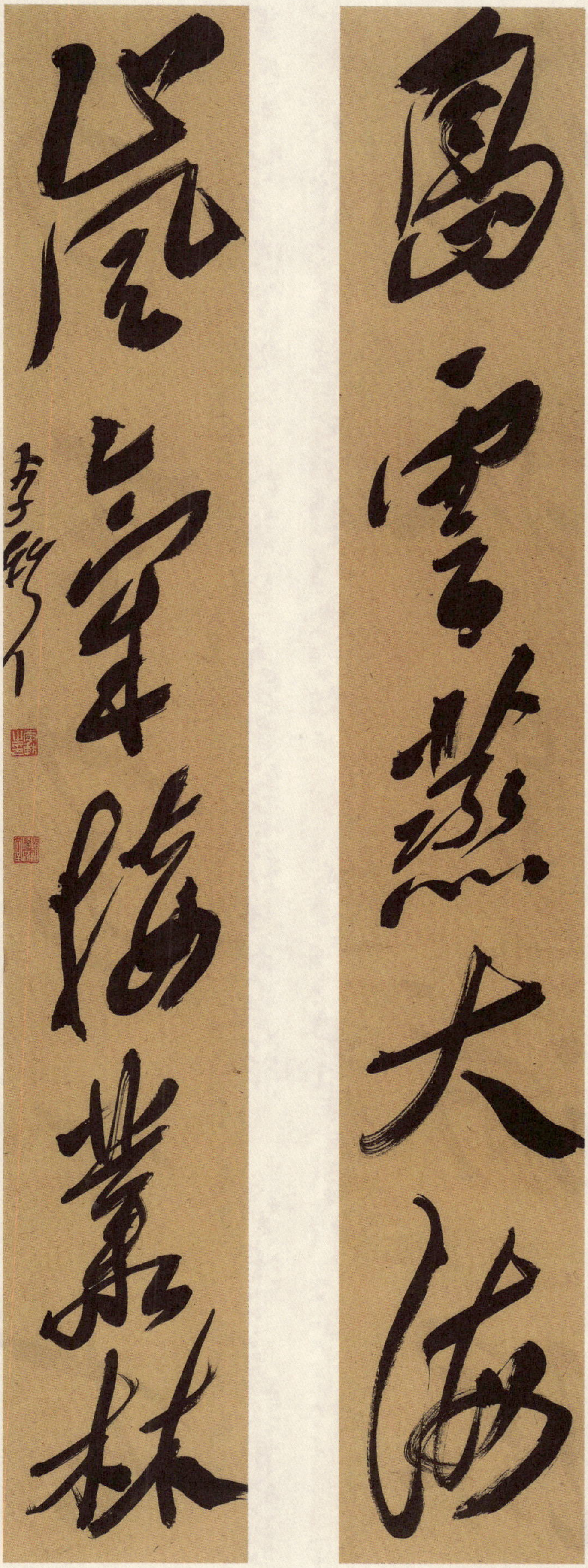

岛云蒸大海，岚气接丛林。尺寸：136cm×23cm×2

李轶//书　曾莹//文

月本无今古，情缘自浅深。尺寸 138cm×34cm×2

位“通事官”，也就是翻译官，请这女子写了一张字，所写的就是她自己作的诗。宝琴记得诗的内容，就念出来给大家听。

这是一首五言律诗。“岛云蒸大海，岚气接丛林”，正是此诗的颔联。这一联，就文字上来看并没有更多的特别之处，就内容上而言，则有着突出的异域风情。岚气与丛林之“接”，似乎点明此间为瘴疠之地。而岛云与大海之“蒸”，充分写出了南国、海岛、大洋的奇异风光，令人大开眼界，胸襟也为之一奇。

月本无今古，
情缘自浅深。

一方面，是宝琴说的，“外国的女子也就难为他了”；另一方面，却是众人听后的感叹——“难为他！竟比我们中国人还强。”两方面结合，则此诗的特别和不俗俱可见矣。

这两句，是这首五律的颈联。乍一看，似乎无法对上，但再定睛细味，就会发现，这是典型的文句入诗，倒让人读出了几分瘦硬与古拗的特性。颇有些宋诗的神情。当然，也符合“外国女子”这一身份设定。这一联，是显而易见的议论笔墨。上句，写的是月从来就没有今与古的分别；下一句，道出的则是情从来就因为浅深不一而表现不一。由此外国女子的诗，同样带出了和小说核心题旨——“情”密切相关的一重喟叹。作者在结撰这一鸿篇巨制时始终保有深微细密的特性，也着实令人佩服。

这首诗的尾联，同样颇见情思。“汉南春历历，焉得不关心”二句于此首五律的结篇位置，分明又带出了一些类似乐府民歌的况味——于是在咨嗟喟叹中，有那么一些心绪，呈现得更为宛转而悠长。

肝脑涂地，兆姓赖保育之恩；
功名贯天，百代仰蒸尝之盛。

《红楼梦》第五十三回，回目名为“宁国府除夕祭宗祠，荣国府元宵开夜宴”。这一回，作者借初次经历此种祭祀的宝琴之眼，细细打量了一番这宗祠。小说从腊月二十九日开始写起，记述了“两府中都换了门神、联对、挂牌，新油了桃符，焕然一新”。然后就到第二天除夕，众人等着贾母等从宫里朝贺回来，皆入宗祠祭祀。小说写道：“且说宝琴是初次，一面细细留神打谅这宗祠。原来宁府西边另一个院

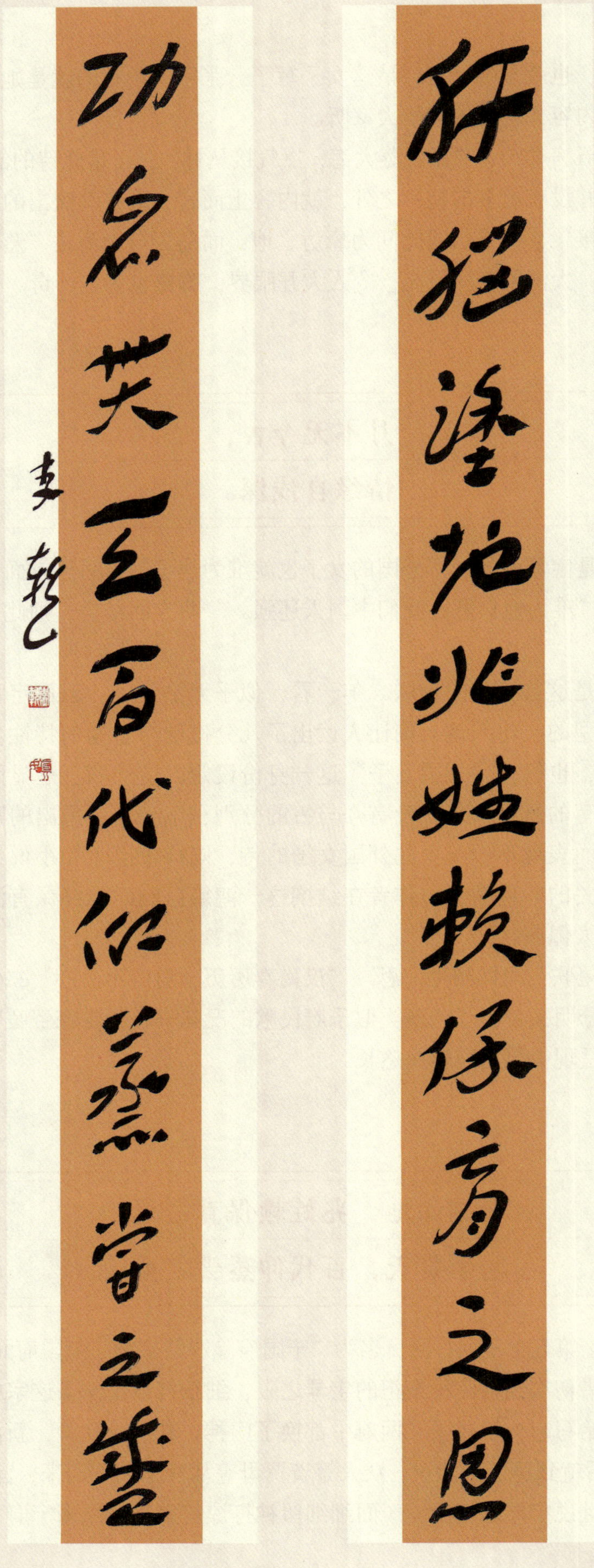

肝脑涂地，兆姓赖保育之恩；功名贯天，百代仰蒸尝之盛。尺寸：138cm×24cm×2

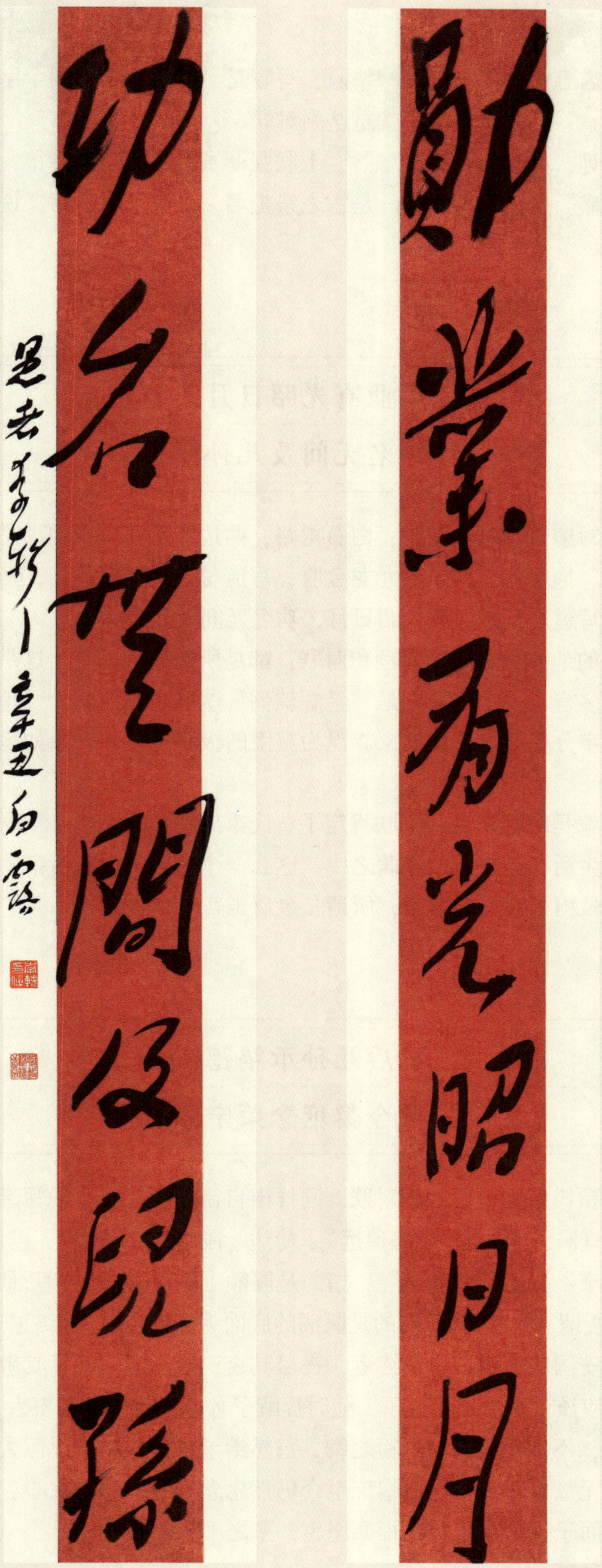

勋业有光昭日月，功名无间及儿孙。尺寸：136cm×23cm×2

子，黑油栅栏内五间大门，上悬一块匾，写着是‘贾氏宗祠’四个字，傍书‘衍圣公孔继宗书’。”两旁所悬的，就是这副对联。

“肝脑涂地，兆姓赖保育之恩”，上联强调了祖宗之功勋恩德。“功名贯天，百代仰蒸尝之盛”，蒸尝即烝尝，是古之祭祀名，是以下联所写，说的是千秋万代皆可仰其福泽。

勋业有光昭日月，
功名无间及儿孙。

小说接着写道：“进入院中，白石甬路，两边皆是苍松翠柏。月台上设着青绿古铜彝鼎等器。抱厦前上面悬一九龙金匾，写道是‘星辉辅弼’，乃先皇御笔。两边一副对联，写道是：勋业有光昭日月，功名无间及儿孙。”

值得注意的地方，一个是匾额和对联，都是所谓先皇御笔，这是何等样的恩宠及尊荣，不必多言。另一个，则是“星辉辅弼”这一匾额内容。“辅弼”者，必国之重臣。此四字分明凸显了贾氏家族世为重臣的极高地位——永如星辉，辅佐着日月般的君王。

再一个，就是对联本身，上联肯定了贾氏家族功业之不朽，下联则突出了其子孙万代将始终生活在这祖上的隆荫之中。这么一个内容，由皇帝亲笔题写，某种程度而言，就是做出了郑重的承诺，所谓“金口玉言”是也。

已后儿孙承福德，
至今黎庶念荣宁。

宝琴所见贾氏宗祠最后一副对联，同样出自御笔题写。小说写道：“五间正殿前悬一闹龙填青匾，写道是‘慎终追远’。傍边一副对联，写道是：已后儿孙承福德，至今黎庶念荣宁。”所谓“闹龙”，指的是匾额上的浮雕龙形，乃是对面而立呈张牙舞爪之状。所谓“填青匾”，指的是匾额的底面为石青色。“慎终追远”，出自《论语》，按照孔安国的解释，“慎终者，丧尽其哀；追远者，祭尽其敬”。这么四个字挂在宗祠，应该说再恰切不过了，随时提醒子孙，一定要钦敬事人，保持祖德。

对联平实，不过作为御笔题写之物，已然给予了贾氏家族以巨大的肯定。荣宁二公，其功德无量可知——是以黎庶至今仍然念念不忘，感戴在心；其福泽深广亦不待言——故而子孙可以秉承其福德恩惠，享之不绝。

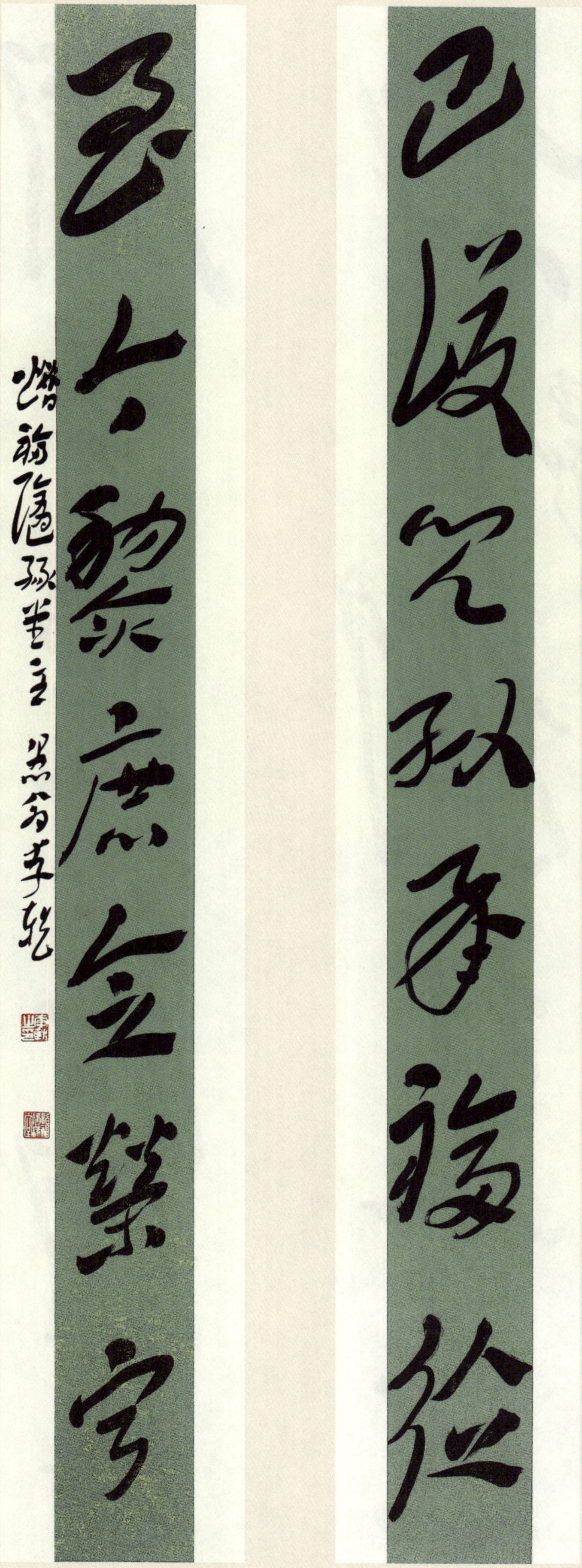

己后儿孙承福德，至今黎庶念荣宁。尺寸：136cm×23cm×2

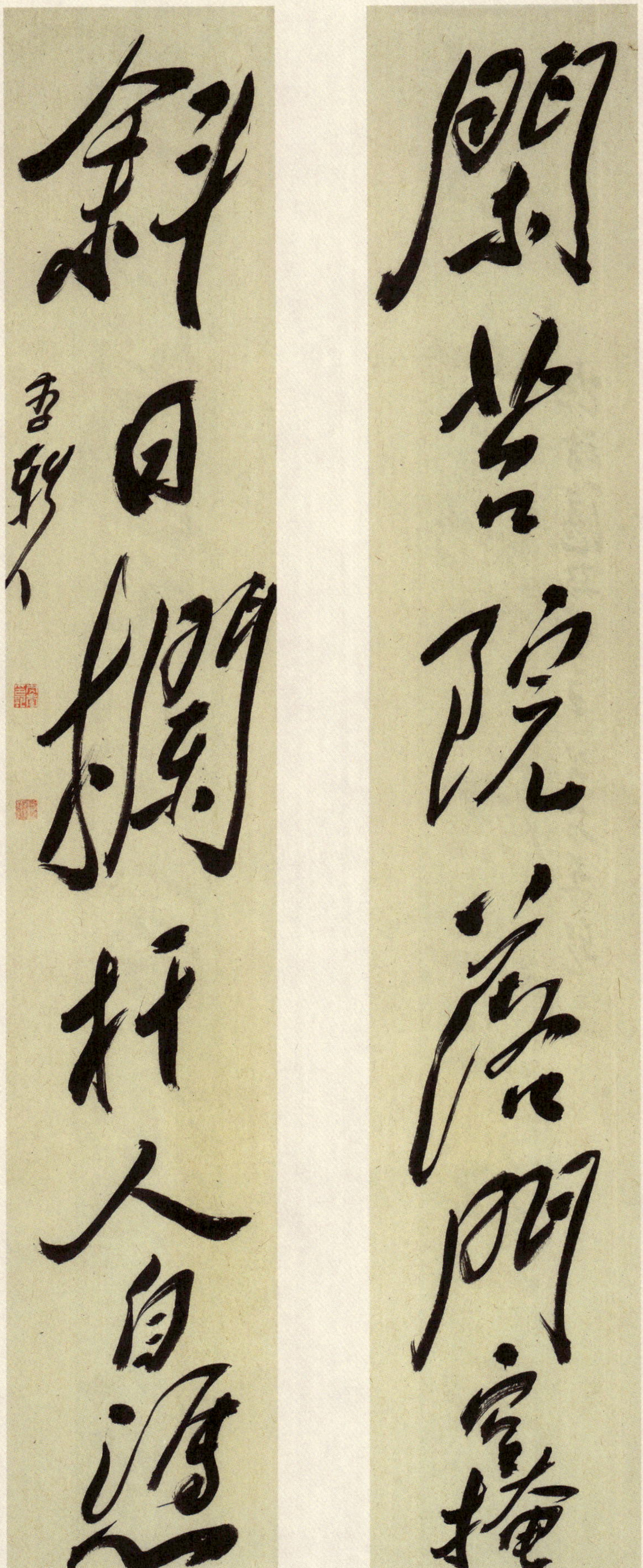

李轶//书　曾莹//文

闲苔院落门空掩，斜日栏杆人自凭。尺寸：180cm×31cm×2

闲苔院落门空掩，
斜日栏杆人自凭。

《红楼梦》第七十回，题为“林黛玉重建桃花社，史湘云偶填柳絮词”。小说一开篇，就交代了此时乃“仲春天气”，而宝玉正因为“冷遁了柳湘莲，剑刎了尤小妹，金逝了尤二姐，气病了柳五儿，连连接接，闲愁胡恨，一重不了一重添”。在这个时候，却突然有了一首好诗，是以有了重建诗社，重新热闹的契机。

这首好诗，就是林黛玉所作的《桃花行》。宝玉受湘云之邀约去到沁芳亭上时，众人正在一边玩赏此诗，一边交口称赞。湘云就说，这首桃花诗那么好，干脆就趁此机会，就比天时，将海棠社改作桃花社，也应了“万物逢春，皆主生盛”。

《桃花行》乃是乐府旧题。黛玉所作，就体例来看，是一首典型的七言歌行。这首歌行构思尤见巧妙。开篇即以一帘隔开，写出帘内、帘外两个世界，同时也写出了人与桃花的一重对峙，正是：“帘外桃花帘内人，人与桃花隔不远。”由“隔不远”，再到“帘不卷”，可以看到，帘内帘外两个世界，始终在互相观望着，也眷恋着。帘外的花，从“开仍旧”到“花满庭”；帘内的人，从“比花瘦”到“倍伤情”。接下来，我们就看到了这样一组对句的出现——“闲苔院落门空掩，斜日栏杆人自凭”，足见花落之后的孤清冷寂，所谓“门掩黄昏，无计留春住”是也。很显然，着一“空”字，指出一切皆为徒劳，春逝无踪；又接着敷演一个春日黄昏，独自凭栏的那份落寞与伤怀。毫无疑问，这是伤春——悲花落无痕，难于留住，难于久恃；同时，这当然也是伤己——悲年岁凋零，心事凋零。

所以宝玉看完这首诗，“并不称赞，却滚下泪来。便知出自黛玉，因此落下泪来”，这一段描写传递出来的意绪，远比直白称赞高明得多，也让我们充分感受了一下：究竟什么样的懂得，才能够得上所谓“知己”。

撒天箕斗灿，
匝地管弦繁。

“凸碧堂品笛感凄清，凹晶馆联诗悲寂寞”，这是《红楼梦》第七十六回的回目名。小说写到黛玉和湘云并未去睡。黛玉因为念及自身异于旁人的处境，不免“对景感怀，自去俯栏垂泪”。湘云宽慰她，便邀她近水赏月，一并联句，待到明日，再羞众人一羞。

李轶//书　曾莹//文

撒天箕斗灿，匝地管弦繁。尺寸：138cm×35cm×2

几处狂飞盏，谁家不启轩。尺寸：136cm×34.5cm×2

大观园山之高处，就叫“凸碧”，山之低洼近水出，则叫“凹晶”。湘云感叹：“这‘凸’‘凹’二字，历来用的人最少。如今直用作轩馆之名，更觉新鲜，不落窠臼。可知这两处一上一下，一明一暗，一高一矮，一山一水，竟是特因玩月而设此处。”未曾想这正是黛玉所拟名称，二人遂在“凹晶溪馆”盘桓赏月，联句遣兴。

“撒天箕斗灿”，是湘云的出句，写出了漫天繁星的璀璨美好。黛玉对句，作“匝地管弦繁”。“匝地”，即所谓遍地。有意思的是，此刻大观园内，其实只有笛声悠扬。贾母等人，正因这笛声而伤感落泪；黛玉湘云，却在这笛声襄助之下，诗兴倍增。

小说第一回，甄士隐与贾雨村也有中秋赏月，对饮吟诗之举。两个人，室内、室外，皆是一派闹热的光景。随着时间推移，来至七十六回，再次中秋宴饮，一群人却也只见凄清冷落，可知盛时不复。热闹，便只存于黛玉、湘云二人的联句当中。无论是天上的，还是人间的。

几处狂飞盏，
谁家不启轩。

且说黛玉、湘云下了山坡之后，“只一转湾，就是池沿，沿上一带竹栏相接，直通着那边藕香榭的路径。因这几间就在此山怀抱之中，乃凸碧山庄之退居，因洼而近水，故颜其额曰‘凹晶溪馆’”。二人便在此间卷棚底下近水赏月，“只见天上一轮皓月，池中一轮水月，上下争辉，如置身于晶宫鲛室之内。微风一过，粼粼然池面皱碧铺纹，真令人神清气净”。

在这样的环境当中，即便心内仍有伤怀，身侧还有凄清，似乎都可以置诸脑后了。“几处”“谁家”，这是言其无所不在。其实就实际情况来看，这显然并未真实地发生。这样的热闹，不过是旧日的常情。而今，却只能栖止于诗句之中。这样一种对照，足以道出今昔之别，以及盛景不再的万千叹息。

轻寒风剪剪，
良夜景暄暄。

“轻寒风剪剪”，这是湘云的出句。此前，黛玉在芦雪庵联句之时也曾有过类似的表达。所以一听之下，她不禁言道：“对的比我的却好。只是底下这句又说熟话了，就该加劲说了去才是。”湘云则道：“诗多韵险，也要铺陈些才是。纵有好的，且留在后头。”从这样的对话，既可以看到二人不同的诗歌风格，其实也可以看到二者迥异的人生态度。

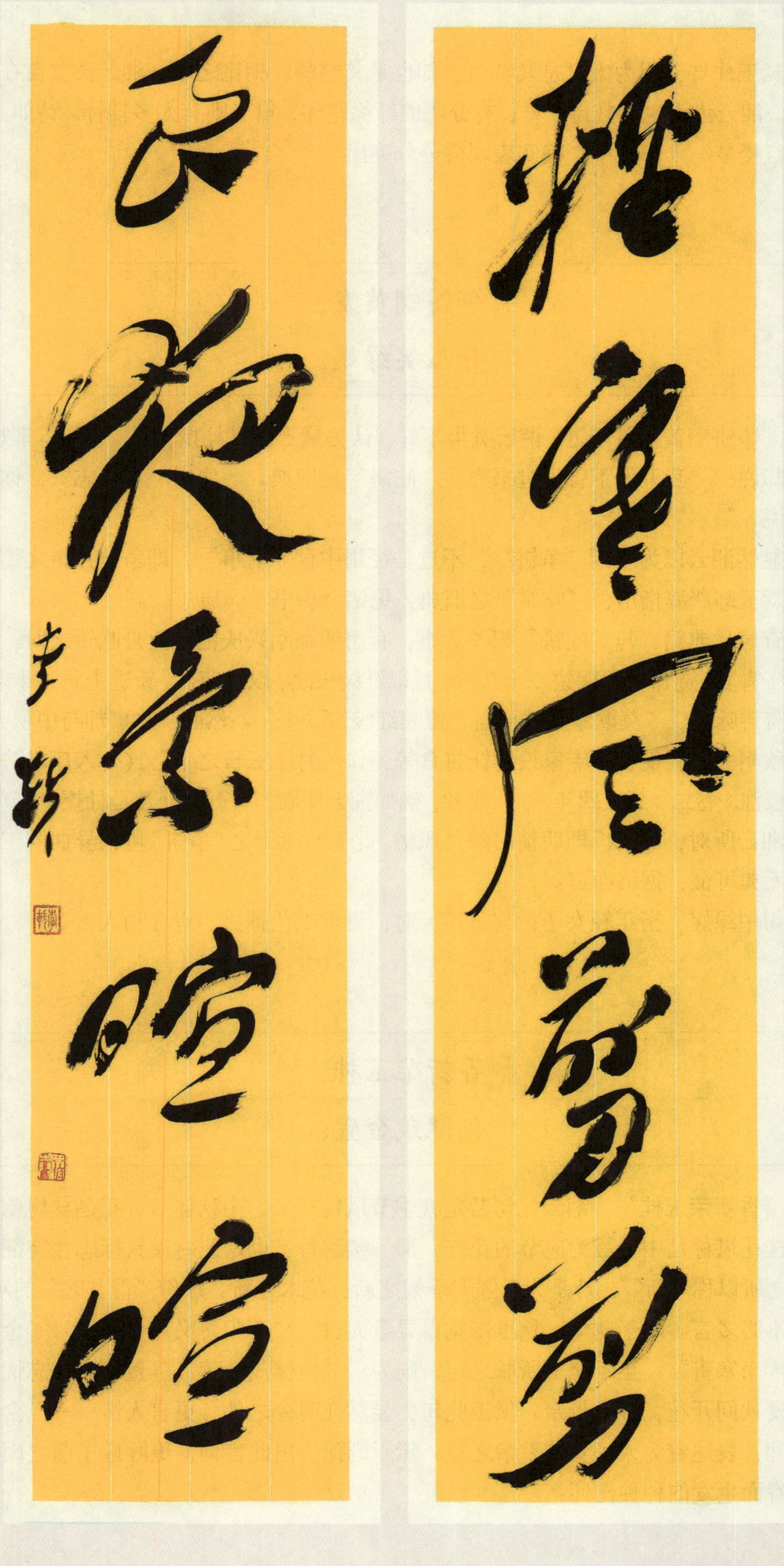

轻寒风剪剪，良夜景暄暄。尺寸：138cm×35cm×2

黛玉作诗，用力太过是其特色，却也是其弊病。相比之下，湘云便要自在从容许多。湘云为人也和其诗一样，有分明的纡徐宽和，黛玉则有太多挂怀。诗如其人，在《红楼梦》一部当中，确实表现得分外突出。

争饼嘲黄发，
分瓜笑绿媛。

“争饼嘲黄发”一句，湘云觉得不好，认为黛玉乃是杜撰，用“俗事”来难她。黛玉却说：“我说你不曾见过书呢，‘吃饼’是旧典。《唐书》《唐志》，你看了来再说。”

显然湘云以为所谓“争饼”，不过是径用中秋“时事”，即争抢月饼之谓。不过，黛玉却严辞指出，“吃饼”之旧典，见诸《唐书》《唐志》。

查唐代典籍，与“吃饼”相关之事，有唐僖宗幸兴庆池，泛舟吃饼之时，遇进士曲江喜宴，遂命御厨赐饼二十八枚，且以红绫束之，以示荣显。新进士正二十八名。薛能有诗咏此，“莫欺零落残牙齿，曾吃红绫饼餤来”。然而，此事却与中秋无涉。与中秋相关的，仅有“寺家设馎饦饼食等，作八月十五日之节”（《入唐求法巡礼行记校注》卷二《开成四年》）。或者，确如湘云所嗤，黛玉此处乃是杜撰也未可知。

湘云所对，“分瓜”即明清时祭月风俗，此处与黛玉之“争饼”可谓异曲同工——都是无典可征，据俗而言。

句中绿媛，指年轻女子，与黄发一对，更觉光色耀目，青春动人。

香新荣玉桂，
色健茂金萱。

“香新荣玉桂”，湘云此句乃是就季节风物写来。中秋佳节，正是桂树飘香之时。桂花堪称是中秋最为应节的花卉，那一缕甜香，也是此时最具标志性特征的存在。之所以称“新”，乃是为了强调季候之新，花木之新。那份“得其时”的观感，自然不必多言。对于此句，黛玉却觉得寻常太过，“不犯着又用‘玉桂’‘金兰’等字样来塞责”。至于黛玉所联之句，则为：“色健茂金萱。”萱草，即忘忧草，多于夏秋间开花，多指母亲。黛玉此句，显然在时令之外，更言人情——以金萱之茂与健，表达着为人子女的拳拳之意。黛玉既孤，出此言词，更呼应了前之因人皆有亲眷而生发的种种伤怀。

争饼嘲黄发，分瓜笑绿媛。尺寸：137.5cm×34cm×2

—— 李轶//书 曾莹//文 ——

香新荣玉桂，色健茂金萱。尺寸：138cm×34cm×2

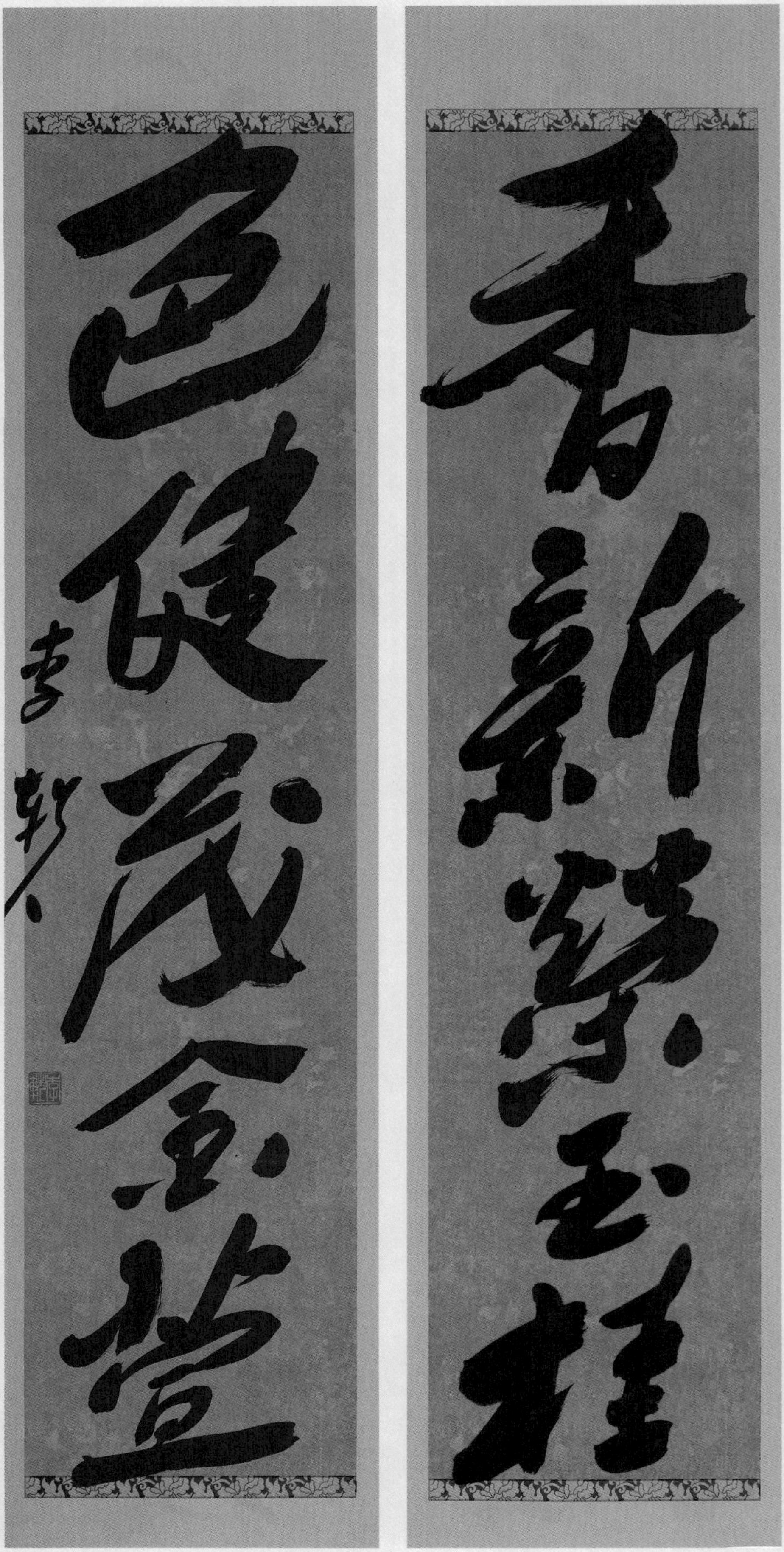

智能

《清改琦红楼梦人物图册》

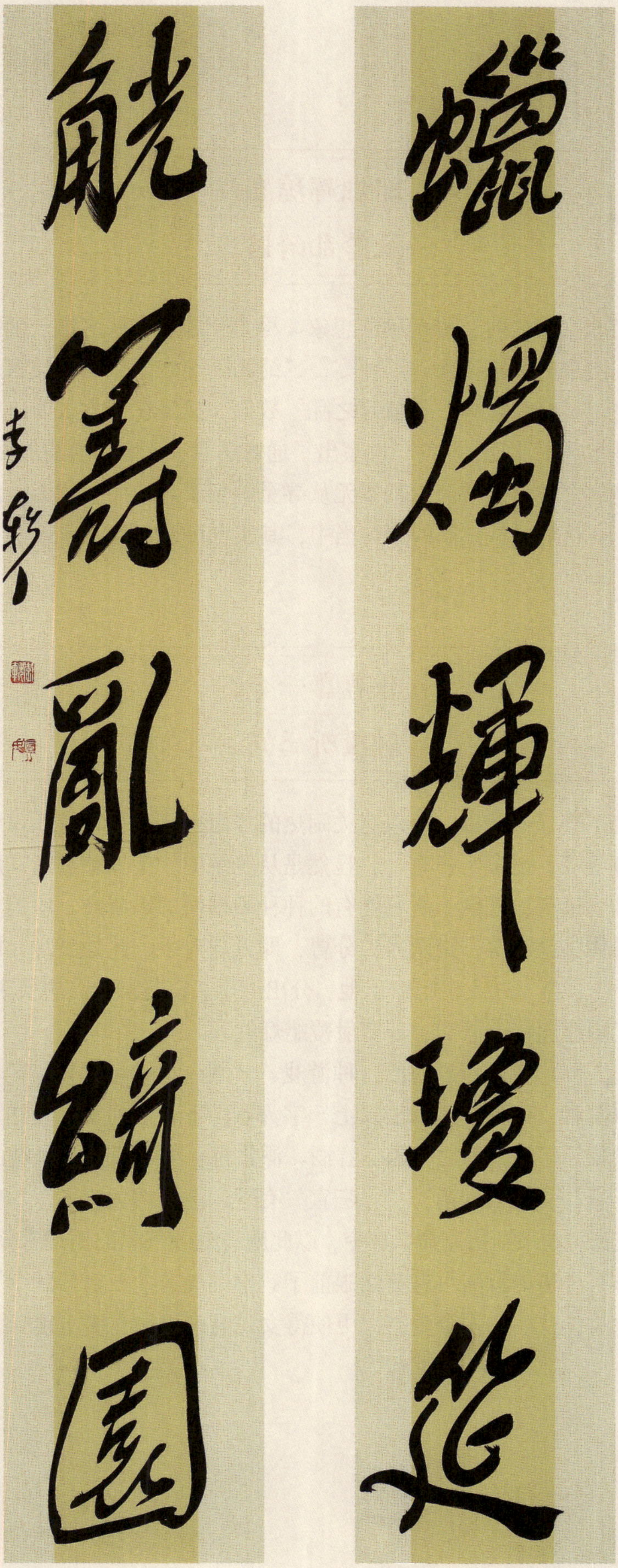

蜡烛辉琼宴，觥筹乱绮园。尺寸：136cm×23cm×2

蜡烛辉琼宴，
觥筹乱绮园。

二人在游戏文字之时，可谓尽情想象、尽力夸炫着中秋这样一个传统的团圆佳节，本应呈现出来的热闹景象。“琼宴”“绮园”等处，正是这类有关富丽奢华的夸诩之语。至于“蜡烛之辉”“觥筹之乱”数语，又是在极力敷演这中秋宴饮本来应该有的喧哗与热闹非凡，同时，也写出了通宵达旦，纵情狂欢的那份耽溺与肆意。而这，恰恰是这个中秋的贾府，基本无从寻觅的场景。故而，黛玉、湘云心里那些隐忍的感伤，在这样一些热闹的字句当中，其实也可谓表露无遗。

分曹尊一令，
射覆听三宣。

因为感伤不会轻易停歇，所以有关闹热的描写也一直在继续。

“分曹尊一令，射覆听三宣”，显然是从笼统的一笔“琼宴”“觥筹”，转至细致而微的描述笔墨，就席上所可能有的种种酒事而加以展开。所谓“分曹”，指的是酒令的具体实施。曹，指两人；分曹，即分出对手。此处所写，即席上有一司令官，监督行令，席上之人也听命于他，分出对手，以行酒令。唐代李商隐《无题》诗中就有：“隔座送钩春酒暖，分曹射覆蜡灯红。”

“射覆”，同样也是行酒时的一种游戏。《酒令丛钞》就有：“今酒座所谓射覆，又名射雕覆者，殊不类此。法以上一字为雕，下一字为覆，设注意酒字，则言‘春’字、‘浆’字使人射之，盖言春酒、酒浆也，射者言某字，彼此会意也。”

至于“三宣”，湘云评道：“‘三宣’有趣，竟化俗为雅了。”宣，一般解作宣酒令。不过宣，本来则指宣命、宣令，以此颇有战阵气息的语词来修饰席间游戏，一时间那份煞有介事的意味也就赫然眼前了。书中尚有“三宣牙牌令”一节，其间游戏的欢谑，故作严明的司令姿态，更使得女儿情态可掬，席上趣味分明。

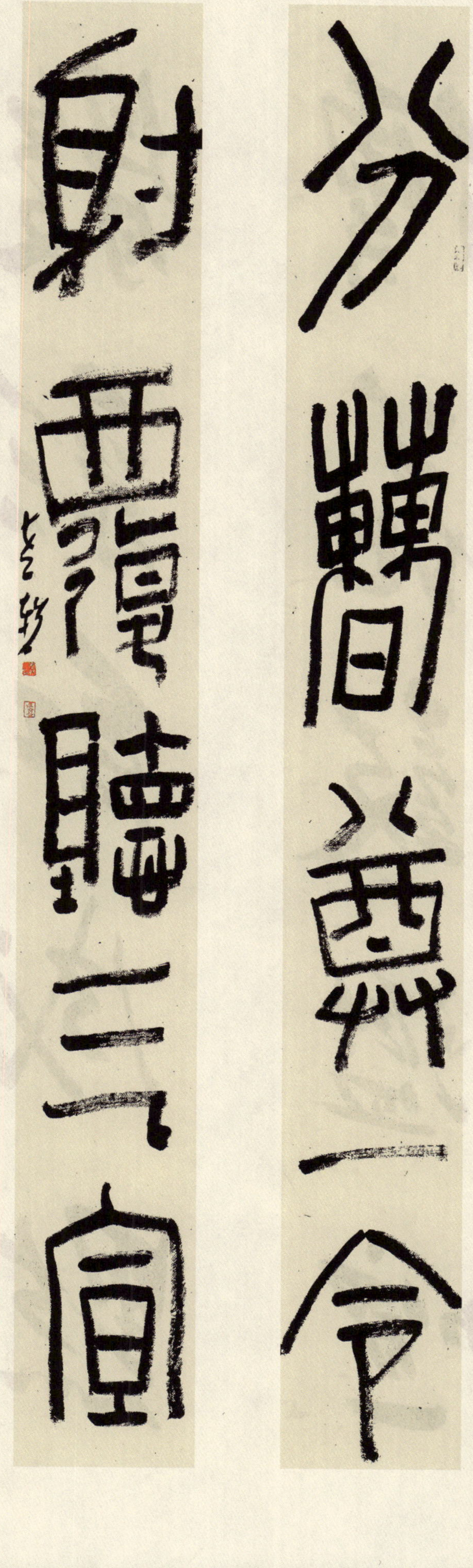

分曹尊一令，射覆听三宣。尺寸：180cm×22cm×2

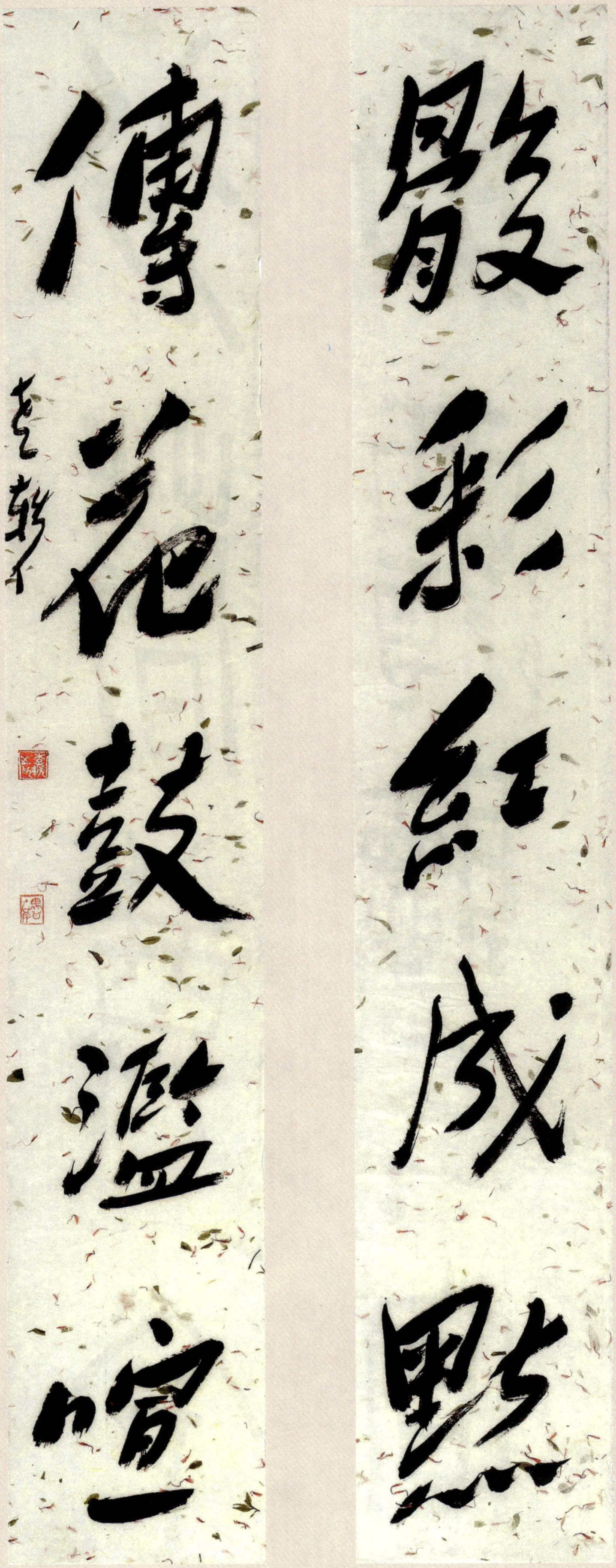

李轶//书　曾莹//文

骰彩红成点，传花鼓滥喧。尺寸：140cm×23.5cm×2

骰彩红成点，
传花鼓滥喧。

酒令已然是宴饮之俗，黛玉却意犹未尽，还写到了骰子，所以令到湘云叹息——似乎好不容易才化俗为雅，又回到了俗的境界。不过，世俗热闹的介入，无疑也带来了一些人间烟火气息。尤其，是就如此清冷的水边月色，只有二人对吟的特定背景而言。

当然，这样一些世俗的玩乐项目，也令到此番中秋联句之事，多少具有了民俗风情画卷的形态特征。湘云虽然嫌弃此句的俚俗，她却是能够体贴出黛玉深意的，所以对之以“传花鼓滥喧”。这一对句的工整妥帖，就赢得了黛玉的称许。

此时于现实中已然失却的热闹，我们依旧可以藉由文字去追怀，去找寻。这固然是令人深感悲戚的，但这同时也写出了一味淡淡的幸运——无论现实如何，毕竟，我们还有回忆，还有诗意。

晴光摇院宇，
素彩接乾坤。

“晴光摇院宇”，湘云的目光，显然又回到了自然风物之上。这一回归，令到热衷于“人事”“闹热”的黛玉有些不满，所以直接说：“下句又溜了，只管拿些风月来塞责。”湘云的回应则有：“究竟没说到月上，也要点缀点缀，方不落题。”“晴光”，即霁月之光，在这样月色朗照之下，水边的院宇楼台，似乎都一时滉漾起来，故有此句。“素彩”，同样也是写月光。月光虽然一色缟素，其间却仿佛藏匿了不可胜数的绚烂。置身月下，天地一片莹然，已然失却界限。

小说行进至七十六回，黛玉与湘云诗才的特出、相当，其实已经不待多言。不过，就诗歌态度而言，则湘云明显要更为通达。

赏罚无宾主，
吟诗序仲昆。

“赏罚无宾主”，黛玉极力把关注的焦点拉回到人群、筵席，似乎是想要通过这样的努力，忘却此时本不该有的孤清与寂寞。湘云却颇不以为然，所以直接说到：

李轶//书 曾莹//文

晴光摇院宇，素彩接乾坤。尺寸138cm×34cm×2

赏罚无宾主，吟诗序仲昆。尺寸：138cm×35cm×2

“又说他们作什么，不如说咱们。”喝酒是他们的，赏罚也是他们的，那些热闹，确实与此二人并无关联。

能够不羡慕旁人，专注于自我，这是湘云至为珍贵的性情。黛玉有时总让人觉得“多心”“心苦”，其实，就是太把旁人放在心上了，是以不够洒脱，是以总是顾影自怜，难逃伤怀。

吟诗，方是她们的。“吟诗序仲昆”，湘云此句一出，让人立马可以想见她“扬眉挺身”的那份神情。所谓“展眼吊斜晖”，非湘云，又孰能有此！

构思时倚槛，
拟景或依门。

被湘云大力纠正之后，黛玉、湘云两个人联句的重点，终于重新放置在自己的身上。“构思时倚槛，拟景或依门”，这就是针对联句时候的具体情形而展开的书写。身在熄了灯的“凹晶溪馆”的两个人，对着一池月色，怀着满腔心事，吟风弄月之际，确实也有着许多的展转与俯仰。“倚槛”与“依门”，都可谓是实写，真切鲜活，如在目前。同时此二句，也好像是在给这一番联句活动做一个小小的总结。这一联所勾勒出来的具体情状，足见联句之时两人的投入与专注。在这样的字句中，风雅是切实可感的，心事也并非虚化的存在。

酒尽情犹在，
更残乐已谖。

再好的筵席，都有人散的刹那，都有所谓结束的时刻。所以黛玉“酒尽情犹在”之句一出，湘云即道，“是时候了”。这四个字，看似简单，却有极其丰富的意蕴。

“是时候了”，是散场的时候，也是结束的时候，更是分别的时候了。这样的时候，应该如何对待，又如何自处，这大概是每个人的人生，都要面临的命题。湘云或者可以霁月光风，毫不挂怀。黛玉却显然不能。红楼里头的大多数人，大概都不能。现实中的你我，或许也大多都是不能。

这样的时刻，其凄凉无奈，不是一句更残乐谖就能道尽的。这样的时刻，还需要一些缓冲，也还需要一些回旋。所以元杂剧剧终之后还有散场的表演。所以此一联终了，二人还有许多的铺垫。所谓“这时候可知一步难似一步了”，同样也准确道出了后续句子联属的那份艰难。

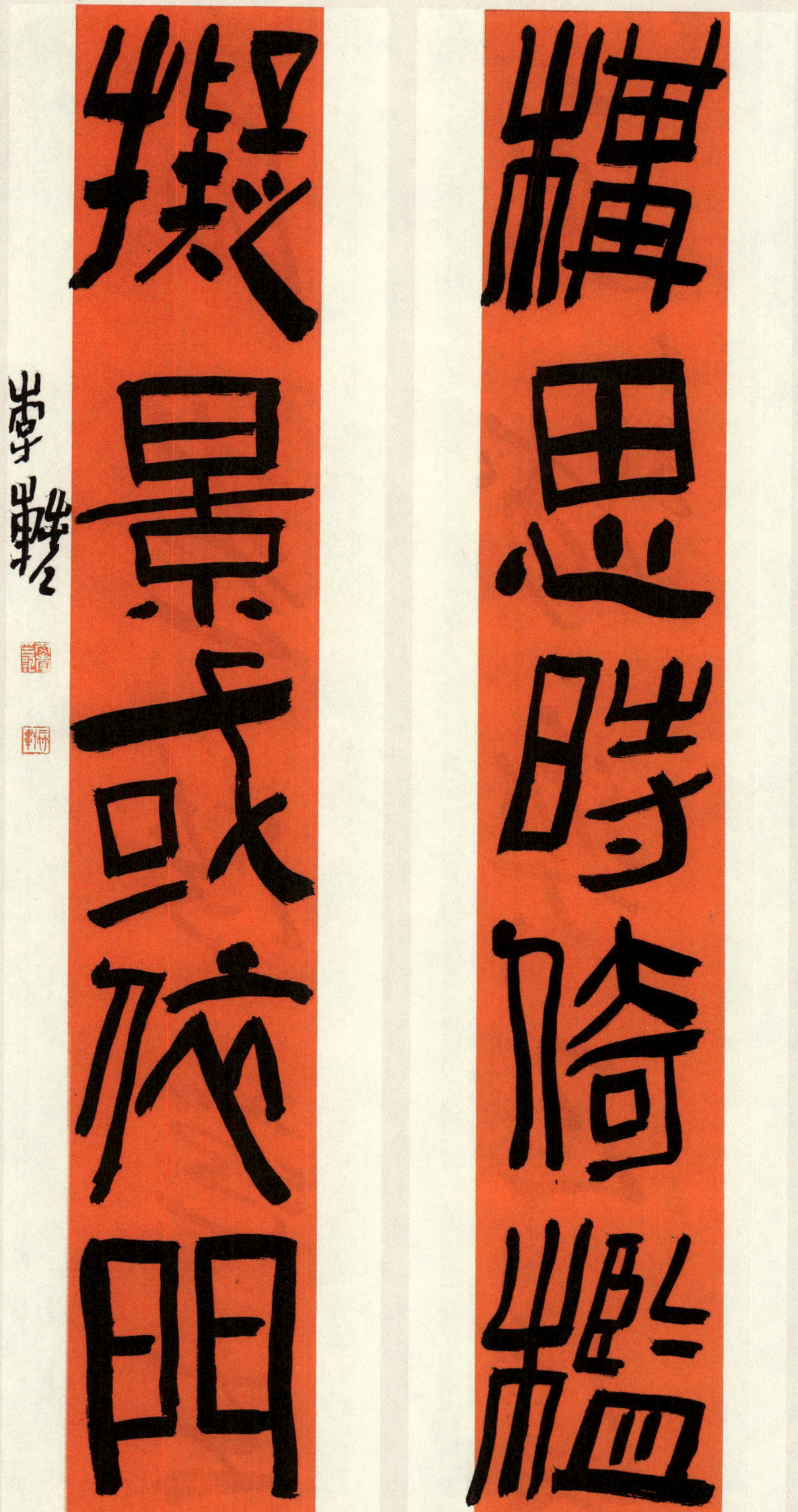

构思时倚槛，拟景或依门。尺寸：138cm×35cm×2

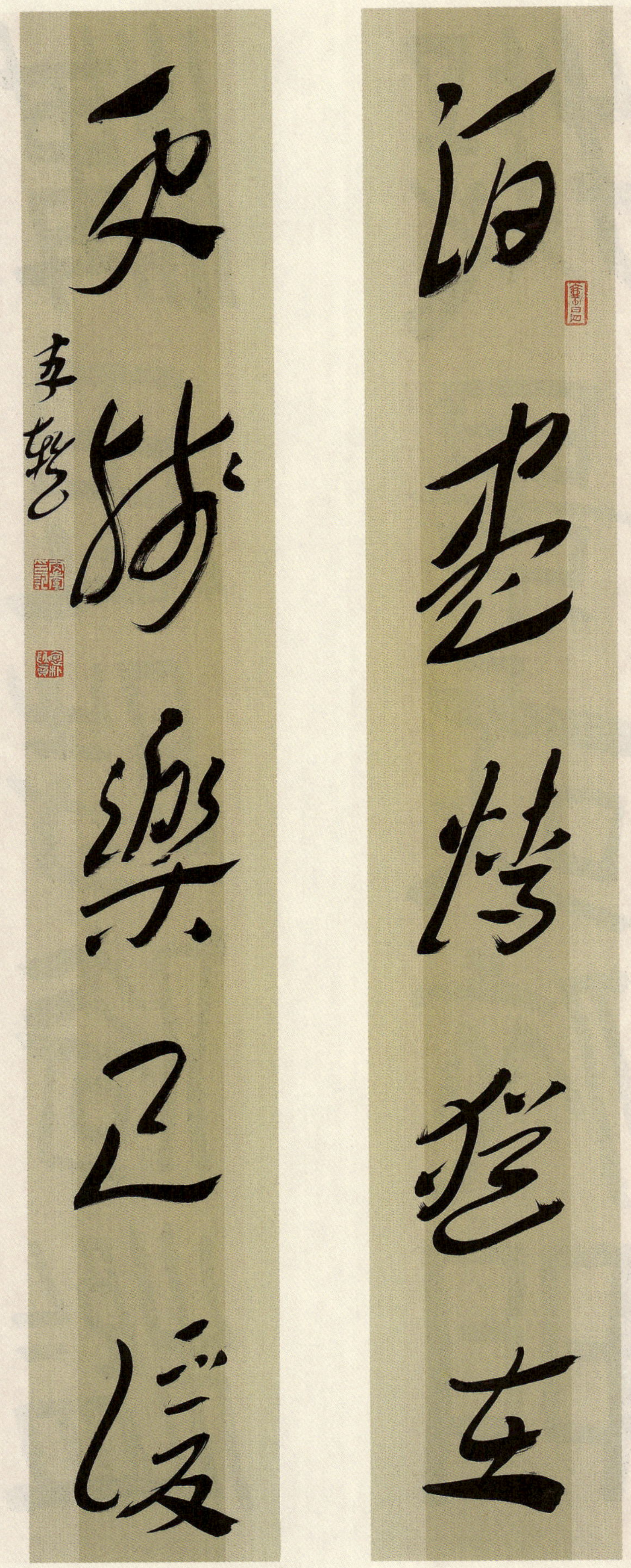

——李轶//书　曾莹//文——

酒尽情犹在，更残乐已谖。尺寸：136cm×23cm×2

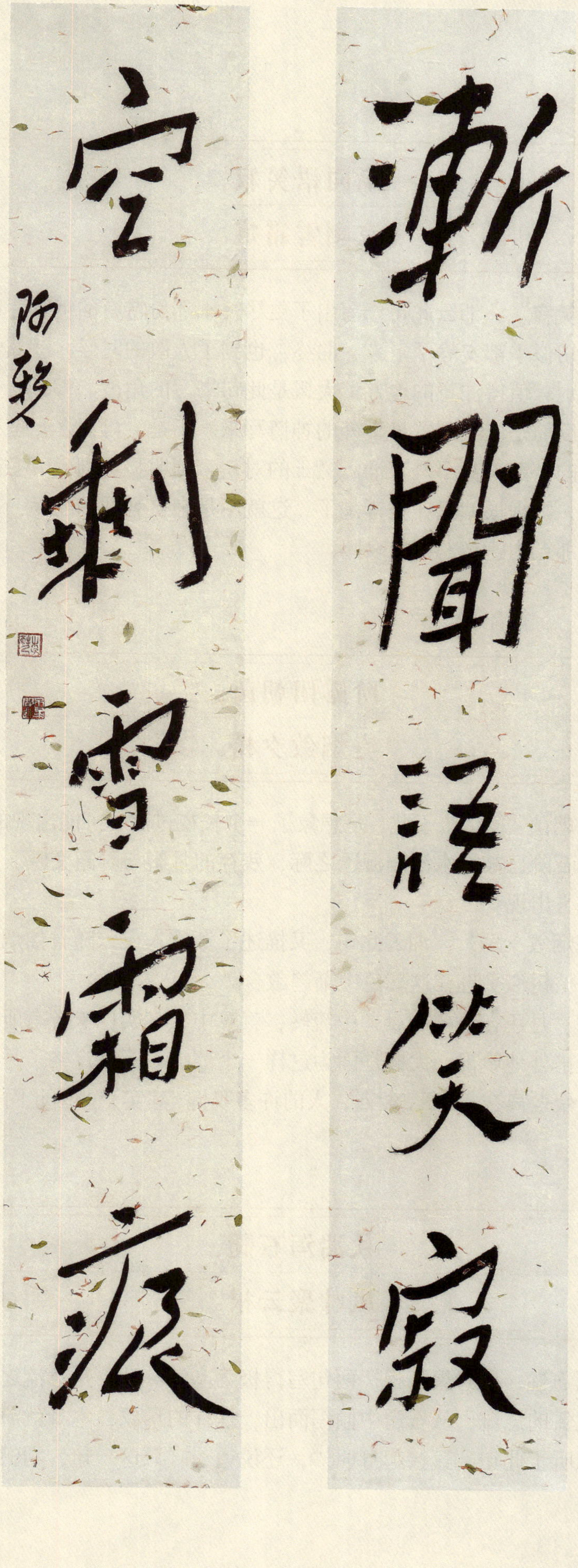

渐闻语笑寂，空剩雪霜痕。尺寸：140cm×23.5cm×2

渐闻语笑寂，
空剩雪霜痕。

“渐闻语笑寂”，湘云此句，写出了更尽夜阑那份特有的情形。喧哗抵达最高点的时候，一切似乎都安静了下来。曲终，也到了人散的时候。就其情致而言，这一句也不算特别。值得注意的地方，大概是此句书写的角度。湘云，分明不是厕身其间的那位，反而是以一副置身事外的神情写来。于是，可以多一些旁观的平静，少了许多情绪的外露，甚至是奔涌。黛玉的对句，则明显不同。“空剩雪霜痕”，“空剩”一出，则怅恨就已在在皆是了。这就不是来自旁观的视角，而是深陷其间方能发出的，那无力遮挽的泣血哀鸣。

阶露团朝菌，
庭烟敛夕棔。

“阶露团朝菌”，黛玉于此，是想象了一个长夜过后，可能出现的秋晨。更深，往往露重。当石阶已被露水浸润湿透之际，残存的月影与阶露交映，成团的朝菌就在这交映中渐告出现。

再看“庭烟敛夕棔”，湘云此句，又描述了黄昏入夜，随着如烟月色渐笼小庭深院，高大的棔树似乎也在这烟色中渐趋敛合。

晨昏交替，月色在这样的晨昏中流转，就算中秋其实也未尝有所例外。而人们之所以对中秋格外地珍视，大概是因为这样一个节点，不但定格了月色的浩荡，也定格了人间的聚散离合。黛玉、湘云二人的许多叹惋，其实无非因此而生，耿耿难灭。

秋湍泻石髓，
风叶聚云根。

“秋湍泻石髓，风叶聚云根”两句写得极为幽清。湍，是急流之谓，石髓，是石窟之谓。秋日的急流，从石窟中倾泻而出，这样的景象，本身就流淌着分明的寒冽之意。黛玉听了此句，直接起身叫妙，还说道：“只这一句，别的都要抹倒。我

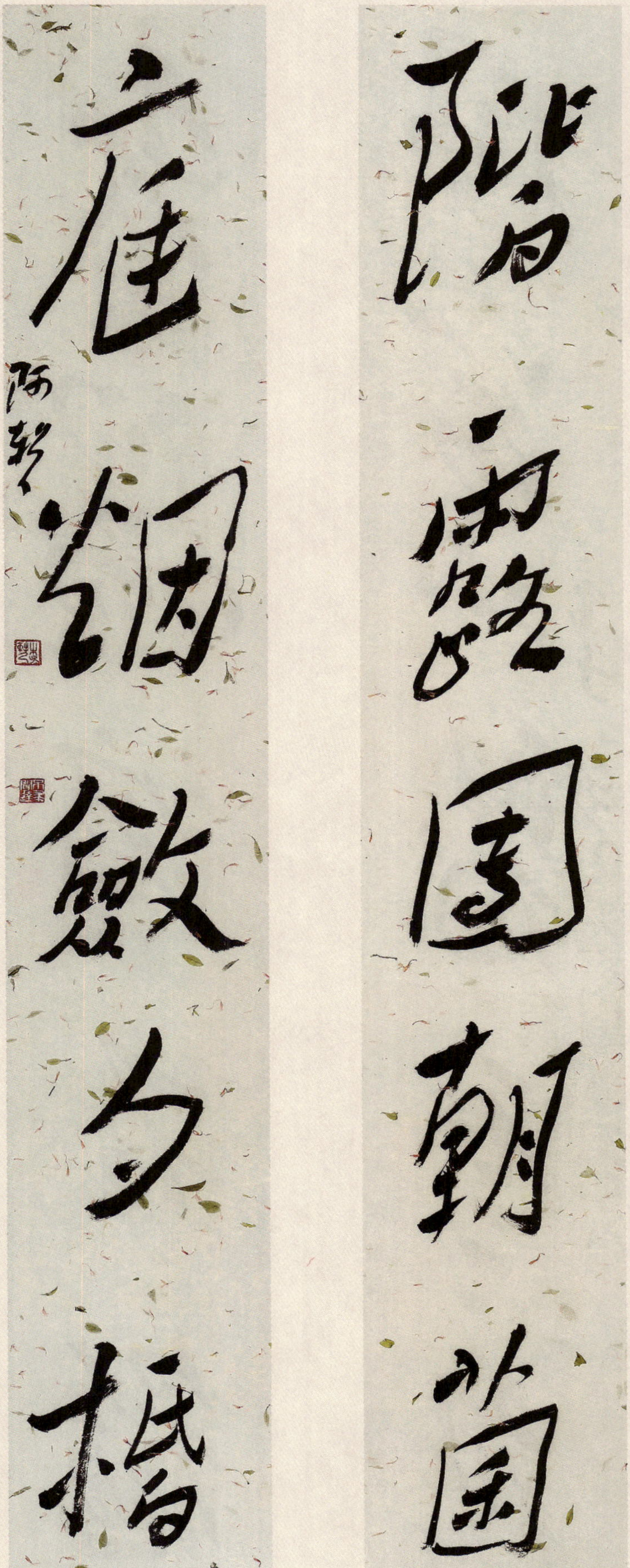

阶露团朝菌，庭烟敛夕曛。尺寸：140cm×23.5cm×2

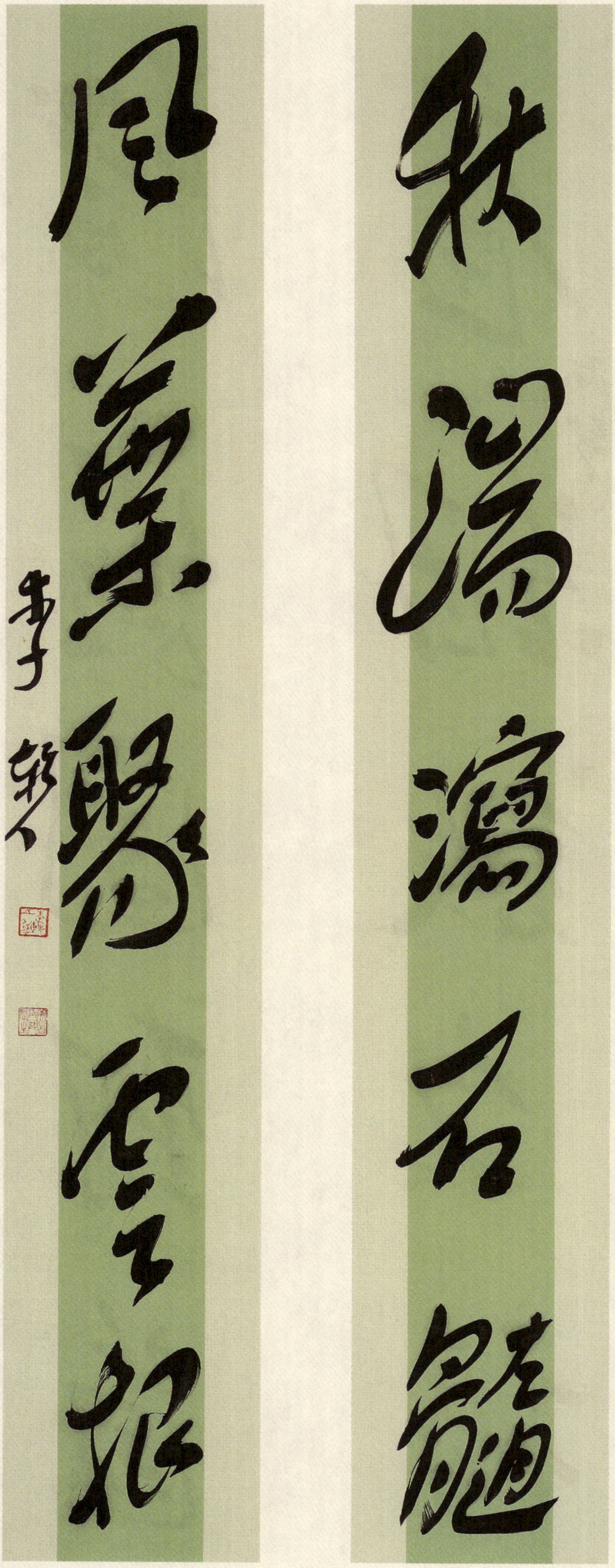

李轶//书　曾莹//文

秋湍泻石髓，风叶聚云根。尺寸：136cm×23cm×2

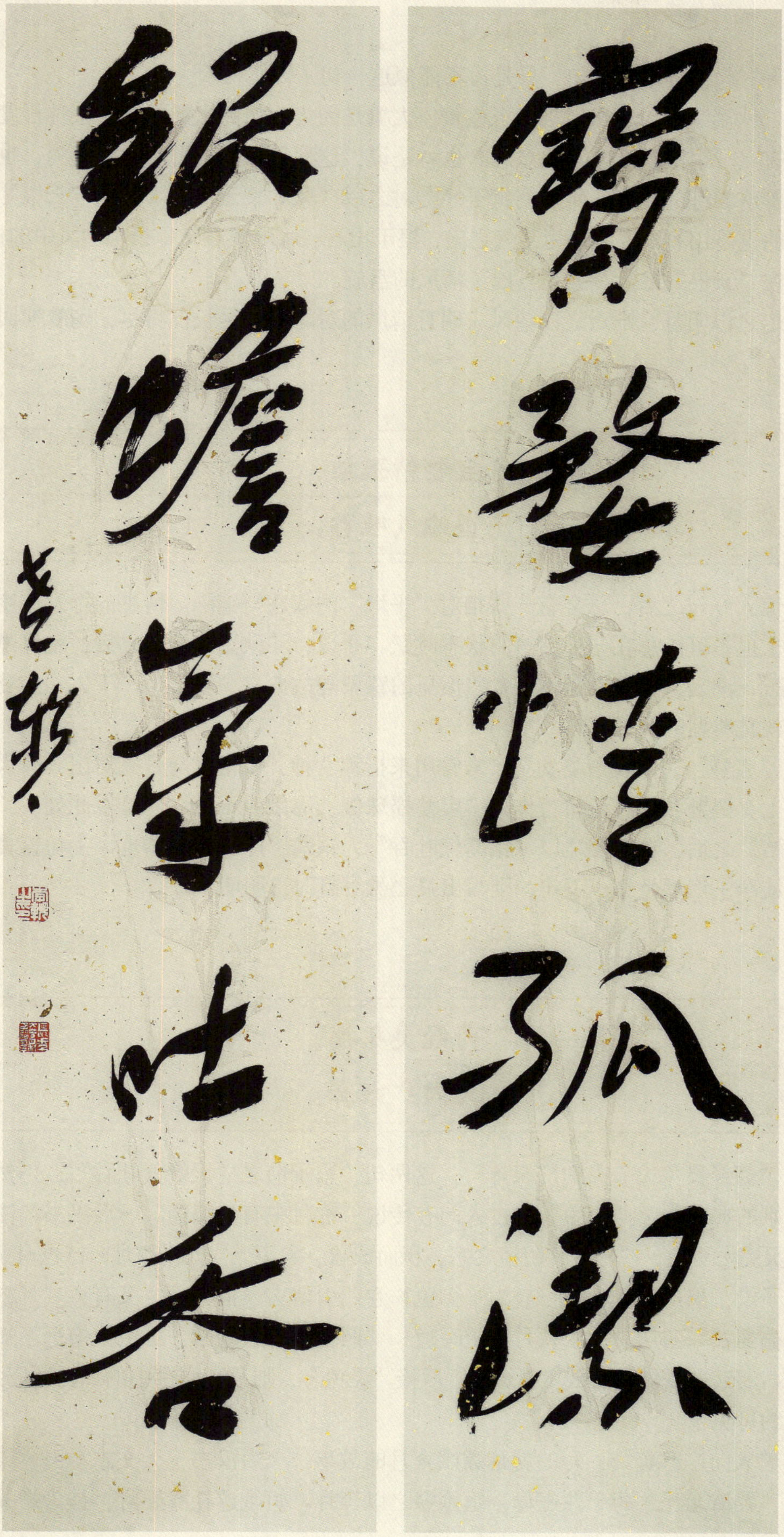

宝婺情孤洁，银蟾气吐吞。尺寸：132cm×33cm×2

少不得打起精神来对一句，只是再不能似这一句了。”

“秋湍”一句之所以被黛玉盛赞，大概是因为此句突出的新巧。某种程度上，甚至有点“银浪泻千顷”的意思。也就是说，这秋日急流从石窟中的奔泻，也仿佛映带着这如练的月华。所以，黛玉才会对之以“风叶聚云根”。所谓“云根”，其实指的也是山石。古人以为云气之出，根于山石，所以山石又称云根。风中的树叶，聚拢在“云根”之上，这是点出了清风的盘旋。

出之以明月，则对之以清风。明月清风的对峙中，是长夜将尽，幽梦初回。

宝婺情孤洁，银蟾气吐吞。

惊人好句之后，总会有一些相对“平坦”的叙述与铺陈。情感的抒发，字句的锤炼，也不可能总在一种沸热的状态跳跃。所以，“秋湍”两句之后，就算是才高如黛玉、湘云，其实也免不了拿些惯见的意象与故典来“塞责”一下。“宝婺”两句，就是典型的例子。

“宝婺”，即所谓婺女星，常常用来指称女神，也常常与月亮对出。唐人李商隐《七夕偶题》即有诗句写作：“宝婺摇珠佩，嫦娥照玉轮。”是以此处，“宝婺情孤洁”之后，自然接之以“银蟾气吐吞”，银蟾，即月亮之谓也。上句直言星之孤高洁净，熠熠生辉；下句，则写出月之盈亏有时，明明不辍。

药经灵兔捣，人向广寒奔。

“药经灵兔捣，人向广寒奔”，这两句，紧承前之“银蟾气吐吞”，仍然是在用嫦娥的典。关于“灵兔”，古人向有传说，称月中有兔捣药。《后汉书》注引张衡《灵宪》更有：“月者，阴精之宗，积而成兽，象兔。”杜甫《月》诗也有：“入河蟾子没，捣药兔长生。”《太平御览》卷四引傅玄《拟天问》又有：“月中何有玉兔捣药？”白居易《中秋月》更写道：“照他几许人肠断，玉兔银蟾远不知。”黛玉、湘云之联句，前云“银蟾”，后接“灵兔”，则月光照拂中的那抹断肠意绪，也隐约可见了。

“人向广寒奔”，写的就是嫦娥奔月的故事。《后汉书·天文志》引《灵宪》称：“羿请无死之药于西王母，姮娥窃之以奔月。姮娥遂托身于月，是为蟾蜍。”

尤三姐

《清改琦红楼梦人物图册》

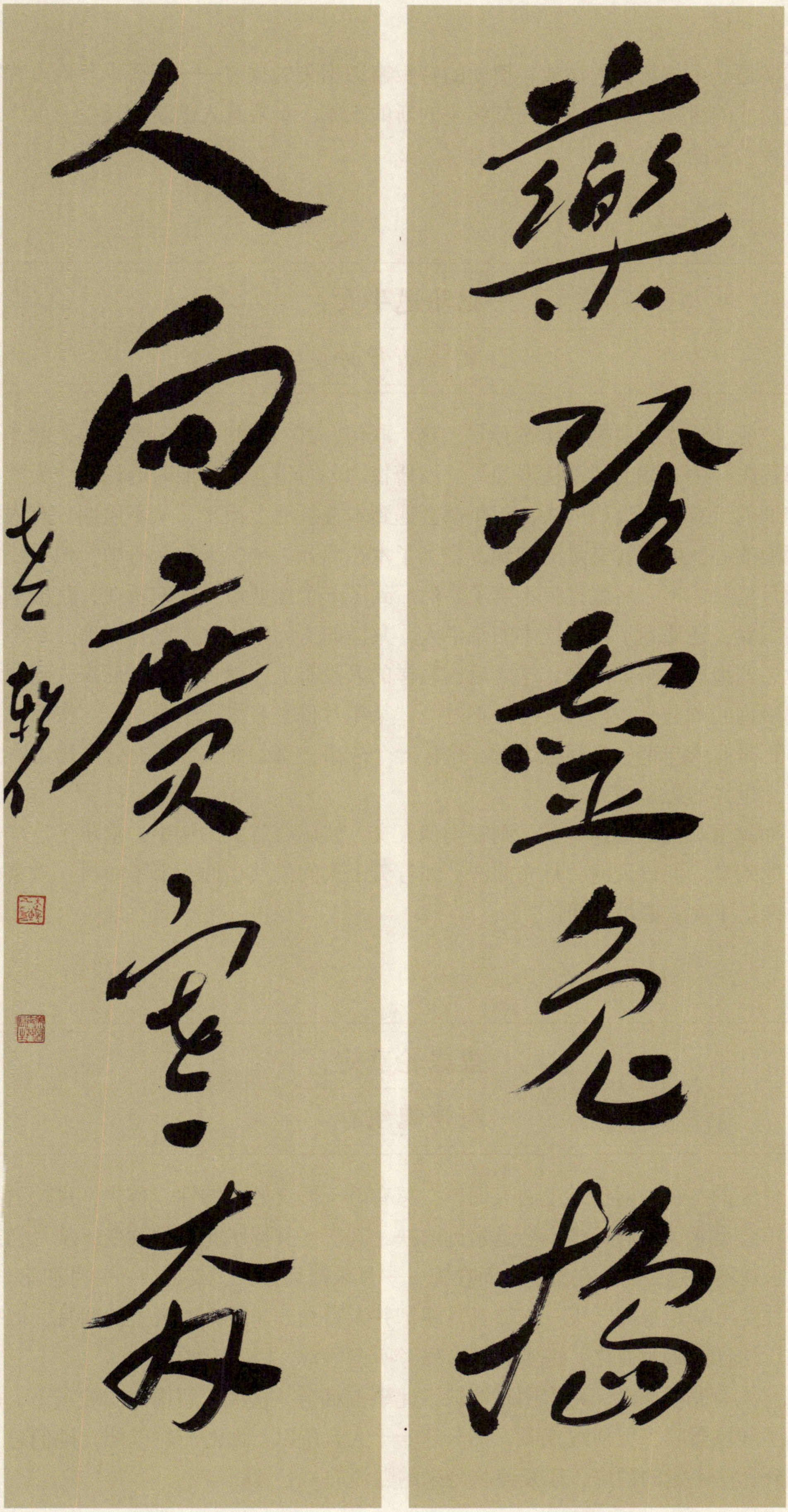

药经灵兔捣，人向广寒奔。尺寸：138cm×34.5cm×2

这其实是一个与目标的达成、情爱的背叛密切相关的故事——不择手段地以背弃的方式达成的目标，其实成了囚禁终生的新的牢笼。本来惹人歆羡的长生，也终究成了日夜懊悔的长恨。

犯斗邀牛女，
乘槎访帝孙。

“犯斗邀牛女，乘槎访帝孙”，这一联句，其实用到了同一个典故，就是张华《博物志》中记载的“乘槎遇仙”。《博物志》写道，按照旧时的说法，天河与海是相通的。有住在海边的人，年年都会遇到木筏从海上漂来，从不逾期。有人抱持着探险的心，就带着充足的粮食，登上了木筏离开。十多天的航行中，似乎还能看到日月星辰，再之后就昼夜不辨了。然后到了一个像城市一样的所在，宫殿里有许多的织女，还遇到了前来饮牛的牵牛人。乘槎的人问牵牛之人此是何地，牵牛人却让他去蜀地严君平处问知。这之后，乘槎的人没有上岸就折返了。后来去到蜀地，就此事询问严君平，得到的回答不过是“某年月日有客星犯牵牛宿”。按照时间一推，正是此人与牵牛人问答之时。这样一个故事，奇幻而美好，充分显露出古人关于天上世界的想象和向往。

而黛玉和湘云的这一联，则在类似互文、实际合掌的结构中，重申了这样一份美好的幻梦。仰首天河，月光如洗，如若天上人间依然相通，那不妨再一次乘槎而至，亲访牛女，濯足天河。

盈虚轮莫定，
晦朔魄空存。

月亮的存在，对于地上的人而言，总有着一些奇妙的特性。首先，月轮盈亏有时，不会是永远的满，也不会是永远的缺。其次，其形状光色的改变，从月初到月末，总是不停息，又总在重复。而在晦——月末最后一天，或是朔——月初第一天，又往往是月华隐身的一天——徒具月魄却并无月光。这枚高悬天上的明月，似乎就是在以这样的晦明变化，提示我们去思考所谓恒常，以及无常。

“人有悲欢离合，月有阴晴圆缺，此事古难全”，清旷超逸如东坡居士，尚且免不了迎风慨叹，更何况黛玉、湘云这一干人。所以，面对一轮朗照，她们总不免会想到那些不定的盈虚，以及终将到来的黯淡。

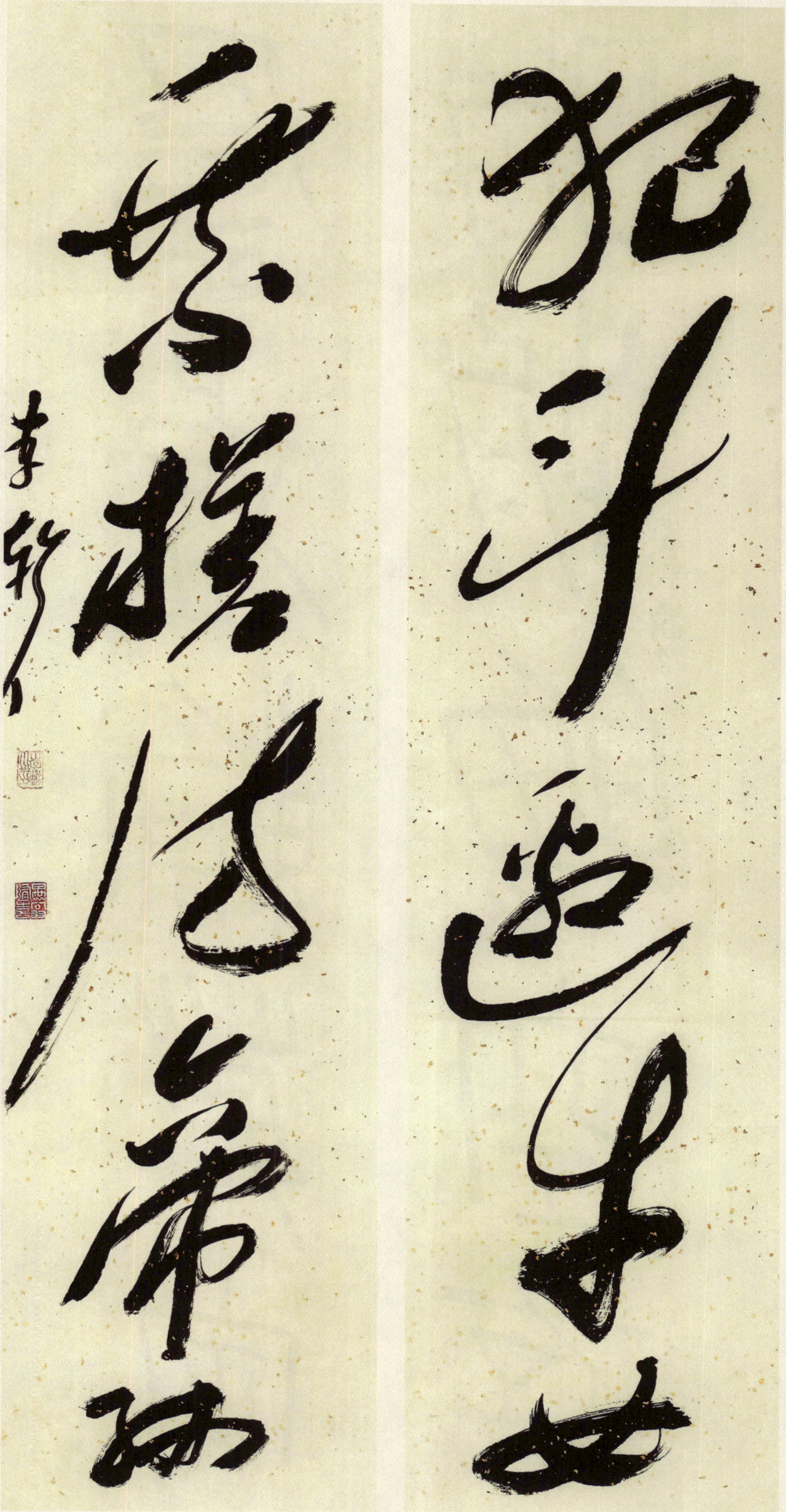

犯斗邀牛女，乘槎访帝孙。尺寸：132cm×33cm×2

李轶//书 曾莹//文

盈虚轮莫定，晦朔魄空存。尺寸：180cm×30cm×2

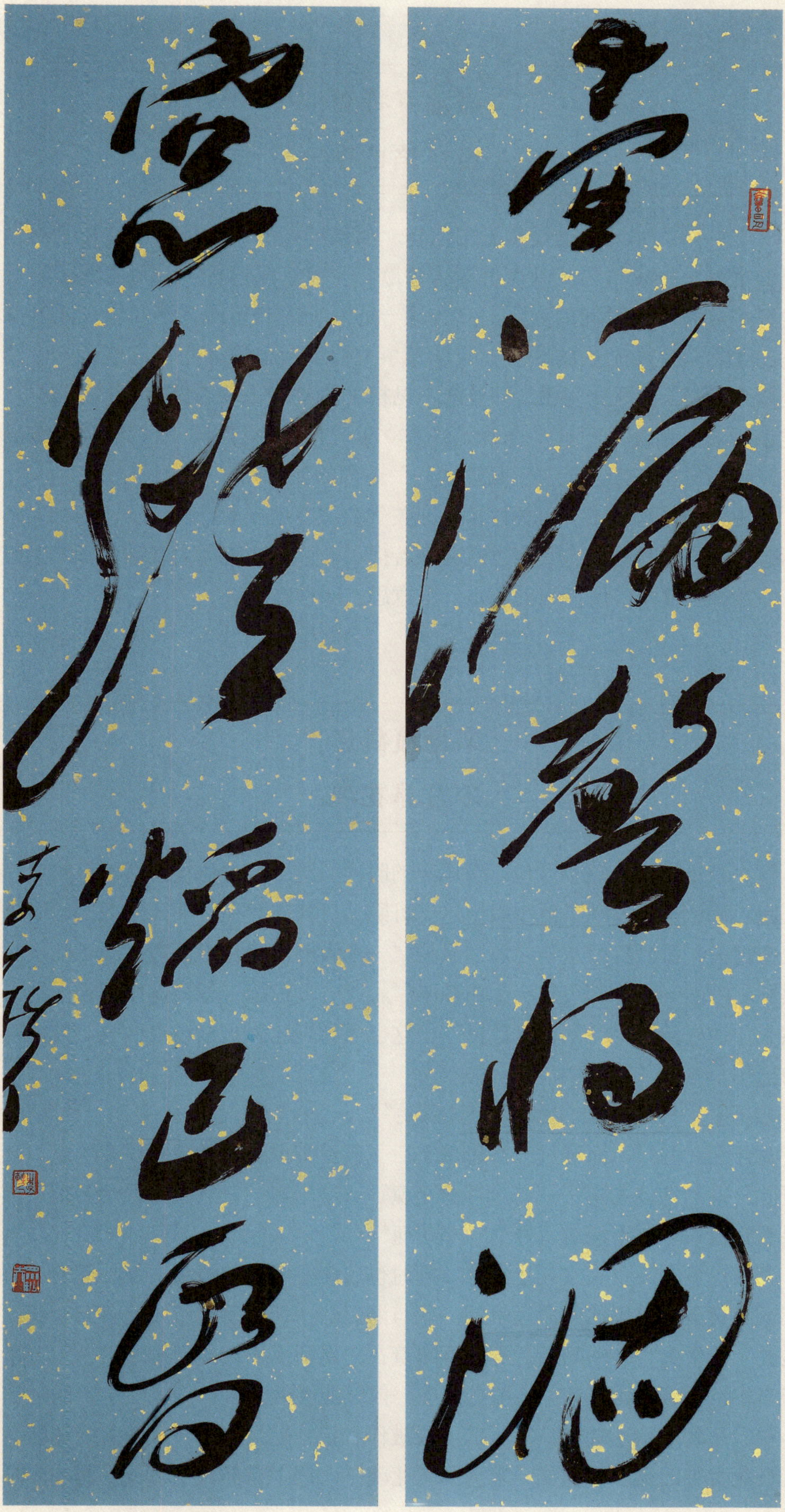

壶漏声将涸，窗灯焰已昏。尺寸：137.5cm×34cm×2

壶漏声将涸，
窗灯焰已昏。

“壶漏声将涸”，这是黛玉的出句。所谓“壶漏”，是古代的计时器，随着时间的推移，一夜将尽，其声也渐告停歇。“窗灯焰已昏”，则为湘云的对句，以残灯焰烬来呼应时间的变化，宣告这一场漫长的联句即将走向尾声。值得注意的是，虽然只是两个人的联句，但毕竟事关佳节，出语之间也应该有少许禁忌，可是黛玉、湘云的联句当中，却丝毫不见相关的避讳——“涸”“昏”“尽”“残”之类字眼，可谓屡见不鲜。也就无怪乎立于“栏外山石后”默然倾听的妙玉，会说出“有几句虽好，只是过于颓败凄楚”这样的评语。

在古人的概念当中，诗关性情，亦关气数。有这样的一些句子，则二人之命运遭际，贾府之趋势结局，其实也就昭然若揭了。“忽喇喇似大厦倾，昏惨惨似灯将尽”，某种程度上，所指向的正是一个意思，一种结局。

寒塘渡鹤影，
冷月葬花魂。

就在黛玉、湘云这场联句行至尾声的时候，这一池月色被忽然而至的黑影打破了沉寂。黛玉首先发现了池中黑影这一可疑又可怖的存在，湘云随即拾了块小石片向池中打去，听到打得水响之后，只见“一个大圆圈将月影荡散复聚者几次。只听那黑影里嘎然一声，却飞起一个白鹤来”。这一场惊扰，意外促使湘云得到了一句浑然天成的好诗——“寒塘渡鹤影”，这也堪称到此为止整场中秋联句最为精妙绝伦的出句。

接下来，只见黛玉“又叫好，又跺足”，一直嚷着“这一句更比‘秋湍’不同，叫我对什么才好”。而经过一番思量之后，黛玉却也对出了精彩程度丝毫不减，甚至更胜一筹的绝佳之句——“冷月葬花魂”。这一句，自然也引得湘云拍手称赞：“果然好极！非此不能对。好个‘葬花魂’！”

其实这两句不仅在文词上绝佳，同时也蕴含了丰富的意绪。最关键的，它喻示了湘云和黛玉各自不同的命运轨迹。鹤与湘云的密切，前文所述已多。寒塘，如果就是关于整个大环境的喻指，那就意味着在一系列崩塌切实到来之后，于一派凄凉凋伤当中，湘云作为“鹤”一般的存在，依然能够得“渡”，能够从容保全。

再看下句。众所周知，黛玉的生辰被作者定在二月十二日——此即花朝节，也就是百花女神的诞辰。这样一来，则“花魂”一语，显然直指黛玉。而“冷月”又

寒塘渡鹤影，冷月葬花魂。尺寸：138cm×35cm×2

—— 李轶//书 曾莹//文 ——

香篆销金鼎，脂冰腻玉盆。尺寸：138㎝×34㎝×2

加一“葬”字，其人注定夭逝的命运便也不遑多论了。所谓“太过颓丧”，大概就宛若弦断的刹那，所有人都听出了此中无法回避的凄断哀音。

香篆销金鼎，
脂冰腻玉盆。

黛玉、湘云联诗到最后，湘云因“葬花魂”一句而感叹再三：“诗固新奇，只是太颓丧了些！你现病着，不该作此过于清奇诡谲之语。”二人正在议论，忽然栏外山石后就转出一个妙玉来，几句称赏之后，也截断了二人继续联下去的可能——“好诗，好诗，果然太悲凉了。不必再往下联。若底下只这样去，反不显这两句了，到觉得堆砌牵强。”说完，就邀二人齐往栊翠庵吃茶等候天亮。到得栊翠庵，不止吃茶歇息，妙玉正当兴头，更拿出笔砚纸墨来，将方才联句而成的五言排律命他们念着，从头写出，随后又趁着诗兴，在二人所作二十二韵的基础上，增了十三韵，提笔一挥而就，后书“右中秋夜大观园即景联句三十五韵”。

从此联开始，皆为妙玉所补。妙玉增补的这十三韵，有一个突出的指归，就是要令这一场联句回到本来面目上去。她强调说：“若只管丢了真情真事且去搜奇捡怪，一则失了咱们的闺阁面目，二则也与题目无涉了。”

显然，妙玉所补的内容，就是拾起凄楚的调子，将其有效地翻转过来，同时回到即景的本来面目去。于是也就不难想见，接下来的相关字句，会更为贴近真实的景致与生活，也会有着更为分明的闺阁气韵。“香篆”“脂冰”一联，就呈现得非常典型。

所谓“香篆”，即篆字形的香，这是闺阁常备之物。所谓“脂冰”，则是指冰雪般肌肤上的香脂。此句一出，“香奁体”的意味都可谓分明。所以，此联宛若一个急转，使得诗句从凄怨奇诡的风调，一步踏入了柔靡轻婉的闺阁。

箫增嫠妇泣，
衾倩侍儿温。

嫠妇，即寡妇。这一联虽然从嫠妇开篇，重点却在于下一句的闺阁风情。洞箫的声响，总是凄怨哀婉，闻之令人肠断。“箫增嫠妇泣”，倒不仅仅只在渲染箫声的特质，而是化用了苏轼的《前赤壁赋》。用《前赤壁赋》中的字句——“客有吹洞箫者，倚歌而和之，其声呜呜然，如怨如慕，如泣如诉，……舞幽壑之潜蛟，泣

李轶//书　曾莹//文

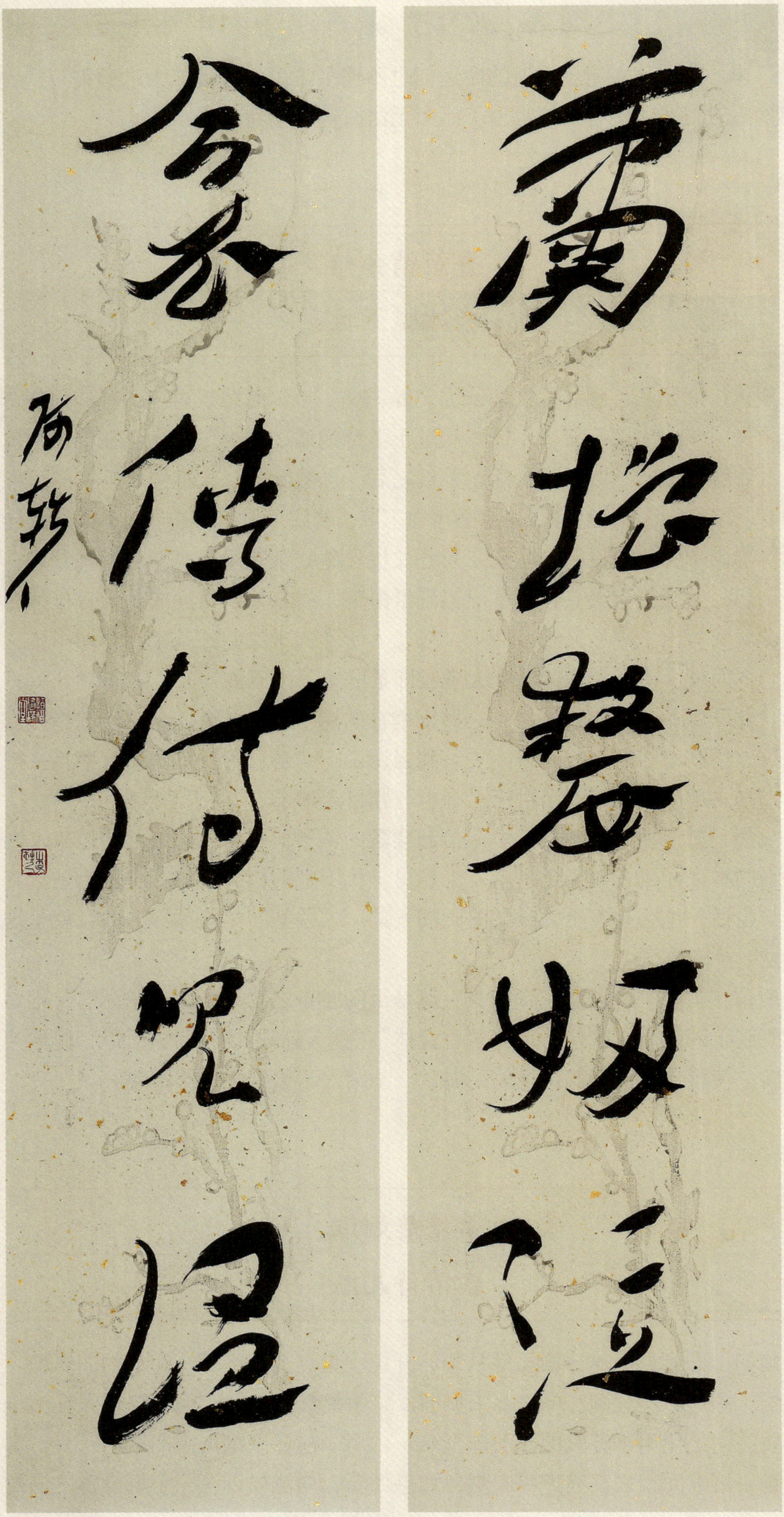

箫增嫠妇泣，衾倩侍儿温。尺寸：132cm×33cm×2

空帐悬文凤，闲屏掩彩鸳。尺寸 138cm×34cm×2

孤舟之嫠妇”，来唤醒关于江湖风色，以及那月光滉漾的记忆。

如果说，“箫增嫠妇泣”一句凄冷，那“衾倩侍儿温”一句则是温热分明。对照之下，突出飘零的孤苦无依，叫人顿起哀悯之心。同时，闺中的夜色反倒更显柔婉恬谧，有着丝丝缕缕的甜香，以及暖意。

空帐悬文凤，闲屏掩彩鸳。

所谓“文凤”，指的是绣成凤鸟的纹饰，这是帐幔上特有的花纹。而就凤鸟的图案来看，其华丽精美，也就不难想象了。屏，是屏风、画屏。所谓“彩鸳”，同样是指屏风上的装饰画——彩色的成双成对的鸳鸯。以“彩”字作为属性加以强调，则那份缤纷斑斓的特质，自然也就不在话下了。

可见，妙玉联中，物象都是极尽可能地繁复与华美，然而作为载体的“帐”和“屏”，却分别着一“空”字和“闲”字，这其间的寥落与孤清，实可谓显而易见的事实。于是乎，人的境况与物的特性便形成了鲜明的反差。在这反差中，那些热闹与繁复都显得有几分虚张声势。所谓空洞感，也就表现得更为分明。不过，身为出家人的妙玉，笔下往往只见闺阁之绮而不见出尘清寂，这样的运笔，也是值得思考的现象。

露浓苔更滑，霜重竹难扪。

“露浓”“霜重”两句，既是写到季候的笔墨——点明此时已是仲秋天气，寒冷的调性逐渐分明，重露繁霜已经成了这个阶段最为显著的存在；同时，似乎也写到了大观园中具体的某一处所在。大观园中，以苔和竹见著的地方，当然就是潇湘馆。小说于具体行文中，曾多次点明这一点。像是第三十五回，就有：“一进院门，只见满地下竹影参差，苔痕浓淡，不觉又想起《西厢记》中所云‘幽僻处可有人行，点苍苔白露泠泠’二句来，……”后文刘姥姥被苍苔滑跌，也是发生在潇湘馆。由此，其地的幽僻、多阴，足见一斑。

妙玉于此处，渲染季节特性之余，其实也展示了潇湘馆与秋季之间的紧密。而在《红楼梦》中秋之象征意味那么突出的情况下，黛玉及其潇湘馆的命运，大概也就不出“苔更滑”“竹难扪”所道出的各种苦况，同时也将随着“秋”的到来与展开而更趋艰难。

露浓苔更滑，霜重竹难扪。尺寸：138cm×34cm×2

犹步萦纡沼，还登寂历原。

被山石树木环绕点缀的大观园，确实如作者所描述的，是“天上人间诸景备”（元春诗），“诸般罗列非常”，叫做是：“一处处铺陈不一，一桩桩点缀新奇。”于是，在其间步月联句，一步步行来，也是每有胜景，所历非常。“犹步”“还登”这两句，就很明显是紧承前之霜露两句，从绣阁走出，循着月色，在这园林之中自在徜徉。这大概也是妙玉在聆听二人联句之前的行踪——但凭兴之所至，信步走来，没有更多的旁骛，只有对于如水月光、幽阒园林的那份耽留。

“犹步萦纡沼，还登寂历原”，萦纡，是曲折之谓，寂历，则是寂静之谓，在这样的漫步中，这般月夜的孤清可见，其心事之曲折盘旋也依稀可辨。

石奇神鬼搏，木怪虎狼蹲。

在夜间的园林漫步，总会遇到一些月光照不到的地方。大观园当然也未曾例外。在那些相对阴暗的角落里，也许会看到一些山石奇特的身影，就像神鬼在搏斗，或者想要扑将出来一般。另外，还有一些形状骇人的树木，乍一看像是一些蹲着的猛兽，在夜色里虎视眈眈，准备伏伺过路的行人。这样的景象，在独自漫步的深夜里猛然遇见，自然会倍感可怖与森然。不过，妙玉却明显有别于一般的女子，她好像全然没有感觉到害怕，反倒是带着深觉有趣的目光从容地打量着，然后再把所见的一切仔细记录下来，就好像一桩不可多得的夜间奇遇一般。

这样的从容淡定，其实也称得上是妙玉的过人之处。

赑屃朝光透，罘罳晓露屯。

“赑屃朝光透，罘罳晓露屯”，随着这两句的到来，可见夜色逐渐消退，晨光逐渐逼近：这是让我们清晰看到这场联句活动达旦通宵，已然持续了将近一整夜的

犹步萦纡沼，还登寂历原。尺寸：138cm×35cm×2

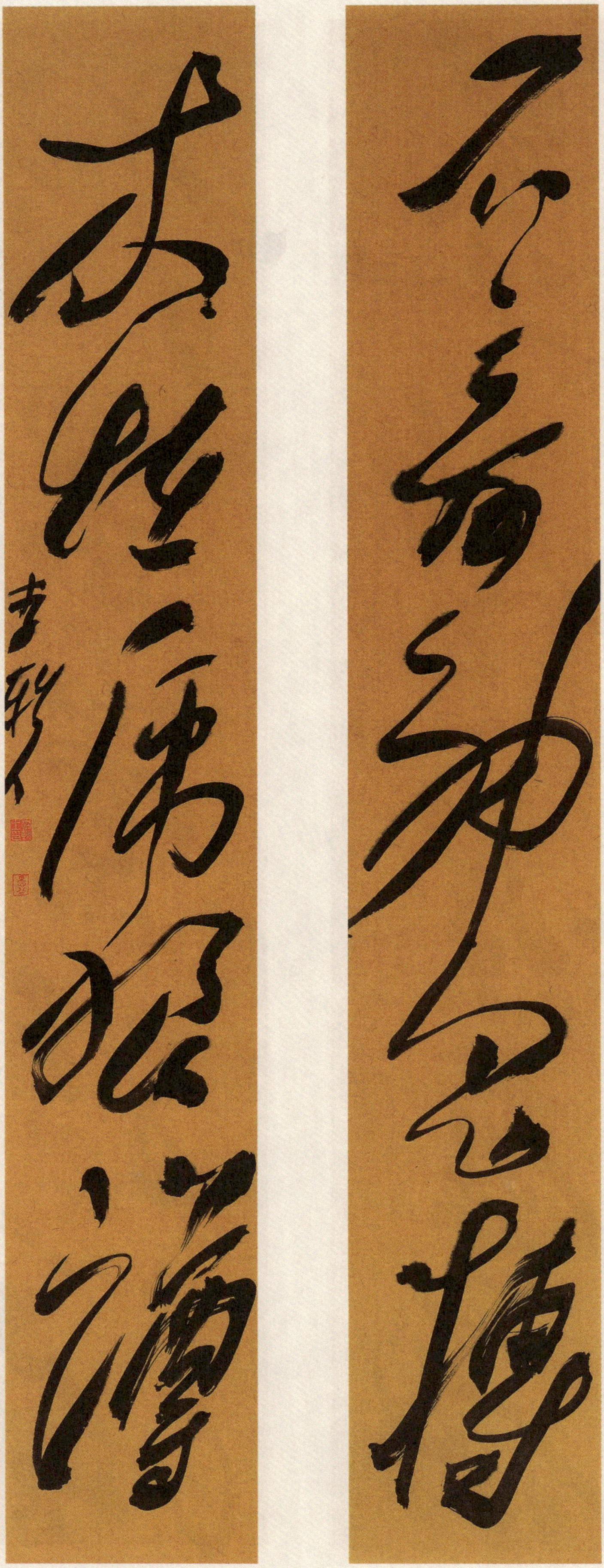

李轶//书　曾莹//文

石奇神鬼搏，木怪虎狼蹲。尺寸：136cm×23cm×2

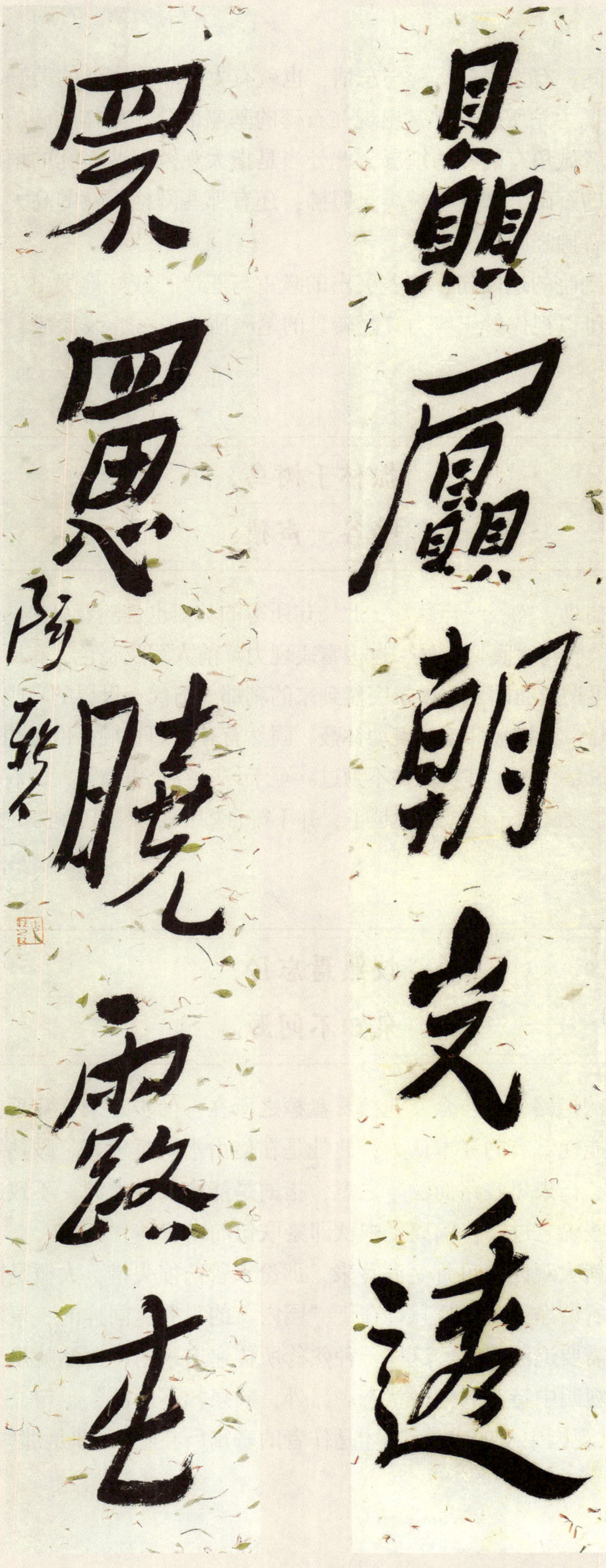

曑㞏朝光透，罘罳晓露屯。尺寸：140cm×23.5cm×2

光景——这中间，有太多的沉醉与忘情，也就有太多不待言说的美好。

赑屃，传说为龙所生，常常出现在石碑的基座部分，充作驼碑的大龟。罘罳，古代宫门外或者城角有网孔的垣屏，此处当是指大观园那些有孔的垣屏。有恢弘而静矗于夜色里的石碑，碑座已被晨光照拂，还有那些网格俨然的高大垣屏，其上的露水也在宣告着拂晓的到来。

写出一夜到晓的这两句，有着突出的隆重与庄严，较好地突出了贾家非同一般的地位。这也可以视作妙玉努力“翻转”的笔墨所在——一改颓势，力标门楣。

振林千树鸟，
啼谷一声猿。

“振林千树鸟，啼谷一声猿”，此二句所写的其实也是随着晨光的逼近，物象的变化。“振林”一句，真切自然，也极富表现力。前人写及晓色，有所谓“万啭落窗前”，与此句可谓异曲同工。晨曦突然到来的刹那，仿佛一世界的鸟鸣同时展开——“千树鸟”的啼声，打破静谧，震动林薮。固然有夸张的笔触，但是想想大观园那些蓊郁的林木，说是写实，其实也并不为过。至于“啼谷一声猿”，倒有几分为对而对的意思，牵强生硬之余，也过于凄越了，并不符合妙玉拟要扭转颓势的意图所在。

歧熟焉忘径，
泉知不问源。

大观园里的道路，是一众女儿镇日盘桓之所在，信步走来，几乎都不存在迷途忘径这样的可能性。有的注本认为，此处是在借山水说哲理。“歧熟”一句，翻用《淮南子》中“杨朱见歧路而泣”之意，指的是能指大道本源，不致迷途。这样的解读，似乎有些求之过深，偏离了中秋即景联句的本旨。

此处，当就大观园中日月生涯写来，那份未曾彷徨失措，大概是园中所特有的笃定吧。毕竟所谓净土，也就只存在于“园内”的世界。同样的，泉源来处，也是知根知底，不需要追溯询问。这样一种熟稔所传递出来的，自然就是一份自在与从容。这也是大观园中特有的生命状态。另外，“泉知不问源”一句，又再次于不经意处，强调了大观园中水的来处。这才是作者的寄寓所在吧，并非是那些浮泛的哲理。

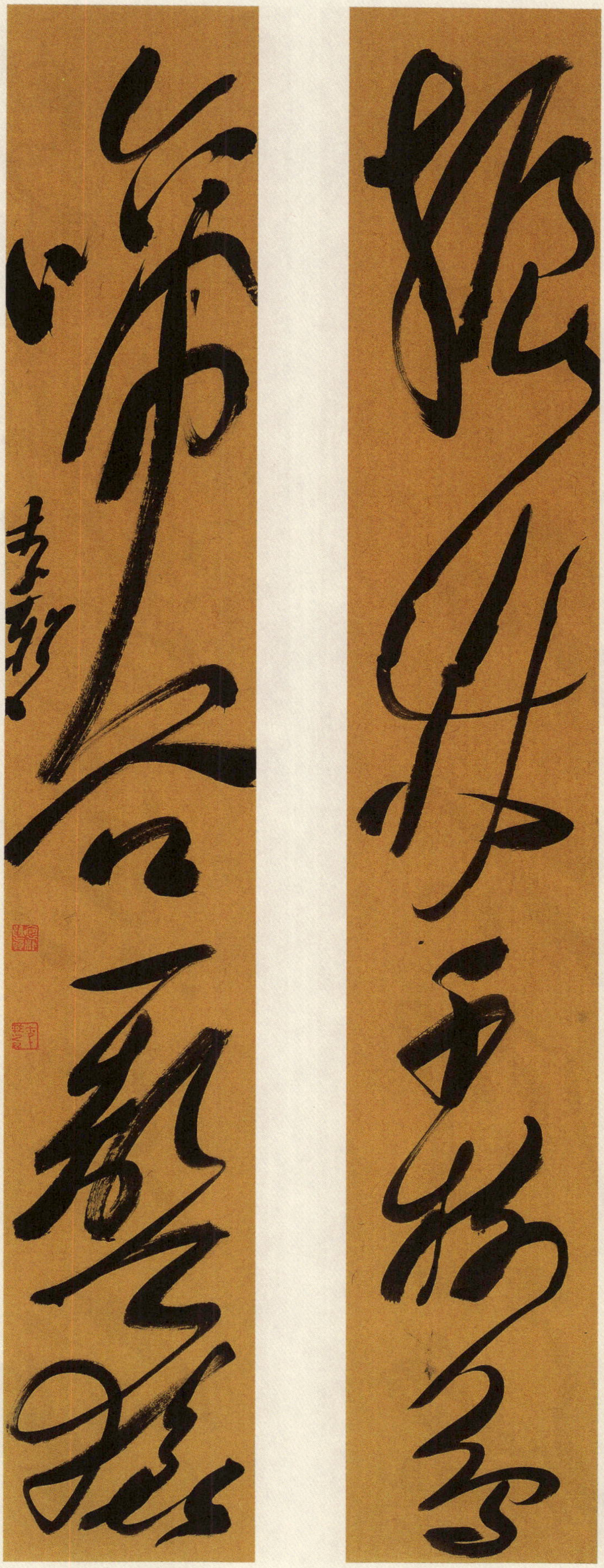

振林千树鸟，啼谷一声猿。尺寸：136cm×23cm×2

李轶//书 曾莹//文

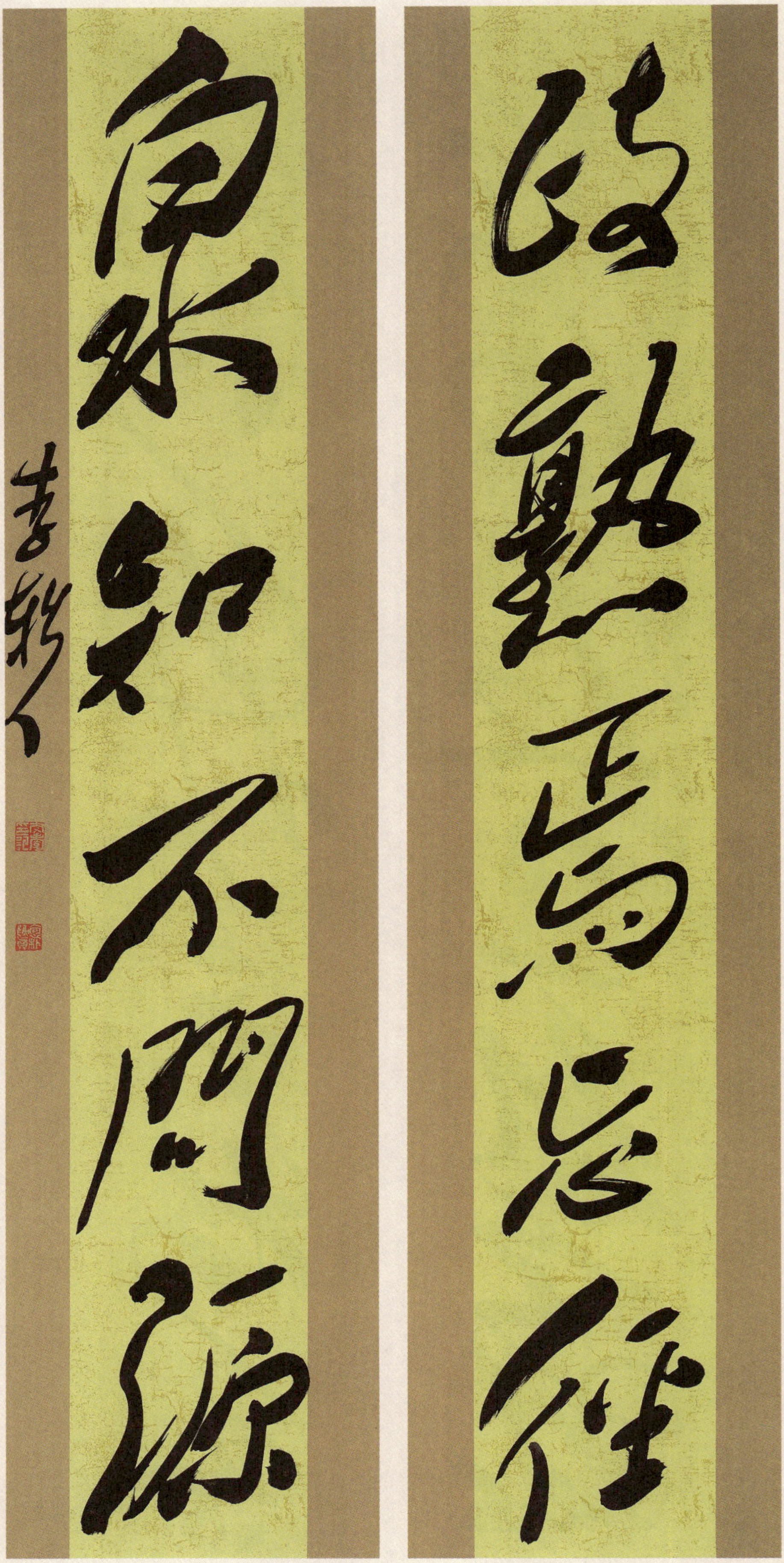

歧熟焉忘径，泉知不问源。尺寸：138cm×34cm×2

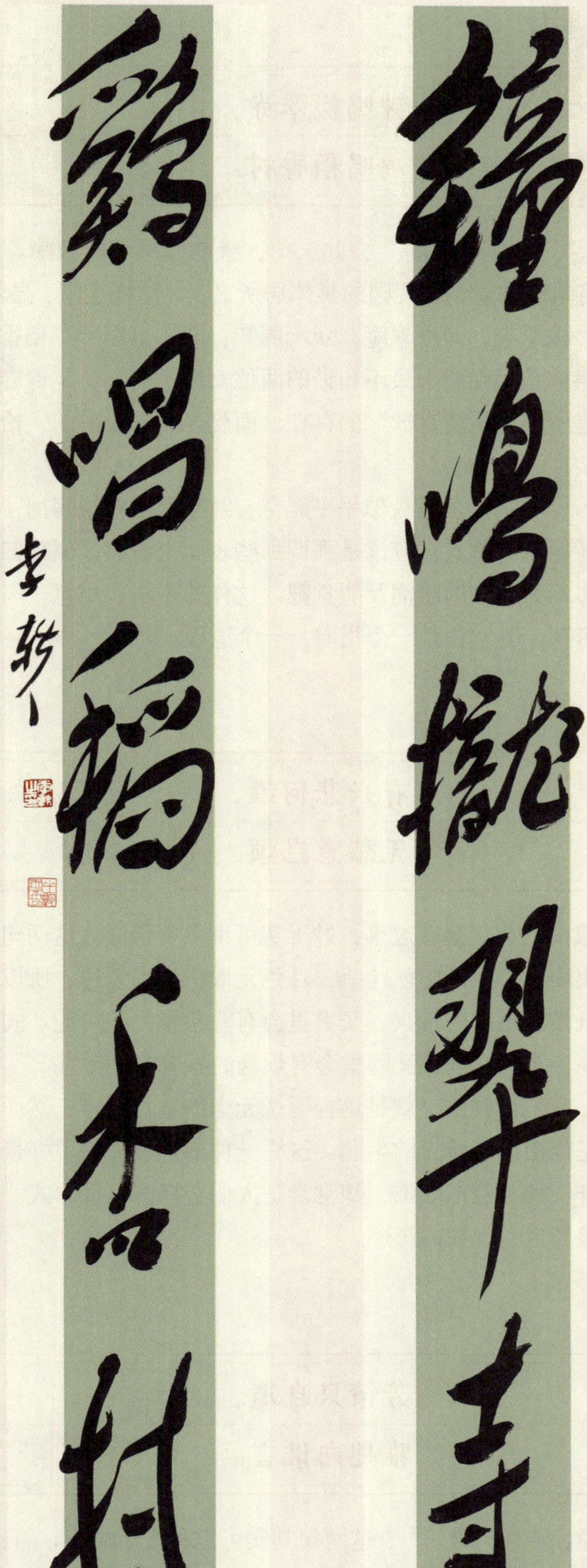

钟鸣栊翠寺，鸡唱稻香村。尺寸：136cm×23cm×2

钟鸣栊翠寺，

鸡唱稻香村。

“钟鸣栊翠寺，鸡唱稻香村”，此二句，继前面用鸟鸣猿啼、朝光晓露写晨曦渐至之后，又将笔墨放置到大观园的具体居所之上。这样运笔，显然更切“即景”联句的相关规定。栊翠寺，即栊翠庵，众所周知，即妙玉居所。稻香村，则是李纨住处。此二人，堪称是大观园中最不和谐的两位女性——一个是青春出家，一个则是青春守寡，都是所谓“绝情寡欲”的存在。而晨光最先唤醒的，恰是这两处，作者于此的寓意，实在耐人品咀。

是以“钟鸣”“鸡唱”虽然貌似平平无奇，甚至有注释说写出了深山间古寺的理想况味，但作者题写的重点，应该是强调那些表面上看起来似乎归于“死寂”之处，仍然有着许多不为人知的暗涌及醒觉吧。这样的手法和用意，与栊翠庵里的红梅，稻香村里的杏花，其实正是一个指向，一个道理。

有兴悲何继，

无愁意岂烦。

为了将过于凄清的调子翻转过来，妙玉实可谓煞费苦心。这两句，便是这样一番煞费苦心的突出表现。正是中秋佳节，月色无垠，清兴无边，所以又何必陷落在悲伤忧愁当中！既然有足够的雅兴，又哪里会有悲愁置足的可能。同样的，既然没有所谓悲愁的存在，意绪之间，又哪里会有烦恼的容身之地。

于妙玉笔下，我们读到的，就是这样无忧无虑的岁月面容。然而，这恰恰不是生活的真相，而是经由妙玉妆点的生涯。这样一种刻意雕饰的美好景象，充满了虚假的况味。而这样一种刻意的雕饰，却常常是人们选择的呈现方式。假与真，于这一番联句当中，显然也有存在的影迹。

芳情只自遣，

雅趣向谁言。

“芳情只自遣，雅趣向谁言”，这两句其实可以和之后黛玉、湘云的赞叹对看。黛玉、湘云看完妙玉所续十三韵后，只说：“可见我们天天是舍近而求远。现有这

有兴悲何继，无愁意岂烦。尺寸：138cm×35cm×2

——李轶//书　曾莹//文——

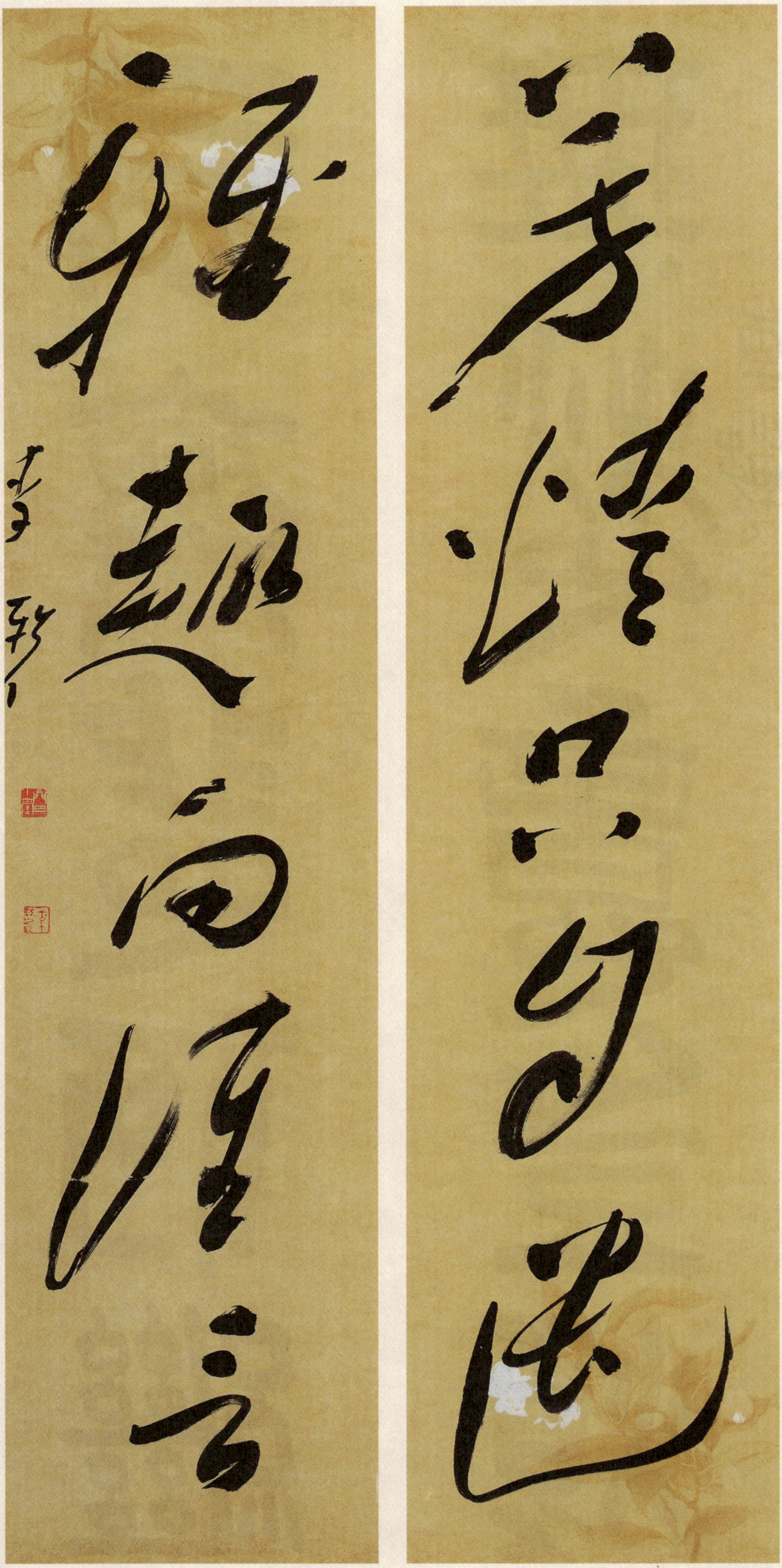

芳情只自遣，雅趣向谁言。尺寸：137.5cm×34cm×2

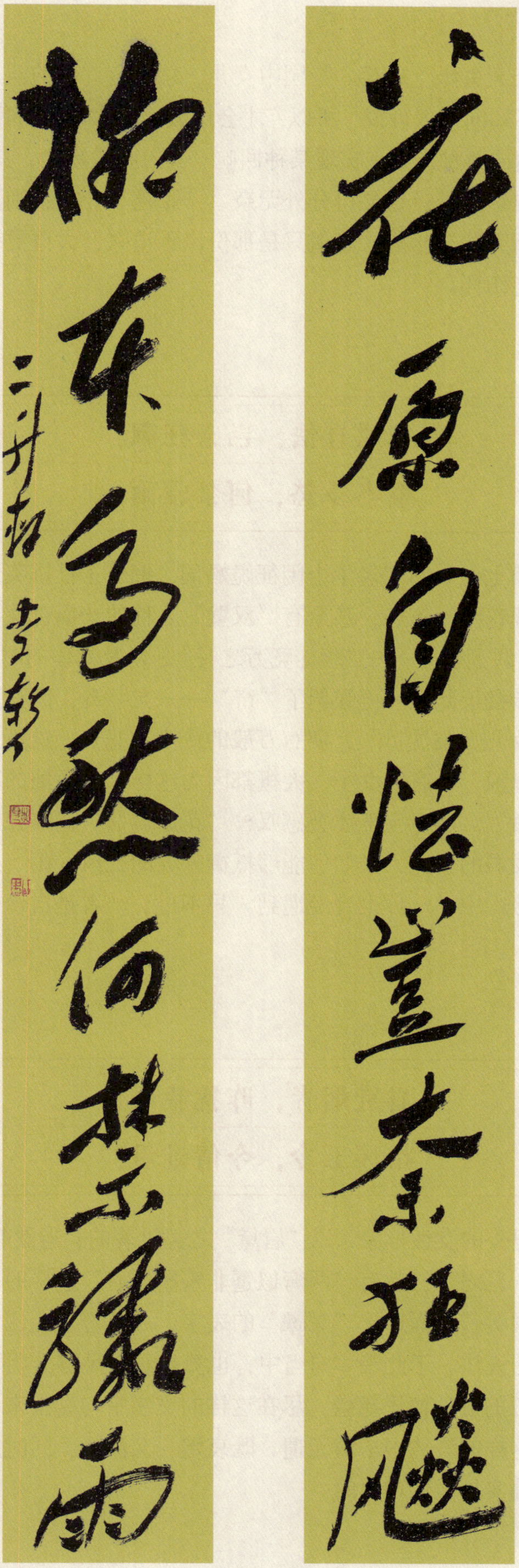

花原自怯，岂奈狂飙；柳本多愁，何禁骤雨。尺寸：180cm×24cm×2

样诗仙在此，却天天去纸上谈兵。”园中女儿，总是有许多的情感思绪升腾盘旋，拟要诉说，却又不知向何人诉说，所以，才会这么一次次写进诗行，用联句的方式，以唱和的形式，达成某种沟通，实现某种回响。其内心的寂寥，其实是不待多言的。“自遣”之说，自珍之外，也显得分外无奈。“雅趣”一句，则更见寥落与彷徨。一整夜的联句，所无法遣尽的，难道只是那份风雅清兴？大概更多的，恰恰是那些无法自遣的忧思与伤怀。

花原自怯，岂奈狂飙；
柳本多愁，何禁骤雨。

出现在小说第七十八回“老学士闲征姽婳词，痴公子杜撰芙蓉诔”的《芙蓉女儿诔》，是与《葬花吟》齐名，甚至有“双璧”之称的一篇奇文。诔文从“太平不易之元”写起，强调了季节——“蓉桂竞芳之月”，以及具体的时间及心境——“无可奈何之日”。脂批于此也一再强调了“奇”——文字奇，而其意更奇。

宝玉想到“女儿自临浊世”，便有万般的怜惜与悲哀。这不仅仅是针对晴雯一人而言。几乎可以说，所有的女子，大概都因为这样一个污浊的环境，而有了无法挣脱的所谓“薄命”。所以宝玉才会感叹：“花原自怯，岂奈狂飙；柳本多愁，何禁骤雨。”本就柔弱的女儿，又如何能够抵御外界的狂风暴雨。这样的意思，我们在黛玉的《葬花吟》中，一样也曾经遇到。只不过，一者是自怜，另一个，则明显是在“同情”。

眉黛烟青，昨犹我画；
指环玉冷，今倩谁温？

《红楼梦》里头的女性形象，以“眉黛”之美见著的，当然非黛玉莫属。所以，作者才会令宝玉一见之下，就有“两弯似蹙非蹙罥烟眉”这样的感受；也才会在一见之下，就因为眉尖若蹙而送了“颦颦”的表字。《芙蓉女儿诔》，向有“名诔晴雯，实诔黛玉”的说法。于此等字句当中，也算是看得足够分明了。

宝玉之待黛玉的各种情思缱绻，尽在这样的文字中勾勒出来；那份天人永隔的撕裂创痛，也在这样的表述中毕露无遗。既哀婉，又深沉，同时更鲜明，这样的抒发，层次俨然，确实是极见功力的。

眉黛烟青，昨犹我画；指环玉冷，今倩谁温？尺寸：180cm×22cm×2

连天衰草，岂独蒹葭；

匝地悲声，无非蟋蟀。

此数句，同样出自《芙蓉女儿诔》中，乃是为了突出“金天属节，白帝司时”而着墨渲染的秋天景象。

如前所述，《红楼梦》中的秋天笔墨几乎都是具有象喻色彩的，此处当然也不例外。它们所指向的，基本都是萧瑟与凋零，以及在这样的萧瑟与凋零中所喻示的整个家族即将遭逢的命运——那不可遏止的衰颓和崩塌。

所以，是“连天衰草”“匝地悲声”，在这“衰”与“悲”的笼摄中，我们读到的就是一种避无可避的宿命感。人生的很多无可奈何，大概就在知道是这样一个无法改变的结局，却依然要义无反顾地朝着它走去。

露苔晚砌，穿帘不度寒砧；

雨荔秋垣，隔院希闻怨笛。

仍然是出自《芙蓉女儿诔》的文字，仍然是在连番渲染着有关秋天的悲戚与愁怨。如果说，前引数行文字，是在室外的景象上渲染秋之衰落与悲情，那么此处有关秋的笔墨，则转而专注于庭院当中，令人充分感受到无论是旷野还是深院，都无法轻易从所谓秋的意绪中成功逃离。

台阶，已然是晚砌，上面布满缀满露水的苍苔，其荒落可见。墙垣缀一“秋”字，再加上风雨飘摇，其凄清可知。在这样的场景中，寒砧怨笛的不复得闻，正写出了斯人已逝，无可追挽的那份哀戚。

秋天的无法忍受，大概就在于一切都走到了尽头。有许多，还成了不可重来的逝去，也是痛彻心扉的失去。

自为红绡帐里，公子情深；

始信黄土垄中，女儿命薄。

这两句，用来形容宝玉与晴雯的关系，明显是不恰当的。这两个人之间，其实就没有任何所谓私情，所以才是“枉担了虚名”。既然是“枉担”，既然为“虚名”，那这些“情深”与“命薄”就分明没有能够落脚的地方。尤其“红绡帐”一语，还

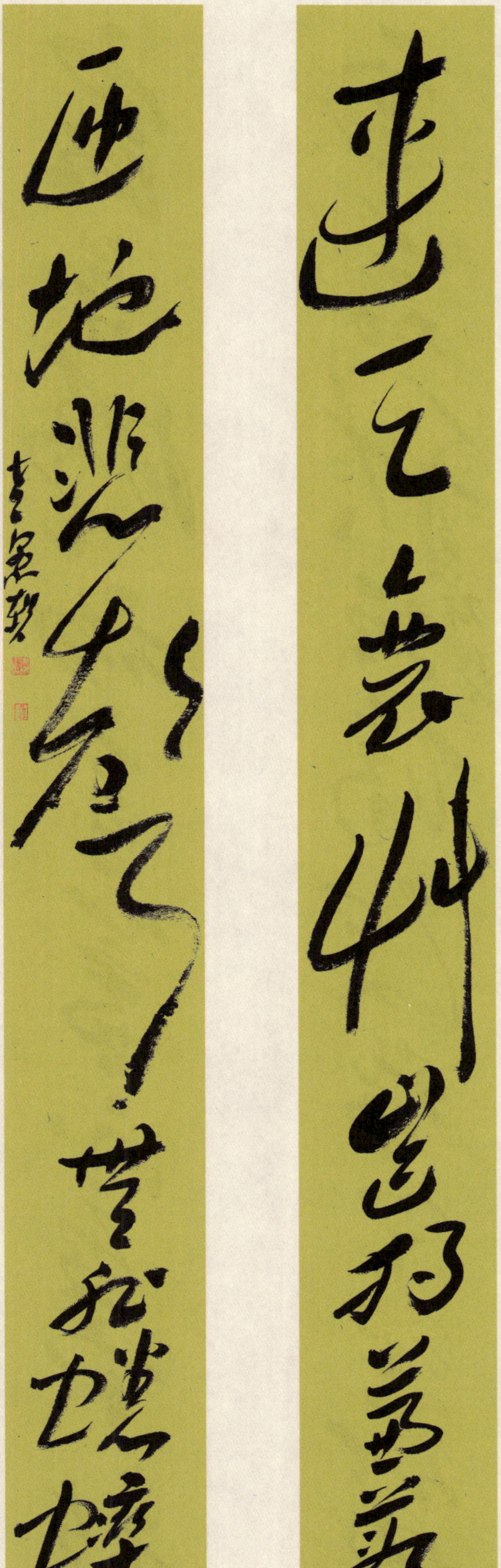

连天衰草，岂独蒹葭；匝地悲声，无非蟋蟀。尺寸：180cm×22cm×2

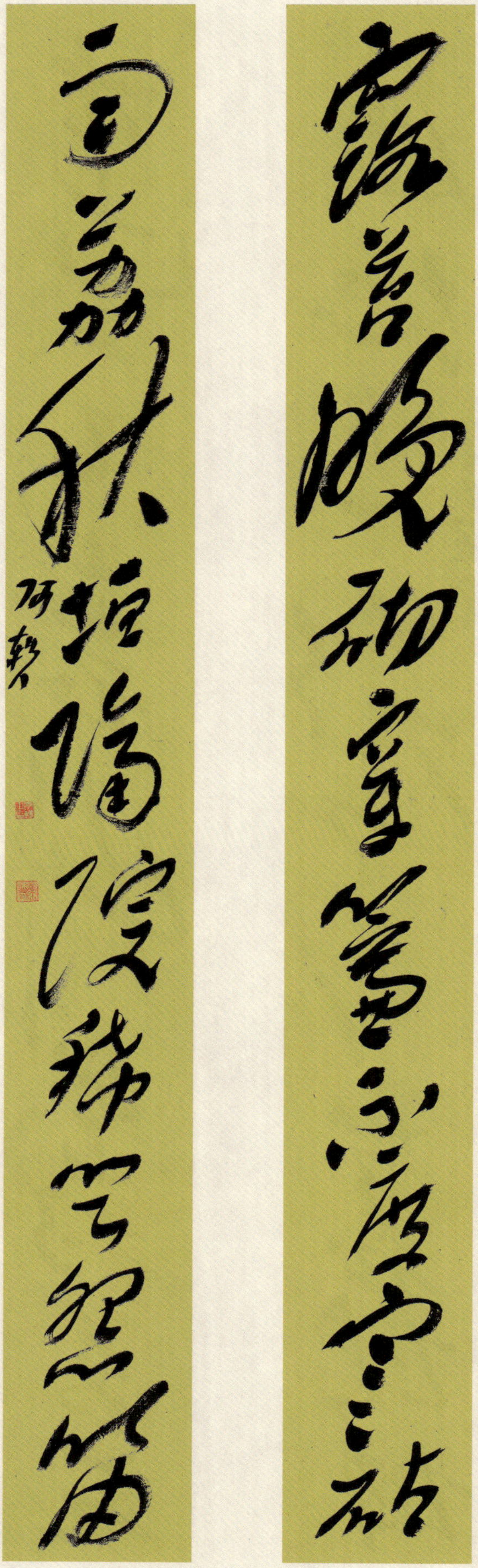

露苔晚砌，穿帘不度寒砧；雨荔秋垣，隔院希闻怨笛。尺寸：180cm×22cm×2

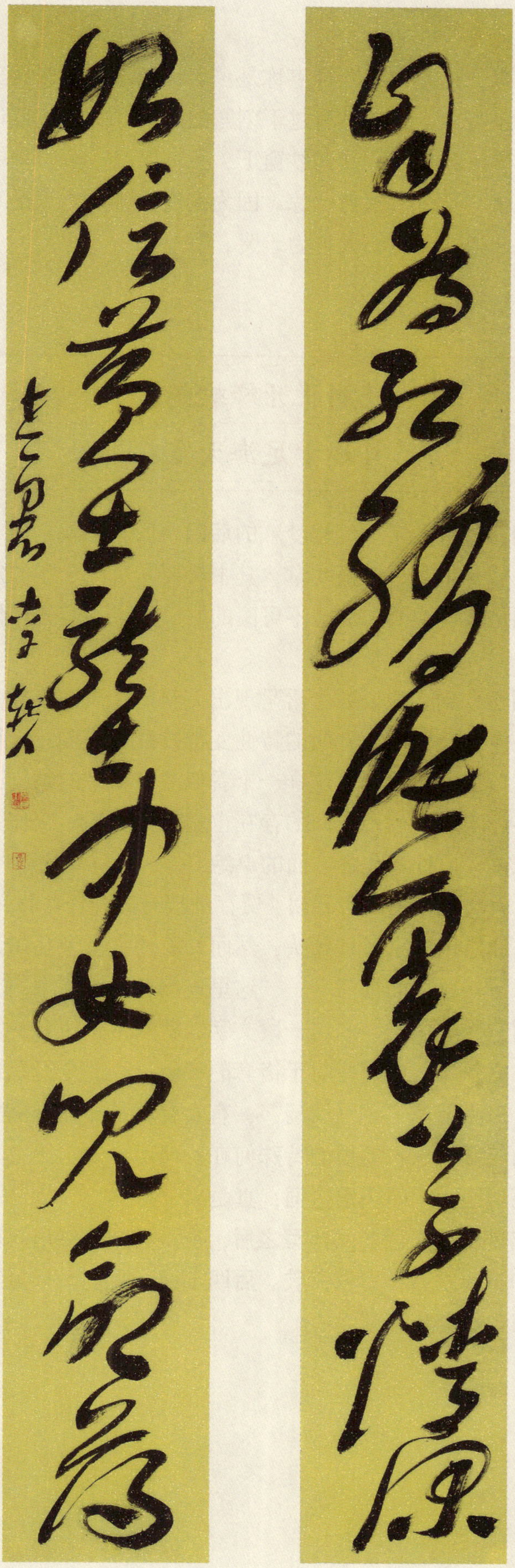

自为红绡帐里，公子情深；始信黄土垄中，女儿命薄。尺寸：180cm×24cm×2

显得非常露骨。所以，这几句，同样堪称是“名诔晴雯，实诔黛玉”的典型证据。当然，就算用在黛玉身上，也依然有过于刻露的嫌疑。所以此数句，后来在黛玉的“斧正”之下，被宝玉改作了：“茜纱窗下，我本无缘；黄土垄中，卿何薄命。”这样一改，贴切之余，更令人悚然一惊。因为它所宣告的，正是不远的将来，黛玉的命运。所以脂批才道：“慧心人可为一哭。”

花到正开蜂蝶闹，
月逢十足海天宽。

从这一联开始，就进入了《红楼梦》的后四十回，也就是他人续作的段落。关于这四十回，俞平伯先生写过多篇文章，其中最要紧有四个字的定评——“文拙思俗”，又称，“拙是不可说的，俗是不可医的”。虽说不客气至极，却也如实道出后四十回之弊。

后四十回，固然令到小说表面上看呈现出完整的特质，实际上，它却大大破坏了小说的完整性，令到一些原来分明的特性变得凌乱而模糊。人物、故事、题旨、笔法、文风，都失掉了一致性。而这样一个看似“完整”的结构，又很容易使得读者不察，或者失察。不过，后四十回的存在也是有意义的。它作为一个参照系，恰恰反过来映衬了原书、原作者在各方面的卓绝。

像是这两句，就出现在第八十五回“贾存周报升郎中任，薛文起复惹放流刑”。写到贾政升了官，谢恩回到家各种磕头，然而站着还没有说几句话，就出去拜客去了。接着续作者来了一段场面描写——“这里连接着亲戚族中的人，来来去去，闹闹攘攘，车马填门，貂蝉满坐”。这一段文字，就非常别扭。曹雪芹前八十回努力达成的“开生面，立新场”，那些对于格套的突破，在此全无踪迹不说，甚至又回到了陈套腐语——来人就是“车马填门”，有女眷就是“貂蝉满坐”，这不是套话又是什么？场面的特殊何在？笔墨的特殊何在？俱不可知。比之秦可卿死封龙禁尉一节，想想那“压地银山”的用语措词，真是高下宛然。

此二句，就出现在这一段场面描写之后，也是典型的俗语。前八十回，我们只见作者之笔，各种腾挪跌宕，力求突破。后四十回，我们又只见续作之人，各种回到老路上，重新回到陈套与窠臼当中。

佩鳳

《清改琦红楼梦人物图册》

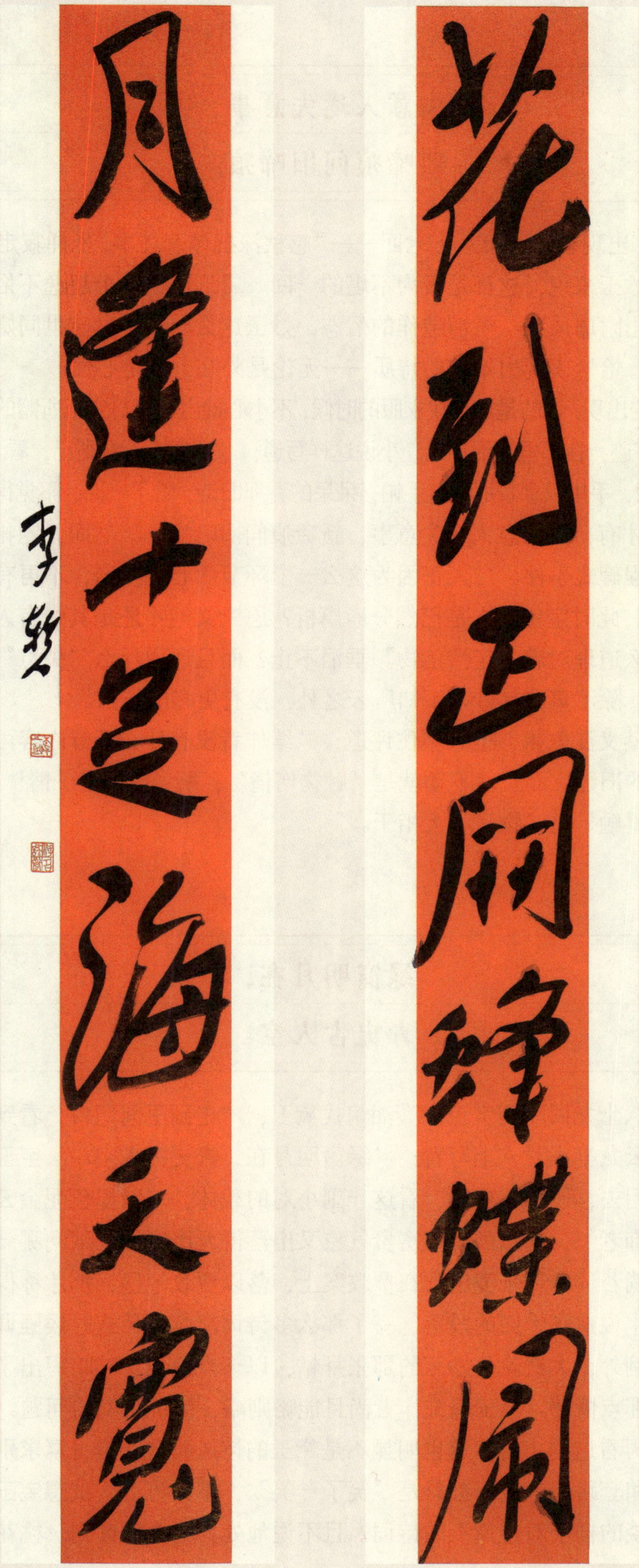

花到正开蜂蝶闹，月逢十足海天宽。尺寸：180cm×32cm×2

失意人逢失意事，
新啼痕间旧啼痕。

这两句，出现在小说第八十七回——“感秋深抚琴悲往事，坐禅寂走火入邪魔”。对于黛玉和妙玉来说，这都是极为不堪的一回。黛玉这么一个超逸不俗的人，此回当中，呈露出附庸风雅、矫情造作的俗态。妙玉这么一个“过洁世同嫌”的形象，在这一回中，恰恰表现出不洁的特质——无论是外在，还是心性。

这两句的出现，说的是黛玉找衣服的时候，不小心捡出了当日宝玉所赠的那几块旧帕，看着往日的字迹，在那里垂泪不已。小说这样写道：“这黛玉不看则已，看了时，也不说穿那一件衣服，手里只拿着那两方手帕，呆呆的看那旧诗，看了一回，不觉得簌簌泪下。”

于是，才有：“失意人逢失意事，新啼痕间旧啼痕。”然而，题帕赠帕，是宝黛感情的里程碑式事件。二人正因为这么一个环节而心意相通，不再有更多的芥蒂与龃龉。试问，此时宝黛二人是已然分崩离析？恩断义绝？还是其中有人已然故去？否则，有什么道理对着“定情信物”垂泪不止？而且还说什么“失意”？所以，此二句的出现，除了莫名其妙、不知所云之外，没有更多的特点。

宽和如蔡义江先生，也忍不住评道：“续作者没有什么新鲜内容可写，就常常翻八十回前的旧账，而且动不动就是‘触物伤情’；所‘伤’之‘情’，不但空泛，有时还与所‘触’之‘物’不大相干。”

绿窗明月在，
青史古人空。

小说第八十九回写到宝玉来潇湘馆找黛玉，“走到里间门口，看到新写的一副紫墨色泥金云龙笺小对，上写着：‘绿窗明月在，青史古人空。’宝玉看了，笑了一笑，走入门去，……”首先，看这一副小对的载体，“紫墨色泥金云龙笺”，颜色深重，纹饰老气，刻意强调的富贵气象又出落得无比庸俗，试问哪一项与黛玉的形象相契？倘若这样一张笺出现在贾政案上，落以贾政笔墨，那才称得上气味相投吧？而且，小说前八十回的段落，写了那么多诗词尺牍，什么时候强调过用笺的问题？唯一的例外，大概就是妙玉的那张拜帖，以一点粉色，暗暗写出了一个槛外之人不该有的那点情愫。黛玉服饰作者尚且能略则略，何况是笺的问题。

其次，再看这副小对，这也明显不是黛玉的诗风路数。黛玉素求别致，这一对却对得随意和套路。连宝玉都只是“笑了一笑”，不置可否，试想宝玉几曾以这么一副不咸不淡的样子对待黛玉的诗词？且不说他处，七十回读到《桃花行》的落下

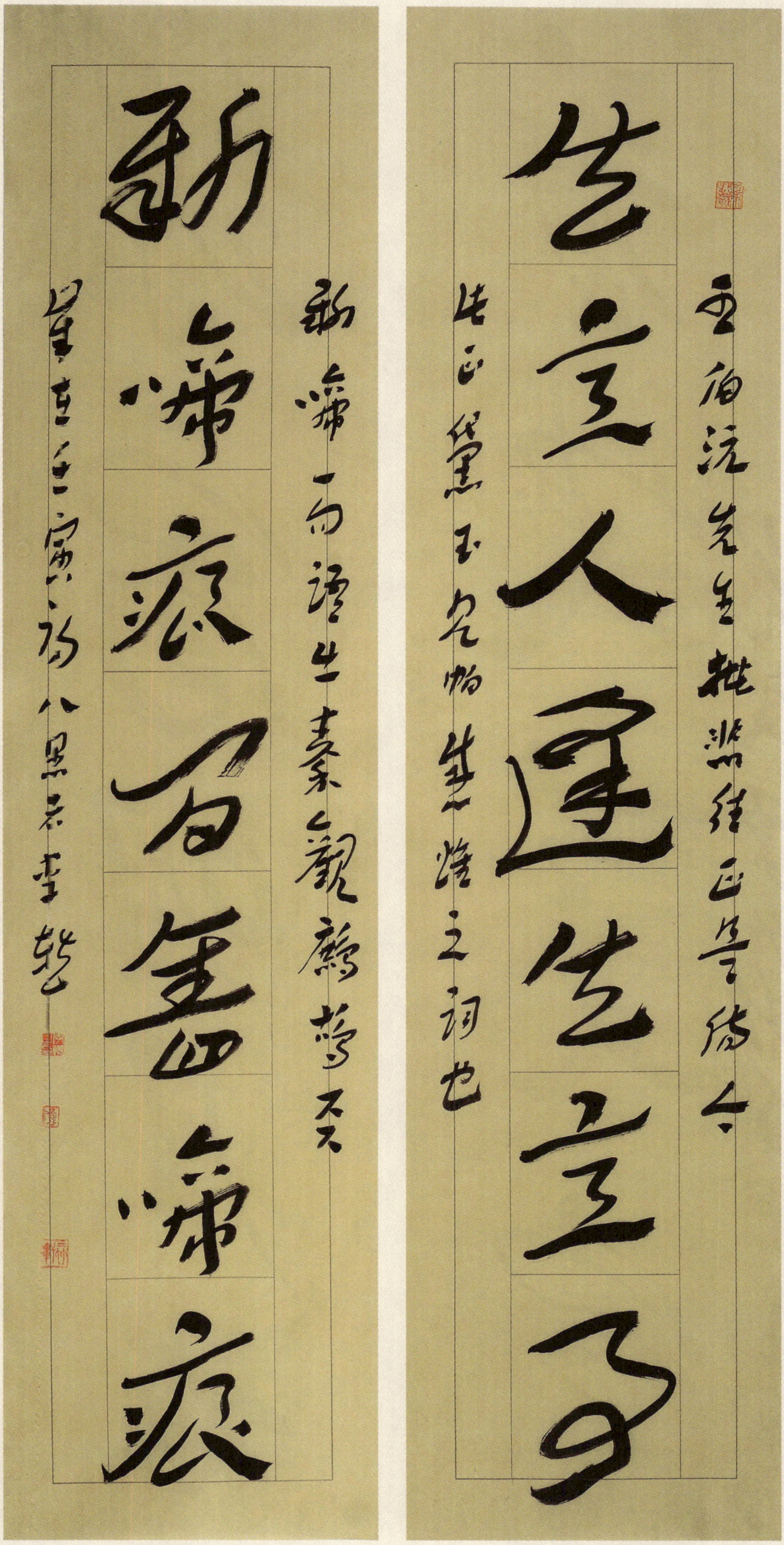

失意人逢失意事，新啼痕间旧啼痕。尺寸：136cm×34cm×2

李轶//书 曾莹//文

绿窗明月在，青史古人空。尺寸：138cm×35cm×2

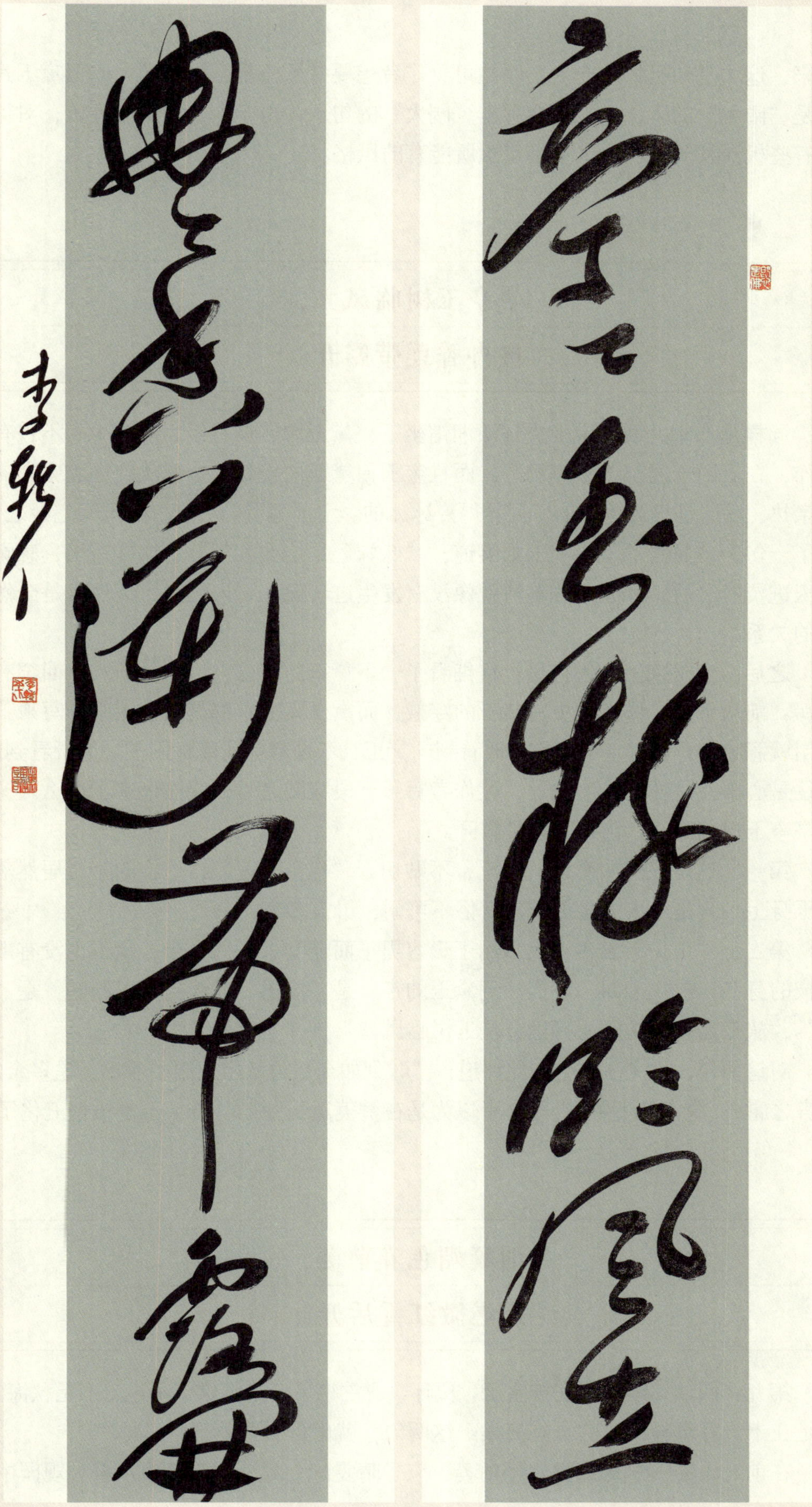

亭亭玉树临风立，冉冉香莲带露开。尺寸：180cm×48cm×2

泪来，这才是知己。这一对，明显可见作者想要打开格局，写出阔大，但黛玉素来不是“阔大”的人，又怎么会写出“阔大”的句子。再一个，绿窗与青史，对得分明有些板滞和笨拙，这也不是黛玉所能有的风格。

亭亭玉树临风立，
冉冉香莲带露开。

同样是八十九回，宝玉进到潇湘馆坐下，黛玉居然在写经。前八十回不曾有的动作，在后四十回都悉数登场了。而且宝玉和黛玉之相处，全无从前远胜旁人的那份亲热，反倒是极为生分的，且显得冷冰冰的。宝玉等了一会子，黛玉写完经之后，来了一句，“简慢了”。宝玉则笑道，“妹妹还是这么客气”。这样写来，感觉自黛玉进贾府之后，后续那些事情就像没有发生过一般，二人之间，依然像是全然陌生的关系。

之后，宝玉来了一番打量，仔细看了一下黛玉的穿着，这也是前八十回罕有的描写。前八十回，作者很少写黛玉的穿戴，而黛玉又基本都是从宝玉眼中写来，这分明就意味着：对于宝玉而言，他看到的黛玉，不是穿戴所能框限的。他所看到的，往往是心事，是性情。而此处，续作者写了一段穿戴之后，竟然还来了这么两句：“亭亭玉树临风立，冉冉香莲带露开。”

第一，这是显然的套话。浮泛，不贴切。“冉冉香莲”，这样的字句居然落在黛玉身上，真是令人为之扼腕。其俗不可耐，毋需多言。

第二，“玉树”云尔，大多用于形容男子而非女子。再一个，黛玉也没有那么挺拔的身姿。前八十回，我们读到黛玉的走，是“摇摇”；读到黛玉的躺，是“歪着”，从来是弱柳扶风，哪里会是玉树临风。

对这两句，蔡义江先生如此评道：“时到如今，再从宝玉眼中看出，是多余的。语言之庸俗，令人几不可耐。续作者以为是在赞美黛玉，其实，连宝玉都被他丑化了。”

烟凝媚色春前萎，
霜浥微红雪后开。

第九十四回，续作者安排宝玉、贾环、贾兰咏了一次海棠。不过，不是秋海棠，而是在十一月奇异绽放的垂丝海棠。这两句，就出自贾兰笔下。

在前八十回，这株海棠曾经枯萎，应了晴雯的亡故，同时也喻示着大观园中一

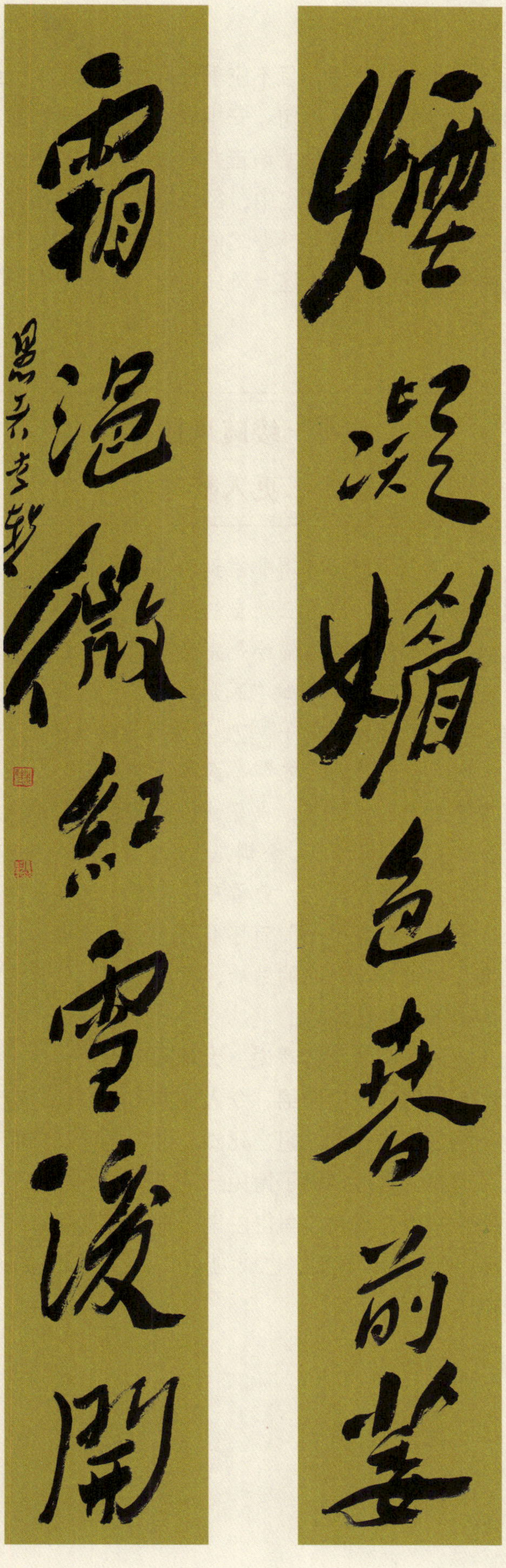

烟凝媚色春前萎，霜浥微红雪后开。尺寸：180cm×24cm×2

众女儿共同的命运。于此突然复生，且不应季地开放，实在叫人纳罕。这一回的回目名，就有“宴海棠贾母赏花妖”一句。安排海棠复生，可知续作者一定要写到贾家的死而复生、兰桂齐芳，这理应是所谓吉兆无疑。然而，事出反常必有妖。续作者显然也是这么认为的，所以在回目名中，径直以“花妖”相呼。

海棠何辜，就这么挣扎在祥瑞与妖孽之间！续作者的不知所谓，足见一斑。然而，令人扼腕不已的更在于：又何止这一斑！

香魂一缕随风散，
愁绪三更入梦遥。

对于这一联，蔡义江先生已经评得非常到位了，他写道：

对句是旧小说中的俗套，它与尤三姐自刎时，曹雪芹以“揉碎桃花”两句叹词为比喻，代替对三姐死亡形象的具体描绘是完全不同的。续书者写黛玉的死，有点像老太婆说见闻——不嫌其琐碎。诸如“回光返照”“攥着不肯松手”“出气大，入气小”“手已经凉了，连目光也都散了”“叫人端水来给黛玉擦洗”“浑身冷汗”“身子便渐渐的冷了”“叫人乱着拢头穿衣”“两眼一翻”……也不怕损害人物形象的艺术美感。如果曹雪芹写尤三姐之死，也写她如何躺在血泊中挣扎、痉挛、喘气、咽气，这能收到什么效果呢？秦可卿、金钏儿、晴雯之死，作者都不正面落笔，“是不为也，非不能也。”为写死而写死，曹雪芹是不屑于这样做的。至于续作者最后让黛玉直叫“宝玉！宝玉！你好……”而怀恨死去，这不但不符合她生前向警幻说过要偿还“甘露之惠”的诺言（现在的结局，竟成了“以怨报德”），而且也最终否定了黛玉是宝玉的真正的知己。

所以俞平伯先生才说：“我常常戏说，大观园中人死在八十回中的都是大有福分。如晴雯临死时，写得何等凄怆缠绵，令人掩卷不忍卒读；秦氏死得何等闪烁，令人疑虑猜详；尤二姐之死惨；尤三姐之死烈；金钏之死，惨而且烈。这些结局，真是圆满之至，无可遗憾，真可谓狮子搏兔一笔不苟的。在八十回中未死的人，便大大倒霉了，在后四十回中，被高氏写得牛鬼蛇神不堪之至。即如黛玉之死，也是不脱窠臼，一味肉麻而已。宝钗嫁后，也成为一个庸劣的旧式妇人。钗黛尚且如此，其余诸人更不消说得了。”

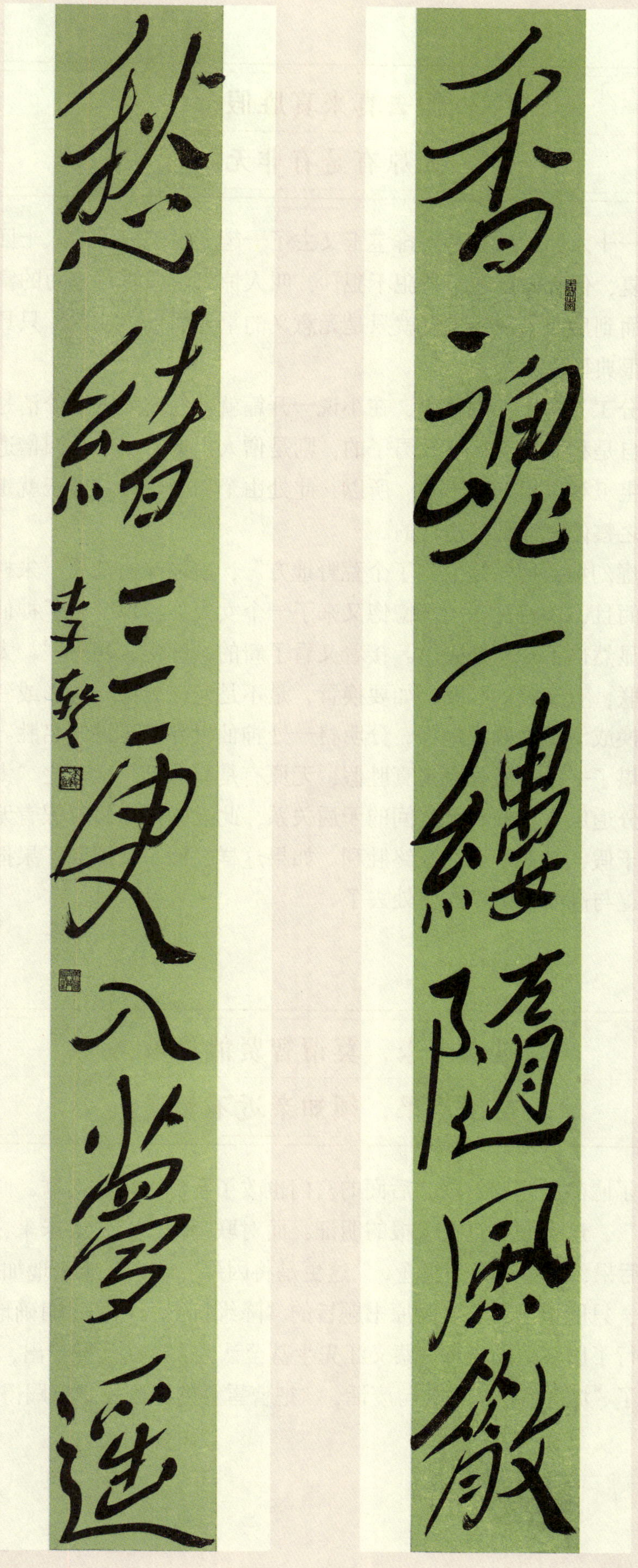

香魂一缕随风散，愁绪三更入梦遥。尺寸：180cm×32cm×2

假去真来真胜假，
无原有是有非无。

第一百一十六回，续作者安排宝玉又去了一趟太虚幻境。前八十回，作者有许多刻意的重复，但都做到了“特犯不犯”，叫人惊叹于曹雪芹笔力的富于变化，不可限量。然而到后四十回，重复就只是无意义的重复而已。或者，只具破坏意义。这一回，就很典型。

僧道之分工，各干各的营生，在小说一开篇就已经交代得十分清楚。此后，涉及女子的，自是和尚出现；涉及男子的，则是僧人出场。二十五回僧道并见，也是因为此番是宝玉和凤姐一齐出事。所以，此处由个和尚“拉着宝玉就走”，分明就与前八十回之整体设计是相违背的。

去到太虚幻境，居然是“到了个荒野地方”，前之绿树清溪、朱栏白石，不知何处去了。而且，还看见“恍恍惚惚又来了一个女人”，那个见了神仙都要加上姐姐的宝玉，显然也不知何处去了。接着又看了新的“牌楼”和对联。太虚幻境过去的匾额和对联，有换置的必要？如要换置，是不是应该更深一层？或者更见高明？然而，匾额换成了“真如福地”，分明将一处神仙世界降至世间名胜。再看这副对联，就更不堪了——“假去真来真胜假，无原有是有非无”。前之“太虚幻境”的对联，是充分道出了真假有无之间的矛盾关系，此处却恰恰将真假有无彻底分开，交代了真对于假，有对于无的最终胜利。如果这样，似乎又回到了果报的老路上，曹雪芹的深邃与高明，更不知何处去了。

过去未来，莫谓智贤能打破；
前因后果，须知亲近不相逢。

牌坊改了匾额题字和对联，后面的宫门也改了匾额题字和对联。匾额题字成了“福祸善淫”，这可谓是宣扬果报的明证。而对联则作：“过去未来，莫谓圣贤能打破；前因后果，须知亲近不相逢。”这更是将因果二字大张旗鼓地加以张贴宣扬。这样的联句，只能把它看作是对原书题旨的“降维打击”。更为明确地说，就是对原书题旨进行了庸俗化的处理。蔡义江先生甚至认为，这么几联一出，“太虚幻境”立马就变成了“城隍庙”，这几句废话，“把曹雪芹的深刻思想糟蹋得不成样子”。

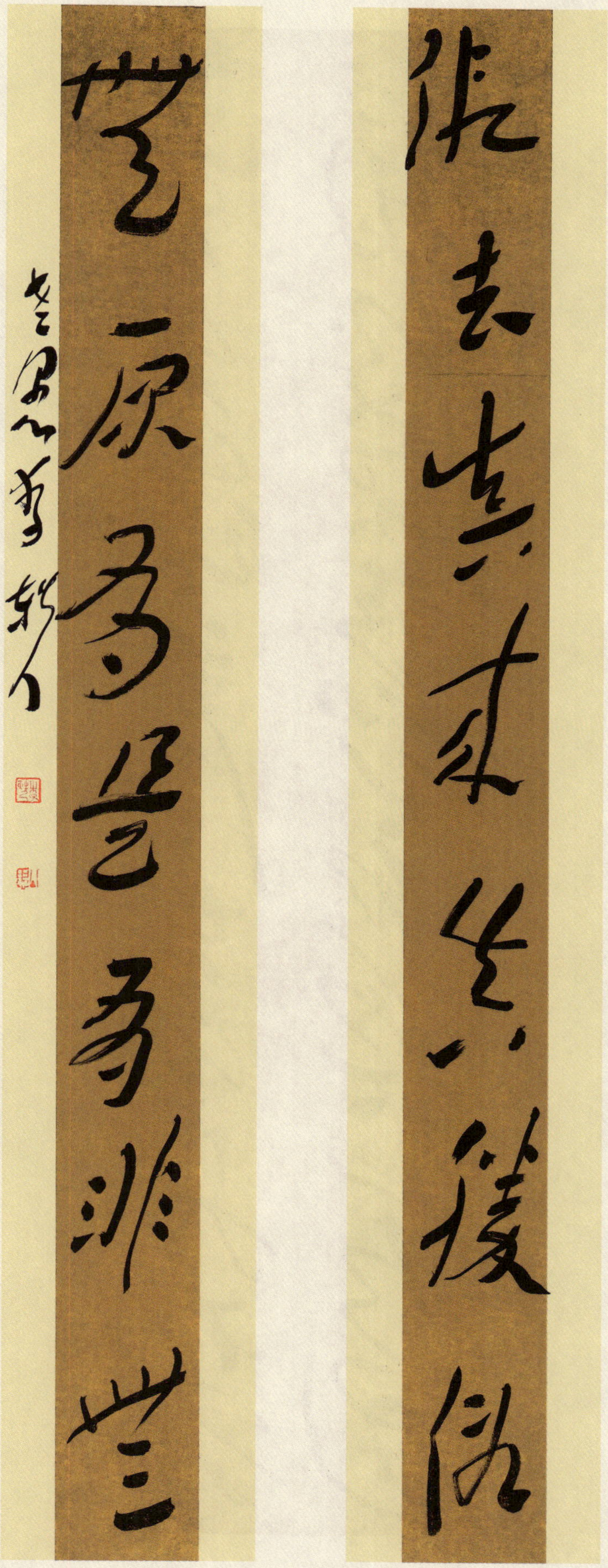

假去真来真胜假，无原有是有非无。尺寸：136cm×23cm×2

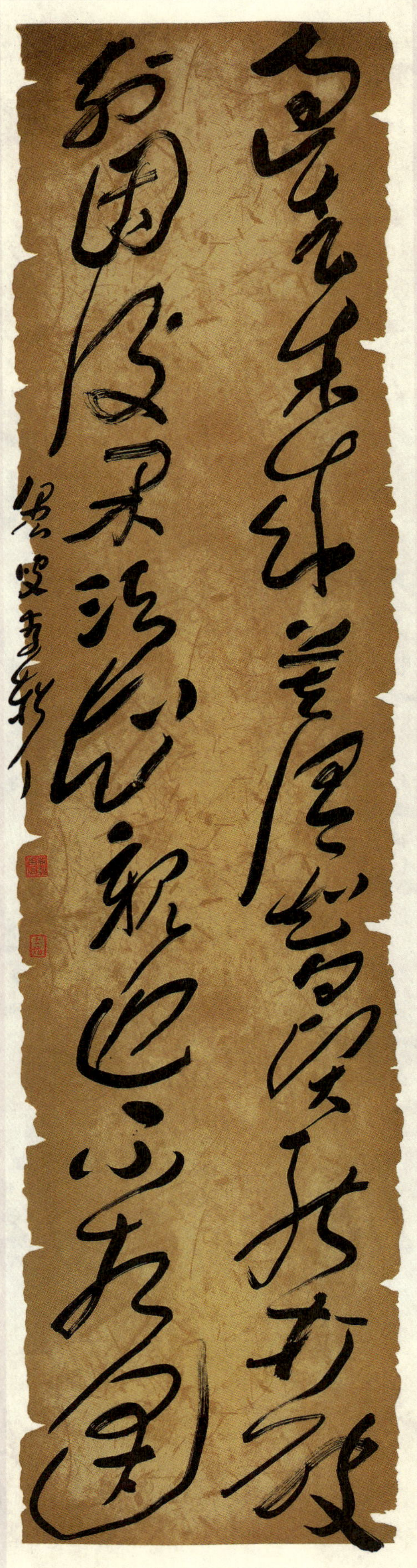

过去未来，莫谓智贤能打破；前因后果，须知亲近不相逢。尺寸：180cm×70cm×2

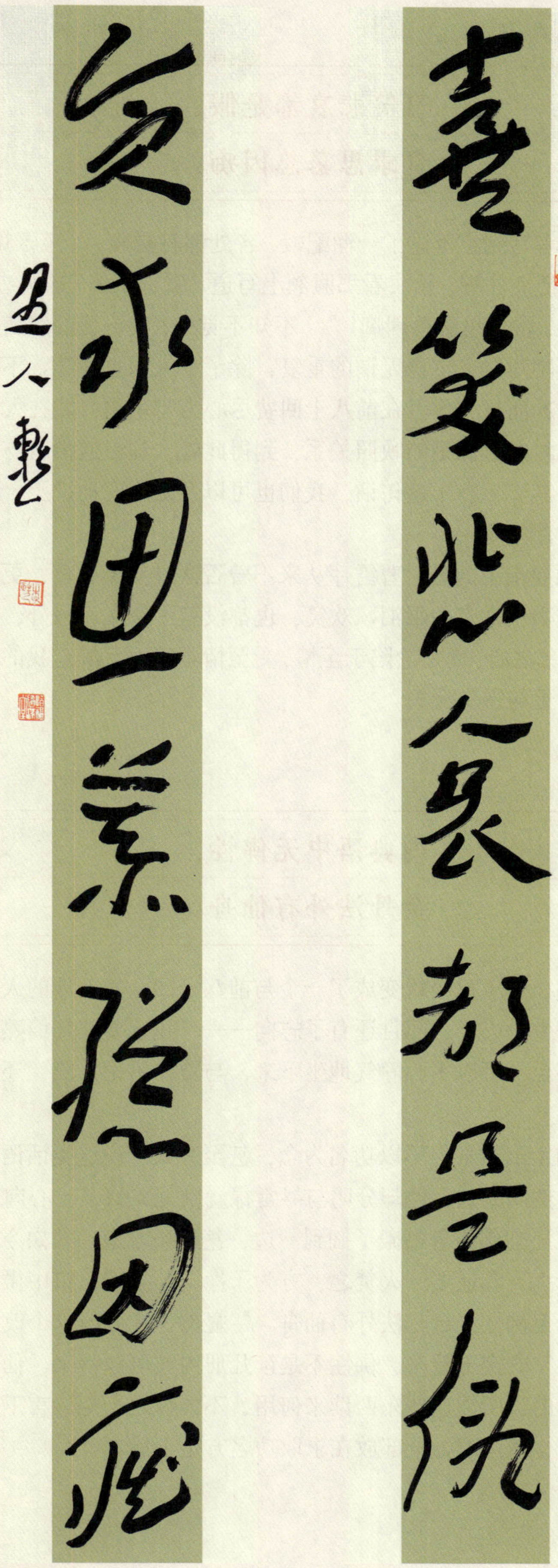

喜笑悲哀都是假，贪求思慕总因痴。尺寸：136cm×23cm×2

喜笑悲哀都是假，贪求思慕总因痴。

再之后，续作者写到宝玉进了一溜配殿，各处都有匾额，“宝玉见那殿宇巍峨，绝非大观园景象，便立住脚，抬头看那匾额上写道‘引觉情痴’。两边写的对联道：‘喜笑悲哀都是假，贪求思慕总因痴’”。不知不觉中，我们已经跟随宝玉的步伐，看了三处匾额，三副对联，这样无谓的重复，除了令人深觉啰嗦、不耐之外，敢问能有什么样的深意？而且，作者在前八十回费尽心力与笔墨，才在太虚幻境与大观园之间构造出一重复杂且深刻的映照关系，到得此处，却惨遭消解与否定——“绝非大观园景象”。其实，有了这句话，我们也可以万分笃定地说上一句：这文字好生古怪，绝非曹雪芹笔墨。

再一个，必须要指出的是：曹雪芹从来不曾否认过喜笑悲哀，更不会认为其虚假不值。否则，这书里许多的眼泪、欢笑，也都没有了意义。另外，曹雪芹笔下的“痴”，并非贪求思慕之心，而是沦陷于至情，受至情驱策而沉醉忘我的那份态度——与世俗价值无关，更与得失无关。

内典语中无佛性，金丹法外有仙舟。

第一百十八回，宝玉已经蜕变成了一个与前八十回全然无涉的人。于此，他听宝钗的劝，不但好生念书了，而且还有了志向——“我也要作几篇熟一熟手，好去诓这个功名”。甚至，可以平心静气地坐下来，与贾兰讲论八股，还“不觉喜动颜色”。

前八十回中的宝玉，不但不以功名为念，甚至旁人一说这类话语，他都会直斥禄蠹，拂袖而去。然而此处，他却分明与寻常禄蠹别无二致，一心向着功名。

贾兰走后，他还把佛道等书搬了搁到一边，甚至扬言道：“如今才明白过来，这些书都算不得什么。我还要一火焚之，方为干净。”接着，口中微吟，正是这么两句：“内典语中无佛性，金丹法外有仙舟。”显然，在此时这个改头换面，甚至可以说“脱胎换骨”的宝玉看来，佛性不是读几册内典可以得来，仙舟同样不是循法炼丹就可以修到的。所以这些东西读来何用，不如付之一炬。言下之意，只应该读那些有用的东西，把注意力全部放在求取功名方是正途。

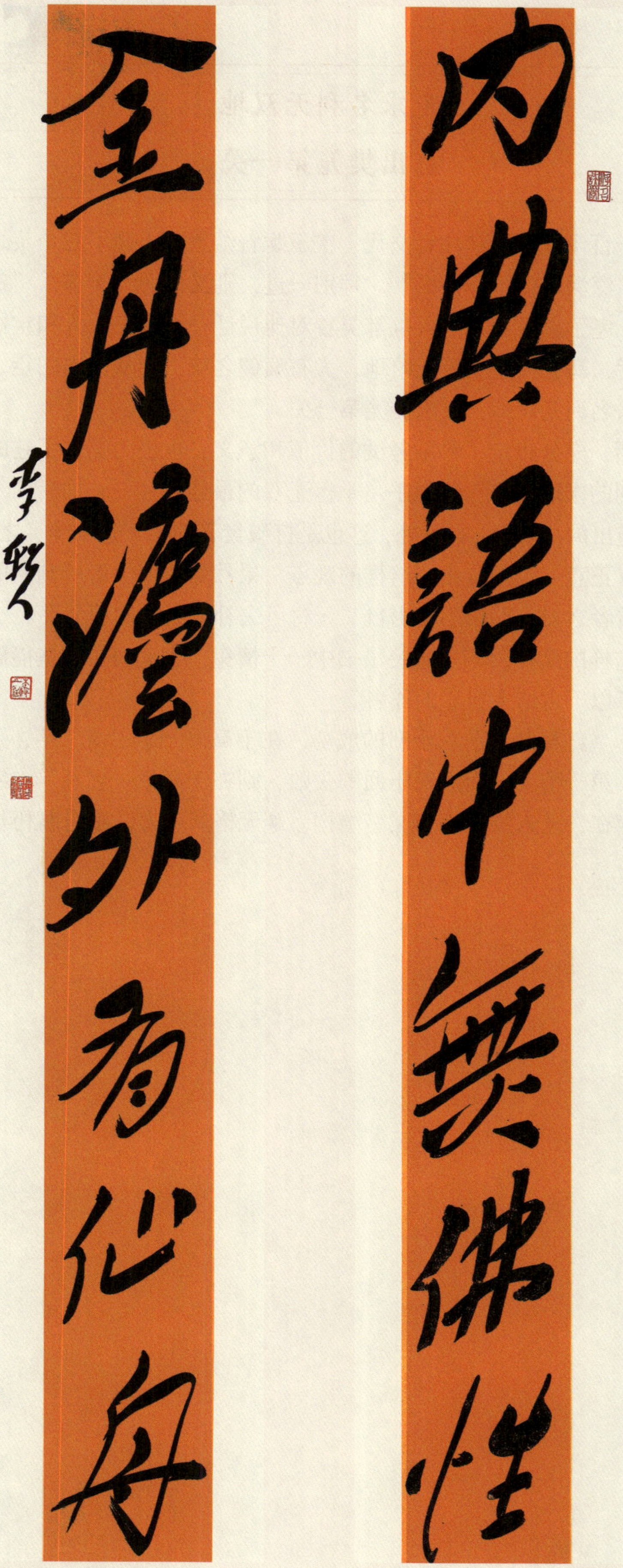

内典语中无佛性，金丹法外有仙舟。尺寸：180cm×32cm×2

走求名利无双地，
打出樊笼第一关。

小说第一百十九回，续作者交代，宝玉跪着给王夫人磕了三个头之后，又走到宝钗跟前，“深深的作了一个揖”。拜别一过，则又仰面大笑道：“走了，走了！不用胡闹了，完了事了！”众人也都笑着对他说话，唯有王夫人和宝钗哭得生离死别一般。最后，写完“宝玉嘻天哈地，大有疯傻之状，遂从此出门走了”，则有赞语作：“走求名利无双地，打出樊笼第一关。”

这样的话，充分肯定了科举考试的价值和意义，也极力美化了它的存在。

对于名利的求取而言，这似乎是举世无双的最佳路径，一如后四十回续作者借黛玉之口所道出的“清贵”。另外，这也是打破樊笼的第一道关卡，之后取得功名，才能够拥有真正意义上的自由。这样的观点，果然如前辈学者所判断的那样，一定出自科场得益者之口，而断不会出自“无材可去补苍天”的曹雪芹。

所以，这样的续作，不但唐突了书中一干情鬼，也唐突了那些能解其中味的读者，更唐突了以千古情人自居的作者。

可以说，《红楼梦》前八十回的成功，在于高秉一个“情”字，是一篇令人情肠百结的天下第一情文。而后四十回的失败，则在于高举“名利”二字，以名利消解了至情的存在，从人物故事到文字结构，毫无格调可言，唯有腐朽与隳坏。

寶釵

《清改琦红楼梦人物图册》

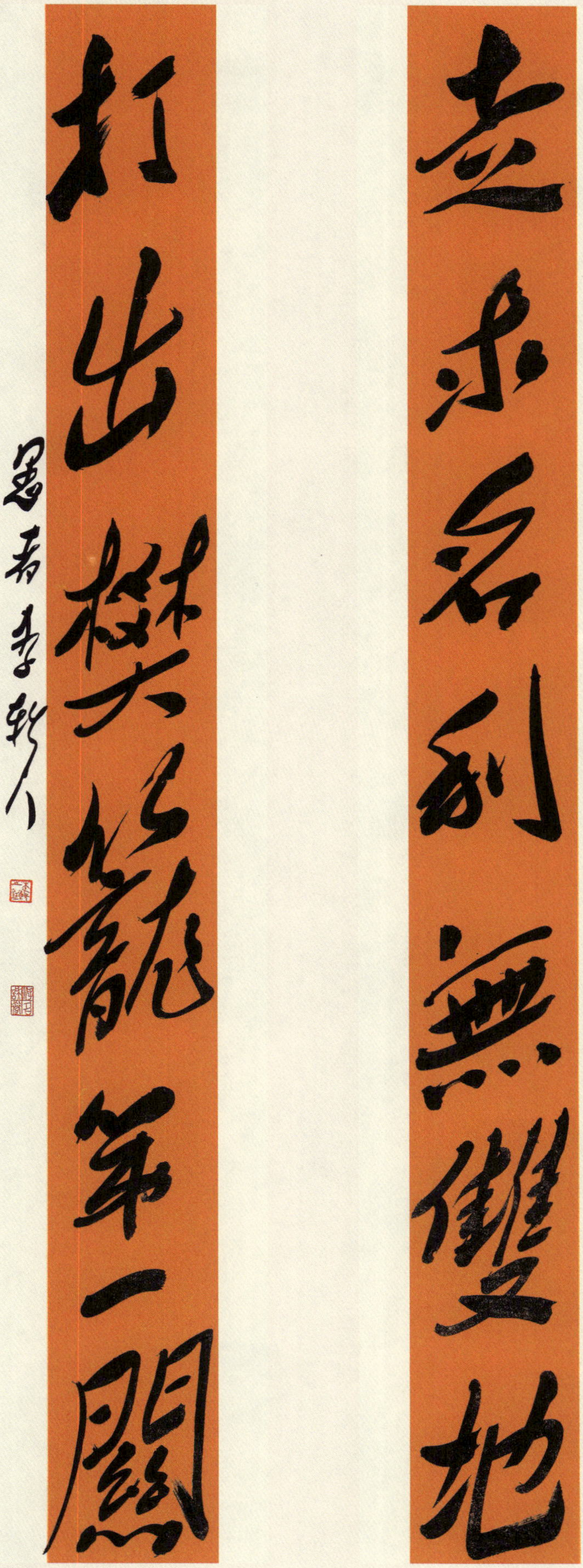

走求名利无双地，打出樊笼第一关。尺寸：180cm×32cm×2

红楼书后

到2022年4月15日，我书写的《红楼梦》楹联、诗联共计218副全部完成，用时一年。里面的作品大多数是一次完成，少数写了两遍，极少数书写了三遍。之所以这样做，我是想用书法的形式，完整记录我一个时期的生命历程，绝不虚妄浮夸，绝不巧饰造作，一应生命的本来状态。生命是活出来的，不是做出来，艺术也是这样，因此我把它当成我这个时期的行为艺术来做。我的书写像写日记一样，仅仅是记录一下，一应自然，但串联起来就是我这个时期的生命状态，所以不计后果，全部呈现。

生命就是一个过程，走过的每一天，都会留下痕迹，无非是有的人记录淡漠浮浅一点，有的人深刻厚重些。曹雪芹就是那个对生命体感得过于深刻的人。他从繁华锦绣到衰草枯杨，经历得比别人多，看得比别人透，《红楼梦》是曹先生的生命之书，也是那个时期一部分人的生命之书。对于这段他生命中最深刻的时间，曹先生后来用最真实的回忆记录当时之事，甚至我认为他的写作，一部分是实录，一部分是创作，所以他才会痛彻心扉、沤心沥血到不能继续坚持写作下去。只有真实的记录才会触碰到生命的痛点，完全着意的创作是隔山弹琴，略有意趣而已。我的书写也是照应着我对曹雪芹写作态度的理解，用记录的方式记录下我这一整年的生命状态，看完所有图录，大家是可以看出我这一年里的心电图谱的。我觉得用这种方法写书法，真实。

《红楼梦》是中国文学的高峰。主题深邃，内涵丰富，其成就在中国文学中无出其右。它不仅文字隽永，而且还有大量的诗词歌赋楹联，这些都构成了《红楼梦》不可或缺的重要组成部分，也是深刻解读《红楼梦》的一个必经路径。经过统计，在我们依据的庚辰本《红楼梦》全书中，有单独楹联及诗词佳句成联共计218副。这些楹联佳句，成了探寻《红楼梦》深邃意旨的方便捷径。

楹联是中国文学中广为大众喜爱且接受程度较高的一种样式。楹联书法同楹联文学，构成了密不可分的一对组合，可以说楹联文学主要是通过书法这种形式传播的。因此，我们选择“《红楼梦》楹联赏析”作为一个课题，就是想通过对《红楼梦》中的联句赏析，引领大众对《红楼梦》的认识研究，欣赏中国楹联文化的奥妙旨趣。通过章草、行书、草书、汉篆等书体的书写，使读本更加贴近楹联的传播形式，给读本营造出轻松阅读的气氛。

我的书法是不完整的，但曾莹女士的释文是完美的，她不愧是云南大学文学院最受欢迎的红学研究教授，文章锦绣，文心雕龙。

如果十年后我来写今天这些作品，可能会更加成熟，但那是十年后的我，不是今天的我。我要记录的就是今天我生命的状态，就像我现在写完了这本作业，到来的不是满足感，而是突然有了不知道明天该写什么的空洞、空虚、寂寞的感觉，这就是此时此刻我的生命体验吧？我想是的。

李 铁

抛书人对一枝秋

——《红楼题情》后记

就我个人迄今为止的写作与研究生涯而言，《红楼题情》无疑是非常特殊的一例存在。这册小书的撰写，本身即充满了叫人始料未及的偶然，也有着冥冥之中的某种必然，于是成就了不期而遇的满纸欣然。说起来，本人于大学讲授“红楼”经年，虽然一直也有将相应观照与思考呈诸纸上的考量，但却未曾想过第一本相关著述，竟然是从联句着手，以这样一种“书文”结合的方式付梓刊行。故而动笔伊始，我脑海里常常盘旋着“因缘际会”这几个字——毋庸赘言，是我与“红楼”、与李轶兄的种种因缘，才有了这样一番形诸文字的晤谈和遇见。

曹雪芹《红楼梦》一书，向被认为是中国古代小说的集大成之作，映照时代与社会的百科全书式作品，正所谓小说中的小说，说部中的“无上上品”。这当然是一部显而易见的“大书”，皇皇巨著是也。相形之下，书中那些联句自然呈现出“小”的特性——虽为书中俯仰可见的存在，却往往令人“习焉而不察”，其特殊性与重要性尚未得到足够的把握与充分的重视。

闻一多先生说过，“均齐”之美，是“中国艺术底特质”，而这一特质，在诗歌与建筑中表现得尤为显著。实际上，与建筑、诗歌均关联密切的《红楼梦》，正是此种“均齐”之美最为集中的体现者。所谓“均齐”，并不等于整齐划一。中国古代诗歌中的对仗，建筑中的对称，是“均齐”的主要成就者，也充分彰显了那份整饬中富含的差异与错落。步入“红楼”，这样的“均齐”其实是随处可见的。譬如，一僧一道的反复穿插，一芹一脂的默然相对，还有那真与假的相为表里，形与影的对照始终，都可说是“均齐”之于“红楼”最为显著的存在印迹。

就此看来，热衷于“破除格套”的《红楼梦》，确实堪称是渲染彻底的一味“均齐”。书中那些看似寻常、微末的联句，则恰恰凝萃着其间最为核心的“均齐”属性。所以，依“联句”之径进入红楼世界，不但不是识其“小”者，反而称得上是得其“大”处。

在写作进入尾声的时候，我常常会想起大观园中众人分题咏菊时，湘云写出的惊人之句——“抛书人对一枝秋”。表面上看，舍“书”而就“联”，与“抛书”何异？而由“联”解“红”，所触到的，亦正是书中最为幽深隐微的那份意绪，“一枝秋”之谓也。是以如此诗句，便不啻为《红楼题情》这样一番探寻的最佳注脚。

要之，“红楼”者，绮丽人间之苍茫一梦耳。“题情”者，我与李铁兄，或以书法，或以文字，力写情思万端，力参此中情语是也。虽亦不免荒唐可笑，却也同样是：一场幽梦同谁近，千古情人独我痴。

曾　莹